LA DANZA DEL CEMENTERIO

DOUGLAS PRESTON   LINCOLN CHILD

LA DANZA DEL CEMENTERIO

Traducción de
Jofre Homedes Beutnagel

PLAZA JANÉS

Título original: *Cemetery Dance*

Primera edición: septiembre, 2009

© 2009, Lincoln Child y Splendide Mendax, Inc.
   Publicado por acuerdo con Grand Central Publishing, Nueva York, Estados Unidos. Todos los derechos reservados.
© 2009, Random House Mondadori, S. A.
   Travessera de Gràcia, 47-49. 08021 Barcelona
© 2009, Jofre Homedes Beutnagel, por la traducción

Printed in Spain – Impreso en España

ISBN: 978-84-01-33728-4
Depósito legal: B. 25.402-2009

Compuesto en Fotocomposición 2000, S. A.

Impreso y encuadernado en Printer Industria Gráfica, S. L.
N. II, Cuatro Caminos, s/n.
08620 Sant Vicenç dels Horts (Barcelona)

L 337284

Lincoln Child dedica este libro a su hija Veronica

Douglas Preston dedica este libro a Karen Copeland

Agradecimientos

Queremos dar las gracias a las siguientes personas, por sus muchas y diversas atenciones: Jaime Levine, Jamie Raab, Kim Hoffman, Kallie Shimek, Mariko Kaga, Jon Couch, Claudia Rülke, Eric Simonoff, Matthew Snyder y todos los que nos ayudan a llevar nuestros libros hasta el lector, pertenezcan o no a Grand Central Publishing.

Estamos profundamente agradecidos a todas las personas que han participado en la construcción de la web sobre Pendergast de Corrie Swanson, incluidos Carmen Elliott, Nadine Waddell, Cheryl Deering, Ophelia Julien, Sarah Hanley, Kathleen Munsch, Kerry Opel, Maureen Shockey y Lew Lashmitt. Brindamos con un vaso de Lagavulin de veintiún años por su talento excepcional y su buen gusto literario.

Y como siempre, nuestra gratitud infinita y perdurable a nuestras familias, por su amor y su apoyo.

Los lectores que conozcan la parte alta de Manhattan tal vez observen que nos hemos tomado algunas libertades con Inwood Hill Park.

Huelga decir que todas las personas, lugares, organismos públicos y privados, empresas y entidades oficiales e instituciones religiosas descritos en *La danza del cementerio* son ficticios o se usan de

9

modo ficticio. Las ceremonias y creencias plasmadas en la novela, en concreto, son totalmente ficticias, y no tienen ninguna pretensión de parecerse, recordar o describir religiones o credos existentes.

1

¿Tú te lo puedes creer, Bill? Yo aún no. Casi hace doce horas que me lo han dicho y todavía no me lo creo.

—Pues créetelo, guapísima. —William Smithback Jr. descruzó sus largas piernas, se desperezó en el sofá de la sala de estar y pasó un brazo por los hombros de su esposa—. ¿Queda oporto?

Nora le sirvió un poco más. Smithback levantó la copa hacia la luz para admirar su color granate. Le había costado cien dólares, pero los valía de sobra. Bebió un poco y exhaló.

—Eres la gran promesa del museo. Tú espera, que en cinco años te harán decana de ciencias.

—No digas tonterías.

—Nora, es el tercer año consecutivo que recortan el presupuesto, y a tu expedición le han dado luz verde. Tu nuevo jefe no es tonto.

Smithback hundió la nariz en el pelo de Nora. Después de tanto tiempo, su olor (un toque de canela, un deje de enebro) seguía despertando en él una infalible excitación.

—Imagínatelo: el verano que viene estaremos otra vez en Utah, de excavación. Bueno, si puedes…

—Me quedan cuatro semanas de vacaciones. Los del *Times* no sabrán qué hacer sin mí, pero tendrán que aguantarse. —Un poco más de oporto, que hizo circular por dentro de la boca—. Nora

Kelly: expedición número tres. El mejor regalo de aniversario que podías pedir.

Nora le miró sardónicamente.

—Creía que mi regalo de aniversario había sido la cena de esta noche.

—Creías bien. Es lo que ha sido.

—Y ha salido perfecta. Gracias.

Smithback le hizo un guiño. Había invitado a Nora al restaurante favorito de él, el Café des Artistes, en la calle Sesenta y siete Oeste. Era el lugar perfecto para una cena romántica. Luces tenues, seductoras; bancos cómodos; murales insinuantes de Howard Chandler Christy; y por encima de todo, una comida sublime.

Se dio cuenta de que Nora le observaba. Sus ojos, y su pícara sonrisa, contenían la promesa de otro regalo de aniversario. Le dio un beso en la mejilla, y se arrimó un poco más.

Nora suspiró.

—Me han dado hasta el último céntimo que les pedía.

Smithback masculló una respuesta. Disfrutaba de estar acurrucado junto a su mujer, haciendo una autopsia mental de lo que acababa de consumir. Para abrir el apetito, un par de Dirty Martinis, seguidos de un plato de embutidos. De segundo nunca podía resistirse al filete poco hecho con salsa bearnesa, acompañado de *pommes frites* y una buena cucharada de espinacas a la crema. Por supuesto, también se había zampado gran parte del lomo de venado de Nora…

—¿… Y sabes qué significa? Pues que podré acabar mi análisis de la difusión de la secta Kachina en el suroeste.

—Fantástico.

De postre habían tomado una fondue de chocolate para dos y un plato de quesos franceses, deliciosamente hediondos. Smithback descansó en la barriga la mano que tenía libre.

Nora ya no decía nada. Se quedaron como estaban, contentos de estar juntos. Al mirar de reojo a su mujer, Smithback se sintió cubierto de satisfacción, como por una manta. No era precisamente un hombre religioso, pero le parecía una bendición vivir en un piso con clase de la principal ciudad del mundo, trabajando en lo que siempre había soñado. Y con Nora, en quien había encontrado nada menos que la compañera perfecta. Desde que se conocían, habían vivido años francamente movidos, pero si algún efecto habían tenido los problemas y peligros, era el de unirles aún más. Aparte de ser guapa, esbelta, trabajadora entusiasta y bien retribuida, nada irritable, comprensiva e inteligente, Nora había resultado la media naranja ideal. Se le escapó una sonrisa al mirarla. Demasiado perfecta para ser real. Así de sencillo.

Nora salió de su mutismo.

—No puedo relajarme demasiado. Todavía no.

—¿Por qué?

Se soltó y fue a buscar el bolso a la cocina.

—Porque aún me queda un recado.

Smithback parpadeó.

—¿A estas horas?

—Vuelvo en diez minutos.

Nora regresó al sofá, se agachó y le dio un beso, alisándole el mechón rebelde.

—Tú no te muevas de aquí, grandullón —murmuró.

—¿Lo dices en serio? Seré como el peñón de Gibraltar.

Sonrió, le acarició otra vez el pelo y se fue hacia la puerta.

—¡Ten cuidado! —dijo Smithback—. No te olvides de los paquetitos raros que nos mandan.

—Tranquilo, que ya soy mayorcita.

Inmediatamente después, la puerta se cerró y la cerradura dio una vuelta.

Smithback se estiró suspirando en el sofá, con las manos en la nuca. Oyó los pasos de Nora en el rellano. Después, el timbre del ascensor. Por último, solo el rumor de la ciudad.

Ya se imaginaba adónde iba: a la pastelería de la esquina. Hacían la tarta favorita de él, y abrían hasta medianoche. Smithback tenía especial debilidad por su *praliné génoise* con crema de mantequilla al calvados. Con algo de suerte, sería la tarta que Nora había encargado como final de fiesta.

Descansó en la penumbra del apartamento, escuchando la respiración de Manhattan. Los cócteles que había bebido lo ralentizaban todo un poco. Recordó una frase de un cuento de James Thurber: «Adormiladamente satisfecho, borrosamente satisfecho». Siempre había sentido un cariño irracional por la obra de Thurber (periodista, como él), así como por las novelas baratas de Robert E. Howard. Su impresión era que uno siempre se había esforzado demasiado, y el otro demasiado poco.

Los meandros del recuerdo le llevaron por sí solos al día en que conoció a Nora. Lo recordó todo de golpe: Arizona, el lago Powell, el aparcamiento donde hacía tanto calor, la limusina en la que había llegado él... Sacudió la cabeza, riéndose entre dientes. Nora Kelly le había parecido un pedazo de bruja, una doctora con ínfulas que acababa de sacarse el título. Claro que tampoco él había causado muy buena impresión... Se había comportado como un perfecto gilipollas. De eso hacía cuatro años. ¿O cinco? ¡Caramba! ¿Tan deprisa había pasado el tiempo?

Oyó pasos en la puerta, y ruido de llaves en la cerradura. ¿Ya volvía Nora? ¿Tan pronto?

Esperó, pero en vez de abrirse la puerta, se oyó otra vez la llave, como si Nora tuviera problemas con la cerradura. Tal vez llevara un pastel en un brazo. Justo antes de que Smithback fuera a abrir, se oyó el chirrido de las bisagras y pasos en el recibidor.

—He cumplido mi promesa. Todavía estoy aquí —dijo él en voz alta—. El señor Gibraltar. Pero me puedes tutear.

Otro paso, pero en realidad no parecía de Nora. Era demasiado lento y pesado, como si vacilase.

Smithback se incorporó en el sofá. En el pequeño espacio del vestíbulo había una silueta recortada en la luz del pasillo, demasiado alta y demasiado ancha de hombros para ser la de Nora.

—¿Se puede saber quién es? —preguntó Smithback.

Acercó rápidamente la mano a la lámpara de la mesita, y la encendió. Reconoció casi enseguida al intruso. Al menos creyó reconocerle, aunque le pasaba algo raro en la cara. La tenía pálida, hinchada, casi pastosa. Parecía enfermo... o algo peor.

—¿Colin? —dijo Smithback—. ¿Eres tú? ¿Qué narices haces en mi piso?

Entonces vio el cuchillo de carnicero.

Se levantó como un resorte. La silueta le cortó el paso, arrastrando los pies. Por unos instantes, fue como si todo se paralizase. Luego, el cuchillo se acercó a una velocidad tremenda cortando el aire ocupado por Smithback hacía apenas un segundo.

—Pero ¿qué coño…? —gritó Smithback.

Otra cuchillada. Smithback tropezó con la mesita en un desesperado intento de esquivar el golpe, y cayó con ella al suelo. Se levantó y se volvió hacia el agresor, agazapado, con las manos y los dedos abiertos. Miró por todas partes, buscando un arma, pero no la había. La silueta se interponía entre él y la cocina. Si lograba esquivarla, podría coger un cuchillo y neutralizar su ventaja.

Bajó un poco la cabeza y embistió, sacando un codo. Su ataque hizo retroceder al agresor, pero en el último momento la mano del cuchillo cayó sobre él y le hizo un tajo profundo desde el codo hasta el hombro. Smithback se arrojó a un lado, con un grito de sorpresa y dolor, momento en que sintió el exquisito frío del acero hundiéndose en la base de su espalda.

Parecía no dejar de hundirse, hincado en sus entrañas más vitales, desgarrando su ser con un dolor como solo lo había sentido una vez en la vida. Se quedó sin aliento, y al querer apartarse perdió el equilibrio y se cayó. Sintió que el cuchillo salía y se clavaba una vez más. De repente tenía la espalda húmeda, como si le estuvieran echando agua caliente.

Reunió todas sus fuerzas para levantarse y atacar al agresor desesperadamente, a puñetazo limpio. El cuchillo llenaba de tajos sus nudillos, pero Smithback ya no sentía nada. La ferocidad del ataque hizo retroceder al intruso. Era su oportunidad. Dio media vuelta con la intención de refugiarse en la cocina, pero era como si se moviera todo el suelo y, cada vez que respiraba, sentía una especie de extraño burbujeo en el pecho. Sin aliento, ni apenas equilibrio, logró entrar en la cocina a trompicones y buscó el cajón de los cuchillos con sus dedos húmedos. Pero justo cuando logró abrirlo, vio una sombra en el mármol… casi en el mismo instante en que aterrizaba entre sus omoplatos otro golpe brutal. Intentó zafarse, pero el cuchillo subía y bajaba sin descanso: arriba, abajo, el brillo rojo del acero cada vez más apagado a medida que se le iba nublando la vista…

Nadie queda, ni nada. Ponedme ya en la pira; terminado el festín, las lámparas expiran…

Se abrió el ascensor. Nora salió al rellano. Había sido rápida. Con suerte, Bill aún estaría en el sofá, tal vez leyendo la novela de Thackeray que llevaba toda la semana poniendo por las nubes. Hizo equilibrios con la caja de la tarta para buscar la llave. Seguro que Bill ya adivinaba adónde había ido, pero era difícil sorprender a alguien en su primer aniversario…

Algo raro pasaba. Iba tan absorta en sus pensamientos que tardó un poco en darse cuenta: la puerta del apartamento estaba abierta.

Justo cuando lo vio, salió alguien. Le reconoció. Tenía la ropa empapada en sangre y llevaba un gran cuchillo en una mano. Clavó la vista en Nora, mientras el cuchillo goteaba copiosamente.

Instintivamente, sin pensar, Nora soltó tarta y llave y se echó encima del hombre. Ya empezaban a salir vecinos de los pisos, y todo eran voces asustadas, de terror. Mientras Nora se lanzaba sobre la figura, esta levantó el cuchillo, pero ella le apartó la mano al mismo tiempo que le daba un puñetazo en el plexo solar. Entonces él la arrojó contra la otra pared del descansillo, estampando su cabeza en el yeso. Nora cayó al suelo, con la vista medio nublada, mientras su atacante se aproximaba con el cuchillo en alto. Rodó para apartarse justo cuando bajaba el arma. Él le dio una patada brutal en la cabeza y levantó de nuevo el cuchillo. En el rellano resonaban gritos, pero Nora no los oyó; ya no oía nada, solo veía imágenes borrosas. Hasta que estas también desaparecieron.

2

El teniente Vincent D'Agosta permanecía frente al piso de dos habitaciones, en el rellano lleno de gente. Movió los hombros dentro del traje marrón intentando despegar los brazos sudorosos de la camisa de poliéster. No servía de nada estar tan enfadado. Influiría en todo lo que hiciese y perjudicaría su capacidad de observación.

Inspiró profundamente y espiró tratando de expulsar la rabia con el aire.

Se abrió la puerta del apartamento. Salió un hombre delgado y encorvado, con un solo mechón en medio de su calva. Arrastraba un fardo de instrumentos, y empujaba un maletín de aluminio atado con correas a un carrito de equipaje.

—Ya estamos, teniente.

Cogió el portapapeles que le daba otro policía y, después de firmar, se marchó seguido de su ayudante.

D'Agosta miró su reloj. Las tres de la madrugada. La brigada científica se había tomado su tiempo. Se estaban esmerando más de lo habitual. Sabían que el teniente y Smithback se conocían desde hacía mucho tiempo. A D'Agosta le irritaba verlos pasar de largo entre miradas furtivas, para saber cómo se lo tomaba y si se inhibiría de la investigación. Era lo que habrían hecho muchos detectives de homicidios, aunque solo fuera para evitarse pegas en el juicio. No quedaba nada bien ser llamado a declarar por la defensa. «¿El fallecido era amigo suyo? Qué coincidencia más… interesante, ¿verdad?» A ningún juicio le beneficiaban ese tipo de complicaciones, que molestaban muchísimo al fiscal.

Pero D'Agosta no tenía la menor intención de dejar el caso en otras manos, y menos cuando estaba tan claro. El culpable podía darse por sentenciado. Le tenían en sus manos. Solo faltaba encontrarle, al muy hijo de puta.

Los últimos miembros del equipo salieron del apartamento, firmaron el registro y dejaron a D'Agosta a solas con sus pensamientos. Se quedó un minuto en el rellano, intentando calmar sus castigados nervios. Después se puso unos guantes de látex, se ajustó la mascarilla sobre el pelo ralo y se acercó a la puerta abierta. Empezaba a marearse. Habían retirado el cadáver, por supuesto, pero el resto estaba intacto. Al final del pasillo, en un recodo, se veía una franja de la sala del fondo, y un lago de sangre en el suelo; huellas ensangrentadas, y la mancha de una mano embadurnando una pared de color crema.

Pasó por encima de la sangre, sin pisarla, y se paró en el umbral de la sala de estar. Un sofá de cuero, dos sillones, una mesita volcada y más sangre coagulada sobre la alfombra persa. Caminó despacio hasta el centro de la sala, aplicando suavemente la suela de crepé de sus zapatos. Se detuvo y se volvió, intentando reconstruir mentalmente la escena.

Había pedido que tomasen muchas muestras de las manchas de sangre. Había salpicaduras complejas, solapadas, que quería desentrañar; huellas sobre la sangre, y varios rastros de manos superpuestos. Smithback se había resistido como un jabato. Era imposible que el culpable se hubiera ido sin dejar su ADN.

A primera vista parecía un crimen sencillo, un asesinato desorganizado y caótico. El culpable había entrado con una llave maestra. Smithback estaba en la sala de estar. La cuchillada inicial le había puesto en desventaja desde el primer momento, antes de que empezase la pelea. El forcejeo les había llevado a la cocina, donde Smithback había intentado armarse: el cajón de los cuchillos estaba medio abierto, con manchas de sangre en el tirador y el mármol. Al final no había conseguido coger ningún cuchillo. Lástima. En ese momento había recibido otra puñalada en la espalda. Otro forcejeo. Para entonces ya estaba muy malherido, y el suelo lleno de sangre, con resbalones de pies descalzos. Sin embargo, D'Agosta tenía la seguridad de que a esas alturas el agresor también sangraba. Pérdida de sangre, caída de pelo y fibras, jadeos a causa del esfuerzo con posible expulsión de saliva y mucosidad… Estaba todo allí, y D'Agosta confiaba en que la brigada científica lo hubiera encontrado. Hasta habían cortado algunos trozos de parquet con marcas de cuchillo para llevárselo. También habían recortado trozos de pared, tomado huellas de todas las superficies y recogido todas las fibras que pudieran encontrar, hasta la última pelusilla y la última mota de polvo.

Durante el recorrido visual, la mente de D'Agosta proyectó una película interna del asesinato. Al final Smithback se había debilitado tanto por la pérdida de sangre que el asesino había podido asestar el golpe de gracia: según el forense, una cuchillada tan profunda en pleno corazón que se había clavado más de un centímetro en el suelo. Al sacar el cuchillo, el culpable lo había retorcido tanto que había astillado la madera. Solo de pensarlo, D'Agosta sucumbió a una nueva mezcla de dolor y rabia. Aquel trozo de parquet también se lo habían llevado.

En realidad, poco importaban los detalles puesto que ya conocían la identidad del asesino. Por otra parte, nunca estaba de más acumular el máximo de pruebas, porque en aquella ciudad de locos nunca sabías qué jurado te podían asignar.

También estaban todas aquellas extrañas porquerías que el asesino había dejado. Plumas atadas con un cordel verde. Un trozo de ropa cubierto de lentejuelas de colorines. Una bolsita de pergamino llena de polvo, con un extraño dibujo en su exterior. El asesino lo había dejado todo en el charco de sangre, como si se tratase de una ofrenda. Lógicamente, ya se lo habían llevado los de pruebas, pero los tres objetos seguían grabados en la memoria de D'Agosta.

Lo que no había podido llevarse la brigada científica eran los garabatos dibujados en la pared a toda prisa: dos serpientes enroscadas en una especie de planta rara con pinchos, estrellas, flechas, líneas complicadas y una palabra que parecía ser «dambalah». Era evidente que el dibujo estaba hecho con la sangre de Smithback.

D'Agosta fue al dormitorio principal y contempló la cama, el escritorio, el espejo, la ventana al sureste con vistas a West End Avenue, la alfombra, las paredes y el techo. Al fondo había otro lavabo con la puerta cerrada. ¡Qué curioso! Antes la había visto abierta.

Oyó un ruido. Un grifo que alguien abría y cerraba. Aún quedaba alguien de la brigada científica en el piso. Dio unas cuantas zancadas y cogió el pomo, que se le resistió.

—¡Eh, tú, el de dentro! ¿Se puede saber qué haces?

—Un momento —dijo una voz apagada.

Su sorpresa se convirtió en indignación. El muy imbécil estaba usando el baño. En un piso precintado donde habían matado a alguien. Alucinante.

—Abre ahora mismo la puerta.

Se abrió… y apareció el agente especial A. X. L. Pendergast, con un portaprobetas en la mano, unas pinzas en la otra y una lupa de joyero en la cabeza.

—Vincent —dijo la voz acaramelada de siempre—, cuánto siento que volvamos a vernos en tan tristes circunstancias.

D'Agosta se le quedó mirando.

—Pendergast… No tenía ni idea de que hubiera vuelto a la ciudad.

Pendergast se guardó hábilmente las pinzas en el bolsillo e introdujo el portaprobetas en un maletín de médico, junto con la lupa.

—El asesino no ha estado aquí dentro, ni en el dormitorio; deducción bastante obvia, pero de la que deseaba cerciorarme.

—¿Ahora es el FBI el que lleva el caso? —preguntó D'Agosta, mientras seguía a Pendergast del dormitorio a la sala de estar.

—No exactamente.

—O sea que vuelve a trabajar por su cuenta.

—Sería una manera de decirlo. Le agradecería que de momento no comunicara a nadie mi participación. —Se giró—. ¿A usted qué le parece, Vincent?

D'Agosta expuso su reconstrucción del crimen, que fue acogida con gestos de aquiescencia.

—Tampoco es que importe mucho —concluyó D'Agosta—. Ya sabemos quién es el desgraciado. Solo tenemos que encontrarle.

Pendergast arqueó inquisitivamente las cejas.

—Vive en este edificio. Tenemos dos testigos que le vieron entrar y otros dos que le vieron salir lleno de sangre con el cuchillo en la mano. A la salida del apartamento atacó a Nora Kelly; mejor dicho lo intentó, porque salieron los vecinos al oír la pelea y huyó. Pero pudieron verle bien. Me refiero a los vecinos. Nora está en el hospital, con conmoción cerebral leve. Debería recuperarse sin problemas. Dentro de lo que cabe.

Otra ligera inclinación de la cabeza.

—Se llama Fearing, Colin Fearing; un actorucho británico en paro. Apartamento 214. Ya había acosado un par de veces a Nora en el vestíbulo. A mí me parece una violación frustrada. Seguro que esperaba encontrársela sola, pero el que estaba en casa era Smithback. Debió de coger la llave del armario del portero. Tengo a alguien investigándolo.

Esta vez no hubo gesto de aquiescencia, ni nada más allá de la mirada inescrutable de siempre en unos ojos penetrantes de color gris plateado.

—Pero bueno, no hay misterio —dijo D'Agosta, que por alguna razón empezaba a sentirse a la defensiva—. Aparte de la descripción de Nora, el asesino aparece en las cámaras del edificio, con una interpretación digna de un Oscar, tanto al salir como al entrar. De la salida tenemos una toma frontal con el cuchillo en la mano y sangre en todo el cuerpo, amenazando al portero en el vestíbulo antes de irse. Al jurado le encantará. No se salvará ni de milagro, el muy cerdo.

—¿Dice que no hay misterio?

El tono dubitativo de Pendergast minó aún más la confianza de D'Agosta.

—No, ninguno —dijo con firmeza. Miró su reloj—. Me están esperando abajo con el portero. Será uno de los testigos estrella. Un padre de familia de plena confianza, que hace años que conocía al asesino. ¿Quiere preguntarle algo antes de que le dejemos irse?

—Me encantaría, pero antes de que bajemos…

El agente dejó la frase a medias. Introdujo dos dedos largos y blancos en el bolsillo delantero de su americana negra y sacó un documento doblado que ofreció a D'Agosta con un elegante giro de muñeca.

—¿Qué es?

D'Agosta lo cogió, y al abrirlo vio un sello rojo de notario, el sello oficial de Nueva York, un membrete elegante y varias firmas.

—Es el certificado de defunción de Colin Fearing. Con firma y fecha de hace diez días.

3

D'Agosta entró en la portería del 666 de West End Avenue, seguido por la espectral figura de Pendergast. El portero, un grueso dominicano que respondía al nombre de Enrique Mosquera, estaba sentado en un taburete metálico con los robustos muslos separados. Tenía un bigote fino y el pelo ondulado. Al verles llegar, se levantó con una sorprendente agilidad.

—Encuentren a ese hijo de puta —dijo con ardor y fuerte acento—. Smithback era un buen hombre. Le digo yo que...

D'Agosta apoyó suavemente una mano en su pulcro uniforme marrón.

—Le presento al inspector Pendergast, del FBI. Él nos ayudará.

Mosquera observó a Pendergast.

—Muy bien. Perfecto.

D'Agosta respiró hondo. Aún no había asimilado del todo las consecuencias del documento mostrado por Pendergast. Tal vez fuera un gemelo. Tal vez existieran dos Colin Fearing. Nueva York era muy grande, y parecía que la mitad de los residentes británicos se llamaran Colin. A menos que el forense hubiera cometido un terrible error...

—Sé que ya le han hecho muchas preguntas, señor Mosquera —dijo—, pero el inspector Pendergast quiere saber un par de cosas más.

—Tranquilo, que si es para pillar al hijo de puta ese, contesto diez o veinte veces a lo que haga falta.

D'Agosta sacó un bloc. En realidad, lo que quería era que Pendergast oyese las explicaciones del portero, un testigo digno de todo crédito.

Pendergast empezó a hablar en voz baja.

—Describa lo que vio, señor Mosquera. Desde el principio.

—Cuando llegó Fearing, yo estaba dejando a alguien en un taxi, y le vi entrar. No tenía muy buena pinta, como si se hubiera peleado. Tenía la cara hinchada y no sé si un ojo morado. Un color de piel raro, demasiado blanco. También andaba raro. Despacio.

—¿Cuándo le había visto por última vez?

—Hace unas dos semanas. Creo que estuvo fuera.

—Siga.

—Pasa de largo y sube al ascensor. Poco después vuelve la señora Kelly al edificio. Pasan unos cinco minutos. Luego sale él. Increíble. Lleno de sangre, con un cuchillo, haciendo eses como si estuviera herido. —Mosquera hizo una pausa—. Yo intento cogerle, pero me amenaza con el cuchillo, se vuelve y sale corriendo. Entonces llamo a la policía.

Pendergast se acarició el mentón con una mano de marfil.

—En el momento en que entró Fearing, cuando usted dejaba a alguien en un taxi, me imagino que le vio de refilón.

—No, le vi muy bien. No de refilón. Andaba despacio, ya le digo.

—¿Ha dicho que tenía la cara hinchada? ¿No podría ser otra persona?

—Fearing ha vivido aquí seis años. Le abro la puerta tres o cuatro veces al día, al muy hijo de puta.

Pendergast se quedó callado.

—E imagino que al salir tendría la cara cubierta de sangre.

—No, la cara no. La cara sin sangre, o muy poca. El resto todo lleno de sangre: las manos, la ropa… el cuchillo…

Tras un momento de silencio, Pendergast preguntó:

—¿Y si le digo que hace diez días encontraron el cadáver de Colin Fearing en el río Harlem?

Mosquera entrecerró los ojos.

—¡Pues yo le diré que se equivoca!

—Me temo que no, señor Mosquera. Identificación, autopsia… Ya lo han hecho todo.

El portero se irguió en todo su metro sesenta de estatura y adoptó un tono de solemne dignidad.

—Si no me cree, solo le digo una cosa: mire la cinta. El hombre que sale es Colin Fearing. —Retó a Pendergast con la mirada, en silencio—. Me da igual lo que hayan encontrado en el río. El asesino es Colin Fearing. Estoy seguro.

—Gracias, señor Mosquera —dijo Pendergast.

D'Agosta carraspeó.

—Le avisaremos si tenemos más preguntas.

El portero asintió, mirando con recelo a Pendergast.

—El asesino es Colin Fearing. Encuentren a ese hijo de puta.

Salieron a la calle y el aire frío de octubre les refrescó del ambiente cerrado y agobiante del apartamento. Pendergast señaló un Rolls-Royce Silver Wraith del 59 que esperaba junto a la acera. D'Agosta vio al volante la robusta silueta de Proctor, el chófer del inspector.

—¿Quiere que le lleve a la parte alta?

—Pues no le digo que no. Ya son más de las tres y media. Esta noche no duermo.

D'Agosta penetró en el fragante olor a cuero del automóvil, seguido por Pendergast.

—Echémosle un vistazo a la grabación de seguridad.

El inspector pulsó un botón en el apoyabrazos e hizo bajar una pantalla LCD del techo.

D'Agosta sacó un DVD de su maletín.

—Tenga, una copia. El original ya se lo han llevado a comisaría.

Pendergast lo introdujo en el lector. Al poco rato apareció en pantalla el vestíbulo del 666 de West End Avenue, en gran angular. El objetivo ojo de pez abarcaba desde el ascensor hasta la puerta de la calle. El reloj aparecía en una esquina, con precisión de segundos. Debía de ser la décima vez que D'Agosta veía salir al portero con un inquilino. En el momento en que estarían parando un taxi, empujaba la puerta otra persona. Su forma de caminar tenía algo inefable que daba escalofríos: un extraño desgarbo, unos andares pesados y casi sin dirección, que no indicaban prisa alguna. Miraba a la cámara una sola vez, con los ojos vidriosos, como si no viera nada. Iba vestido de manera extraña, con una prenda de lentejuelas sobre la camisa: dibujos de colores sobre fondo rojo, con arabescos, corazones y huesos en forma de sonajero. Tenía la cara hinchada, deformada.

Pendergast aceleró la cinta hasta la aparición de otra persona en el campo de la cámara: Nora Kelly, con una gran caja de pastel. Iba al ascensor y desaparecía. Otro avance rápido y Fearing salía dando tumbos del ascensor. Estaba desquiciado, con la ropa rota y manchada de sangre, y empuñaba un gran cuchillo de submarinista, de unos veinticinco centímetros. El portero se acercaba e intentaba sujetarle, pero Fearing le amenazaba con el cuchillo y, con su paso arrastrado, cruzaba la doble puerta y se perdía en la noche.

—Hijo de la gran puta… —dijo D'Agosta—. Le arrancaría los huevos y se los serviría en una tostada.

Miró de reojo a Pendergast. El agente parecía absorto.

—Tendrá que reconocer que la calidad de la cinta es bastante buena. ¿Seguro que el cuerpo del Harlem es el de Fearing?

—Lo identificó su hermana. Había un par de marcas de nacimiento y tatuajes que coincidían. El forense que se encargó de todo es un poco especial, pero de confianza.

—¿De qué murió?

—Suicidio.

D'Agosta gruñó.

—¿No tenía más parientes?

—Su madre vive en una residencia, pero no está en posesión de sus facultades mentales. No hay nadie más.

—¿Y la hermana?

—Volvió a Inglaterra después de identificar el cadáver. —Pen-

dergast enmudeció, hasta que D'Agosta le oyó murmurar algo—:
Curioso, muy curioso.

—¿El qué?

—Querido Vincent, si ya es desconcertante el caso en sí, hay algo en la cinta que me causa especial perplejidad. ¿Se ha fijado en lo que hace al entrar en el vestíbulo desde la calle?

—¿Qué hace?

—Mirar a la cámara.

—Porque sabía dónde estaba. Vivía en el edificio.

—Justamente.

El agente del FBI volvió a sumirse en un silencio contemplativo.

4

Caitlyn Kidd desayunaba en su RAV4, con un bocadillo del Subway en una mano, un gran café solo en la otra y el *Vanity Fair* apoyado en el volante. Fuera se oía el molesto *ostinato* de bocinas de la calle Setenta y nueve Oeste en hora punta matinal.

Se oyó crepitar la radio policial incorporada al tablero de mandos. Caitlyn bajó inmediatamente la vista.

«... Central a 2527, acuda a un 10-50 en Ciento ochenta esquina Tres...»

El interés de Caitlyn se desvaneció de golpe, como había surgido. Dio otro mordisco al bocadillo mientras pasaba las páginas con la punta de un dedo libre.

Como reportera de sucesos en Manhattan, pasaba largas horas de espera en su coche. Muchos delitos se producían en zonas apartadas de la isla y, para quien supiera orientarse, era muchísimo más rápido el coche que el metro o el taxi. Era un trabajo centrado en la exclusiva, donde cada minuto valía su peso en oro. El receptor de frecuencias policiales era su manera de no perderse lo más interesante. Una exclusiva de verdad: esa era su gran esperanza, una exclusiva de las gordas.

En el asiento de al lado empezó a sonar el móvil como loco. Lo cogió y se lo puso entre la barbilla y el hombro, procediendo a complicados juegos malabares con el bocadillo, el teléfono y el café.

—Kidd.

—¿Dónde estás, Caitlyn?

Reconoció la voz: Larry Basington, redactor de necrológicas del *West Sider*, el periódico basura para el que ambos trabajaban. Siempre intentaba ligársela. Caitlyn se había dejado invitar a comer, más que nada por falta de dinero, y porque no cobraba hasta finales de semana.

—Estoy de ronda —dijo Kidd.

—¿Tan temprano?

—Las mejores llamadas las recibo hacia el amanecer. Es cuando encuentran los fiambres.

—No sé por qué te esfuerzas tanto. El *West Sider* no es precisamente el *Daily News*. Oye, no te olvides…

—Un segundo.

Volvió a prestar atención a la radio de la policía.

«… Central a 3133, aviso de 10-53 en Broadway 1579, responda, por favor…»

«3133 a central, 10-4…»

La apagó y se puso otra vez al teléfono.

—Perdona, ¿qué decías?

—Decía que no te olvides de la cita.

—No es una cita. Es una comida.

—Bueno, déjame soñar. ¿Adónde quieres ir?

—Decide tú, que eres el que invita.

Una pausa.

—¿Qué te parece el vietnamita de la calle Treinta y dos?

—Mmm… No, gracias. Es donde comí ayer y me arrepentí toda la tarde.

—¿Pues en el Alfredo's, entonces?

Pero Kidd volvía a estar atenta a la radio.

«… Central, central, aquí 7477. Aviso sobre el homicidio 10-29: la víctima, William Smithback, va de camino al laboratorio forense. El supervisor abandona el lugar.»

«10-4, 7477…»

Casi se le cayó el café.

—¡Me cago en la leche! ¿Lo has oído?

—¿Qué tenía que oír?

—Acaban de decirlo por el canal interno. Han asesinado a alguien, y conozco a la víctima: Bill Smithback, el tipo que escribía en el *Times*. Le conocí el mes pasado en la conferencia de periodistas de la Columbia.

—¿Cómo sabes que es el mismo?

—¿Conoces a muchos Smithback? Bueno, Larry, me tengo que ir.

—Caray, pobre hombre… Oye, sobre la comida…

—Déjate de comidas.

Cerró el teléfono con la barbilla, lo dejó caer en su regazo y puso el motor en marcha. Embragó y se mezcló con el tráfico, bajo una lluvia de trozos de lechuga, tomate, pimientos verdes y huevos revueltos.

Tardó cinco minutos en llegar a la esquina de West End Avenue con la calle Noventa y dos. Era una experta en conducción urbana y su Toyota tenía las suficientes abolladuras y arañazos como para dar a conocer que no le venía de uno más. Encajó el coche al lado de una boca de incendios. Con algo de suerte tardaría menos en conseguir los datos que un guardia de tráfico en ver la infracción. Si no… pues a la mierda; ya debía más en multas de lo que valía el coche.

Caminó deprisa por la acera y sacó una grabadora digital de su bolsillo. A la altura del número 666 de West End Avenue había varios vehículos en doble fila: dos coches patrulla, un Crown Vic sin identificar y una ambulancia. En aquel momento se iba un furgón del depósito de cadáveres. En el último escalón de la entrada del edificio había dos polis de uniforme que solo dejaban entrar a los vecinos aunque abajo, en la acera, un grupo susurraba nervioso. En todas las caras se advertía la misma mueca de crispación. «Ni que hubieran visto un fantasma», se dijo irónicamente Kidd.

Se coló en el grupo con la eficacia de una experta y empezó a prestar oídos a media docena de conversaciones simultáneas, cribando hábilmente lo que viniera al caso y enfocando su atención en quienes parecieran saber algo. Se giró hacia un hombre calvo y robusto, con la cara roja como una granada y que a pesar del frío del otoño, sudaba mucho.

—Perdone —dijo, acercándose—. Caitlyn Kidd, periodista. ¿Es verdad que han matado a William Smithback?

El hombre asintió con la cabeza.

—¿El reportero?

Volvió a asentir y añadió:

—Una tragedia. Era muy simpático. Siempre me traía periódicos gratis. ¿Es usted su colega?

—Trabajo en sucesos para el *West Sider*. ¿Le conocía bien?

—Vecinos de rellano. Ayer mismo le vi —dijo y sacudió la cabeza.

Justo lo que Caitlyn necesitaba.

—¿Qué ha pasado exactamente?

—Fue anoche. Un tío le pegó unos buenos tajos con un cuchillo. Lo oí todo. Horrible.

—¿Y el asesino?

—Le vi y le reconocí. Era uno que vive en el edificio, Colin Fearing.

—Colin Fearing —repitió despacio Kidd para la grabadora.

La expresión del hombre adquirió un nuevo matiz que Caitlyn no supo interpretar.

—Aunque hay algo que no cuadra.

Kidd era todo oídos.

—¿Ah, no?

—Parece que Fearing murió hace casi dos semanas.

—¿En serio? ¿Cómo?

—Encontraron su cadáver flotando cerca de Spuyten Duyvil. Ya se lo han hecho todo: la identificación, la autopsia…

—¿Está seguro?

—Se lo dijo la policía al portero, y él a nosotros.

—No lo entiendo —dijo Kidd.

El hombre sacudió la cabeza.

—Yo tampoco.

—Pero ¿está seguro de que la persona que vio anoche también era Colin Fearing?

—Completamente. Pregúnteselo a Heidi, que también le reconoció. —Señaló a una de las personas de su lado, una mujer asustada, con cara de ratón de biblioteca—. También le vio el portero. Se pelearon. Mire, es el que sale del edificio —dijo y señaló la puerta por la que estaba saliendo un hispano bajo y de aspecto pulcro.

Caitlyn anotó rápidamente sus nombres y algunos detalles relevantes. Ya se hacía una idea de cómo lo enfocaría el encargado de titulares del *West Sider*.

Otros periodistas empezaron a abatirse como buitres, discutiendo con los policías que, tras salir de su inmovilidad, estaban metiendo a los vecinos en el edificio. Al llegar al coche, Caitlyn se encontró una multa debajo de uno de los parabrisas.

Le daba igual. Ya tenía su exclusiva.

5

Nora Kelly abrió los ojos. Era de noche y todo estaba en silencio. Por la ventana de la habitación del hospital se filtraba algo de brisa urbana que hacía susurrar la cortina de la cama vacía de al lado.

Se había disipado la bruma de los analgésicos. Al comprender que ya no dormiría, se quedó muy quieta, intentando contener la marea de horror y tristeza que pretendía ahogarla. El mundo era cruel y caprichoso. El mero hecho de respirar parecía un sinsentido. Aun así, se esforzó por dominar su tristeza y concentrarse en el dolor sordo de su cabeza vendada y en los ruidos del gran hospital. Al poco rato sus brazos y sus piernas dejaron de temblar.

Bill —su marido, su amante, su amigo— estaba muerto. Además de haberlo visto, lo sentía en sus huesos. Había una ausencia, un vacío. Bill había desaparecido de la tierra.

El impacto, el horror de la tragedia, parecían aumentar a cada hora. Los pensamientos de Nora tenían una claridad angustiosa. ¿Cómo podía haber pasado algo así? Era una pesadilla, la acción brutal de un dios despiadado. La noche anterior celebraban su primer aniversario de boda… Y ahora… ahora…

Hizo otro esfuerzo para no sucumbir a los embates de un dolor insoportable. Su mano se acercó al botón de llamada para pedir otra dosis de morfina, pero la frenó a tiempo. No era la solución. Cerró los ojos con la esperanza de poder refugiarse en el sueño pero con la certeza de que no lo lograría. Quizá nunca volviese a dormir.

Oyó un ruido y una sensación fugaz de *déjà vu* le indicó que era el mismo que la había despertado. Abrió los ojos. Era un gruñido, y procedía de la otra cama de la habitación doble. Se le pasó la punzada de pánico. Debían de haber puesto a alguien en la cama mientras ella dormía.

Giró la cabeza, buscando con la vista al paciente detrás de la cortina. Ahora se oía una respiración, un estertor irregular. Se movió la cortina. Nora se dio cuenta de que no era por la circulación del aire dentro de la habitación sino por un cambio de postura del ocupante de la cama. Un susurro de sábanas almidonadas. Las cortinas semitraslúcidas recibían la luz de la ventana por detrás. Nora entrevió una silueta oscura que, justo entonces, empezó a incorporarse despacio, con otro suspiro y un gemido sibilante de cansancio.

Se levantó un brazo, que rozó la cortina desde el otro lado.

Nora vio la sombra imprecisa de una mano que se deslizaba por los pliegues de la gasa imprimiendo un balanceo a la cortina. La mano encontró una abertura e, introduciéndose por ella, se agarró al borde de la tela.

No podía apartar la vista. Era una mano sucia, salpicada de manchas húmedas y oscuras, con aspecto de sangre. Cuanto más escudriñaba la penumbra, más se convencía de que realmente era sangre. Tal vez el paciente acabara de salir del quirófano, o se le hubieran abierto los puntos. Debía de estar muy grave.

—¿Se encuentra bien? —preguntó con una voz que en el silencio parecía más fuerte y ronca.

Otro gruñido. La mano empezó a apartar la cortina muy despacio. La lentitud con que se deslizaban las anillas de acero por la barra tenía algo horrible. Chocaban entre sí con una cadencia fría, de tullido. Nora volvió a buscar a tientas el botón de la baranda de la cama.

Al descorrerse la cortina, quedó a la vista una figura oscura envuelta en harapos y cubierta de manchas oscuras. Tenía el pelo pegajoso y despeinado. Nora aguantó la respiración. Ante sus ojos, la figura giró lentamente la cabeza para mirarla. De su boca abierta brotó un ruido gutural, como el de un desagüe.

Nora encontró el botón y empezó a pulsarlo frenéticamente.

La figura puso los pies en el suelo y esperó un momento, como si tuviera que recuperarse, y se levantó con gran dificultad. Durante un minuto se bamboleó en la penumbra. Después dio un paso corto, casi experimental, hacia ella. En ese momento, su cara quedó expuesta a la luz del dintel de la puerta y Nora tuvo la visión brevísima de unas facciones borrosas y abotargadas, hinchadas, húmedas. Tanto aquellas facciones como la torpeza de los movimientos despertaron en Nora la angustiosa sensación de que le resultaban familiares. Al siguiente paso, un brazo tembloroso se tendió hacia ella…

Nora gritó y se protegió con las manos, echándose hacia atrás para que no la alcanzara y enredándose los pies en la sábana. Gritó y pulsó el botón mientras intentaba desenredarse. ¿Por qué tardaban tanto las enfermeras? Finalmente se soltó, con un estirón brutal. Entonces bajó de la cama y, al tropezar con la percha del gotero, se cayó al suelo en una nube de horror y pánico…

Tras un largo momento de niebla y confusión, oyó pasos y voces. Se encendieron las luces y una enfermera se inclinó hacia ella y la levantó con suavidad, susurrándole palabras tranquilizadoras al oído.

—No pasa nada —dijo la voz—. Tenías pesadillas.

—¡Estaba aquí! —exclamó Nora, intentando soltarse—. ¡Aquí mismo!

Quiso levantar un brazo para señalar, pero la enfermera la sujetaba con suavidad y firmeza.

—Voy a meterte otra vez en la cama —dijo—. Después de una conmoción es muy normal tener pesadillas.

—¡No! ¡Le juro que era real!

—Lo parecía, claro, pero tranquila, que ya no pasa nada.

La enfermera la acostó y la tapó.

—¡Mire! ¡Detrás de la cortina!

Le dolía mucho la cabeza, tanto que casi no podía pensar.

Otra enfermera llegó corriendo con una jeringuilla lista.

—Ya, ya lo sé, pero estate tranquila, que ahora está todo bien…

La enfermera le pasó un paño fresco por la frente, suavemente. Nora sintió un pinchazo en la parte superior del brazo. Llegó otra enfermera, que levantó el gotero.

—Detrás de la cortina…, en la cama…

Notó que se le relajaba todo el cuerpo, sin poder evitarlo.

—¿Aquí? —preguntó la enfermera, levantándose. Apartó la cortina con la mano, mostrando una cama muy bien hecha, tersa como la piel de un tambor—. ¿Lo ves? Solo era un sueño.

Nora se acostó, sintiendo un gran peso en sus brazos y sus piernas. Al final no era real.

La enfermera se inclinó para alisar la sábana, remetiéndola en los bordes de la cama. Nora vislumbró cómo la segunda enfermera colgaba una nueva botella de solución salina y colocaba la vía en su sitio. Parecía todo muy lejano. Estaba cansada. Tan cansada… Pues claro que había sido un sueño. De repente ya no le importaba, y pensó que era maravilloso que no le importase nada…

6

Vincent D'Agosta se detuvo en la puerta abierta de la habitación del hospital para llamar con timidez. El sol de la mañana entraba a raudales en el pasillo, haciendo brillar los relucientes aparatos que se sucedían al pie de las paredes de baldosas.

No se esperaba una voz tan enérgica.

—Adelante.

Entró, algo incómodo, y tras dejar su gorra en la única silla, tuvo que recogerla para sentarse. No se le daban bien esas cosas. Se atrevió a mirarla, y se llevó una sorpresa. En vez de una viuda malherida, angustiada y en pleno duelo, que era lo que esperaba, se encontró a una mujer de una serenidad más que notable. Tenía los ojos rojos, pero brillantes, y resueltos. Las únicas señales del ataque de dos noches antes eran la venda que cubría parcialmente su cabeza y un resto de morado en el ojo derecho.

—Lo siento tanto, Nora… pero tanto, joder… —dijo D'Agosta, pero le falló la voz.

—Bill le consideraba un buen amigo —contestó ella despacio, midiendo cada palabra, como si supiera qué decir, pero en el fondo no lo comprendiese.

Una pausa.

—¿Usted cómo se encuentra? —preguntó D'Agosta, dándose cuenta de lo insulsas que sonaban sus palabras.

La respuesta de Nora fue sacudir la cabeza y preguntar lo mismo.

—¿Y usted? ¿Cómo se encuentra?

D'Agosta fue sincero.

—Hecho polvo.

—Él se alegraría de que… lo lleve usted.

Asintió con la cabeza.

—A mediodía pasará el doctor y, si va todo bien, ya deberían dejarme salir.

—Nora, lo primero que quiero que sepa es que encontraremos al miserable que lo hizo; y cuando le encontremos, le encerraremos y tiraremos la llave.

Nora no contestó.

D'Agosta se frotó la calva.

—Para eso tengo que hacerle unas preguntas más.

—Adelante. La verdad es que hablar… ayuda.

—De acuerdo. —Vaciló—. ¿Está segura de que era Colin Fearing?

Nora le miró sin alterarse.

—Tan segura como de que ahora estoy aquí, en esta cama. Sí, sí que era Fearing.

—¿Le conocía bien?

—En el vestíbulo siempre me miraba de manera indecente. Una vez me pidió salir aun sabiendo que estaba casada. —Se estremeció—. Un cerdo de armas tomar.

—¿Mostraba algún indicio de inestabilidad mental?

—No.

—Cuénteme lo de cuando le pidió… mmm… salir.

—Coincidimos en el ascensor; mientras subíamos se me plantó delante, con las manos en los bolsillos, y con su acento británico meloso me preguntó si me apetecía ir a su casa a ver sus grabados.

—¿Grabados, dijo? ¿En serio?

—Supongo que le parecía irónico.

D'Agosta sacudió la cabeza.

—¿Le había visto en las últimas… dos semanas, pongamos?

Nora no contestó enseguida. Parecía hacer un esfuerzo de memoria. D'Agosta se compadeció de ella.

—No. ¿Por qué lo pregunta?

Aún no era el momento de decírselo.

—¿Tenía novia?

—Que yo sepa, no.

—¿Y a su hermana? ¿La vio alguna vez?

—Ni siquiera sabía que tuviera una hermana.

—¿Fearing tenía algún amigo íntimo? ¿Tal vez algún otro pariente?

—No le conozco bastante para contestar a eso. Parecía un poco solitario. Tenía horarios raros; es que era actor, y trabajaba en el teatro, ¿sabe?

D'Agosta consultó su bloc, donde tenía anotadas algunas preguntas de rutina.

—Solo un par de formalidades, para dejar constancia. ¿Cuánto tiempo llevan casados usted y Bill?

No tuvo valor para decirlo en pasado.

—Era nuestro primer aniversario.

D'Agosta intentó mantener un tono tranquilo y neutro. Notaba obstruida la garganta y tragó saliva.

—¿Cuánto tiempo hace que Bill trabaja para el *Times*?

—Cuatro años. Antes estuvo en el *Post*. Y antes de eso trabajaba por su cuenta, escribiendo libros sobre el museo y el acuario de Boston. Ya le mandaré su currículum... —Nora bajó mucho la voz—. Si quiere.

—Gracias. Me iría muy bien. —D'Agosta hizo unas anotaciones y volvió a mirarla—. Nora, lo siento pero se lo tengo que preguntar. ¿Tiene alguna idea de por qué lo hizo Fearing?

Nora negó con la cabeza.

—¿No había roces ni rencores?

—Que yo sepa, no. Fearing era un simple vecino de nuestro edificio.

—Ya sé que son preguntas difíciles, y le agradezco...

—Lo difícil, teniente, es saber que Fearing sigue suelto. Usted pregunte todo lo que tenga que preguntar.

—Vale. ¿Cree que su intención era acosarla?

—Puede ser, pero eligió el momento menos oportuno. Entró en el piso justo después de que me fuera yo. —Nora titubeó—. ¿Le puedo hacer una pregunta, teniente?

—Claro.

—¿Verdad que a esas horas de la noche era previsible que estuviéramos los dos en casa? Pero él solo llevaba un cuchillo.

—Exacto, solo un cuchillo.

—Si entras en una casa y crees que te encontrarás con dos personas, no te vas solo con un cuchillo. Hoy en día es muy fácil conseguir una pistola.

—Tiene toda la razón.

—¿Entonces? ¿A usted qué le parece?

D'Agosta le había dado muchas vueltas.

—Buena pregunta. ¿Está segura de que era él?

—Es la segunda vez que me lo pregunta.

D'Agosta sacudió la cabeza.

—Solo quería cerciorarme.

—Pero le están buscando, ¿no?

—¡Pues claro, mujer!

«Sí, en la tumba.» Ya habían empezado con el papeleo de la exhumación.

—Casi he terminado. ¿Bill tenía enemigos?

Por primera y única vez, Nora se rió, pero sin ganas, con un bufido ronco y triste.

—¿Un reportero del *New York Times*? ¡Cómo no!

—¿Alguno en especial?

Pensó un momento.

—Lucas Kline.

—¿Quién?

—Uno que tiene una empresa de software aquí, en Nueva York. Le gusta follarse a las secretarias, y luego las intimida para que no hablen. Bill escribió un artículo de denuncia sobre él.

—¿Y por qué lo destaca?

—Le mandó una carta a Bill. Con amenazas.

—Me gustaría verla, si es tan amable.

—Por supuesto, aunque Kline no es el único. Bill también estaba escribiendo unos artículos sobre derechos de los animales… He hecho una lista mentalmente. Y luego están aquellos paquetes tan raros…

—¿Qué paquetes?

—El último mes recibió dos. Cajitas con cosas raras. Muñequitas de franela. Huesos de animales, musgo, lentejuelas… Cuando vuelva a casa… —La voz de Nora se quebró, pero carraspeó y siguió obstinadamente—. Cuando vuelva a casa, repasaré sus recortes y seleccionaré todos los artículos recientes que pudieran ofender a alguien. Debería usted hablar con su editor del *Times* para saber en qué estaba trabajando últimamente.

—Ya le tengo en mi lista.

Nora guardó un minuto de silencio, mirando a D'Agosta con sus ojos rojos y resueltos.

—Teniente, ¿a usted no le da la impresión de que fue un asesinato especialmente torpe? Fearing entró y salió sin pensar en los testigos, ni disfrazarse, ni esquivar las cámaras de seguridad.

Era otro tema sobre el que D'Agosta había reflexionado mucho: ¿realmente Fearing podía ser tan tonto? Suponiendo que hubiera sido él, naturalmente…

—Aún queda mucho por aclarar.

Nora sostuvo su mirada un poco más, luego bajó la vista y contempló la sábana.

—¿El apartamento aún está precintado?

—No, desde las diez de la mañana ya no.

Titubeó.

—Me dan el alta esta tarde y… y… quiero volver lo antes posible.

D'Agosta lo entendió.

—Ya he pedido que preparen el… que lo preparen para cuando vuelva. Hay una empresa que lo hace sin que haya que avisar con demasiada antelación.

Nora asintió y giró la cabeza.

Era el momento de irse. D'Agosta se levantó.

—Gracias, Nora. La mantendré informada. ¿Me avisará si se le ocurre algo más? ¿Me mantendrá al corriente?

Nora volvió a asentir, sin mirarle.

—Y acuérdese de lo que he dicho: encontraremos a Fearing. Le doy mi palabra.

7

El agente especial Pendergast se deslizó en silencio por el largo pasillo central a media luz de su piso de la calle Setenta y dos Oeste. Atrás fueron quedando una elegante biblioteca, una sala con óleos renacentistas y barrocos, una caja fuerte climatizada (llena hasta el techo de vinos de reserva en botelleros de teca) y, por último, un salón con sillones de cuero, alfombras caras de seda y terminales directamente conectados con media docena de bases de datos de las fuerzas del orden.

Era la zona pública del piso de Pendergast, aunque no la hubieran visto más de diez o doce personas. Ahora se dirigía a la zona privada, que solo conocían él y Kyoko Ishimura, la asistenta sordomuda que vivía en el piso y lo cuidaba.

A lo largo de bastantes años, a medida que salían a la venta los dos pisos adyacentes, Pendergast los había comprado e incorporado al suyo. Ahora su residencia se extendía por casi toda la fachada de la calle Setenta y dos del Dakota, e incluso de una parte de la de Central Park Oeste: una fortaleza inmensa y laberíntica, pero extremadamente privada.

Al llegar al final del pasillo, abrió la puerta de lo que parecía un armario aunque no lo era: en la pequeña habitación del otro lado solo había otra puerta en la pared del fondo. Tras desactivar los dispositivos de seguridad, abrió la puerta y penetró en los aposentos privados. También los cruzó deprisa, saludando con la cabeza a la señorita Ishimura, que estaba en la gran cocina preparando sopa de tripas de pescado en una encimera profesional. Como todos los espacios del Dakota, la cocina tenía el techo más alto de lo normal. Finalmente, Pendergast llegó al final de otro pasillo y a otra puerta de apariencia inofensiva. Él iba al otro lado, al tercer apartamento, el sanctasanctórum al que ni siquiera la propia señorita Ishimura casi nunca accedía.

Abrió la puerta de otra habitación con dimensiones de armario, aunque esta vez al fondo no había otra puerta sino un *shoji*, una división corredera de madera y paneles de papel de arroz. Cerró la puerta, se acercó al *shoji* y lo apartó con suavidad.

Detrás había un jardín muy tranquilo. En el aire, ya denso de aromas a pino y eucalipto, flotaba el sonido de un chorrito de agua y el canto de los pájaros. La luz era tenue e indirecta y sugería la llegada del anochecer. En un verde receso zureaba una paloma.

De ahí partía un estrecho sendero de piedras planas, flanqueado por faroles de piedra, que serpenteaba entre macizos de plantas perennes. Tras cerrar el *shoji*, Pendergast pasó por encima del margen de guijarros y se internó por el sendero. Era un *uchi-roji*, el jardín interior de una casa de té; un lugar de gran intimidad, casi secreto, que exudaba calma y fomentaba el ánimo contemplativo. Pendergast llevaba tanto tiempo disfrutando de él que casi ya no sabía valorar su singularidad: un jardín completo y autónomo dentro de un gran edificio de pisos de Manhattan.

Al otro lado, entre los arbustos y los diminutos árboles, podía vislumbrarse una sencilla cabaña de madera sin ningún tipo de decoración. Pendergat pasó junto a la refinada fuente hacia la entrada del salón de té y volvió a apartar el *shoji*.

Al fondo estaba el salón de té propiamente dicho, decorado con elegante austeridad. Se quedó un momento en la entrada, paseando la vista por el pergamino colgado en su horracina, los arreglos florales *chabana* y los estantes con batidores, cucharas de té y otros instrumentos, todo de una absoluta pulcritud. Después cerró la puerta corredera y, una vez sentado al modo *seiza* en el tatami, inició los rituales minuciosos de la ceremonia en sí.

La ceremonia del té es el centro de un ritual lleno de elegancia y perfección y consiste en servir el té a un grupo reducido de invitados. Pese a estar solo, Pendergast hizo la ceremonia para un invitado: alguien que no podía estar presente.

Llenó con cuidado la tetera, introdujo la medida justa de té en polvo, lo batió hasta lograr la consistencia deseada y lo sirvió en dos cuencos exquisitos del siglo XVII. Uno de ellos se lo puso delante y el otro lo depositó al otro lado del tatami. Permaneció un momento sentado viendo salir el vapor de su cuenco y observando cómo ascendía en delicadas volutas. A continuación, de forma lenta y meditativa, se llevó el cuenco a los labios.

Sorbo a sorbo, permitió que algunos recuerdos adquiriesen forma de imagen en su mente y las evocó de una en una. Todos los recuerdos giraban en torno a lo mismo: William Smithback Jr. colaborando con él en una carrera contrarreloj para reventar la puerta de la tumba de Senef y rescatar a quienes se habían quedado encerrados dentro. Smithback horrorizado en el asiento trasero de un taxi robado, mientras Pendergast sorteaba el tráfico con la pretensión de esquivar a su hermano Diogenes. Luego, bastante antes, Smithback escandalizado y consternado al ver que Pendergast quemaba la receta del Arcano frente a la tumba de Mary Greene. Y antes aún, de nuevo Smithback a su lado durante la terrible lucha contra los extraños moradores de la Buhardilla del Diablo, muy por debajo de las calles de Nueva York.

Cuando se hubo terminado su té, también se terminaron los recuerdos. Pendergast dejó el cuenco sobre la estera y cerró un momento los ojos. Al volver a abrirlos contempló el otro cuenco, que seguía lleno, delante de él. Suspiró quedamente y pronunció unas palabras.

—*Waga tomo yasurakani.* Adiós, amigo mío.

8

Mediodía. Por enésima vez, D'Agosta apretó el botón del ascensor y soltó una palabrota en voz baja. Miró su reloj.

—Nueve minutos. Es increíble. Llevamos aquí nueve malditos minutos.

—Tiene que aprender a aprovechar los ratos libres, Vincent —murmuró Pendergast.

—¿Ah, sí? Pues a mí me parece que usted también ha estado perdiendo el tiempo.

—Al contrario. Durante los últimos nueve minutos he reflexionado (con sumo placer) sobre la invocación en el tercer libro de *El paraíso perdido* de Milton, he repasado los nombres en latín de la segunda declinación (hay declinaciones en latín que constituyen poco menos que una ocupación a tiempo completo) y he redactado mentalmente una elocuente carta de la que pienso hacer entrega a los técnicos que diseñaron este ascensor.

Un profundo traqueteo anunció la llegada del ascensor. Las puertas se abrieron rechinando. La cabina, atestada, expulsó a sus ocupantes: médicos, enfermeras, y por último un cadáver en una camilla. Subieron y D'Agosta pulsó el botón donde ponía «b2».

Tras una larga espera, las puertas se cerraron retumbando. El ascensor empezó a bajar con tal lentitud que apenas se percibía el movimiento. Al cabo de otra espera interminable, el chirrido de las puertas dejó a la vista un pasillo del sótano, forrado con baldosas, fluorescentes verdosos y un fuerte olor a formol y muerte. Tras un cristal corredero divisorio, un vigilante custodiaba dos puertas de acero cerradas con llave.

Al acercarse, D'Agosta sacó la placa.

—Teniente D'Agosta, policía de Nueva York, homicidios, y agente especial Pendergast, del FBI. Venimos a ver al doctor Wayne Heffler.

—Los documentos en la bandeja —dijo una voz lacónica.

Depositaron sus placas en una bandeja deslizante. Se las devolvieron poco después junto con dos pases. Las puertas de acero se entreabrieron con un clic metálico.

—Al final del vestíbulo, segundo pasillo a la izquierda al llegar a la intersección. Pregunten a la secretaria.

La secretaria estaba ocupada y tardaron otros veinte minutos en ver al doctor. Cuando finalmente se abrió la puerta y les hicieron pasar a un despacho elegante, D'Agosta ya tenía ganas de pelea. Nada más ver la cara arrogante y malhumorada del ayudante del forense, supo que lo tendría fácil.

El forense se levantó de detrás de la mesa y, deliberadamente, no les invitó a sentarse. Era un hombre mayor, guapo, delgado, huesudo, que llevaba un cárdigan, una pajarita y una camisa blanca almidonada. Tenía una chaqueta de tweed en el respaldo de la silla. Canoso y con poco pelo, se peinaba hacia atrás, despejando una frente ancha. Su imagen afable y paternal no se extendía a los ojos, azules y de una frialdad glacial tras las gafas de concha. En las paredes, revestidas de madera, había grabados de caza así como una vitrina grande con banderines de vela deportiva. «Un *gentleman* de tomo y lomo», pensó D'Agosta, irritado.

—¿En qué puedo ayudarles? —preguntó el forense sin sonreír, con las manos encima de la mesa.

D'Agosta cogió intencionadamente una silla y la cambió varias veces de sitio antes de sentarse, sin la menor prisa. Pendergast se acomodó en otra con agilidad. D'Agosta sacó un documento de su maletín y lo empujó a través del kilómetrico escritorio.

El forense ni siquiera lo miró.

—Teniente… D'Agosta, deme los detalles. Ahora no tengo tiempo de leer informes.

—Es sobre la autopsia de Colin Fearing. La dirigió usted, ¿se acuerda?

—Pues claro. El cadáver que apareció en el Harlem. Un suicidio.

—Exacto —dijo D'Agosta—. Pues tengo cinco testigos de confianza que juran y perjuran que es quien cometió el asesinato de anoche en West End Avenue.

—Imposible.

—¿Quién identificó el cadáver?

—Su hermana. —Heffler hojeó impacientemente una carpeta abierta—. Carmela Fearing.

—¿No tenía ningún otro familiar?

Más papeleo impaciente.

—Solo su madre. Vive al norte del estado, en una residencia, y no está en posesión de sus facultades mentales.

D'Agosta miró a Pendergast de reojo, pero el agente especial estaba examinando los grabados deportivos con patente desagrado, como si no prestase atención al interrogatorio.

—¿Marcas particulares?

—Fearing tenía un tatuaje muy original de un hobbit en el deltoides izquierdo, y una marca de nacimiento en el tobillo derecho. Lo primero se lo consultamos al tatuador, y era muy reciente. Lo segundo lo corroboró el certificado de nacimiento.

—¿Historial dental?

—No pudimos localizar el historial dental.

—¿Por qué?

—Colin Fearing nació y creció en Inglaterra. Antes de instalarse en Nueva York vivió en San Antonio, Texas. Según su hermana, todos los arreglos dentales se los hizo en México.

—¿Y no llamaron a las clínicas de México ni de Londres? ¿Cuánto se tarda en escanear una radiografía y enviarla por e-mail?

El forense suspiró de irritación.

—Una marca de nacimiento, un tatuaje y la identificación del cadáver ante notario por parte de un pariente digno de crédito. Hemos cumplido de sobra con la normativa, teniente. Si cada vez que se suicida un extranjero en Nueva York tuviera que buscar su historial dental en el extranjero, se me acumularía el trabajo.

—¿Se han quedado alguna muestra de tejidos o sangre de Fearing?

—Las radiografías y las muestras de tejido y sangre las reservamos para cuando existe alguna duda sobre la muerte. Esto era un suicidio puro y duro.

—¿Cómo lo sabe?

—Fearing se tiró al Harlem desde el puente rotatorio que hay al otro lado de Spuyten Duyvel. El cadáver lo encontró en el Spuyten Duyvel una lancha de la policía. Se reventó los pulmones y se fracturó el cráneo por el salto. También había una nota de suicidio. Aunque todo eso ya lo sabe, teniente.

—Lo he leído en el dossier. No es lo mismo que saberlo.

El forense se había quedado de pie. Cerró elocuentemente la carpeta de la mesa.

—Gracias, señores. ¿Algo más?

Miró su reloj de pulsera.

Fue el momento en que Pendergast se decidió a intervenir.

—¿A quién entregaron el cadáver? —Hablaba despacio, como si tuviera sueño.

—A la hermana, por supuesto.

—¿Con qué documento identificaron a la hermana? ¿El pasaporte?

—Si no recuerdo mal, con un permiso de conducir del estado de Nueva York.

—¿Se quedaron una copia?

—No.

Pendergast profirió un leve suspiro.

—¿Hay testigos del suicidio?

—Que yo sepa, no.

—¿Se hizo un examen forense de la nota para determinar si estaba escrita por Colin Fearing?

Un titubeo. El forense abrió de nuevo la carpeta y la consultó.

—Parece que no.

D'Agosta retomó el hilo del interrogatorio.

—¿Quién encontró la nota?

—El mismo policía que recuperó el cuerpo.

—¿Y la hermana? ¿Habló usted con ella?

—No. —Heffler dejó de mirar a D'Agosta, sin duda con la esperanza de que se callara—. Señor Pendergast, ¿puedo preguntarle por qué está interesado el FBI?

—No, doctor Heffler, no puede.

D'Agosta prosiguió.

—Mire, doctor, tenemos el cadáver de Bill Smithback en el depósito, y para seguir investigando nos urge hacerle la autopsia. También nos urge hacer pruebas con las muestras de sangre y pelo. Y una prueba de ADN de la madre de Colin Fearing, para comparar, visto que a usted se le olvidó quedarse muestras de la autopsia del suicida.

—¿Cuánto les urge?

—Máximo cuatro días.

Una sonrisita de victoria y desdén hizo temblar los labios del forense.

—Lo siento muchísimo, teniente, pero no puede ser. Vamos bastante retrasados, y aunque no fuera así, en cuatro días es imposible. Para una autopsia hay que calcular entre diez días y tres semanas. En cuanto a los resultados del ADN, ni siquiera dependen de mí. Necesitarán una orden judicial para extraer sangre a la madre, y eso puede tardar meses. Con el trabajo acumulado que tienen en el laboratorio de ADN, tendrán suerte si les dan el resultado en menos de medio año.

—Qué inoportuno —volvió a intervenir Pendergast y se giró hacia D'Agosta—. Supongo que tendremos que esperar. A menos que el doctor Heffler pudiera… ¿cómo se dice?… poner el turbo con la autopsia.

—Si pusiera el turbo para todos los agentes del FBI o detectives de homicidios que me lo pidieran, y me lo piden todos, no podría dedicarme a nada más. —Les devolvió el documento deslizándolo por la mesa—. Lo siento, señores. Y ahora, si me disculpan…

—No faltaría más —dijo Pendergast—. Sentimos mucho haberle hecho perder un tiempo tan valioso.

D'Agosta se quedó de piedra al ver que Pendergast se levantaba para irse. ¿Se iban a marchar así, aceptando que se los quitasen de encima de aquella manera?

Pendergast se volvió, dio unas zancadas hacia la puerta y vaciló.

—Es raro que pudieran trabajar tan eficazmente con el cadáver de Fearing… ¿Cuántos días tardaron?

—Cuatro, pero era un suicidio sin complicaciones. Tenemos problemas de espacio.

—¡Ah, muy bien! Pues teniendo en cuenta su problema de espacio, nos gustaría tener la autopsia de Smithback en cuatro días.

Una risa corta.

—No me ha escuchado, señor Pendergast. Ya les diré cuándo podemos programarla. Ahora, si no les importa…

—Pues que sean tres días, doctor Heffler.

El forense se le quedó mirando.

—¿Cómo?

Pendergast se giró hacia él.

—He dicho tres días.

Heffler cerró un poco los ojos.

—Es usted un impertinente.

—Y usted adolece de una soberana falta de ética.

—¿De qué demonios está hablando?

—Sería una lástima que se supiera que han estado vendiendo cerebros de indigentes muertos.

Un largo silencio. El tono de la siguiente intervención del forense fue glacial.

—¿Me está amenazando, señor Pendergast?

Pendergast sonrió.

—Muy listo, doctor.

—Supongo que se refiere a una práctica totalmente permitida y legítima. Es por una buena causa, para la investigación médica.

De los cadáveres no reclamados aprovechamos todos los órganos, no solo el cerebro. Son cuerpos que salvan vidas, y resultan esenciales para la investigación médica.

—Aquí la palabra clave es «vender». Diez mil dólares por cerebro. Es la tarifa actual, ¿no? Parece mentira que sean tan caros.

—¡Señor Pendergast, por Dios, aquí no vendemos nada! Pedimos que se nos reembolsen los costes. Nos cuesta dinero extraer y manipular órganos.

—Una distinción que tal vez pasara inadvertida a los lectores del *New York Post*.

El forense palideció.

—¿El *Post*? ¡No habrán publicado algo!

—Todavía no, pero ¿verdad que se imagina el titular?

Heffler se enfurruñó, y le tembló de rabia la pajarita.

—Sabe perfectamente que es una actividad que no hace daño a nadie. Llevamos una contabilidad estricta de los ingresos, que sirven para financiar nuestra labor. Lo mismo hizo mi predecesor, y antes de él, el suyo. La única razón de que no lo divulguemos es que incomodaría a la gente. Francamente, señor Pendergast, su amenaza es intolerable. Intolerable.

—No se lo discuto. ¿Tres días, entonces?

El forense le miró con ojos duros y brillantes. Un gesto escueto con la cabeza.

—Dos días.

—Gracias, señor Heffler. No sabe cuánto se lo agradezco. —Pendergast se volvió hacia D'Agosta—. Bueno, no hagamos perder más el tiempo al doctor Heffler, que está muy ocupado.

Cuando salieron a la Primera Avenida y fueron hacia el Rolls, a D'Agosta se le escapó la risa.

—¿Cómo se ha sacado ese conejo de la chistera?

—Verá, Vincent, no sé por qué, pero hay gente en altos cargos que disfruta poniendo obstáculos. Debo reconocer que a mí me procura un placer igualmente mezquino contrariarles. Ya sé que es una mala costumbre, pero a mi edad es tan difícil prescindir de los pequeños vicios…

—¡Pues no le ha «contrariado» ni nada, al tío!

—Por desgracia, temo que el doctor Heffler tenga razón sobre los resultados del ADN. No está en sus manos acelerar el proceso; ni en las mías, todo hay que decirlo, sobre todo por el requisito de la orden judicial. Necesitamos una alternativa, así que esta tarde haremos una visita a Willoughby Manor, en Kerhonkson, para darle el pésame a Gladys Fearing.

—¿Para qué? Si no está en sus cabales.

—Aun así, querido Vincent, tengo la corazonada de que la señora Fearing nos sorprenderá con su elocuencia.

9

Nora Kelly cerró sin hacer ruido la puerta de su laboratorio de antropología, en el sótano, y se apoyó en ella con los ojos cerrados. Le dolía constantemente la cabeza, y tenía la garganta seca y rasposa.

Había sido mucho peor de lo previsto: aguantar a un colega tras otro, con sus pésames bienintencionados, sus miradas trágicas, sus ofrecimientos de ayuda y su consejo de tomarse unos días de baja... ¿Unos días de baja? ¿Para qué, para volver al piso donde habían asesinado a su marido, y no tener más compañía que la de sus pensamientos? Al final había ido directamente al museo desde el hospital. A pesar de sus palabras a D'Agosta, se le hacía demasiado cuesta arriba volver al piso, al menos de momento.

Abrió los ojos. El laboratorio estaba tal como lo había dejado dos días antes, pero al mismo tiempo parecía muy distinto. Desde el asesinato, todo parecía distinto. Era como si el mundo entero hubiera sufrido un cambio radical.

Se resistió con rabia a aquel razonamiento estéril. Miró su reloj: las dos. Ahora solo podía salvarla la inmersión en el trabajo. Una inmersión total, completa.

Cerró la puerta del laboratorio con pestillo, y encendió su Mac. Después de iniciarlo, entró en su base de datos de fragmentos de cerámica. Abrió un archivador con llave, y al tirar de una bandeja dejó a la vista docenas de bolsas de plástico con trozos de cerámica numerados. Abrió la primera. Una vez distribuidos los fragmentos por el fieltro de la mesa, empezó a clasificarlos por tipo, fecha y localización. Era un trabajo aburrido y mecánico, pero en aquel momento necesitaba justamente eso, un trabajo mecánico.

Después de media hora, hizo una pausa. El silencio del laboratorio era sepulcral, a excepción del rumor del aire acondicionado, como un susurro incesante en la oscuridad. La pesadilla del hospital la había vuelto aprensiva. Era un sueño tan real... La mayoría de los sueños se borraban con el tiempo; todo lo contrario de aquel, que si algo se volvía era más nítido.

Sacudió la cabeza, irritada por la tendencia de sus pensamientos a dar vueltas y vueltas siempre a los mismos horrores. Tecleando con más fuerza de la necesaria, acabó de introducir la serie de datos, guardó el archivo y empezó a embolsar los fragmentos, despejando la mesa para la siguiente bolsa.

Llamaron suavemente a la puerta.

«¡Otro pésame no, por favor!» Miró a la ventanita de cristal de la puerta, pero en el pasillo había tan poca luz que no se veía nada. Al cabo de un momento se levantó, fue a la puerta, cogió el pomo... y no lo giró.

—¿Quién es?

—Primus Hornby.

Abrió el pestillo, consternada. Tenía delante a un hombre de poca estatura, cuerpo de barril, brazos cortos y gruesos (uno de ellos con un periódico debajo), y una mano gordezuela con la que se acariciaba nerviosamente la calva.

—Me alegro de encontrarte. ¿Puedo?

Nora se apartó a regañadientes para dejar paso al astroso personaje. El conservador de antropología entró y se giró.

—Lo siento muchísimo, Nora.

Seguía frotándose la calva con la misma mano. Nora no contestó. Era incapaz. No sabía qué decir, ni cómo decirlo.

—Me alegro de que te hayas vuelto a incorporar. Para mí el trabajo es la solución de todos los males.

—Gracias por haber pensado en mí.

Tal vez ya se fuera… Pero no, parecía estar allí con alguna intención.

—Yo enviudé hace unos años, haciendo trabajo de campo en Haití. Mi mujer murió en un accidente de coche en California, durante mi ausencia. Sé lo que debes de sentir.

—Gracias, Primus.

Dio unos pasos más por el laboratorio.

—Ah, fragmentos de cerámica… ¡Qué bonitos! Un ejemplo del impulso humano de embellecer hasta lo más prosaico.

—Sí, es verdad.

¿Cuándo se iría? De pronto Nora se sintió culpable por su reacción. A su manera, Primus intentaba ser amable; pero ella el duelo no lo llevaba así, con tanta palabrería, conmiseración y pésames.

—Perdona, Nora. —Primus vaciló—. Pero es que tengo que preguntártelo. ¿Piensas enterrar a tu marido, o incinerarlo?

La pregunta era tan rara, que al principio Nora no supo qué decir. De momento la eludía, a sabiendas de que tarde o temprano debería afrontarla.

—No lo sé —dijo, más seca de lo que quería.

—Ah… —Hornby reflejó una aflicción incomprensible. Nora se preguntó por dónde seguiría—. Ya te he dicho que mi trabajo de campo lo hice en Haití…

—Sí.

Pareció alterarse.

—En Dessalines, donde vivía, a veces embalsaman los cadáveres con Formalazen, en vez de con la típica mezcla de formol, etanol y metanol.

La conversación empezaba a tomar derroteros irreales.

—Formalazen —repitió Nora.

—Sí. Es mucho más tóxico, y difícil de manipular, pero ellos lo prefieren porque… bueno, por una serie de razones. A veces lo hacen todavía más tóxico disolviendo matarratas. En casos excepcionales (ciertos tipos de muerte), también le piden a la funeraria que cosa la boca. —Volvió a titubear—. En esos casos, entierran a los muertos boca abajo, con la boca en la tierra y un cuchillo largo en una mano. A veces disparan una bala al corazón del cadáver, o le clavan un trozo de hierro, para… pues para volver a matarlo.

Nora se quedó mirando al extraño individuo. Siempre había sabido que era un excéntrico, demasiado afectado por lo insólito de sus estudios, pero aquello estaba tan monstruosamente fuera de lugar que no se lo acababa de creer.

—Qué interesante —consiguió decir.

—No te imaginas lo cuidadosos que pueden llegar a ser en Dessalines al enterrar a los muertos. Siguen reglas muy estrictas, que les cuestan mucho dinero. Un entierro como Dios manda puede costar dos o tres años de sueldo.

—Ya.

—Te repito que lo siento muchísimo.

El conservador desplegó el periódico que tenía debajo del brazo, y lo puso en la mesa. Era el *West Sider* de aquella mañana.

Nora se quedó mirando el titular:

¿REPORTERO DEL 'TIMES' ASESINADO POR UN ZOMBIE?

Hornby dio unos golpecitos a las letras, con un dedo corto y grueso.

—Es lo que estudiaba yo: vudú, obeah, zombis… Bien escrito, claro, con i, no como aquí. Es que en el *West Sider* no dan ni una.

Resopló por la nariz.

—¿Qué…?

Nora se había quedado muda, contemplando el titular.

—O sea, que si decides enterrar a tu marido, espero que tengas en cuenta lo que te he dicho. Si quieres preguntarme algo, Nora, ya sabes dónde estoy.

Y el conservador se fue con una última sonrisa triste, dejando el periódico en la mesa.

10

El Rolls-Royce cruzó como una seda el destartalado pueblo de Kerhonkson. Deslizándose sobre las grietas del asfalto, pasó junto a un hotel cerrado de judíos y emprendió el sinuoso descenso por un valle oscuro, entre árboles mojados. Al otro lado de una curva muy cerrada apareció una vieja casa victoriana, pegada a un complejo de edificios bajos de ladrillo, dentro de una cerca de tela metálica. En la penumbra del atardecer, un letrero informaba de que habían llegado a la residencia de Willoughby Manor.

—Caramba —dijo D'Agosta—. Parece una cárcel.

—Es uno de los aparcaderos de enfermos y viejos más deplorables de todo el estado de Nueva York —dijo Pendergast—. Acumula tantas infracciones, que el expediente del departamento de Sanidad Pública mide un palmo de grosor.

La verja estaba abierta, y la garita vacía. Se metieron en un gran aparcamiento para visitantes, despoblado, lleno de grietas y de malas hierbas. Proctor llegó hasta la entrada principal. D'Agosta bajó del coche, sintiendo tener que despegarse de unos asientos tan mullidos. Después bajó Pendergast. Entraron en la residencia por una doble puerta cutre de plexiglás, penetrando en un vestíbulo que olía a moqueta enmohecida y puré de patatas agriado. En medio del vestíbulo había un letrero escrito a mano, sobre un pedestal de madera:

¡OBLIGATORIO identificarse para las visitas!

El garabato de una flecha apuntaba hacia un rincón, donde una mujer leía el *Cosmopolitan* al otro lado de una mesa. Debía de pesar ciento cincuenta kilos.

D'Agosta sacó su placa.

—Teniente D'Agosta y agente especial…

—El horario de visita es de diez a dos —dijo ella, sin bajar la revista.

—Perdone, pero es que somos de la policía.

D'Agosta no estaba dispuesto a aguantar chorradas, y menos en aquella investigación.

Al final la mujer bajó la revista y les miró fijamente.

D'Agosta dejó que viera bien su placa, antes de guardársela en el bolsillo de la chaqueta.

—Venimos a ver a la señora Gladys Fearing.

—Vale, vale. —La recepcionista pulsó el botón de un interfono y berreó—: ¡La poli, para ver a Fearing! —Al levantar la vista, su cara ya no expresaba dejadez, sino un entusiasmo inesperado—. ¿Qué ha pasado? ¿Algún crimen?

Pendergast se inclinó, con actitud confidencial.

—Pues la verdad es que sí.

La recepcionista abrió mucho los ojos.

—Un asesinato.

Se tapó la boca para no gritar.

—¿Dónde? ¿Aquí?

—En Nueva York.

—¿El hijo de la señora Fearing?

—¿Se refiere a Colin Fearing?

D'Agosta miró a Pendergast. ¿Qué narices tramaba?

Pendergast se irguió, arreglando su corbata.

—¿Conoce mucho a Colin?

—No, no mucho.

—Pero venía de vez en cuando, ¿no? La última semana, pongamos por caso…

—Me parece que no. —La mujer sacó un libro de registro y lo hojeó—. No.

—Pues la semana de antes.

Pendergast se inclinó para ver el libro.

Ella siguió hojeándolo, bajo los ojos plateados del inspector, que observaban las páginas.

—¡Qué va! La última vez que vino fue... en febrero. Hace ocho meses.

—¡Vaya!

—Mire.

Giró el libro para enseñárselo. Pendergast examinó la firma (un garabato), y empezó a hojear el libro hacia el principio. Se irguió.

—No parece que viniera mucho.

—Aquí nadie viene mucho.

—¿Y su hija?

—Ni siquiera sabía que tuviera una hija. Nunca ha venido a verla.

Pendergast posó amablemente una mano en uno de los hombros inmensos de la recepcionista.

—Contestando a su pregunta, sí, Colin Fearing está muerto.

La mujer se quedó quieta, con los ojos muy abiertos.

—¿Asesinado?

—Aún no sabemos la causa de la muerte. ¿Entonces no se lo ha dicho nadie a su madre?

—No, nadie. No creo que aquí lo sepan. Pero... —Titubeó—. No vienen a decírselo, ¿verdad?

—No exactamente.

—No se lo aconsejo. ¿Qué sentido tiene estropearle los últimos meses de vida? Como su hijo no venía casi nunca, y se quedaba poco tiempo... no le echará de menos.

—¿Cómo era?

La recepcionista hizo una mueca.

—A mí no me gustaría tener un hijo así.

—¿No? Explíquese, por favor.

—Maleducado. Desagradable. Me llamaba Berta Cañón.

—¡Qué vergüenza! ¿Y cuál es su nombre, amiga mía?

—Jo-Ann. —Vaciló—. ¿Verdad que no le dirán a la señora Fearing que se ha muerto?

—Es usted muy compasiva, Jo-Ann. Bueno, ¿podemos pasar a ver a la señora Fearing?

—¿Dónde se habrá metido la auxiliar? —Cambió de idea justo antes de volver a pulsar el botón—. Vengan, les acompaño. Pero les aviso de una cosa: la señora Fearing está bastante mal de la chaveta.

—Mal de la chaveta —repitió Pendergast—. Comprendo.

La recepcionista se levantó arduamente de la silla, con una actitud de lo más servicial. La siguieron por un largo pasillo de linóleo, mal iluminado, y lleno de olores molestos: evacuación humana, comida hervida, vómito… Cada puerta a la que se acercaban tenía su propia suite sonora: palabras masculladas, quejas, parloteo, ronquidos…

Se paró delante de una puerta abierta, en la que dio unos golpes.

—¿Señora Fearing?

—Vete —dijo una voz débil.

—¡Han venido a verla unos señores, señora Fearing!

Jo-Ann adoptó un tono artificial de alegría.

—No quiero ver a nadie —respondió la voz.

—Gracias, Jo-Ann —dijo Pendergast, lo más untuosamente que podía—. A partir de ahora ya nos encargamos nosotros. Es usted una santa.

Entraron. Era una habitación pequeña, sin apenas mobiliario ni pertenencias. La presidía una cama de hospital, en el centro de un suelo de linóleo. Pendergast colocó hábilmente una silla junto a ella.

—Váyanse —repitió con pocas fuerzas y menos convicción la mujer.

Estaba acostada, con un halo de cabello muy blanco, encrespado y sin peinar, unos ojos de un azul descolorido por la edad, y una piel de pergamino, fina y transparente. D'Agosta discernió la curva brillante del cuero cabelludo bajo los pelos desgreñados. En una mesa de hospital, con ruedas, se apilaban desde hacía horas platos sucios de comida.

—Hola, Gladys —dijo Pendergast, cogiéndole la mano—. ¿Cómo se encuentra?

—Fatal.

—¿Puedo hacerle una pregunta personal?

—No.

Se la apretó.

—¿Se acuerda de su primer osito de peluche?

Un sí lento y extrañado con la cabeza.

—¿Cómo se llamaba?

Un silencio largo, seguido por la respuesta:

—Molly.

—¡Qué nombre más bonito! ¿Y qué fue de Molly?

Otra larga pausa.

—No lo sé.

—¿Quién se la regaló?

—Papá. Por Navidad.

D'Agosta vio una chispa de vida en los ojos apagados de la anciana. No era la primera vez que le desconcertaban los extraños interrogatorios de Pendergast.

—Debió de encantarle el regalo —dijo el agente—. Hábleme de Molly.

—Estaba hecha con calcetines cosidos y rellenos de trapos. Tenía una pajarita pintada. La quería muchísimo. Dormíamos juntas cada noche. Con ella estaba a salvo. Nadie podía hacerme nada.

El rostro de la anciana se abrió en una radiante sonrisa, a la vez que una lágrima cuajaba en uno de sus ojos y rodaba por su mejilla.

Pendergast se apresuró a ofrecerle un kleenex de un paquete sacado del bolsillo. Ella lo cogió, se secó los ojos y se sonó la nariz.

—Molly —repitió con voz ausente—. Qué no daría por volver a abrazar aquel osito relleno, tan ridículo… —Sus ojos parecieron fijarse por primera vez en Pendergast—. ¿Quién es usted?

—Un amigo —dijo él—. Solo he venido a hablar.

Se levantó de la silla.

—¿Tiene que irse?

—Me temo que sí.

—Vuelva. Me cae bien. Es un joven muy educado.

—Gracias. Lo intentaré.

Al salir, Pendergast le dio su tarjeta a Jo-Ann.

—¿Tendría la amabilidad de informarme sobre cualquier visita a la señora Fearing?

—¡Por supuesto!

Jo-Ann cogió la tarjeta con una especie de veneración.

Poco después estaban fuera del edificio, en el aparcamiento vacío y descuidado, por el que se acercó a buscarles el Rolls. Pendergast aguantó la puerta a D'Agosta. Un cuarto de hora más tarde corrían por la Interestatal 87, de vuelta a Nueva York.

—¿Se ha fijado en el cuadro antiguo que había en el pasillo, fuera de la habitación de la señora Fearing? —murmuró Pendergast—. Estoy convencido de que se trata de un Bierstadt original, aunque le convendría una buena limpieza.

D'Agosta sacudió la cabeza.

—¿Piensa explicarme algo, o le divierte marearme?

Con un brillo de diversión en la mirada, Pendergast sacó una probeta del bolsillo de su americana. Contenía un pañuelo de papel húmedo.

D'Agosta se lo quedó mirando. Ni siquiera se había fijado en que Pendergast recogiera el kleenex usado.

—¿Para el ADN?

—Naturalmente.

—¿Y lo del osito de peluche?

—Todos hemos tenido alguno. El objetivo era que se sonase la nariz.

D'Agosta se escandalizó.

—¡Qué ruin!

—Al contrario. —Pendergast se guardó la probeta en el bolsillo—. Lo que ha derramado eran lágrimas de felicidad. Le hemos alegrado el día a la señora Fearing, y ella nos lo ha pagado con un favor.

—Espero que nos lo analicen antes de que Steinbrenner se venda los Yankees.

—Una vez más, tendremos que actuar no solo fuera de la caja, sino fuera de la habitación que la contiene.

—¿O sea?

Pero Pendergast se limitó a sonreír enigmáticamente.

11

Cuánto lo siento, Nora! —El portero abrió la puerta con un gesto teatral, y al cogerle la mano la inundó de olor a tónico capilar y aftershave—. Lo tiene todo a punto. Hemos cambiado la cerradura. Ya está todo arreglado. Tengo la nueva llave. Le doy mi más sincero pésame. El más sincero.

Nora notó que le ponían en la mano una llave fría y plana.

—Si necesita algo, dígamelo.

El portero la miró sentidamente con sus ojos acuosos de color marrón.

Nora tragó saliva.

—Gracias por pensar en mí, Enrique.

Ya era una frase casi automática.

—Lo que quiera, y cuando quiera. Usted llame a Enrique y ahí me tendrá.

—Gracias.

De camino al ascensor, tuvo un momento de vacilación. Había que hacerlo sin pensar mucho.

El ascensor se cerró con un ruido metálico e inició el suave ascenso al quinto piso. Cuando se abrieron las puertas, Nora no se movió. Saltó al rellano en el último momento, cuando ya empezaban a cerrarse.

Estaba todo muy tranquilo. Un cuarteto de cuerda de Beethoven filtrándose por una puerta, y una conversación por otra. Al siguiente paso, vaciló otra vez. Al fondo, donde el rellano cambiaba de sentido, vio la puerta de su piso. De ella, no de los dos. En los números de latón clavados con tornillos ponía «612».

Se acercó despacio hasta la puerta. La mirilla estaba negra. Las luces de dentro, apagadas. Cilindro y placa nuevos en la cerradura. Abrió la mano y contempló la llave: brillante, recién cortada. Parecía irreal. Como todo. *Jamais vu*, el contrario de *déjà vu*. Era como si lo viese todo por primera vez.

Introdujo lentamente la llave, y la giró. La cerradura hizo un clic. Sintió ceder la puerta, que al ser empujada basculó sobre bisagras recién engrasadas. Al otro lado, el piso estaba oscuro. Buscó a tientas el interruptor, sin encontrarlo. ¿Dónde estaba? Penetró en la oscuridad, y al palpar la pared lisa se le disparó el corazón. La envolvía un olor. Productos de limpieza, abrillantador de madera… y algo más.

La puerta empezó a cerrarse a sus espaldas, obstruyendo la luz del rellano. Nora echó los brazos hacia atrás, reprimiendo un grito. Al encontrar el pomo, abrió la puerta, y al salir al rellano la cerró. Después apoyó en ella la cabeza, con un fuerte temblor en los hombros, e intentó resistirse a los sollozos que la dominaban.

Tardó unos minutos en recuperar un poco de control. Al mirar el rellano en ambas direcciones, dio gracias por que no hubiera pasado nadie. La avalancha de emociones contenidas le provocaba una mezcla de vergüenza y miedo. La idea de poder entrar en el piso donde habían asesinado a su marido hacía cuarenta y ocho horas era una estupidez. Se quedaría unos días en casa de Margo Green. Luego se acordó de que Margo estaba de permiso sabático hasta enero.

Tenía que salir. Bajó otra vez en ascensor. Al cruzar el vestíbulo, casi no la sostenían las piernas. Le abrió el portero.

—Llame a Enrique para todo lo que quiera —dijo al verla pasar de largo, prácticamente corriendo.

Fue hacia el este por la Noventa y dos hasta llegar a Broadway. Era una noche de octubre, fresca, pero todavía agradable. Las aceras estaban llenas: gente que iba a restaurantes, paseaba al perro, o sencillamente volvía a su casa. Nora empezó a caminar deprisa. El aire le despejaría la cabeza. Iba hacia el centro, a paso rápido, esquivando a los transeúntes. Allá, en la calle, entre la multitud, tuvo la sensación de controlar sus pensamientos, adquiriendo cierta perspectiva sobre lo que acababa de ocurrir. Era una tontería reaccionar así. En algún momento tenía que volver al piso, y más valía temprano que tarde. Lo tenía todo allá: sus libros, sus trabajos, su ordenador, las cosas de él...

Por un momento deseó que sus padres aún estuvieran vivos, para poder refugiarse en su cálido abrazo; pero era un razonamiento todavía más absurdo e inútil.

Caminó más despacio. Quizá fuera mejor volver, a fin de cuentas. Estaba reaccionando con la emotividad que tanto esperaba evitar.

Se paró y miró a su alrededor. A su lado había una cola para entrar en el Waterworks Bar. Una pareja acariciándose en un portal. Un grupo de hombres, ejecutivos de Wall Street, volviendo del trabajo: trajes oscuros, maletines... Le llamó la atención un vagabundo que llevaba un buen rato caminando al mismo ritmo que ella, pegado a las fachadas de los edificios. Él también se paró, y de repente se volvió para irse en sentido contrario.

Lo furtivo de sus movimientos, el no enseñar la cara, hicieron dispararse las alarmas de urbanita de Nora.

Le vio dar tumbos, andrajoso, con todo el aspecto de quien huye. ¿Acabaría de robar a alguien? Mientras Nora le observaba, el vagabundo llegó a la esquina de la calle Ochenta y ocho, se paró un momento y desapareció por la esquina, no sin antes lanzar una última mirada.

El corazón de Nora dio un salto. Era Fearing. Estaba casi segura: la misma cara alargada, el mismo cuerpo larguirucho, los mismos labios finos, el mismo pelo rebelde, la misma sonrisita insinuante...

Se apoderó de ella un miedo paralizador, que con la misma rapidez dio paso a una rabia brutal.

—¡Eh! —gritó, echando a correr—. ¡Eh, tú!

Se abrió camino por la acera. Al llegar a la cola del Waterworks, apartó a la gente sin contemplaciones.

—¡Cuidado, señora!

—¡Oiga!

Se soltó y siguió corriendo. Dio un tropiezo, pero se levantó y reanudó la persecución, girando por la esquina. La calle Ochenta y ocho iba hacia el este, larga, poco iluminada, entre gingkos y casas antiguas sin luz. Desembocaba en la explosión de luz de la avenida Amsterdam, con sus bares y restaurantes con pretensiones.

Justo en aquel momento, una silueta oscura llegaba a la avenida y ponía de nuevo rumbo al centro.

Nora corrió con todas sus fuerzas, despotricando contra la debilidad y la torpeza debidas a la conmoción y la convalecencia. Al llegar a la esquina, contempló la avenida Amsterdam, llena también de noctámbulos.

Estaba allá, a media manzana, caminando deprisa, como si de repente supiera adónde ir.

Nora apartó a un hombre joven y siguió corriendo hasta alcanzar a la silueta.

—¡Eh, tú!

La silueta no se paró.

Nora esquivaba a los peatones, levantando el brazo.

—¡Para!

Le dio alcance justo antes de la calle Ochenta y siete. Cogió la tela sucia de su hombro, y al girarle le hizo perder el equilibrio. Él se la quedó mirando con los ojos muy abiertos, atemorizados. Nora soltó la camisa y dio un paso hacia atrás.

—¿Qué pasa?

No, decididamente no era Fearing. Un simple yonqui.

—Perdone —masculló Nora—. Le he confundido con alguien.

—Déjame en paz.

El hombre se giró, murmurando «puta», y siguió dando tumbos por la avenida Amsterdam.

Nora miró a su alrededor como loca, pero el auténtico Fearing ya no estaba (suponiendo que hubiera estado alguna vez). Se quedó quieta en medio de la multitud, con los labios temblando, y tuvo que hacer un gran esfuerzo para controlar la respiración.

Su mirada se detuvo en el bar más cercano, el Neptune Room, un local de marisco ruidoso y ostentoso, en el que nunca había entrado. Ni querido entrar. Ni previsto hacerlo.

Entró y se sentó en un taburete. Enseguida llegó el camarero.

—¿Qué le pongo?

—Un martini de Beefeater muy seco, sin hielo, con limón.

—Marchando.

Entre sorbo y sorbo a la enorme copa de líquido helado, se riñó por su conducta de psicópata. El sueño solo había sido eso, un sueño, y el vagabundo no era Fearing. Estaba muy afectada. Necesitaba serenarse y recomponer su vida lo mejor que pudiese.

Se acabó la copa.

—¿Cuánto es?

—Invita la casa. Y espero —dijo el barman, guiñándole un ojo— que ya no esté el demonio que ha visto antes de entrar.

Nora le dio las gracias. Al levantarse, sintió los efectos calmantes del alcohol. Demonio, había dicho el barman. Tenía que enfrentarse a sus demonios sin más dilación. Se estaba trastornando; veía cosas, y eso no podía tolerarlo. Ella no era así.

Solo tardó unos minutos en volver a su edificio. Cruzó la puerta muy deprisa, capeando otro alud de comentarios bienintencionados por parte del portero, y subió al ascensor. Poco después estaba delante de su puerta. Metió la llave, abrió y palpó la pared, buscando el interruptor, que encontró inmediatamente.

Tras girar dos veces la llave, y correr el pestillo recién instalado, miró a su alrededor. Todo estaba en perfecto orden, limpio, brillante y repintado. Deprisa, pero metódicamente, registró el piso entero, incluidos los armarios y el hueco de debajo de la cama. Luego abrió las cortinas de la sala de estar y el dormitorio, y volvió a apagar la luz. El resplandor de la ciudad oscureció el apartamento, prestando una textura suave y traslúcida a las superficies.

Ahora ya estaba segura de poder pasar la noche, y de luchar con sus demonios.

Siempre que no tuviera que mirar nada.

12

La camarera trajo lo que habían pedido: para D'Agosta, pastrami con pan de centeno y salsa rusa, y para Laura Hayward, uno de beicon, lechuga y tomate.

—¿Más café? —preguntó.

—Sí, por favor. —D'Agosta la vio llenar la taza. Parecía agobiada. Luego se giró hacia Hayward—. Y así estamos.

Había invitado a comer a la capitana Hayward para ponerla al día sobre la investigación. Hayward ya no era capitana en homicidios. La habían trasladado a la oficina del jefe de policía, donde esperaba un ascenso sustancioso. D'Agosta pensó entristecido que si alguien se lo merecía era ella.

—¿Qué, lo has leído? —le preguntó.

Hayward echó un vistazo al periódico que le había traído él.

—Sí.

D'Agosta sacudió la cabeza.

—¿No te parece increíble que impriman esto? Ahora nos llaman todo tipo de memos diciendo que han visto algo, nos llueven anónimos que hay que investigar, recibimos llamadas telefónicas de videntes y lectores de tarot… Ya sabes cómo se pone esta ciudad siempre que sale una noticia rara. Y ahora mismo es lo que menos nos conviene.

En los labios de Hayward apareció una vaga sonrisa.

—Lo entiendo.

—Y encima la gente se cree esta basura. —D'Agosta apartó el periódico y bebió un poco más de café—. Bueno... ¿qué opinas?

—¿Tenéis cuatro testigos presenciales que afirman que el asesino es Fearing?

—Contando a la mujer de la víctima, cinco.

—Nora Kelly.

—La conoces, ¿no?

—Sí. También conocía a Bill Smithback. No muy ortodoxo en sus métodos, pero buen reportero. Qué tragedia.

D'Agosta dio un mordisco al sándwich. El pastrami era fino, la salsa caliente... Justo como le gustaba. Siempre que se agobiaba por un caso, parecía que empezase a comer demasiado.

—Pues entonces —dijo ella—, o es Fearing, o alguien disfrazado de él. O está muerto, o no está muerto. Así de fácil. ¿Tenéis algún resultado de ADN?

—En el lugar del delito apareció sangre de dos personas, Smithback y alguien todavía sin identificar. Hemos conseguido muestras de ADN de la madre de Fearing, y ahora mismo las estamos comparando con la sangre no identificada. —Hizo una pausa, sin saber si explicarle la manera inusual con la que habían puesto en marcha los análisis. Prefirió no hacerlo. Podía ser ilegal, y ya sabía lo quisquillosa que era Hayward en ese sentido—. Si no era Fearing, la cuestión es la siguiente: ¿qué sentido tiene esforzarse tanto para parecerse a él?

Hayward bebió un poco de agua.

—Buena pregunta. ¿Qué piensa Pendergast?

—¿Desde cuándo se sabe lo que piensa? De todos modos, te digo una cosa: aunque no lo reconozca, le interesan mucho todas las chorraditas vudú que aparecieron en el lugar del crimen. Les está dedicando mucho tiempo.

—¿Lo que decían en el artículo?

—Sí, las lentejuelas, las plumas atadas y una bolsita de pergamino llena de polvo.

—*Gris-gris* —murmuró Hayward.

—¿Cómo?

—Amuletos vudú para ahuyentar el mal. Y a veces para infligirlo.

—Por favor, que estamos hablando de un psicópata. El crimen no podría haber sido más desorganizado, ni peor planeado. En la grabación de la cámara de seguridad parece drogado.

—¿Quieres saber mi opinión, Vinnie?

—Ya sabes que sí.

—Exhumad el cadáver de Fearing.

—En eso estamos.

—Yo también me informaría de si últimamente se molestó alguien por algún artículo de Smithback.

—También lo estamos haciendo. Parece que los artículos de Smithback siempre molestaban a alguien. Su editor del *Times* me dio una lista de sus últimos encargos, y mis hombres ya están haciendo un seguimiento.

—Muy bien, Vinnie. Solo añadiré que podría no ser un asesinato tan «desorganizado» como crees. Podría estar muy bien planeado y ejecutado.

—Lo dudo.

—¡Eh, nada de precipitarse!

—Lo siento.

—Una cosa más. —Hayward vaciló—. ¿Te acuerdas de que te dije que antes de entrar en la policía de tráfico estuve dieciocho años en la de Nueva Orleans?

—Sí, claro.

—Pues Pendergast es de Nueva Orleans.

—¿Y qué?

Hayward bebió un sorbo de agua.

—Hace un minuto he dicho que Fearing está muerto o no está muerto. En la policía de Nueva Orleans, algunos te dirían otra cosa. Que puede haber una tercera posibilidad.

—Laura, no me digas que te tragas la tontería de los zombis.

Hayward se acabó la mitad de su sándwich, y apartó el plato.

—No puedo más. ¿Quieres un poco?

—No, gracias, ya estoy bien. No has contestado a mi pregunta.

—Yo no me «trago» nada. Coméntaselo a Pendergast, que de ese… tema sabe mucho más de lo que podamos llegar a saber tú y yo. Solo digo que no te precipites en tus conclusiones. Es uno de tus defectos, Vinnie. Ya lo sabes.

D'Agosta suspiró. Hayward tenía razón, como siempre. Miró el bar: las camareras corriendo de un lado para otro, los clientes leyendo el periódico, hablando por el móvil o conversando con sus compañeros de mesa… Le recordó otras comidas con Laura, en otros restaurantes. Concretamente, se acordó de la primera copa juntos. Para él habían sido horas especialmente bajas, pero también el momento en que se había dado cuenta de lo mucho que le gustaba Laura. Se complementaban bien en el trabajo. Ella le retaba, en el buen sentido. Ironías dolorosas de la vida: al final había salido bien parado del consejo de disciplina, y había conservado su trabajo, pero parecía haber perdido a Laura.

Carraspeó.

—Bueno, cuéntame lo del ascenso.

—Aún no me lo han dado.

—Venga, que ya he oído los rumores. Ahora ya es puro trámite.

Hayward bebió un poco de agua.

—Es un grupo especial que están organizando. Un año en período de pruebas. Nombrarán a unos cuantos miembros del equipo del jefe para coordinarse con el alcalde sobre respuesta al terrorismo, temas de calidad de vida y esas cosas. Grandes preocupaciones públicas.

—¿Visibilidad?

—Altísima.

—¡Uau! Otro triunfo. Tú espera, que en un par de años serás jefa de policía.

Laura sonrió.

—Lo dudo mucho.

D'Agosta vaciló.

—Te echo mucho de menos, Laura, de verdad.

La sonrisa se borró.

—Yo a ti también.

D'Agosta la miró por encima de la mesa. Era tan guapa que dolía: piel clara, pelo de un negro azabache casi azul…

—¿Pues por qué no lo volvemos a intentar? ¿Por qué no empezamos otra vez de cero?

Hayward se quedó callada. Después sacudió la cabeza.

—Es que no estoy preparada.

—¿Por qué no?

—Mira, Vinnie, yo no me fío de mucha gente, pero me fié de ti. Y tú me hiciste daño.

—Ya lo sé, y lo siento. De verdad. Pero ya te lo expliqué. No tenía elección. Seguro que ya te habrás dado cuenta.

—Pues claro que tenías elección. Podrías haberme dicho la verdad. Podrías haberte fiado de mí. Como me fiaba yo de ti.

D'Agosta suspiró.

—Oye… Lo siento.

Se oyó un fuerte pitido. Era su móvil, que había empezado a sonar. En vista de que no paraba, Laura dijo:

—Creo que deberías contestar.

—Pero…

—Anda, cógelo.

D'Agosta metió la mano en el bolsillo y abrió el teléfono.

—¿Diga?

—Vincent —dijo una voz sureña, melosa—. ¿Es mal momento?

D'Agosta tragó saliva.

—No, la verdad es que no.

—Estupendo. Tenemos cita con un tal señor Kline.

—Voy ahora mismo.

—Muy bien. Ah, otra cosa: ¿le apetece acompañarme mañana por la mañana en coche?

—¿Adónde?

—Al cementerio de Whispering Oaks. Ya tenemos la orden de exhumación. Mañana a mediodía abriremos el nicho de Fearing.

13

La sede central de Digital Veracity estaba en una de las torres gigantes de cristal que bordeaban la avenida de las Américas a la altura de los primeros cincuenta números. D'Agosta y Pendergast se encontraron en el vestíbulo principal. Tras un breve paso por el control de seguridad, subieron al piso treinta y siete.

—¿Ha traído una copia de la carta? —preguntó Pendergast.

D'Agosta se dio unos golpecitos en el bolsillo de la americana.

—¿Sabe algo del pasado de Kline que pueda interesarme?

—Ciertamente. Nuestro buen amigo Lucas Kline creció en una familia pobre de Brooklyn, en la avenida J. Una infancia sin nada especial: muy buenas notas, siempre el último elegido para el equipo, «buen chico»... Se matriculó en la Universidad de Nueva York y empezó a trabajar como periodista, que, según todos los testimonios, era su vocación. Pero le salió mal: le quitaron una exclusiva importante (parece que de manera injusta, pero ¿cuándo ha sido justo el periodismo?), y el resultado fue que le despidieron. Después anduvo dando tumbos, hasta que se hizo programador informático en un banco de Wall Street. Al parecer tenía facultades, ya que pocos años después creó Digital Veracity, y por lo que se ve le va razonablemente bien. —Pendergast miró a D'Agosta—. ¿Se ha planteado una orden judicial?

—Me ha parecido mejor esperar a ver qué pasa en la entrevista.

Al separarse, las puertas del ascensor dejaron a la vista un vestíbulo decorado con elegancia, con varios sofás de cuero negro sobre antiguas alfombras Serapi. La decoración consistía en media docena de esculturas africanas de gran tamaño: guerreros de tocados imponentes, y grandes máscaras con dibujos de una complejidad vertiginosa.

—Parece que al señor Kline le va algo más que razonablemente bien —dijo D'Agosta, mirando a su alrededor.

Se identificaron en la recepción y se sentaron. D'Agosta buscó algún número de *People* o *Entertainment Weekly* entre los montones de *Computerworld* y *Database Journal*, sin encontrarlo. Justo cuando se iba a levantar molesto, sonó un timbre en la mesa de la recepcionista, que dijo:

—Ya pueden pasar a ver al señor Kline.

Se levantó y les llevó a una puerta sin letrero.

Recorrieron un pasillo largo y de luz tenue, que acababa en otra puerta. La recepcionista les hizo pasar a un antedespacho, donde una secretaria guapísima tecleaba en un ordenador. La secretaria les miró furtivamente antes de seguir con su trabajo. Tenía la actitud tensa y encogida de un perro apaleado.

Al fondo había otra doble puerta, que daba a un enorme despacho esquinero. Dos paredes de cristal brindaban vistas de vértigo de la Sexta Avenida. Había un hombre de unos cuarenta años detrás de un escritorio con cuatro ordenadores. Estaba de pie, hablando por un manos libres, de espaldas a ellos y de cara a la ventana.

D'Agosta examinó el despacho: más sofás de cuero negro y más arte tribal en las paredes. Al parecer el señor Kline era coleccionista. Había una vitrina con varios objetos polvorientos, pipas de barro, hebillas y hierros retorcidos que, según las etiquetas, procedían del asentamiento holandés original de Nueva Amsterdam. Un par de estanterías empotradas contenían libros sobre economía y lenguajes de programación, en marcado contraste con las máscaras, ligeramente inquietantes por sus muecas.

El hombre acabó de hablar por teléfono, colgó y se giró a mirarles. Tenía una cara alargada, de sorprendente aspecto juvenil, que aún guardaba huellas del combate adolescente contra el acné. D'Agosta reparó en que no era muy alto, como máximo un metro sesenta y cinco. Se le levantaba el pelo en el cogote, como a los niños. Lo único viejo eran sus ojos; viejos, y muy fríos.

Les miró: primero a Pendergast, luego a D'Agosta, y otra vez al agente.

—Ustedes dirán —pronunció en voz baja.

—Yo me siento, gracias —dijo Pendergast, ocupando una silla con las piernas cruzadas.

Lo mismo hizo D'Agosta. El hombre sonrió un poco, sin decir nada.

—¿El señor Lucas Kline? —dijo D'Agosta—. Soy el teniente D'Agosta, de la policía de Nueva York.

—Ya me imaginaba que D'Agosta era usted. —Kline miró a Pendergast—. Y usted debe de ser el agente especial. Ya saben quién soy yo. Bueno, ¿qué desean? Es que estoy muy ocupado.

—¿Ah, sí? —preguntó D'Agosta, acomodándose con un crujido de cuero profundamente satisfactorio—. ¿Y en qué está tan ocupado, señor Kline?

—Soy el director de Digital Veracity.

—No me dice nada, la verdad.

—Si quiere saber cómo he llegado a lo más alto desde la miseria, léase esto. —Kline señaló media docena de libros idénticos en un estante—. Explica cómo he pasado de simple DBA a presidente de mi propia empresa. Es de lectura obligatoria para todos mis empleados: un penetrante análisis, muy bien escrito, del que tienen el privilegio de poder gozar por treinta y cinco dólares. —Les miró con una sonrisa desdeñosa—. Pueden pagar en efectivo o con tarjeta a mi secretaria, cuando salgan.

—¿DBA? —preguntó D'Agosta—. ¿Eso qué es?

—Administrador de base de datos. Al principio me ganaba la vida manejando bases de datos, y velando por su buena salud. Durante mis ratos libres escribí un programa para normalizar automáticamente bases de datos financieras de gran tamaño.

—¿Normalizar? —repitió D'Agosta.

Kline quitó importancia al asunto con un gesto de la mano.

—Ni lo pregunte. El caso es que mi programa funcionó más que bien, y que resultó que había mucho mercado para normalizar bases de datos. Dejé sin trabajo a gran parte de los demás DBA. Y de paso, monté todo esto.

Sacó un poco la barbilla, sin que se le borrara la sonrisa de las comisuras de unos labios rosados, como de chica.

A D'Agosta le daba dentera tanto egotismo intelectual. Se lo iba a pasar en grande. Se apoyó cómodamente en el respaldo, despertando nuevas quejas en el lujoso cuero.

—La verdad es que nos interesan más sus actividades extracurriculares.

Kline prestó más atención.

—¿Como por ejemplo?

—Como por ejemplo su tendencia a contratar a secretarias guapas, intimidarlas para que se acuesten con usted y amenazarlas o pagarles para que se callen.

La expresión de Kline no cambió.

—Ah. O sea, que han venido por el asesinato de Smithback.

—Aprovechó su poder para abusar y dominar a esas mujeres. Tenían demasiado miedo, de usted y de quedarse sin trabajo. Les daba miedo hablar. En cambio Smithback no tenía miedo, y le puso en evidencia delante de todos.

—De evidencia nada —dijo Kline—. Se formularon acusaciones, no fueron demostradas, y si hubo algún acuerdo extrajudicial, ya es cosa del pasado. Por desgracia para usted y para Smithback, no hay constancia oficial de nada.

D'Agosta se encogió de hombros, como diciendo: «Da igual; la liebre ya está levantada».

Pendergast cambió de postura en la silla.

—Debió de sentarle muy mal que las acciones de Digital Veracity cayeran un cincuenta por ciento después de la publicación del artículo de Smithback.

El rostro de Kline seguía sereno.

—Ya sabe lo caprichosos que son los mercados. Digital Veracity casi ha recuperado los niveles de antes.

Pendergast juntó las manos.

—Ahora es director de una empresa, y ya no le echarán arena en la cara, ni le robarán el dinero para la comida. Tal como están las cosas, nadie puede faltarle impunemente al respeto, ¿verdad, señor Kline? —Pendergast sonrió un poco y miró a D'Agosta—. ¿La carta?

D'Agosta introdujo una mano en el bolsillo, sacó la carta y empezó a leer:

—«Le prometo que se arrepentirá de haber escrito el artículo, cueste el tiempo o el dinero que cueste. No puede saber cómo ni cuándo actuaré, pero tenga la seguridad de que actuaré.»

Levantó la vista.

—¿Lo escribió usted, señor Kline?

—Sí —dijo Kline, sin perder ni un segundo el control de su expresión.

—¿Y se lo envió a William Smithback?

—Sí.

—¿Le…?

Kline interrumpió a D'Agosta.

—¡Qué pesado es usted, teniente! Déjeme que haga las preguntas, así nos ahorraremos tiempo. ¿Lo escribí en serio? Totalmente. ¿Soy culpable de su muerte? Es una posibilidad. ¿Me alegro de que se haya muerto? No sabe hasta qué punto.

Guiñó un ojo.

—Oiga… —empezó a decir D'Agosta.

—La cuestión —volvió a avasallarle Kline— es que nunca lo sabrán. Tengo los mejores abogados de toda la ciudad. Sé exactamente qué puedo decir y qué no. Contra mí no pueden hacer nada.

—Podemos detenerle —dijo D'Agosta—. Ahora mismo, si queremos.

—Por supuesto. Y yo me quedaría callado hasta que viniera mi abogado. Entonces me iría.

—Podríamos encerrarle por causa razonable.

—No se llene tanto la boca, teniente.

—La carta es una amenaza clara.

—Puedo responder de todos mis movimientos en el momento del asesinato. La carta pasó el examen de los mayores expertos jurídicos del país. No contiene nada para justificar acciones legales.

D'Agosta sonrió, burlón.

—Bueno, Kline, pero tendría su gracia bajarle al vestíbulo esposado, después de chivarnos a la prensa.

—Pues no sería mala publicidad, no. En una hora habría vuelto a mi despacho, ustedes quedarían en ridículo y mis enemigos se darían cuenta de que soy intocable. —Kline volvió a sonreír—. No se olvide de que mi formación es de programador, teniente. Antes me dedicaba a escribir rutinas largas y complicadas en las que era esencial no cometer ningún error de lógica. Es lo primero y lo más importante que aprenden los programadores: revisarlo todo a fondo, sin olvidarse de nada. Comprobar que esté previsto cualquier *output* inesperado. Y no dejar lagunas. Ni una sola.

D'Agosta se dio cuenta de que empezaba a exasperarse. El enorme despacho quedó en silencio. Kline le observaba con los brazos cruzados.

—Disfuncional —dijo D'Agosta.

Al menos le borraría la sonrisa de suficiencia, al muy desgraciado.

—¿Cómo? —preguntó Kline.

—Si no me diera tanto asco, casi me daría pena. La única manera que tiene de acostarse con alguien es a base de dinero, poder, amenazas y fuerza. ¿No le suena a disfunción? ¿No? Pues entonces, ¿qué tal esta otra palabra? Patético. ¿Y la chica de aquí fuera? ¿Cuándo tiene pensado cambiarla por un nuevo modelo?

—Vete a la puta mierda —fue la respuesta.

D'Agosta se levantó.

—Eso es una amenaza violenta, Kline. A un policía. —Se tocó las esposas—. Se cree muy listo, pero se ha pasado de la raya.

—Vete a la puta mierda, D'Agosta —repitió la voz.

D'Agosta se dio cuenta de que no lo había dicho Kline. Era una voz algo distinta. Tampoco procedía de detrás del escritorio, sino del otro lado de una puerta, en la pared del fondo.

—¿Quién ha sido? —dijo D'Agosta.

Se había enfadado tanto y tan deprisa, que notó que temblaba.

—¿Eso? —contestó Kline—. Ah, Chauncy.

—Dígale que salga ahora mismo.

—No puedo.

—¿Qué? —dijo D'Agosta, apretando los dientes.

—Está ocupado.

—Vete a la puta mierda —dijo la voz de Chauncy.

—¿Ocupado?

—Sí, comiendo.

D'Agosta fue a la puerta sin decir nada más y la abrió de golpe.

Al otro lado había una salita casi tan pequeña como un armario. No contenía nada más que una percha de madera en forma de T, alta hasta el pecho, en la que se apoyaba un enorme loro de color salmón. Tenía una nuez del Brasil en una garra. Miró al teniente con afabilidad, escondiendo coquetamente su enorme pico entre las plumas, y erizando un poco la cresta en un gesto de interrogación.

—Teniente D'Agosta, le presento a Chauncy —dijo Kline.

—Vete a la puta mierda, D'Agosta —dijo el loro.

D'Agosta dio un paso. El loro pegó un grito ensordecedor, soltó la nuez y batió sus anchas alas, echando plumas y pelusa a D'Agosta mientras se le levantaba del todo la cresta.

—Mire qué ha hecho —dijo Kline, con suave tono de reproche—. No le ha dejado comer.

D'Agosta volvió sobre sus pasos, respirando con agitación. De pronto comprendió que no podía hacer nada, absolutamente nada. Kline no había cometido ninguna infracción. ¿Qué podía hacer, esposar a una cacatúa de las Molucas y llevársela al centro? Sería el hazmerreír en jefatura. Había que reconocer que lo tenía todo pensado, el muy capullo. La mano de D'Agosta se crispó, arrugando la carta. Era una frustración angustiosa.

—¿Cómo sabe mi nombre? —murmuró, quitándose una pluma de la chaqueta.

—Ah, eso… —dijo Kline—. Es que hace un rato Chauncy y yo… hablábamos de usted.

Al subir al ascensor para ir al vestíbulo, D'Agosta miró a Pendergast. El agente especial temblaba, parecía que de risa contenida. D'Agosta apartó la vista, ceñudo. Finalmente Pendergast se reportó y carraspeó.

—Creo, querido Vincent —dijo—, que podría ir pensando en obtener la orden de registro con la mayor celeridad posible.

14

Caitlyn Kidd aparcó frente al Museo de Historia Natural de Nueva York, al otro lado de la calle, en una zona exclusiva para autobuses. Antes de bajar cubrió el salpicadero con el *West Sider* del día anterior, dejando perfectamente a la vista el titular y la firma. Entre eso y la identificación de prensa, tal vez se evitara la segunda multa en dos días.

Cruzó Museum Drive a paso rápido, respirando el gélido aire otoñal. Eran las cinco menos cuarto. Tal como sospechaba, vio salir a varias personas del enorme edificio por una puerta sin rotular. Iban muy decididos, con bolsas y maletines. Empleados, no visitantes. Se acercó a la puerta, esquivándoles.

Al otro lado había un pasillo estrecho, que llevaba a un control de seguridad. Un par de vigilantes con cara de aburrimiento dejaban pasar a quienes enseñaban sus identificaciones del museo. Caitlyn hurgó en el bolso y sacó su acreditación de prensa.

Se acercó y se la enseñó al vigilante.

—Esto solo es para empleados —dijo él.

—Soy del *West Sider* —contestó ella—. Estoy escribiendo un artículo sobre el museo.

—¿Tiene cita?

—Me han concertado una entrevista con… —Miró de reojo la identificación de un conservador que acababa de cruzar el control. Tardaría como mínimo unos minutos en llegar a su despacho—. El doctor Prine.

—Un momento. —El vigilante consultó un listín telefónico, descolgó el teléfono, marcó un número y dejó que sonara. Después miro a Caitlyn con ojos de sueño—. No está. Tendrá que esperar aquí.

—¿Puedo sentarme?

Caitlyn señaló un banco, a unos diez metros. El vigilante titubeó.

—Es que estoy embarazada, y no me dejan estar mucho tiempo de pie.

—Siéntese.

Caitlyn cruzó las piernas y abrió un libro, sin perder de vista el puesto de vigilancia. Llegó un grupo de empleados, que se amontonó en la entrada para el turno de noche. Parecían conserjes. Aprovechando que los vigilantes estaban muy ocupados mirando pases y marcando nombres, Caitlyn se levantó y se unió a los trabajadores que ya habían pasado por el control.

La sala que buscaba estaba en el sótano. Cinco minutos de búsqueda por internet la habían provisto de un plano del museo para empleados. Era un verdadero laberinto de pasillos que se cruzaban entre sí, como una conejera, sin letreros ni nada; aun así, nadie le pidió explicaciones, ni dio muestras de fijarse en ella. Preguntando a quien tenía que preguntar, acabó llegando a un pasillo largo y poco iluminado en cuyas paredes se sucedían cada seis o siete metros puertas con ventanas de cristal esmerilado. Lo recorrió despacio, fijándose en los nombres de las puertas. Flotaba un olor no del todo agradable, que no supo reconocer. Algunas puertas estaban abiertas, lo que dejaba al descubierto aparatos de laboratorio, despachos aprovechados al máximo y, curiosamente, tarros de animales en formol y fieras de aspecto peligroso disecadas y montadas.

Se paró frente a una puerta donde ponía KELLY, N. Estaba entreabierta. Oyó voces. Después vio que era una sola: Nora Kelly, al teléfono.

Se acercó un poco más, escuchando.

—No puedo, Skip —decía la voz—. Ahora no puedo volver a casa.

Una pausa.

—No, no es por eso. Si me voy ahora a Santa Fe, igual nunca vuelvo a Nueva York. ¿No te das cuenta? Además, necesito averiguar como sea qué ha pasado, y buscar al asesino de Bill. Ahora mismo es lo único que me permite ir tirando.

Demasiado personal. Caitlyn abrió un poco más la puerta, carraspeando. El laboratorio estaba muy lleno, pero no desordenado. Había una mesa con fragmentos de cerámica al lado de un ordenador portátil, y en una esquina de la mesa, una mujer con un teléfono en la mano, mirándola. Era delgada, atractiva, con el pelo (cobrizo) por debajo de los hombros, y una mirada de angustia en sus ojos de color marrón claro.

—Skip —dijo—, tengo que colgar. Ya te llamaré. Sí. Vale, esta noche. —Colgó y se levantó de detrás de la mesa—. ¿Quería algo?

Caitlyn respiró hondo.

—¿Nora Kelly?

—Sí, soy yo.

Sacó la acreditación del bolso y la enseñó.

—Soy Caitlyn Kidd, del *West Sider*.

Nora Kelly se puso roja de golpe.

—¿La que ha escrito aquella porquería?

Su tono rebosaba rabia y pena.

—Señora Kelly…

—¡Menuda obra maestra! Con otra igual, hasta puede que le hagan una oferta los del *Weekly World News*. Le aconsejo que se vaya, antes de que llame a seguridad.

—¿Ha llegado a leer el artículo? —se apresuró a decir Caitlyn.

La cara de Nora delató un titubeo. Caitlyn estaba en lo cierto. No se lo había leído.

—Era un buen artículo, con datos, imparcial. Los titulares no los escribo yo. Lo único que hago es informar.

Nora dio un paso. Caitlyn retrocedió instintivamente. Nora la escrutó un momento, con los ojos encendidos. Después volvió a la mesa y cogió el teléfono.

—¿Qué hace? —preguntó Caitlyn.

—Llamar a seguridad.

—No llame, por favor, señora Kelly.

Nora acabó de marcar el número y esperó a que sonara.

—Se está perjudicando a sí misma. Yo puedo ayudarla a buscar al asesino de su marido.

—¿Oiga? —dijo Nora al teléfono—. Soy Nora Kelly, del laboratorio de antropología.

—Las dos queremos lo mismo —susurró Caitlyn—. Por favor, déjeme que le explique cómo puedo ayudarla. ¡Por favor!

Silencio. Nora se la quedó mirando, hasta que dijo por teléfono:

—Perdone, me he equivocado de número.

Apoyó despacio el auricular en la base.

—Dos minutos —dijo.

—Vale. Nora… ¿Puedo llamarte Nora? Yo conocía a tu marido. ¿Te lo comentó alguna vez? Coincidimos en varios actos periodísticos, ruedas de prensa y lugares del delito. A veces por la misma noticia, aunque… para mí, aprendiz de reportera de un periódico basura como el *West Sider*, era bastante difícil hacerle la competencia al *Times*.

Nora no dijo nada.

—Bill era buena persona. Te repito que las dos tenemos el mismo objetivo: encontrar al que le asesinó. Las dos tenemos recursos especiales a nuestra disposición, y deberíamos aprovecharlos. Tú le conocías mejor que nadie, y yo tengo un periódico. Podríamos poner nuestros talentos en común y ayudarnos.

—Aún estoy esperando a que me expliques cómo.

—¿Sabes el artículo que estaba preparando Bill, el de los derechos de los animales? Me lo comentó hace unas semanas.

Nora asintió.

—Sí, ya se lo he dicho a la policía. —Vaciló—. ¿Crees que tiene algo que ver?

—Por intuición te diría que sí, pero aún no tengo bastante información. Explícame algo más.

—Iba de todo aquello de los sacrificios de animales de Inwood.

Dio mucho que hablar, pero después se fue apagando el interés; menos el de Bill, que lo tenía en la recámara y no dejó de buscar nuevos enfoques.

—¿Te contó muchas cosas?

—Solo me dio la impresión de que algunas personas no estaban muy contentas con que le interesara el tema; pero bueno, tampoco es nada nuevo. Lo que más feliz le hacía era incordiar, sobre todo a los antipáticos. Y a los que hacían daño a los animales les odiaba más que a nadie. —Nora echó un vistazo a su reloj—. Quedan treinta segundos, y aún no me has dicho cómo puedes ayudarme.

—Yo nunca me canso de investigar. Pregúntaselo a cualquiera de mis colegas. Sé manejármelas con la policía, los hospitales, las bibliotecas, el archivo del periódico… Con mi acreditación de periodista puedo entrar en más sitios que tú. Puedo dedicarme al tema día y noche, veinticuatro horas al día y siete días por semana. Es verdad que busco una noticia, pero también quiero vengar a Bill.

—Se te han acabado los dos minutos.

—Vale, pues ya me voy, pero te voy a pedir una cosa, tanto por mi bien como por el tuyo. —Caitlyn se dio unos golpecitos en la cabeza—. Busca sus apuntes sobre el artículo, el de los derechos de los animales, y enséñamelos. Ten en cuenta que los reporteros nos cuidamos entre nosotros. Yo tengo tantas ganas como tú de llegar hasta el fondo. Ayúdame, Nora.

Sin decir más, sonrió un poco, entregó a Nora su tarjeta, se giró y salió del laboratorio.

15

El Rolls cruzó una verja entre muros de falso ladrillo, cuyas hojas estaban decoradas con hiedra de plástico, grapada al azar. Entre la hiedra había un letrero que informaba a los visitantes de que habían llegado al cementerio de Whispering Oaks. El muro delimitaba un césped verde bordeado de robles recién plantados, que se aguantaban con cables. Estaba todo nuevo, inacabado. El cementerio en sí estaba prácticamente vacío. D'Agosta vio las costuras de las placas de césped. En un rincón se agolpaba media docena de lápidas gigantes de granito pulido. En medio de la pradera se erguía un panteón de color hueso, severo y sin encanto.

Proctor condujo el Rolls por el camino asfaltado, hasta frenar a la altura del edificio. Pese a ser otoño, delante del panteón había un largo macizo de flores. Al salir del coche, D'Agosta tocó una de ellas con el pie.

Plástico.

Miraron el aparcamiento.

—¿Y los demás? —preguntó D'Agosta, mirando su reloj—. Habíamos quedado a las doce.

—¿Señores?

Era alguien salido de detrás del panteón, como un fantasma. D'Agosta quedó sorprendido por su aspecto: delgado, con un traje negro de buen corte y un color de piel más blanco de lo normal. Se acercó deprisa, cruzando obsequiosamente las manos por delante, y se detuvo frente a Pendergast.

—¿En qué puedo servirle?

—Venimos por los restos de Colin Fearing.

—Ah, sí, pobre, el que enterramos hace… ¿dos semanas? —Sonrió efusivamente, mirando a Pendergast de los pies a la cabeza—. Usted debe de ser del ramo. ¡Siempre reconozco a los de nuestro ramo!

Pendergast hundió lentamente una mano en el bolsillo.

—Sí, sí —dijo el hombre—, ya me acuerdo del entierro. Pobre, solo estaba su hermana, y el sacerdote. Me sorprendió, porque los jóvenes suelen tener mucho poder de convocatoria. Bueno, ¿de qué funeraria son, y en qué puedo atenderles?

Finalmente, la mano de Pendergast sacó una cartera de piel de su bolsillo. La levantó, dejando que se abriera por su propio peso.

El hombre se la quedó mirando.

—¿Qué… qué es esto?

—Por desgracia no somos «del ramo», por usar su simpática expresión.

El hombre palideció todavía más, sin decir nada.

D'Agosta se acercó y le tendió un sobre.

—Venimos por la orden judicial de exhumación de Colin Fearing. Aquí están todos los papeles.

—¿Exhumación? Yo no sabía nada.

—Se lo comenté anoche a un tal señor Radcliffe.

—Pues a mí el señor Radcliffe no me ha dicho nada. Nunca me dice nada.

El hombre levantó la voz, quejoso.

—Lo siento mucho —dijo D'Agosta, recayendo en el mal humor que tenía desde el asesinato—. Bueno, vamos allá.

Se notaba que el hombre estaba asustado. Parecía que se bamboleara sin mover los pies.

—Siempre hay una primera vez, señor…

—Lille, Maurice Lille.

En ese momento apareció por el camino de entrada el furgón destartalado del forense, levantando una nube de humo azul.

Giró demasiado deprisa —D'Agosta no entendía que siempre tuvieran que conducir como locos— y frenó con un leve chirrido, balanceándose con mala suspensión. Dos técnicos con mono blanco fueron a la parte trasera, abrieron las puertas y sacaron una camilla, sobre la que depositaron una bolsa vacía de cadáveres. Después se acercaron por el aparcamiento, empujando la camilla.

—¿Dónde está el tieso? —berreó el más delgado, un chico pecoso y pelirrojo.

Silencio.

—¿Señor Lille? —preguntó D'Agosta al cabo de un momento.

—¿El... «tieso»?

—Sí, ya me entiende —dijo el técnico—. El fiambre. No tenemos todo el día.

Lille salió de su azoramiento.

—Ah... Sí, claro. Síganme al panteón, por favor.

Les llevó a la entrada principal, dotada de un teclado en el que marcó un código. La puerta de falso bronce les franqueó el acceso a una sala blanca de techo alto, con las cuatro paredes íntegramente cubiertas de nichos. Había dos urnas de yeso gigantes, a la italiana, de las que salían, enormes, sendos ramos de flores de plástico. Solo unos pocos nichos tenían grabadas letras negras con nombres y fechas. Inevitablemente, D'Agosta buscó el olor que tanto conocía, pero el aire era puro, fresco y perfumado. Claramente perfumado. «Este tipo de sitios —pensó— deben de tener un aire acondicionado tremendo.»

—Perdonen, ¿han dicho Colin Fearing, verdad?

La climatización excesiva no impedía sudar a Lille.

—Exacto.

D'Agosta miró irritado a Pendergast, que estaba de inspección, paseando con las manos en la espalda y los labios apretados. Tenía la manía de desaparecer en el momento más inoportuno.

—Un momentito, por favor.

Lille cruzó una puerta de cristal que daba a su despacho y volvió con un portapapeles. Miró la gran pared de nichos, moviendo los labios como si contara. Paró al cabo de un momento.

—Ya lo tengo. Colin Fearing.

Señaló uno de los nichos marcados y retrocedió, con una mueca que pretendía ser una sonrisa.

—¿Señor Lille? —dijo D'Agosta—. La llave.

—¿Llave? —El pánico se apoderó de su expresión—. ¿Quieren que lo… abra?

—En eso consisten las exhumaciones, ¿no? —dijo D'Agosta.

—Es que no tengo permiso… Yo solo soy un comercial…

D'Agosta suspiró.

—Todos los papeles están dentro del sobre. Solo tiene que firmar la primera hoja y darnos la llave.

Al bajar la vista, Lille descubrió por primera vez el sobre de papel manila que apretaba con la mano.

—Es que no tengo permiso. Tendré que llamar al señor Radcliffe.

D'Agosta puso los ojos en blanco.

Lille volvió a su despacho y dejó la puerta abierta. D'Agosta escuchó. La conversación empezó en voz baja, pero en poco tiempo la voz estridente de Lille resonó por todo el panteón como los aullidos de un perro recibiendo puntapiés. Al parecer, el señor Radcliffe no tenía interés en colaborar.

Lille volvió a salir.

—Ahora viene el señor Radcliffe.

—¿Cuánto tardará?

—Una hora.

—Ni hablar. Al señor Radcliffe ya se lo expliqué. Abra el nicho ahora mismo.

Lille se retorció las manos, crispando sus facciones.

—Madre mía… Es que… no puedo…

—Oiga, que lo que tiene en la mano es una orden judicial, no una solicitud de autorización. Como no abra el nicho, le denuncio por entorpecimiento de la labor policial.

—¡Pero es que el señor Radcliffe me despedirá!

Pendergast regresó de su visita no guiada y se acercó al grupo sin prisas. Yendo al nicho de Fearing, leyó en voz alta:

—«Colin Fearing, treinta y ocho años.» ¿A que da pena que se mueran tan jóvenes, señor Lille?

Lille no parecía haberle oído. Pendergast tocó el mármol, como si lo acariciara.

—¿Y dice que no vino nadie al funeral?

—Solo la hermana.

—Qué triste… ¿Quién lo pagó?

—Pues… no estoy seguro. La factura la pagó la hermana, creo que con dinero de la madre.

—Pero la madre está enajenada… —El inspector se giró hacia D'Agosta—. Me gustaría saber si la hermana tenía poderes. Valdría la pena investigarlo.

—Buena idea.

Los dedos blancos de Pendergast siguieron acariciando el mármol, hasta apartar una plaquita secreta y descubrir una cerradura. Su otra mano se introdujo en el bolsillo del pecho y reapareció con un pequeño objeto, que parecía un peine, pero con pocas púas, solo en la punta. Lo insertó en la cerradura y lo movió un poco.

—Perdone, ¿se puede saber qué…? —empezó a decir Lille, peró dejó la frase a medias cuando la puerta del nicho giró sin hacer ruido en sus bisagras engrasadas—. Espere, espere, que esto no…

Los técnicos empujaron la camilla y la sacudieron un poco para levantarla hasta el nivel del nicho. Una pequeña linterna apareció en la mano de Pendergast, que la enfocó en la oscuridad, escudriñando el interior.

Tras un breve silencio, dijo:

—Creo que no necesitaremos la camilla.

Los dos técnicos se quedaron parados, sin saber qué hacer.

Pendergast se irguió y se giró hacia Lille.

—Dígame, si es tan amable, ¿quién tiene las llaves de estos nichos?

—¿Las llaves? —Lille temblaba—. Yo.

—¿Dónde?

—Las guardo bajo llave en mi despacho.

—¿Y el otro juego?

—Lo tiene el señor Radcliffe, pero no aquí. No sé dónde.

—¿Vincent?

Pendergast se apartó, señalando el nicho abierto.

D'Agosta se acercó y miró la cavidad oscura, siguiendo el fino haz de la linterna con la vista.

—¡Pero si está vacío! —dijo.

—Imposible —tembló la voz de Lille—. Vi meter el cadáver con mis propios ojos…

Se quedó sin voz, con una mano aferrada a la corbata.

El técnico pelirrojo quiso comprobarlo por sí mismo.

—Me cago en la leche… —dijo, mirando fijamente.

—No del todo vacío, Vincent.

Pendergast se puso un guante de látex, metió la mano y sacó con cuidado un objeto, que enseñó a los demás sobre su palma. Era un tosco ataúd en miniatura hecho de cartón piedra y retales, con la tapa de papel un poco levantada. Dentro mostraba los dientes un esqueleto, compuesto de palillos pintados de blanco.

—Sí que hay alguien enterrado, en cierto modo —dijo Pendergast con su voz meliflua.

Se oyó un grito ahogado, seguido por un golpe sordo. D'Agosta se giró. Maurice Lille se había desmayado.

16

Medianoche. Nora Kelly iba deprisa por el oscuro corazón del sótano del museo, taconeando suavemente en el suelo de piedra pulida. La iluminación de los pasillos estaba en modo fuera de horario, y en las puertas abiertas se cernían grandes sombras. No había nadie. Hasta los conservadores más duros de pelar se habían ido a casa hacía varias horas, y las rondas de los vigilantes se centraban casi todas en los espacios públicos del museo.

Se paró frente a una puerta de acero inoxidable, donde ponía LABORATORIO DE PCR. Tal como esperaba, la ventanilla, cubierta de tela metálica, estaba oscura. Introdujo una secuencia numérica en el teclado de la cerradura. El LED incorporado pasó de rojo a verde.

Empujó la puerta, encendió la luz y se paró a mirar. Era un laboratorio en el que había estado pocas veces, de visita informal, al dejar muestras para que las analizasen. El termociclador de PCR estaba sobre una mesa impoluta de acero inoxidable, dentro de una funda de plástico. Se acercó y retiró la funda, que dobló y dejó en un lado. El aparato —un Eppendorf Mastercycler 5330— era de plástico blanco, con un aspecto feo y barato que no permitía adivinar la sofisticación de su interior. Nora hurgó en su bolso y sacó un documento impreso, descargado de internet, con las instrucciones.

La puerta se había cerrado automáticamente. Respiró hondo y palpó la parte trasera de la máquina con una mano, hasta encontrar el interruptor y encenderlo. Según el manual, no tardaba menos de un cuarto de hora en calentarse.

Dejó la bolsa en la mesa para sacar un recipiente de poliestireno, del que, una vez destapado, empezó a extraer cuidadosamente tubos de ensayo finos como lápices, que colocó en un portaprobetas. En uno de ellos había algunos cabellos, en otro restos de fibra, en otro un pedazo de un pañuelo de papel y en otro una muestra de sangre coagulada. Todo aquel material se lo había entregado Pendergast.

Se pasó una mano por la frente y, al hacerlo, notó que le temblaban un poco los dedos. Intentó concentrarse en el trabajo del laboratorio. Tenía que acabar e irse bastante antes de que amaneciera. Le dolía la cabeza, y estaba muerta de cansancio; llevaba dos días sin dormir, desde su regreso a casa, pero su rabia y su dolor le daban energía para seguir adelante. Pendergast necesitaba los resultados del ADN lo antes posible y Nora se alegraba de poder ser de ayuda. Cualquier cosa era buena si servía para coger al asesino de Bill.

Sacó una tira de ocho pipetas de PCR de una nevera del laboratorio: recipientes de plástico en forma de bala, muy pequeños, que ya venían rellenos de buffer, polimerasa Taq, dNTPs y otros reactivos. Manipuló unas pinzas estirilizadas con muchísimo cuidado para pasar muestras minúsculas del material biológico de sus probetas a los tubos de PCR, que se apresuró a tapar de nuevo. Cuando el aparato pitó (señal de que estaba listo), ya había treinta y dos tubos llenos, el máximo que podía ponerse a la vez en el termociclador.

Se metió unos cuantos tubos más en el bolsillo, por si los necesitaba, y repasó las instrucciones por tercera vez. Después abrió el termociclador, introdujo las pipetas en los orificios y cerró el aparato. Tras hacer los ajustes pertinentes, apretó con precaución el botón de puesta en marcha.

La reacción de PCR tardaba cuarenta ciclos térmicos, de tres minutos cada uno. Dos horas. A continuación, como ya sabía, tendría que someter el resultado a una electroforesis en gel para identificar el ADN.

El aparato pitó otra vez, suavemente. Una pantalla indicó la puesta en marcha del primer ciclo térmico. Nora esperó, apoyada en el respaldo. Hasta entonces no se había dado cuenta del silencio sepulcral del laboratorio. Ni siquiera se oía el susurro habitual del aire por el sistema de ventilación. Olía a polvo, moho y el toque dulce del paradiclorobenceno de los depósitos de las inmediaciones.

Miró el reloj: las doce y veinticinco. Debería haberse traído un libro. En el silencio del laboratorio, se halló a solas con sus pensamientos, que eran terribles.

Se levantó para dar un paseo por el laboratorio. Luego volvió a la mesa, se sentó y volvió a levantarse. Buscó algo que leer por los armarios, pero solo encontró manuales. Se le ocurrió ir a su despacho, pero siempre existía el riesgo de encontrarse con alguien y tener que justificar su presencia en el museo a aquellas horas. No tenía permiso para estar en el laboratorio de PCR. No se había apuntado en la lista, ni había hecho constar su presencia en el registro; y aunque lo hubiera hecho, no estaba autorizada a usar el aparato…

De repente se paró a escuchar. Había oído algo. Al menos se lo parecía. Al otro lado de la puerta.

Miró a través de la ventanilla, pero solo se veía el pasillo, mal iluminado por una bombilla en una jaula de metal. El LED del teclado de la puerta estaba rojo. Seguía cerrada.

Gimió, apretando los puños. Era inútil. Seguía viendo imágenes horribles, que se inmiscuían en su conciencia sin avisar. Cerró mucho los ojos y apretó más los puños, intentando pensar en cualquier cosa menos en aquel primer atisbo… cualquier cosa…

Abrió los ojos. Otra vez el ruido. Esta vez lo identificó: un suave chirrido en la puerta del laboratorio. Levantó la vista justo a tiempo de ver que al otro lado de la ventanilla se movía algo. Tenía la clara sensación de que acababan de observarla.

¿Uno de los vigilantes nocturnos? Podía ser. En un momento de ansiedad, se preguntó si informarían de su presencia no autorizada. Después sacudió la cabeza. Si sospechasen algo, habrían entrado a preguntar. ¿Cómo iban a saber que no tenía derecho a estar en el laboratorio? A fin de cuentas, llevaba la identificación y se veía que era conservadora. Era su cabeza, que volvía a hacerle jugarretas. Llevaba haciéndoselas desde… Apartó la vista de la ventanilla. Tal vez se estuviera volviendo loca de verdad…

Se oyó otra vez el ruido. Esta vez, al mirar hacia la ventanilla, Nora vio la silueta oscura de una cabeza que se balanceaba un poco al otro lado, en el pasillo, iluminada por detrás, borrosa. La cabeza invadió la ventanilla. Luego, al pegarse al cristal, la luz del laboratorio reveló sus facciones.

Nora contuvo el aliento, parpadeando, y volvió a mirar.

Era Colin Fearing.

17

Nora se echó hacia atrás, gritando. La cara desapareció.

Sintió que se le aceleraba el pulso, como un martillo en el pecho. Esta vez no había duda. No era un sueño.

Caminó de espaldas, desencajada, buscando algún lugar donde esconderse. Se agachó tras una mesa de laboratorio, intentando respirar.

No se oía nada. Todo estaba en el más absoluto silencio, tanto el laboratorio como el pasillo. «Esto es una tontería —pensó—. La puerta está cerrada. No puede entrar.» Pasó un minuto. Mientras Nora seguía agazapada, respirando deprisa, sucedió algo extraño. El miedo que se había apoderado instintivamente de ella desapareció, dejando su sitio a la rabia.

Se levantó despacio. La ventanilla seguía vacía.

Su mano se movió por el tablero de la mesa hasta coger un cilindro graduado de pyrex y levantarlo de su soporte. Le dio un golpe brusco contra el borde del soporte, para romper la punta. Luego sus movimientos se hicieron más rápidos: se acercó a la puerta e intentó marcar el código, aunque le temblaran los dedos. Lo consiguió al tercer intento. Abrió la puerta de golpe y salió al pasillo.

Al fondo, a la vuelta de la esquina, se oyó una puerta cerrándose.

—¡Fearing!

Echó a correr con todas sus fuerzas hacia allá. En el pasillo había muchas puertas, pero solo una cerca de la confluencia. Cogió el tirador, y al comprobar que no estaba cerrado, abrió de par en par la puerta.

Palpó la pared buscando los interruptores, que encendió con dos pasadas de la mano.

Tenía delante una sala de la que había oído hablar, pero que nunca había visto; uno de los depósitos más legendarios del museo. Donde en otros tiempos había estado el generador, ahora se guardaba la colección de esqueletos de ballena. Los enormes huesos y cráneos, algunos tan grandes como autobuses, estaban colgados del techo con cadenas. Si los hubieran colocado en el suelo, se habrían deformado y roto por su propio peso. Todos los esqueletos estaban tapados con láminas de plástico, que colgaban prácticamente hasta el suelo, como sudarios, formando una especie de lecho marino de huesos tapados. A pesar de las hileras de fluorescentes del techo, seguían siendo pocos para una sala tan grande, y la iluminación creaba un ambiente velado, casi submarino.

Miró a su alrededor, con su arma improvisada a punto. A la izquierda se movían algunas láminas, como si las hubieran tocado hacía poco.

—¡Fearing!

Su voz reverberó por el enorme espacio, formando extraños ecos. Corrió hacia los plásticos que tenía más cerca y se metió entre ellos. Bajo la luz indefinida, los grandes esqueletos proyectaban sombras raras. Las láminas de plástico, sucias y rígidas, formaban un laberinto de cortinas que impedía ver a más de uno o dos metros. Nora casi no podía respirar, por culpa de la mezcla de tensión y rabia.

Levantó un brazo y apartó de golpe una cortina de plástico. Nada.

Dio un paso hacia delante, apartando dos láminas seguidas. Ahora, a su alrededor, los plásticos se balanceaban sin parar, como si los esqueletos gigantes hubieran cobrado una vida inquieta.

—¡Sal, cerdo!

98

Un crujido. Vio moverse una sombra contra el plástico, deprisa. Se lanzó hacia delante, cilindro en mano.

Nada.

De repente ya no lo podía aguantar. Gritó y corrió, apartando cortinas y dibujando arcos con el tubo roto de cristal, hasta que se enredó en los pesados plásticos y tuvo que hacer un esfuerzo para liberarse. Cuando se le pasó el ataque, dio unos cuantos pasos, escuchando. Al principio solo oía sus propios jadeos. Luego distinguió con claridad un ruido a su derecha. Corrió en aquella dirección, cortando el aire con el tubo, preparándose para volver a gritar.

Se paró en seco. En la niebla roja de su rabia se empezaba a infiltrar una voz más sensata. Estaba cometiendo un disparate. Había dejado que la furia nublase su razón.

Se paró otra vez a escuchar. Un roce, una sombra fugaz, y más movimientos de láminas. Giró en redondo y se quedó muy quieta, pasándose la lengua por los labios, que de repente estaban secos. En la penumbra, rodeada por un sinfín de grandes esqueletos tapados, se hizo una pregunta: ¿quién perseguía... y quién era perseguido?

Toda su rabia se diluyó de golpe y dejó paso al nerviosismo al entender su situación. Ante la imposibilidad de entrar en el laboratorio, Fearing la había hecho salir. Y ahora ella se dejaba meter en aquel laberinto.

De repente un cuchillo desgarró una de las cortinas de plástico, haciendo un tajo por el que se introdujo una silueta. Nora se giró y atacó con la punta rota del tubo de cristal, que chocó de refilón. Un nuevo cuchillazo le arrancó el arma improvisada, que se rompió en el suelo.

Retrocedió sin poder apartar la vista.

Fearing tenía la ropa hecha jirones apestosos, rígidos de sangre seca. Un ojo lívido la miraba a ella. El otro, blanquecino, parecía muerto. Dientes negros y cariados erizaban la boca, muy abierta. El pelo estaba lleno de tierra y hojas; la piel, amarillenta, olía a tumba. Con una especie de bufido, o gárgara, dio un paso hacia Nora y dibujo un reluciente semicírculo con el cuchillo, aquel cuchillo que tan bien conocía ella.

Al esquivar el arma, Nora perdió el equilibrio y se cayó al suelo. Mientras se le acercaba la figura, cogió un trozo grande de cristal y se arrastró hacia atrás.

La boca se abrió al máximo, haciendo un ruido horrible, líquido.

—¡Vete de aquí! —chilló ella, poniéndose de pie con el cristal en la mano.

La figura dio tumbos, llenando el aire de torpes cuchilladas. Nora retrocedió, se giró y echó a correr por las láminas de plástico, en un intento de llegar al fondo de la sala. Seguro que había una puerta. A sus espaldas oyó un ruido de cortes en el plástico, el chirrido del cuchillo haciendo muescas en los huesos, como si gritase.

Graaarrrggg... Era el ruido espantoso que hacía la figura al respirar entrecortadamente por la tráquea húmeda. Nora gritó de miedo y de consternación, creando extraños ecos en la vasta oscuridad.

Se había desorientado. Ya no estaba segura de seguir la dirección correcta. Jadeó, apartando plásticos. Al final volvió a enredarse, y se tiró ella misma al suelo. Desesperada, corrió a gatas bajo el susurrante balanceo de las láminas. Se había perdido del todo.

Graaarrrggg, oyó resollar horrendamente por detrás.

Desesperada, se levantó debajo de la cubierta de plástico de un esqueleto colgado a poca distancia del suelo. Estirando los brazos, se aferró a una costilla de ballena y se introdujo a pulso en la caja torácica del animal, como por un monstruoso accesorio de parque infantil. Trepó frenéticamente por los huesos resecos, que cedían y chocaban entre sí. Al llegar al final de la caja torácica, encontró una rendija entre dos costillas, bastante grande para dejarla pasar. Hizo un agujero en el plástico con el trozo de cristal. Tras cruzar la rendija, y el agujero, subió a la espalda de la osamenta, y a pesar de su situación quedó hipnotizada por el singularísimo espectáculo: un mar de esqueletos de ballena de todos los tamaños, colgando a sus pies en todas las orientaciones posibles, montados tan cerca los unos de los otros que se tocaban.

El esqueleto en el que se apoyaba volvió a balancearse. Bajó la vista. Tenía a Fearing a sus pies, trepando por los huesos como en un parque infantil.

Gimiendo de miedo, echó a correr todo lo rápido que se atrevía por el esqueleto. Se agachó para saltar al siguiente, que empezó a balancearse de un lado a otro, con Nora aferrada a él. Después corrió por toda la espina dorsal y saltó a otro esqueleto, el tercero, desde el que a duras penas distinguió una puerta al fondo de la sala.

«Por favor, que no esté cerrada con llave.»

La horrenda figura apareció en un esqueleto, sacando la cabeza por un corte en el plástico. Corrió hacia el siguiente y saltó. Aunque sus movimientos fueran tan desgalichados, Nora se dio cuenta de que era más ágil de lo que pensaba. Subirse a los huesos solo había servido para darle ventaja.

Hizo otro agujero en el plástico y se dejó caer al suelo, por el que reptó con todas sus fuerzas hacia el fondo del almacén. Oía la persecución a trompicones de Fearing, cuyos horribles ruidos de succión se volvían cada vez más fuertes.

De repente salió del amasijo de huesos. Tenía la puerta delante, a treinta metros, como máximo; una puerta maciza y a la vieja usanza, sin teclado de seguridad. Corrió y agarró el pomo.

Cerrada.

Se giró con un sollozo de contrariedad, pegando la espalda a la puerta, dispuesta a plantar cara hasta el último momento con su trozo de cristal.

Los esqueletos se mecían, crujiendo al final de las cadenas, mientras las cortinas de plástico, agitadas, rozaban el suelo sin parar. Nora esperó, preparándose como podía para la lucha final.

Pasó un minuto. Dos minutos. Fearing no aparecía. Poco a poco cesaron el roce y el vaivén de los esqueletos. El depósito volvió a quedar en silencio.

Nora respiró dos veces, agitadamente. ¿Habría dejado de perseguirla? ¿Se habría ido?

Oyó chirriar una puerta al otro lado del depósito. Pasos arrastrados. Silencio.

No. No. No se había ido.

—¿Quién hay? —dijo una voz, con el temblor de un nerviosismo mal disimulado—. ¡Salga!

Era un vigilante nocturno. Nora estuvo a punto de llorar de alivio. Fearing debía de haberse asustado al oír pasos. Aun así, contuvo la respiración. No podía dejar que la vieran, con el análisis del ADN en marcha.

—¿Hay alguien? —dijo el vigilante.

Era evidente que no quería internarse en aquel bosque de esqueletos de ballena. La débil luz de una linterna saltó por la penumbra.

—Último aviso. Voy a cerrar con llave.

A Nora le daba igual. Como conservadora, tenía el código de seguridad de la puerta principal.

—Bueno, tú lo has querido.

Pasos. Luces apagadas. Un portazo.

Controló poco a poco su respiración. Arrodillada, escrutó la penumbra que se filtraba por la ventanilla de la puerta.

¿Seguiría Fearing en la sala, como ella? ¿Le estaría tendiendo una emboscada? ¿Qué quería, rematar lo que había dejado a medias en su piso?

Se puso a cuatro patas para meterse debajo de los plásticos, que ya no se movían. Iba despacio, haciendo el menor ruido posible, hacia la puerta principal. Cada pocos minutos se paraba a mirar y escuchar, pero no se oía nada, ni había ninguna sombra; solo los grandes huesos colgantes de ballena, en sus envoltorios.

Al llegar al centro de los esqueletos, hizo una pausa en el trayecto. Había visto un brillo de cristales rotos. El resto de su arma improvisada, hecho pedazos. Divisó una franja oscura por el borde reluciente de un trozo grande. Conque sí le había dado a Fearing, y le había hecho un corte… Era sangre. Sangre de él.

Respiró un par de veces, intentando pensar con claridad. Luego, con dedos temblorosos, sacó una de las probetas que se había guardado en el bolsillo. Tras romper el precinto con cuidado, cogió el trozo de cristal, lo decantó en el líquido y tapó otra vez la probeta. Pendergast le había dado muestras de ADN de la madre de Fearing, y el ADN mitocondrial de una madre siempre era idéntico al de su hijo. Ahora podría hacer pruebas con el ADN de Fearing, comparándolo directamente con el ADN desconocido del lugar del delito.

Con la probeta en el bolsillo, se deslizó sin hacer ruido hacia la puerta, que se abrió en respuesta al código. La cerró rápidamente y se fue por el pasillo hacia el laboratorio de PCR, con las piernas temblando. Ni rastro de Fearing. Tras introducir el código en el teclado, entró en el laboratorio, activó la cerradura y apagó la luz del techo. Ya acabaría el trabajo con la propia luz de los aparatos.

El termociclador estaba en pleno proceso. Nora, cuyo corazón seguía acelerado, puso el tubo de la sangre de su agresor al lado de los demás, para el siguiente ciclo.

Mañana por la noche sabría con certeza si era Fearing quien había matado a su marido, e intentado matarla dos veces a ella.

18

D'Agosta entró en la sala de espera del anexo del depósito de cadáveres, con la precaución de respirar por la boca. Detrás iba Pendergast, que tras un vistazo general se acomodó felinamente en una de las feas sillas de plástico que se alineaban contra la pared, junto a una mesa llena de revistas manoseadas.

D'Agosta dio una vuelta a la sala, y luego otra. El depósito de cadáveres de Nueva York le traía recuerdos horribles. Sabedor de que se le iba a grabar en la memoria otra experiencia (tal vez la peor de todas), le irritaba la frialdad innatural de Pendergast. ¿Cómo podía mantener aquella despreocupación? Al mirarle, vio que leía *Mademoiselle* con patente interés.

—¿Para qué lee eso? —le preguntó, malhumorado.

—Hay un artículo muy instructivo sobre primeras citas que salen mal. Me recuerda uno de mis casos, una primera cita especialmente aciaga que acabó en asesinato y en suicidio.

El agente sacudió la cabeza y siguió leyendo.

D'Agosta dio otra vuelta por la habitación, cruzando con fuerza los brazos.

—Siéntese, Vincent. Use el tiempo constructivamente.

—Odio este sitio. Odio cómo huele. Odio todo lo que se ve.

—Le comprendo perfectamente. Aquí las señales de mortalidad son… digamos que difíciles de soslayar. «Pensamientos demasiado profundos para el llanto», como dijo Wordsworth.

Con un ruido de papel, el agente retomó su lectura. Pasaron algunos minutos atroces, hasta que finalmente se abrió la puerta del depósito. Detrás estaba Beckstein, uno de los patólogos. «Menos mal», pensó D'Agosta. Habían conseguido a Beckstein para la autopsia. Era uno de los mejores, y (sorpresa) una persona casi normal.

Beckstein se quitó los guantes y la mascarilla, y los tiró a una papelera.

—Teniente, agente Pendergast... —Les saludó con la cabeza, sin tender la mano. En el depósito de cadáveres no se estilaba darla—. Me tienen a su disposición.

—Doctor Beckstein —dijo D'Agosta, tomando la iniciativa—, gracias por tomarse el tiempo de hablar con nosotros.

—Es un placer.

—Háganos un resumen, pero con poca jerga, por favor.

—Con mucho gusto. ¿Quieren observar el cadáver? Todavía lo está manipulando el prosector. A veces es útil para ver...

—No, gracias —dijo rotundamente D'Agosta.

Al darse cuenta de que Pendergast le miraba, pensó resueltamente: «Que se joda».

—Como prefieran. El cadáver presentaba catorce heridas completas o parciales de cuchillo, pre mórtem, algunas en las manos y los brazos, varias en la base de la espalda, y la última a través del corazón, con entrada anterior y posterior. Si quieren les doy un esquema...

—No hace falta. ¿Alguna herida post mórtem?

—No. Después de la última, en el corazón, la muerte fue casi instantánea. El cuchillo penetró horizontalmente, entre la segunda y la tercera costillas, en un ángulo descendente de ochenta grados respecto a la vertical, invadiendo el atrio izquierdo y la arteria pulmonar, y seccionando el cono arterioso encima del ventículo derecho, con el resultado de una exanguinación masiva.

—Ya me hago una idea.

—Sí.

—¿Usted diría que el asesino hizo lo justo para matar a la víctima, pero no más?

—Sí, es una afirmación que concuerda con los datos.

—¿Arma?

—Una hoja de veinticinco centímetros de longitud y cinco de anchura, muy rígida; probablemente un cuchillo de cocina de alta calidad, o de submarinismo.

D'Agosta asintió con la cabeza.

—¿Algo más?

—Según el análisis toxicológico, la tasa de alcohol en sangre estaba dentro de los límites permitidos. No había drogas, ni tampoco otras sustancias externas. En cuanto al contenido del estómago...

—Eso ahórremelo.

Beckstein vaciló. D'Agosta vio algo en sus ojos: incertidumbre, desazón.

—¿Qué? —dijo—. ¿Algo más?

—Sí. Todavía no lo he escrito en el informe, pero al equipo forense se le pasó por alto algo bastante raro.

—Siga.

El patólogo volvió a vacilar.

—Me gustaría enseñárselo. No lo hemos movido... todavía.

D'Agosta tragó saliva.

—¿Qué es?

—Déjeme que se lo enseñe, por favor. Es que no puedo... miren, la verdad es que no sabría describirlo.

—Por supuesto —dijo Pendergast, avanzando—. Vincent, si prefiere usted esperar aquí...

D'Agosta sintió que su mandíbula se tensaba.

—No, voy con ustedes.

Siguieron al técnico al otro lado de la doble puerta de acero, a una gran sala con baldosas y luz verde. Después de coger mascarillas, guantes y batas de los dispensadores que había cerca, se los pusieron y pasaron a una de las salas de autopsias.

D'Agosta vio inmediatamente al prosector inclinado hacia el cadáver, con una sierra vibratoria en las manos que zumbaba como un mosquito furioso. Al lado había un celador, comiéndose un bagel de salmón ahumado. La otra mesa de disección estaba cubierta de órganos diversos, con sus etiquetas. D'Agosta volvió a tragar saliva, más fuerte que antes.

—Hombre —le dijo el celador a Beckstein—, llegas justo a tiempo. Estábamos a punto de hacer los intestinos.

La mirada severa de Beckstein le hizo callar.

—Perdona, no sabía que tuvieras invitados.

El celador sonrió, rumiando el desayuno con labios carnosos. La habitación olía a formol, pescado y heces.

Beckstein se giró hacia el prosector.

—John, quiero enseñarles al teniente D'Agosta y al agente especial Pendergast la… mmm… lo que hemos encontrado.

—Por mí perfecto.

Se apagó la sierra. El prosector se apartó. Lentamente, con enorme reticencia, D'Agosta dio unos pasos y miró el cadáver.

Era peor de lo que se había imaginado. Peor que sus peores pesadillas. Bill Smithback: desnudo, muerto, abierto. Le habían retirado el cuero cabelludo, dejando el pelo castaño acumulado en la base y el cráneo ensangrentado a la vista, con marcas de sierra recién hechas formando un semicírculo en torno a la calavera. La cavidad corporal muy abierta, con las costillas apartadas, ya sin órganos.

Inclinó la cabeza y cerró los ojos.

—John, ¿podrías fijar un separador en la cabeza?

—Claro que sí.

Mantuvo los ojos cerrados.

—Ya está.

Los abrió. Habían separado las mandíbulas con una pieza de acero inoxidable. Beckstein ajustó la luz de arriba para iluminar el interior. Smithback tenía clavado un anzuelo en la lengua, con plumas, como una mosca artificial. D'Agosta se inclinó en contra de su voluntad, para mirarlo más de cerca. El anzuelo tenía la cabeza de cordel claro, con el dibujo de una pequeña calavera que enseñaba los dientes. Atada al cuello del anzuelo había una bolsita, como una pequeña pastilla.

D'Agosta miró a Pendergast. El agente observaba fijamente la boca abierta, con una intensidad poco común en sus ojos plateados. D'Agosta tuvo la impresión de que aquella mirada contenía algo más que intensidad: tristeza, incredulidad, dolor… e incertidumbre. Era como si el inspector hubiera conservado contra todo pronóstico la esperanza de equivocarse en algo… y comprobado al fin, con la mayor contrariedad, que tenía toda la razón.

El silencio duró varios minutos, hasta que D'Agosta se giró hacia Beckstein. De repente se sentía viejísimo y cansado.

—Quiero fotos y pruebas. Extráiganlo junto con la lengua. Déjenlo clavado. Quiero análisis forenses de esta cosa. Que abran la bolsita y me informen de lo que contiene.

El celador miró por encima del hombro de D'Agosta, masticando su bagel.

—Parece que anda suelto un psicópata de los de verdad. ¡Imaginaos qué diría el *Post*!

Un sonoro mordisco, seguido por ruidos de masticación.

D'Agosta se giró a mirarle.

—Como se entere el *Post* —gruñó—, me ocuparé personalmente de que te pases el resto de la vida tostando bagels en vez de comértelos.

—¡Eh, tío, perdona! ¡Hay que ver qué suspicaz!

El celador se apartó.

Los ojos de Pendergast se centraron en D'Agosta. Se irguió, alejándose del cadáver.

—Vincent, acabo de pensar que hace siglos que no visito a mi querida tía Cornelia. ¿Le apetece acompañarme?

19

Nora giró la llave dentro de la cerradura y empujó la puerta de su piso. Eran las dos del mediodía. Por las persianas entraba un sol bajo que iluminaba (despiadadamente) hasta el último retazo de su vida con Bill. Libros, cuadros, objetos de arte... Hasta revistas tiradas con descuido. Todo desencadenaba una marea de recuerdos involuntarios y dolorosos. Después de cerrar dos veces con llave, cruzó la sala de estar mirando el suelo, y entró en el dormitorio.

Ya había acabado de trabajar con el procesador de PCR. Cada una de las muestras de ADN recibidas de Pendergast había sido multiplicada millones de veces. Las probetas estaban guardadas al fondo de la nevera del laboratorio, donde nadie se fijaría en ellas. Después, un respetable día de trabajo en el laboratorio de antropología. A nadie le había llamado la atención que saliese tan temprano. A la una de la noche volvería para la segunda y última fase: el test de electroforesis en gel. De momento, lo más urgente era dormir.

Echó un vistazo a su contestador: veintidós mensajes. Más pésames, seguro. No tenía fuerzas para aguantar ni uno más. Pulsó el PLAY con un suspiro, y empezó a borrar cada mensaje en cuanto detectaba una nota de preocupación en la voz de la persona que llamaba.

Distinto era el séptimo mensaje, de la reportera del *West Sider*.

«¿Nora? Soy Caitlyn Kidd. Oye, quería saber si has descubierto algo más sobre los artículos de animales que estaba preparando Bill. Me he leído los que publicó, y son muy duros. Tenía curiosidad por saber si averiguó algo nuevo y no tuvo tiempo de publicarlo. Llámame en cuanto puedas.»

Pulsó el botón de STOP al principio del siguiente mensaje, y se quedó mirando el contestador, pensativa. Luego se levantó de la cama, volvió a la sala de estar y se sentó a la mesa para encender el ordenador portátil. No conocía a Caitlyn Kidd, ni se fiaba especialmente de ella, pero con tal de encontrar a los culpables de la muerte de Bill, estaba dispuesta a colaborar con el mismísimo demonio.

Miró fijamente la pantalla, respiró hondo y, sin tiempo para arrepentirse, entró en la cuenta privada de su marido en el *New York Times*. La contraseña fue aceptada. Aún no habían desactivado la cuenta. Un minuto después aparecía ante sus ojos un índice de artículos escritos por Bill durante el último año. Los ordenó cronológicamente. Después retrocedió varios meses y los hizo correr por la pantalla, examinando los títulos. Era curioso que hubiera tantos que no le sonaban. Lamentó amargamente no haberse implicado más en el trabajo de Bill.

El primer artículo sobre sacrificio de animales se lo habían publicado hacía unos tres meses. Más que nada era una recapitulación sobre el sacrificio de animales en la ciudad, que lejos de ser agua pasada, seguía practicándose (secretamente, eso sí) en Nueva York. Siguió adelante. Había varios artículos más: una entrevista con un tal Alexander Esteban, portavoz de Humans for Other Animals, un artículo de investigación sobre peleas de gallos en Brooklyn... Encontró el más reciente, publicado dos semanas antes con el título de «El sacrificio de animales, algo cercano para los habitantes de Manhattan».

Abrió el texto y lo leyó por encima, fijándose especialmente en un párrafo:

> Las noticias más recurrentes sobre sacrificio de animales llegan de Inwood, el último barrio de Manhattan hacia el norte. La policía

y las asociaciones pro derechos de los animales de los barrios de Indian Road y la calle Doscientos catorce Oeste han recibido varias denuncias de vecinos que aseguran haber oído gritos de sufrimiento de animales. Al parecer, los gritos, que los residentes describen como de cabras, gallinas y ovejas, procedían de una iglesia desconsagrada situada en una misteriosa comunidad de Inwood Hill Park conocida como «la Ville». No hemos logrado hablar con ningún residente de la Ville, ni con el líder de la comunidad, Eugene Bossong.

Aquel descubrimiento debía de haberle granjeado el respaldo del periódico para seguir investigando, porque el artículo acababa con una nota en cursiva:

Este artículo pertenece a una serie todavía en redacción sobre sacrificio de animales en Nueva York.

Nora se apoyó en el respaldo. Ahora que lo pensaba, sí que se acordaba de que hacía una semana, aproximadamente, Bill había vuelto a casa por la noche jactándose de una pequeña victoria en su continuo interés por investigar los sacrificios de animales.

O no tan pequeña, a fin de cuentas...

Miró la pantalla, frunciendo el entrecejo. De entonces databan más o menos los primeros paquetes raros en el buzón, y los primeros dibujos estrafalarios en la puerta.

Cerró el índice de artículos y abrió el software de gestión de información de Bill para consultar las notas que siempre tenía preparadas para futuros artículos. Lo que buscaba estaba en las últimas entradas.

Concentrarse en la Ville. Continúa en el siguiente artículo. <u>¿SON REALMENTE SACRIFICIOS DE ANIMALES?</u> Se tiene que DEMOSTRAR, no <u>acusar</u>. Consultar archivos de la policía. <u>VERLO</u> personalmente.

Redactar entrevista a Pizzetti. ¿Se han quejado más vecinos? ¿Programar segunda entrevista con Esteban, el de derechos de los animales? Capítulo local de PETA, etc.

¿De dónde sacan los animales?

¿Qué historia tiene la Ville? ¿Quiénes son? Consultar archivo del *Times* para antecedentes / historia de la Ville. Un poco de color: rumores sobre zombis / sectas / etc.

¿Posible título de artículo: «Vilezas de la Ville»? No, qué va, lo vetaría el *Times*.

* Primer aniversario — ¡¡¡no olvidarse de reservar en el Café des Artistes + entradas de *El hombre que vino a cenar* para el fin de semana!!!

La última entrada era tan inesperada, tan fuera de contexto en relación con las demás, que Nora, tomada por sorpresa, sintió brotar lágrimas ardientes en sus ojos. Cerró inmediatamente el programa y se levantó de la mesa.

Dio una vuelta por la sala de estar y miró su reloj: las cuatro y cuarto. Podía coger el metro en la esquina de la calle Noventa y seis y Central Park West, y estar en Inwood en cuarenta minutos. Abrió otro programa en el ordenador, escribió algo, examinó la pantalla y mandó un documento a la impresora. Después fue al dormitorio con paso decidido y recogió su bolso del suelo. Tras un último vistazo, salió del piso.

Un cuarto de hora antes se sentía sin rumbo, a la deriva. Ahora, de pronto, toda ella era avasalladora determinación.

20

D'Agosta se había traído una brigada entera (doce hombres de uniforme, armados), el máximo peso que podía llevar el ascensor. Pulsó el botón del piso treinta y siete y se giró a mirar el indicador luminoso encima de la puerta. Se sentía tranquilo, sereno. No, mentira: frío, se sentía frío como el hielo.

En términos generales se consideraba una persona justa; si alguien le trataba con un mínimo respeto, él le correspondía. Cosa distinta era si se portaban como unos desgraciados, caso de Lucas Kline, desgraciado de primerísima clase, de medalla. Pues ahora se iba a enterar de que cabrear a un poli era mala idea.

Se giró hacia sus hombres.

—Acordaos de las instrucciones —dijo—. Lo quiero a fondo. A fondo y sucio. Trabajad de dos en dos, no quiero pegas con la cadena de pruebas. Si os vienen con chorradas, si os encontráis obstruccionismo o lo que sea, no tengáis contemplaciones.

Se propagó un murmullo por el grupo, seguido por el coro de clics de comprobar linternas y meter pilas en destornilladores.

El ascensor se abrió en la enorme recepción de Digital Veracity. Era tarde, las cuatro y media, pero D'Agosta vio que aún quedaba algún cliente sentado en los sofás de cuero, esperando para hablar con alguien.

Mejor.

Salió del ascensor y se plantó en el centro de la recepción, con la brigada desplegada a sus espaldas.

—Soy el teniente D'Agosta, de la policía de Nueva York —dijo con fuerza y claridad—. Traigo una orden de registro. —Lanzó una mirada a los clientes que esperaban—. Les aconsejo que vuelvan en otro momento.

Se levantaron enseguida, pálidos, y recogiendo americanas y maletines se alegraron de llegar cuanto antes a los ascensores. D'Agosta se giró hacia la recepcionista.

—¿Por qué no baja y se toma un café?

En quince segundos ya no quedaba nadie en recepción, excepto el propio D'Agosta y su brigada.

—Esto será el punto de encuentro —dijo—. Dejad aquí las cajas de pruebas, y poned manos a la obra. —Señaló a los sargentos—. Vosotros tres, venid conmigo.

Solo tardaron sesenta segundos en llegar al antedespacho de Kline. D'Agosta miró directamente a la secretaria, que puso cara de susto.

—Hoy ya no se trabaja —le dijo en voz baja, sonriendo—. ¿Qué le parece irse temprano a casa?

Esperó a que se marchase para abrir la puerta del despacho interior. Kline volvía a hablar por teléfono, con los pies sobre el gran escritorio. Al ver a D'Agosta y los policías de uniforme, asintió como si no le sorprendiese.

—Tendré que volver a llamarte —dijo por teléfono.

—Coged todos los ordenadores —dijo D'Agosta a los sargentos.

Se giró hacia el desarrollador de software.

—Aquí tengo una orden de registro. —Se la puso en las narices y la dejó caer al suelo—. ¡Uy! Bueno, ahí la dejo. Ya se la leerá cuando tenga tiempo.

—Ya me esperaba que volviese, D'Agosta —dijo Kline—. He hablado con mis abogados, y la orden de registro tiene que especificar qué busca.

—No, si ya lo especifica; buscamos pruebas de que el asesinato de Smithback lo planeó, cometió o pagó usted.

—¿Y se puede saber exactamente qué razones tenía para planear, cometer o pagar algo así?

—Por una rabia psicótica contra los periodistas de alto nivel, como el que le despidió de su primer trabajo en un periódico.

Los ojos de Kline se cerraron muy ligeramente.

—La información podría estar escondida en cualquiera de estos despachos —añadió D'Agosta—. Tendremos que registrarlos todos.

—Podría estar en cualquier sitio —contestó Kline—. Podría estar en mi casa.

—Sí, es donde iremos al salir de aquí. —D'Agosta se sentó—. Pero tiene razón, podría estar en cualquier sitio. Por eso tengo que confiscar todos los CD, DVD, discos duros, PDA y cualquier dispositivo que pueda contener información. ¿Tiene Black-Berry?

—Sí.

—Pues ahora es una prueba. Entréguemelo, por favor.

Kline metió la mano en el bolsillo, sacó el aparato y lo dejó en la mesa.

D'Agosta miró a su alrededor. Uno de los sargentos estaba descolgando cuadros de las paredes de cerezo, para examinarlos cuidadosamente por detrás y dejarlos en el suelo. Otro sacaba libros de las estanterías, los cogía por el lomo, los sacudía e iba formando pilas cada vez más altas. El tercero levantaba las alfombras de lujo y las dejaba de cualquier manera en un rincón, después de buscar por debajo. Al verlo, D'Agosta pensó en lo cómodo que era que no hubiese leyes que exigieran limpiar y ordenar tras un registro.

Oyó cerrar cajones y arrastrar objetos en otros despachos del pasillo, sobre un fondo de voces y gritos de protesta. El sargento de las alfombras ya había terminado. Empezó a abrir los archivadores para sacar carpetas de papel manila, hojearlas y tirar los papeles al suelo. El sargento que había examinado los cuadros procedió a desmontar los ordenadores de la mesa.

—Los necesito para trabajar —dijo Kline.

—Ahora son míos. Espero que haya hecho copias de seguridad. —Al decirlo, D'Agosta se acordó de algo, de un consejo de Pendergast—. ¿Le importaría quitarse la corbata?

Kline frunció el entrecejo.

—¿Qué?

—Hágame el favor, si es tan amable.

Kline vaciló. Después levantó despacio las manos y se deshizo el nudo de la corbata.

—Ahora, desabróchese el primer botón de la camisa y aflójese el cuello.

—¿Qué pretende, D'Agosta? —preguntó Kline, haciendo lo indicado.

D'Agosta miró el cuello flacucho.

—El cable. Sáqueselo, por favor.

Kline metió una mano, aún más despacio, y estiró el cable. En efecto, tenía una memoria flash muy pequeña en la punta.

—Si no le importa, me lo quedo.

—Está encriptado —dijo Kline.

—Da igual.

Se lo quedó mirando.

—Se arrepentirá, teniente.

—Ya lo recuperará.

D'Agosta tendió la mano. Kline se pasó el cable por la cabeza y dejó el dispositivo de memoria encima de la mesa, al lado del BlackBerry. Tanto su expresión como su actitud eran impenetrables. La única señal de lo que pudiera estar pasando dentro de su cabeza era cierto rubor en sus mejillas cubiertas de cicatrices de acné.

D'Agosta miró a su alrededor.

—También tendremos que llevarnos algunas de las máscaras y las estatuas africanas.

—¿Por qué?

—Podrían estar relacionadas con ciertos elementos... mmm... exóticos del caso.

Kline estuvo a punto de decir algo, pero se calló.

—Son obras de arte de altísimo valor, teniente —dijo al fin.

—No romperemos nada.

El sargento de los libros había terminado. Ahora se dedicaba a desenroscar tubos del techo. D'Agosta se levantó, fue al cuartito del fondo y abrió la puerta. Esta vez no estaba Chauncy. Se giró para mirar a Kline.

—¿Tiene caja fuerte?

—En el despacho del otro extremo.

—Pues acompáñeme, si es tan amable.

Recorrer el pasillo les deparó media docena de imágenes de devastación. Los hombres de D'Agosta estaban desmontando monitores, registrando armarios con linternas y sacando cajones de los escritorios. Los empleados de Kline se habían reunido en la recepción, donde al lado de las cajas de pruebas había una montaña de papeles en continuo crecimiento. Kline miró a ambos lados con los ojos entornados. El color rosado de su cara se había acentuado un poco más.

—Vincent D'Agosta —dijo, caminando—. ¿Sus amigos le llaman Vinnie?

—Algunos.

—Vinnie. Creo que podemos tener amigos en común.

—Lo dudo.

—Bueno, la persona a quien me refiero no es exactamente amiga mía, pero tengo la sensación de conocerla. Laura Hayward.

D'Agosta tuvo que recurrir a toda su fuerza de voluntad para seguir andando.

—Me he estado informando un poco sobre su novia, o mejor dicho ex novia. ¿Qué pasa, que ya no funciona el Viagra?

Mantuvo la vista al frente.

—Mis fuentes, de todos modos, dicen que son amigos. ¡Menudo carrerón tiene por delante! Si juega bien sus cartas, podría acabar siendo jefa de policía…

Esta vez D'Agosta sí que se paró.

—Voy a decirle una cosa, señor Kline. Si se cree que puede amenazar o intimidar a la capitana Hayward, comete un grave error. Ella podría aplastarle como a una cucaracha. Y si en su infinita compasión decide no hacerle nada… tranquilo, que yo sí. Bueno, ¿me enseña la caja fuerte, por favor?

21

Nora bajó del metro en la parada de la calle Doscientos siete. Salió del andén por el norte, y al final de la escalera se encontró con un cruce de tres calles: Broadway, Isham y Doscientos once Oeste. Nunca había estado en aquel barrio, el que quedaba más al norte de todo Manhattan. Miró a su alrededor con curiosidad. Los edificios le recordaron Harlem: bloques sin ascensor de antes de la guerra, bonitos y sólidos. Había pocas casas pareadas o unifamiliares. Todo era una sucesión de bazares, colmados y manicuras que se codeaban con restaurantes modernos y panaderías dietéticas. Sabía que estaba cerca de Dyckman House, la última granja colonial holandesa de Manhattan. Siempre había querido visitarla con Bill algún domingo por la tarde, con buen tiempo.

Haciendo el esfuerzo de pensar en otra cosa, miró el documento que había impreso (una imagen por satélite del barrio, con los nombres de las calles), y una vez orientada empezó a caminar hacia el noroeste por Isham, cuesta arriba, en dirección a la avenida Seaman y al sol poniente.

Cruzó la avenida Seaman, ancha y llena de tráfico, y siguió por un camino asfaltado, dejando a la izquierda varias pistas de tenis, y a la derecha un gran campo de béisbol. Se paró. Delante había unos campos, y al final, algo que parecía un bosque virgen. En el mapa aparecía una extensión de Indian Road que, cruzando Inwood Hill Park por su extremo noreste, llevaba a un barrio pequeño, de calles estrechas, que suponía que sería la Ville. Aquel camino era más directo, y también más seguro, o al menos le dio esa sensación. Cruzaba el campo y se perdía en una masa oscura de robles americanos y tulipaneros, cuyas largas sombras se fundían en un sotobosque lleno de rocas. Las hojas brillaban en toda su gloria otoñal, rojas y amarillas, con manchas rojo sangre, formando un muro casi impenetrable. Nora había oído decir que era el último bosque en estado natural de Manhattan. Lo parecía.

Miró su reloj: las cinco y media. Anochecía deprisa, y empezaba a hacer fresco, casi frío. Al siguiente paso, miró dubitativamente el bosque oscuro. Era la primera vez que estaba en Inwood Hill Park. De hecho, no conocía a nadie que lo hubiera visitado. No tenía ni idea de si era seguro por la noche. ¿No era donde habían asesinado hacía unos años a alguien que hacía jogging...?

Apretó la mandíbula. No había llegado tan lejos para dar media vuelta. Aún quedaba mucha luz. Sacudiendo impacientemente la cabeza, echó a caminar, inclinada hacia el muro de árboles como si los desafiase a detenerla.

El camino se curvaba suavemente a la derecha, atravesando un pradecillo hasta meterse entre los primeros grandes troncos. Nora iba deprisa, sintiendo caer sobre ella la sombra de las anchas ramas. Pasó por dos bifurcaciones. Entre las grietas del asfalto, cubierto de hojas secas e invadido a ambos lados por la maleza, crecía la hierba. De vez en cuando aparecían farolas oxidadas, que llevaban mucho tiempo en desuso, aunque siguieran exhibiendo su elegancia de antaño. Entre los robles y tulipaneros (cuyos troncos podían llegar a un metro y medio de diámetro) también había cornejos de flor y ginkgos. En algunos puntos del bosque, un desfiladero rocoso brotaba del suelo como el filo de un cuchillo.

Poco después, el camino asfaltado se convirtió en una pista de tierra que serpenteaba entre los troncos, siempre en subida. Por un hueco entre los árboles, al fondo de un barranco, vio una charca llena de barro y aves marinas, cuyos gritos la siguieron a lo largo del ascenso, mientras apartaba montañas de hojas secas con los pies.

Al cabo de unos quince minutos se paró al pie de un antiguo muro de contención casi en ruinas. Ya no se oía el rumor de Manhattan; solo el viento, suspirando entre los árboles. El sol se había puesto detrás del promontorio, y un tormentoso resplandor anaranjado bañaba el cielo de octubre. Ya se percibía el frío de la noche. Miró los grandes árboles que se apretaban a su alrededor, y las rocas y hoyas glaciares que acechaban, traicioneras. Casi parecía imposible que hubiera cien hectáreas de bosque tan virgen en la más urbana de todas las islas. Sabía que no podían estar lejos los restos de la antigua mansión de los Straus. Isidor Straus había sido miembro del Congreso y copropietario de Macy's. Muertos él y su esposa en el *Titanic*, su casa de campo en Inwood Hill Park había ido quedando en ruinas. Aquel muro de contención bien podía haber formado parte de la finca.

El camino proseguía hacia el oeste, en dirección contraria a la que debía tomar ella. Miró el mapa a la luz del crepúsculo, y después de un momento de vacilación decidió ir hacia el norte por el bosque. Salió del camino y se metió por los arbustos, que no eran muy tupidos.

El terreno subía mucho, entre algunos estratos de gneiss al desnudo. Trepó por el desfiladero, enroscando los dedos en arbustos y pequeños troncos. Ahora los tenía muy fríos. Se arrepintió de no haber traído guantes. Resbaló y se cayó en unas estrías de roca. Se levantó y soltó una maldición. Después de limpiarse las hojas, se colgó el bolso en el hombro y escuchó. No se oían pájaros ni ardillas. Solo el suave susurro del viento. Olía a hojas secas y tierra húmeda. Al cabo de un rato siguió trepando, con la sensación de estar cada vez más sola en el silencio del bosque.

Era una locura. Oscurecía mucho más deprisa de lo que pensaba. Las luces de Manhattan ya habían anegado los últimos restos del crepúsculo, difundiendo en el cielo un misterioso resplandor en el que se recortaban las siluetas negras de los árboles medio desnudos, confiriendo a la escena la irrealidad de un cuadro de Magritte, claro por arriba y oscuro por abajo. Divisó la cresta en lo alto del desfiladero, tachonada de árboles espectrales.

Subió, medio corriendo. Al coronar el promontorio se paró a tomar aliento. Una tela metálica cruzaba el terreno de este a oeste, vieja y herrumbrosa, pero estaba caída y abombada por la dejadez, de modo que fue fácil encontrar una parte suelta por la que deslizarse. Nora dio unos pasos, rodeó un grupo de grandes rocas... y paró en seco.

La vista quitaba la respiración. A sus pies, un precipicio, un baluarte rocoso, bajaba hasta las charcas que dejaba la marea. Había llegado a la punta de Manhattan. Muy abajo, las aguas del Harlem corrían negras hacia el oeste, rodeando Spuyten Duyvil hacia el dilatado Hudson, que se abría como acero oscuro en la luz agonizante, inmensa marina que resplandecía bajo la luna casi llena. Al otro lado del Hudson, contra la última luz del crepúsculo, se recortaban negros los acantilados de los Palisades. A media distancia, la Henry Hudson Parkway cruzaba el Harlem por un puente elegante, para fundirse al norte con el Bronx. Sobre el puente corría un flujo constante de faros amarillos, gente que volvía de trabajar en el centro. Justo en la otra orilla estaba Riverdale, que en aquel punto casi era tan frondoso como el propio Inwood Hill Park. Y al este, cruzado el río Harlem, se extendían los grises flancos del Bronx, perforados por una docena de puentes, y ardiendo con un millón de luces. El paisaje formaba un espectáculo desconcertante, raro y magnífico de grandeza geológica, vasta mezcolanza de lo virgen y lo cosmopolita, aunados con suprema caprichosidad a lo largo de siglos de crecimiento de la urbe.

Pero Nora solo lo admiró un momento, porque al mirar otra vez hacia abajo, a una distancia aproximada de medio kilómetro, y un desnivel de treinta metros, vislumbró entre los árboles un grupo de sucios edificios de ladrillo en los que parpadeaban débilmente algunas luces amarillas. Se apoyaban en un terreno llano, a medio camino entre la playa de guijarros y basura del Harlem y el observatorio de Nora, en lo alto de la cresta. Desde aquel promontorio no se podía llegar. De hecho, no estaba segura de que fuera accesible desde algún otro punto, aunque entre los árboles se adivinaba una cinta de asfalto. Supuso que conectaba con Indian Road. Al fijarse, se dio cuenta de que los árboles de alrededor hacían que las casas fueran invisibles prácticamente desde todas partes, tanto desde la carretera como desde la orilla del río y los acantilados de la otra ribera. En medio de los edificios había una construcción mucho mayor, claramente una antigua iglesia, objeto de ampliaciones indiscriminadas que habían acabado por arrebatarle cualquier cohesión arquitectónica. La circundaba una tupida red de viejas casitas de vigas de madera, separadas por estrechas calles.

La Ville. El blanco del último artículo de Bill, donde situaba la principal fuente de sacrificio de animales en la ciudad. Nora la contempló con una mezcla de horror y de fascinación. La enorme estructura del centro parecía casi tan antigua como la propia compra de Manhattan: en el extremo de la dejadez, mitad ladrillos, mitad madera casi negra, con un campanario cuadrado de factura tosca que emergía de una gran cubierta quebrada, a la holandesa. Las ventanas más bajas estaban tapiadas. En cambio, las vidrieras agrietadas de la parte superior brillaban con tenue resplandor amarillo, que Nora tuvo la seguridad de que solo podía ser luz de velas. Todo parecía dormir bajo la luz plateada de la luna, o en la sombra más oscura de alguna nube que cruzaba el cielo.

Al ver parpadear las luces, comprendió hasta qué punto había cometido una locura. ¿Para qué había ido hasta allí? ¿Para quedarse mirando unas casas? ¿Qué esperaba conseguir por sí sola? ¿Por qué había estado tan segura de que el gran secreto, el del asesinato de su marido, estaba ahí dentro?

Un profundo silencio envolvía la Ville, mientras la fría brisa de la noche agitaba las hojas en torno a Nora.

Tirító. Luego, ciñéndose el abrigo, dio media vuelta y empezó a rehacer lo más deprisa que pudo su camino por la oscuridad del bosque, hacia las reconfortantes calles de la ciudad.

22

Qué raro que aquí siempre haya niebla... —dijo D'Agosta mientras el gran Rolls zumbaba por la carretera de un solo carril que cruzaba Little Governor's Island.

—Debe de salir de las marismas —murmuró Pendergast.

D'Agosta miró por la ventanilla. En efecto, las marismas se perdían en la oscuridad, exhalando vapores miasmáticos que se rizaban y flotaban por los juncos y eneas, frente al incongruente telón de fondo del *skyline* de Manhattan. Tras una hilera de árboles secos, llegaron a una verja de hierro, con una placa de bronce.

HOSPITAL MOUNT MERCY
PARA DELINCUENTES PSICÓTICOS

El coche frenó al acercarse a la garita, por cuya puerta salió un hombre uniformado.

—Buenas noches, señor Pendergast —dijo, como si no le sorprendiera que llegasen tan tarde—. ¿Viene a ver a la señorita Cornelia?

—Buenas noches, señor Gott. Sí, gracias. Tenemos una cita.

Un ruido grave anunció la apertura de las dos hojas de la verja.

—Que tengan buenas noches —dijo el vigilante.

Proctor llevó el coche al pabellón principal, un edificio enorme, neogótico, de ladrillo marrón, que se erguía cual severo centinela entre oscuros y pesados abetos, doblegados por el peso de sus viejas ramas.

Entraron en el aparcamiento para visitantes. En cuestión de minutos, D'Agosta se vio siguiendo a un médico por los largos pasillos de baldosas del hospital. Antiguo sanatorio para tuberculosos (el mayor de Nueva York), Mount Mercy se había reconvertido en un hospital de alta seguridad para asesinos y otros delincuentes violentos absueltos por motivos de salud mental.

—¿Cómo está ella? —preguntó Pendergast.

—Igual —fue la lacónica respuesta.

Se les unieron dos vigilantes. El recorrido por aquellos pasillos donde resonaba todo finalizó ante una puerta de acero, dotada de una ventanilla con barrotes. Un vigilante la abrió con llave. Pasaron a la pequeña sala de seguridad que D'Agosta recordaba de su primera visita, en enero pasado, junto a Laura Hayward. Parecían haber pasado años, aunque la habitación seguía idéntica, con sus muebles de plástico fijados al suelo con tornillos y sus paredes verdes sin cuadros ni ningún tipo de adorno.

Los dos auxiliares desaparecieron al fondo, por una puerta maciza de metal. Al cabo de uno o dos minutos, D'Agosta oyó acercarse un chirrido. Uno de los vigilantes regresó empujando una silla de ruedas. La anciana iba vestida con severidad victoriana, de riguroso luto, con un vestido negro de tafetán y encaje del mismo color, que susurraba al menor movimiento. A pesar de todo, D'Agosta vio que debajo había una camisa de fuerza blanca de cinco puntos.

—Levantadme el velo —ordenó una voz temblorosa.

Uno de los auxiliares obedeció, dejando a la vista un rostro particularmente arrugado y lleno de malicia. D'Agosta fue sometido al exhaustivo análisis de dos pequeños ojos negros, que por alguna razón le recordaron los de las serpientes. Tras un esbozo de sonrisa, sardónica señal de reconocimiento, los ojos vivarachos enfocaron a Pendergast.

El inspector dio un paso.

—¿Señor Pendergast? —dijo secamente el médico—. Supongo que no tendré que recordarle que mantenga las distancias.

Al oír el apellido, la anciana pareció sobresaltarse.

—¡Vaya! —exclamó, recuperando de golpe la fuerza de su voz—. ¿Cómo estás, querido Diogenes? ¡Qué agradable sorpresa! —Se giró hacia el auxiliar que tenía más cerca, y le espetó con voz aguda—: Trae el mejor amontillado, que ha venido a visitarnos Diogenes. —Se giró otra vez con una gran sonrisa, que arrugó su cara de manera grotesca—. ¿O prefieres un té, queridísimo Diogenes?

—No, nada, gracias —dijo fríamente Pendergast—. Soy Aloysius, tía Cornelia, no Diogenes.

—¡Tonterías, Diogenes! No quieras tomarle el pelo a una vieja, desalmado, más que desalmado. ¿Qué te crees, que no sé reconocer a mi propio sobrino?

Pendergast vaciló un momento.

—A ti no podría engañarte, tía. Es que pasábamos cerca, y se me ha ocurrido entrar.

—¡Qué amable! Sí, ya veo que has traído a mi hermano Ambergris.

Pendergast asintió con la cabeza, no sin una rápida mirada a D'Agosta.

—Me quedan unos minutos antes de empezar a prepararme para la fiesta. Ya sabes cómo está el servicio. Debería despedirles a todos, y hacerlo todo yo misma.

—Claro, claro.

D'Agosta esperó a que Pendergast terminara los cumplidos, que se le estaban haciendo eternos. Poco a poco el agente encarriló la conversación hacia su infancia en Nueva Orleans.

—No sé si te acuerdas de aquel… incidente con Marie LeBon, una de las criadas de abajo —preguntó finalmente—. Los niños la llamábamos «señorita Marie».

—¿La que parecía un palo de escoba? Nunca me cayó bien. Me ponía la carne de gallina.

La tía Cornelia sufrió un delicioso escalofrío.

—¿A que la encontraron muerta?

—Siempre es de lamentar que los criados sean motivo de escándalo para una casa, y ninguna peor que Marie. Con la excepción de aquel horrible, horrible monsieur Bertin, claro está…

La anciana sacudió con desagrado la cabeza, musitando algo.

—¿Podrías contarme qué pasó con la señorita Marie? Es que yo era muy pequeño.

—Marie era de los pantanos; una mujer promiscua, como tanta gente de por ahí. Mezcla de acadiana francesa e india micmac, y ve a saber de qué más. Empezó a tontear con el mozo de cuadra, que era casado… ¿Te acuerdas, Diogenes, de aquel mozo de cuadra con tupé que se las daba de caballero? Y eso que era de lo más vulgar…

Miró a su alrededor.

—¿Y mi copa? ¡Gaston!

Uno de los auxiliares le puso en los labios un vaso de papel. Cornelia aspiró delicadamente por la pajita.

—Ya sabes que prefiero la ginebra —dijo.

—Sí, señora —dijo el auxiliar, sonriendo burlón a su colega.

—¿Qué pasó? —preguntó Pendergast.

—A la mujer del mozo de cuadra, que en gloria esté, no le gustó que Marie LeBon tuviera relaciones carnales con su marido, y se vengó. —Cornelia se rió con socarronería—. Lo arregló con un cuchillo de carnicero. Yo no la habría creído capaz.

—La mujer celosa se llamaba señora Ducharme.

—¡La señora Ducharme! Una mujerona con los brazos como jamones. ¡Ella sí que sabía manejar el cuchillo!

—¿Señor Pendergast? —dijo el médico—. No es el primer aviso que le hago sobre este tipo de entrevistas.

Pendergast no le hizo caso.

—¿Y no pasó algo raro con el… cadáver?

—¿Raro? ¿En qué sentido?

—Por los… aspectos vudú.

—¿Vudú? ¡Diogenes! No era vudú, era obeah. No es lo mismo. Pero qué te voy a decir yo… Está claro que de eso sabes más que tu hermano, ¿eh? Aunque él tampoco es que se chupe el dedo, ¿eh?

En aquel momento, la anciana se empezó a reír desagradable-mente.

—Decíamos que el cadáver... —la incitó a seguir Pendergast.

—Sí, ahora que lo dices, sí que pasó algo raro. Tenía clavado en la lengua un *gris-gris, oanga*.

—¿*Oanga*? Te veo muy versada en el obeah, tía Cornelia.

De pronto la expresión de la tía Cornelia se volvió recelosa.

—Una, que oye hablar a los criados. Por otro lado, que lo di-gas justamente tú... ¿Qué te crees, que ya no me acuerdo de tu... experimento, por llamarlo de alguna manera, ni de la desafortu-nada reacción que provocó en el *mobile vulgus*...?

—Cuéntame lo del *oanga* —la interrumpió Pendergast, mi-rando muy fugazmente a D'Agosta.

—Está bien. Decían que el *oanga* era un fetiche de esqueleto o cadáver mojado en un caldo a base de cenizas del martes de Car-naval, bilis de cerda, agua de una forja para endurecer el hierro, sangre de ratón virgen y carne de caimán.

—¿Y para qué servía?

—Para sacar el alma y convertir a alguien en esclavo. En zom-bi. ¡Pero bueno, Diogenes, si no lo sabes tú...!

—Ya, tía Cornelia, pero me gusta oírtelo contar.

—Se supone que después del entierro el cadáver resucita como esclavo de quien puso el *oanga*. ¿Y sabes qué? Que seis meses después se murió un niño en la calle Iberville (lo encon-traron asfixiado dentro de un saco), y dijeron que había sido el zombi de la señorita Marie, por haber deshecho el tendedero de la señora Ducharme. Luego abrieron la tumba de la señorita Ma-rie, y no encontraron nada; al menos eso dicen. No hace falta que te diga que los Ducharme fueron despedidos. No se puede per-mitir que los criados dejen en mal lugar a una casa de gente refi-nada.

—Se ha acabado el tiempo, señor Pendergast.

El médico se puso terminantemente en pie. Los auxiliares se levantaron enseguida, para apostarse a ambos lados de la silla de ruedas. El médico les hizo una señal con la cabeza, y empezaron a girar a la paciente para llevársela por la puerta del fondo.

De pronto la tía Cornelia giró la cabeza, clavando en D'Agosta su mirada.

—Hoy has estado muy callado, Ambergris. ¿Se te ha comido la lengua el gato? La próxima vez me acordaré de prepararte uno de mis deliciosos sándwiches de berros. A tu familia siempre le han encantado.

Lo único que pudo hacer D'Agosta fue asentir. El médico abrió la puerta a la silla de ruedas.

—Me he alegrado mucho de volver a verte, Diogenes —dijo por encima del hombro la tía Cornelia—. Ya sabes que siempre has sido mi favorito. Me alegro de que hayas acabado arreglando aquello tan horrible del ojo.

Al cruzar la verja, con la luz de los faros del Rolls-Royce clavada en las cortinas de niebla, D'Agosta ya no pudo aguantarse.

—Perdone, Pendergast, pero se lo tengo que preguntar. ¿No me dirá que se cree todo eso del *oanga* y los zombis?

—Querido Vincent, yo no me «creo» nada. No soy sacerdote. Yo no trabajo con creencias, sino con pruebas y probabilidades.

—Ya, ya lo sé, pero bueno… ¿*La noche de los muertos vivientes*? Imposible.

—Un poco categórica, su afirmación.

—Pero…

—¿Pero qué?

—Yo tengo claro que aquí hay alguien que quiere despistarnos con estas chorradas del vudú, para que perdamos el tiempo.

—¿«Claro»? —repitió Pendergast, arqueando un poco la ceja derecha.

—Mire —dijo D'Agosta, exasperado—, yo lo único que quiero saber es si le parece remotamente posible que en todo esto haya un zombi de verdad. Nada más.

—Preferiría no decirle lo que pienso, pero en todo caso haría usted bien en recordar cierto verso de *Hamlet*.

—¿Cuál?

—«Horacio, hay más cosas en el cielo y la tierra…» ¿Hace falta que siga?

—No.

D'Agosta se arrellanó en el cómodo asiento de cuero, diciéndose que a veces era mejor dejar a Pendergast a solas con sus desconocidos pensamientos que intentar forzar las cosas.

23

La mañana siguiente, a las nueve, Nora recorrió deprisa el largo pasillo del quinto piso del museo, resuelta a no alzar la mirada al pasar junto a las puertas de sus colegas: otra vez el mismo suplicio, aunque al menos no se le echaban todos encima, como en los días anteriores.

Al llegar a su despacho, usó la llave y entró deprisa. Después de echar la cerradura, se giró y se encontró recortada en la ventana la silueta del agente especial Pendergast, que hojeaba tranquilamente una monografía. D'Agosta estaba sentado en un rincón, en un sillón demasiado mullido, con ojeras.

El agente levantó la vista.

—Disculpe nuestra intrusión en su despacho, pero no me gusta que me vean merodear por las salas del museo. Teniendo en cuenta mis pasadas relaciones con la institución, a algunos podría ofenderles mi presencia.

Nora depositó la mochila en la mesa.

—Ya tengo los resultados.

Pendergast dejó lentamente la monografía.

—Parece muy cansada.

—Ya, ya.

Al volver de su excursión a Inwood, Nora había conseguido un par de horas de sueño irregular, que no le habían ahorrado tener que levantarse en plena noche para acabar la electroforesis en gel del ADN.

—¿Me permite?

Pendergast señaló otra silla, vacía.

—Sí, por favor.

Se puso cómodo.

—Explíqueme qué ha descubierto.

Nora sacó de la mochila una carpeta de acordeón y la dejó sobre la mesa.

—Antes de dárselo tengo que explicarles algo, algo importante.

Pendergast inclinó la cabeza.

—Anteayer por la noche, mientras hacía las primeras pruebas de PCR, apareció la cara de Fearing en la ventanilla del laboratorio. Le perseguí por el pasillo, y por uno de los almacenes.

Pendergast la miró fijamente.

—¿Está completamente segura de que era Fearing?

—Tengo pruebas.

—Fue una imprudencia seguirle —dijo el inspector con dureza—. ¿Qué pasó?

—Ya sé que fue una estupidez increíble. Reaccioné impulsivamente, sin pensar. Él lo que quería era hacerme salir del laboratorio de PCR. Tenía un cuchillo. Me tendió una emboscada en el depósito, y si no llega a pasar un vigilante...

Nora no acabó la frase.

D'Agosta se había levantado del sillón, como un muelle al soltarse.

—Hijo de puta... —dijo, ceñudo.

—¿Y las pruebas? —preguntó Pendergast.

Nora sonrió siniestramente.

—Le corté con un trozo de cristal, y analicé una muestra de sangre. Era Fearing. —Abrió la carpeta, sacó las imágenes de la electroforesis y las deslizó hacia el agente—. Mire.

Pendergast las cogió y empezó a hojearlas.

—En resumidas cuentas —dijo Nora—, las muestras que obtuvieron ustedes de... mi piso contenían sangre de dos personas: una, la de mi marido, y la otra la llamaré X. La muestra X coincidía perfectamente con el ADN mitocondrial de la madre de Fearing. Esa misma muestra X era idéntica a la de la persona que me persiguió por el depósito. Con lo cual se demuestra que X es Fearing.

Pendergast asintió despacio.

—Es lo que he venido diciendo desde el principio —intervino D'Agosta—. Aún está vivo, el muy hijo de puta. O se equivocó la hermana, o mintió al identificar el cadáver, que es lo más probable. No me extraña que desapareciese. Y el forense la cagó.

Pendergast examinó las imágenes sin decir nada.

—Se las puede quedar —dijo Nora—. Tengo otra copia. Las muestras las tengo escondidas al fondo de la nevera del laboratorio de PCR, por si necesitan algo más. Mal etiquetadas, claro.

Pendergast volvió a guardar las imágenes en la carpeta.

—Nos ha ayudado muchísimo, Nora. Ahora debo reprocharme con la máxima severidad haberla puesto en peligro. No preví el ataque, y menos en el museo. No sabe cuánto lo siento. De ahora en adelante se desentenderá del caso. Ya nos encargaremos nosotros de todo. Mientras ande suelto el asesino, debe extremar las precauciones. Se acabó el salir tarde del museo.

Nora miró los ojos plateados del agente.

—Tengo más información.

Pendergast enarcó una ceja, interrogante.

—He repasado los últimos artículos de Bill, y estaba haciendo una serie sobre malos tratos a animales en Nueva York: peleas de gallos, de perros... y sacrificios.

—¿De verdad?

—En Inwood hay una pequeña comunidad que se llama la Ville. Está en el corazón de Inwood Hill, aislada del resto de la ciudad. Parece que algunos vecinos de Indian Road se quejaron de oír torturar a animales en la Ville. Una organización pro derechos de los animales puso el grito en el cielo. Su portavoz, un tal Esteban, lo ha denunciado públicamente más de una vez. La policía hizo una investigación somera, pero no se ha demostrado nada. El caso es que Bill lo estaba investigando. Ya escribió un artículo, y estaba trabajando en más. Parece que su... última entrevista, vaya, fue con un vecino de Inwood, uno de los que se quejaron. Un tal Pizzetti.

D'Agosta tomaba notas.

El brillo casi impaciente de los ojos de Pendergast le dijo a Nora que la noticia estaba siendo recibida con gran interés.

—La Ville —repitió.

—No, si aún habrá que pedir otra orden de registro —murmuró D'Agosta.

—Subí ayer por la noche —dijo Nora.

—¡Pero bueno, Nora! —dijo D'Agosta—. No puede encargarse de estas cosas así como así. Déjenoslo a nosotros.

Nora siguió como si no le hubiera oído.

—No llegué hasta la comunidad propiamente dicha, que parece que solo tiene una carretera de acceso. Me acerqué desde el sur, por un promontorio del parque desde donde se ve la Ville.

—¿Y qué vio?

—Nada, solo unos edificios medio en ruinas. No había señales de vida aparte de algunas luces. Daba miedo.

—Lo investigaré. Hablaré con el tal Pizzetti —dijo D'Agosta.

—El caso es que al repasar los hechos me di cuenta de que las cosas raras que habían estado apareciendo a la puerta de nuestra casa (pequeños fetiches, letras) empezaron justo en las fechas en que Bill publicó su primer artículo sobre la Ville. No sé exactamente cómo, ni por qué, pero creo que podrían estar relacionados.

—Queda cerca de donde se supone que se suicidó Fearing —dijo D'Agosta—, en el puente giratorio de Spuyten Duyvil, al lado de Inwood Hill Park.

—Es una información de suma importancia, Nora —dijo Pendergast, sosteniendo su mirada con intensidad—. Y ahora atienda, por favor. Le suplico que no investigue más. Ya ha hecho más que de sobra. Cometí un gravísimo error al pedirle ayuda con el ADN. Parece que la muerte de su esposo me haya afectado el juicio.

Nora no apartó la vista.

—Lo siento, pero ahora ya no puedo parar.

Pendergast vaciló.

—No podemos protegerla y resolver al mismo tiempo el asesinato de su marido.

—Ya sé cuidarme sola.

—Le ruego que me haga caso. Con Bill ya he perdido a un amigo. No quiero perder otro.

La miró un momento más, antes de reiterar su gratitud por los resultados del ADN, despedirse con la cabeza y seguir a D'Agosta por la puerta.

Nora se quedó junto a la mesa, mientras los pasos se alejaban. Al principio no hizo nada más que dar golpes ausentes con un lápiz en la chapa del tablero. Finalmente cogió el teléfono del escritorio y marcó el número de Caitlyn Kidd.

—Soy Nora Kelly —dijo, cuando contestó la reportera—. Tengo información. Ven esta medianoche a la esquina de Indian Road con la calle Doscientos catorce Oeste.

—¿Doscientos catorce Oeste? —fue la respuesta—. ¿Qué pasa tan arriba?

—Te enseñaré una noticia, una noticia bomba.

24

D'Agosta se acomodó en la mullida tapicería de cuero del Rolls, mientras Proctor salía de Museum Drive e iba hacia el norte por Central Park West. Vio que Pendergast sacaba algo del bolsillo de su americana negra, y le sorprendió reconocer un iPhone.

—¡Pero bueno! ¿Usted también?

El agente empezó a escribir con sus largos dedos blancos.

—Lo encuentro de una sorprendente utilidad.

—¿Qué haremos con Nora? —preguntó D'Agosta—. Está claro que a usted no le hará caso.

—Sí, me doy cuenta. Es una mujer muy decidida.

—No entiendo por qué la persigue. Me refiero a Fearing, o quien sea. Ya ha matado a Smithback sin que le pillaran, ¿no? ¿Qué sentido tiene volver a arriesgarse?

—Es evidente que su intención era matarles a los dos. Yo creo que el mensaje está muy claro: como te metas en nuestros asuntos, no solo te mataremos a ti, sino a tu familia. —Pendergast se inclinó hacia el asiento delantero—. ¿Proctor? Al doscientos cuarenta y cuatro de la calle Ciento veintisiete, por favor.

—¿Adónde vamos? —preguntó D'Agosta—. Eso queda en Spanish Harlem.

—A hacer algo con lo de Nora.

D'Agosta gruñó.

—Ya hemos empezado a analizar el material de Kline.

—Ah —dijo Pendergast—. ¿Y?

—Conseguiremos pruebas contra él. Resulta que todos aquellos cachivaches africanos que nos llevamos de su oficina son piezas yoruba de los siglos XVIII y XIX, y valen una fortuna. ¿Y sabe qué? Que todo está relacionado con una religión desaparecida que se llamaba Sevi Lwa, antepasada directa del vudú que llegó a las islas con los esclavos del oeste de África.

Pendergast no contestó. Una mirada de sorpresa cruzó su expresión, antes de dejar paso a la neutralidad estudiada de siempre.

—Y espere, que el jefe Rocker se ha interesado por nuestra investigación. Quiere verme esta tarde.

—Ah.

—¿Cómo que «ah»? Es la prueba de que el desgraciado de Kline es un experto en vudú, hasta el punto de gastarse varios millones en arte vudú. ¡Ya tenemos la relación!

—Claro, claro —dijo vagamente Pendergast.

D'Agosta se apoyó irritado en el respaldo. Diez minutos después, el Rolls ya no estaba en la avenida Lenox, sino en la calle Ciento veintisiete, yendo hacia el East River. Frenó junto a un pequeño escaparate, con un letrero escrito a mano con rotuladores fluorescentes, bajo una ilustración de un ojo muy abierto.

Blanche de Grimoire la Magie

Debajo había varias placas de madera colgadas con ganchos:

LES POUPÉES VAUDOU

MAGIE NOIRE

MAGIE ZWARTE, MAGIE ROUGE

SORCELLERIE, HEXEREI MAGIE

RITUEL DE PROSPÉRITÉ, FORMULES ET POTIONS MAGIQUES

El sucio escaparate de la tienda estaba partido en dos y arreglado con cinta adhesiva. El resto apenas se veía por la abundancia de extraños objetos: bolas de pelo, pieles, plumas, telas, paja y otros materiales más ignotos y de aspecto más repulsivo.

D'Agosta echó un vistazo al establecimiento.

—Es una broma, ¿no?

—Usted primero, mi querido Vincent.

D'Agosta bajó del coche, seguido por Pendergast. La puerta de la tienda chirrió al girar en sus bisagras oxidadas, con un ruido de campanillas. Nada más entrar, D'Agosta recibió una mezcla irrespirable de pachuli, sándalo, hierbas y carne vieja. Detrás del mostrador alzó la vista un negro de edad muy avanzada, cuyo rostro se cerró como una puerta al ver a Pendergast con traje negro. Tenía un casquete de pelo gris muy rizado, marcas de viruela, y una cantidad increíble de arrugas.

—¿En qué puedo servirles?

Lo inexpresivo del tono y la mirada lograban transmitir todo lo contrario.

—¿Es usted monsieur Ravel, el especialista en obeah?

No contestó.

—Me llamo Aloysius Pendergast, de los Pendergast de Nueva Orleans. Me alegro muchísimo de conocerle.

El agente se acercó con la mano tendida, exagerando al máximo su acento de Nueva Orleans.

Sus palabras tuvieron un efecto nulo en el hombre, que contempló la mano sin cogerla.

—Los Pendergast que antes vivían en la Maison de la Rochenoire de la calle Dauphine —añadió el agente.

La mano seguía tendida. A D'Agosta le pareció increíble que Pendergast pudiera cambiar tan deprisa de personalidad. La de aquel momento correspondía a un aristócrata afable y excéntrico de Nueva Orleans.

—¿Maison de la Rochenoire? —Una chispa de interés prendió en los ojos inyectados en sangre—. ¿La que se incendió en el 71?

Pendergast se inclinó y dijo en voz baja:

—*Oi chusoi Dios aei enpiptousi.*

Tras un largo silencio, monsieur Ravel levantó una mano enorme. Pendergast se la estrechó.

—Bienvenido.

—Le presento a mi socio, el señor D'Agosta.

El hombre inclinó la cabeza.

—Los otros... son una estafa —dijo Pendergast—. Unos ladrones, y unos aprovechados. Usted... usted es distinto. Sé que puedo fiarme de su mercancía.

El hombre inclinó la cabeza en señal de asentimiento, sin decir nada, aunque D'Agosta vio que no podía evitar sentirse halagado.

—¿Me da su permiso?

Pendergast señaló el interior de la tienda con una mano de marfil.

—Mire, pero no toque nada, por favor.

—*Naturellement.*

Mientras Pendergast iniciaba uno de esos paseos que realizaba sin la menor prisa, mirándolo todo con las manos en la espalda, D'Agosta observó la tienda. Había paquetitos colgados por doquier, cientos de cajoncitos desde el suelo hasta el techo, frascos de perfume, latas y cajitas, y estanterías de botellines de cristal con hierbas, tierra de colores, líquidos, raíces retorcidas e insectos secos. Todo tenía su pequeña etiqueta, meticulosamente escrita a mano en francés.

Pendergast se acercó otra vez al hombre.

—Impresionante. Bueno, monsieur Ravel, tengo que comprar algo, para mi desgracia. Parece ser que un amigo ha sido blanco de la *magie noire*, y tengo que hacer un preparado, un *arrêt*.

—Dígame los ingredientes y se los pongo yo.

Ravel puso una cesta muy tupida sobre el mostrador.

—Hoja de bois-caca.

Rodeó el mostrador y levantó la mano hacia uno de los cajones más altos, del que extrajo una hoja arrugada que dejó en la cesta. Su hedor era tremendo.

—Huesos de gallito blanco y carne de un gallo rizado triturada junto con las plumas.

Otra rápida gestión en un oscuro rincón de la tienda.

D'Agosta cada vez daba menos crédito a lo que veía. Pendergast estaba un poco raro. Se preguntó si tendría algo que ver con su largo viaje al Tíbet del verano anterior, o con la dura travesía en barco que había debido soportar. A menos que estuviera vislumbrando por primera vez otra faceta oculta de su personalidad…

—Dientes de caimán y *champagne verte*.

Un frasquito de líquido se incorporó a la cesta, ya bastante llena.

—Huesos humanos en polvo.

Ravel vaciló un poco, pero volvió a la trastienda y salió con una escalerita. La usó para alcanzar la parte superior de uno de los armarios y bajar un sobre de papel cristal, como los que usaban los traficantes de droga. Contenía un polvo de color marfil. Lo puso en el cesto y miró a Pendergast.

—Agua usada para lavar un cadáver.

Una larga pausa, antes de que Ravel volviese con el artículo solicitado.

—Agua bendita.

Esta vez Ravel escrutó a Pendergast, pero al final también fue a la trastienda, y volvió con una ampolla muy pequeña.

—Espero que sea lo último.

—Solo queda una cosa.

Ravel esperó.

—Una hostia consagrada.

Una mirada larga y penetrante.

—Monsieur Pendergast, parece que su amigo… se enfrenta a algo un poco más peligroso que simple magia negra.

—Cierto.

—Tal vez no esté en mis manos, monsieur.

—Tenía tantas esperanzas de que me ayudase… La vida de mi amigo corre peligro, grave peligro.

Ravel miró a Pendergast con tristeza.

—¿Conoce usted, monsieur, las consecuencias que puede acarrearle el uso del *envoi morts arrêt*?

—De sobra.

—Debe de querer mucho a su amigo.

—La quiero mucho, sí.

—Ah, una amiga… Comprendo… La… hostia que me pide le saldrá bastante cara.

—No importa lo que cueste.

Ravel bajó la vista y se quedó un buen rato pensativo, hasta que se giró con un largo suspiro y salió por una puerta lateral. Tardó varios minutos en volver, con un pequeño disco de cristal compuesto de dos grandes cristales de reloj, con un ribete plateado que los mantenía juntos. Dentro había una sola hostia. La puso con cuidado en la cesta.

—Serán mil doscientos veinte dólares, monsieur.

D'Agosta se quedó de piedra al ver que Pendergast metía una mano en la chaqueta, sacaba un grueso fajo de billetes nuevos y los contaba.

En cuanto regresaron al Rolls, con la cesta en manos de Pendergast, D'Agosta explotó.

—¿Qué narices ha hecho?

—Cuidado, Vincent, no sacuda la mercancía.

—Me parece mentira que acabe de aflojar más de mil pavos por toda esta porquería.

—Hay muchas razones. Si pudiera ir más allá de sus emociones, lo entendería. En primer lugar, hemos demostrado ser gente de confianza a ojos de monsieur Ravel, que en un futuro podría convertirse en un informador de importancia nada desdeñable. En segundo lugar, existe la posibilidad de que la persona que persigue a Nora crea en el obeah, en cuyo caso el *arrêt* que estamos a punto de confeccionar podría tener efectos disuasorios. Por último… —Bajó la voz—. Podría ser que funcionase nuestro *arrêt*.

—¿Que podría… funcionar? ¿Si a Nora la persigue un zombi de verdad, quiere decir?

D'Agosta sacudió la cabeza con incredulidad.

—Yo prefiero llamarlo un *envoi mort*.

—Bueno, da igual. Es una idea absurda. —D'Agosta observó a Pendergast—. Le ha dicho a ese tío que su casa de Nueva Orleans la incendió una multitud. Su tía Cornelia también hizo una referencia a lo mismo. ¿Fue donde aprendió todo esto del vudú y el obeah? ¿De joven estuvo metido en esta mierda?

—Preferiría no contestar. Lo que le haré es una pregunta: ¿sabe qué es la apuesta de Pascal?

—No.

—Un ateo de toda la vida está en su lecho de muerte. De pronto pide un sacerdote, para poder confesarse y ser absuelto. ¿Es una actitud lógica?

—No.

—Al contrario. No importa cuáles sean sus creencias. El ateo se da cuenta de que si existe alguna posibilidad de equivocarse, por pequeña que sea, le conviene actuar como si Dios existiera. Si Dios existe, no irá al infierno, sino al paraíso. Si no existe, no pierde nada.

—Me suena muy calculador.

—Es una apuesta con ventajas infinitas, y sin inconvenientes; una apuesta, si me permite que lo diga, que debe hacer todo ser humano. No es opcional. La apuesta de Pascal. Su lógica es impecable.

—¿Qué tiene que ver con Nora y los zombis?

—Seguro que si le dedica bastantes reflexiones, comprenderá el nexo lógico.

D'Agosta hizo una mueca, pensó un poco y acabó gruñendo.

—Supongo que ya sé por qué lo dice.

—En tal caso, me alegro. No suelo tener la costumbre de explicarme, pero con usted a veces hago una excepción.

D'Agosta vio pasar Spanish Harlem por la ventanilla. Al cabo de un momento se giró hacia Pendergast.

—¿Qué le ha dicho?

—¿Perdón?

—Al tendero. Le ha dicho algo en otro idioma.

—Ah, sí. *Oi chusoi Dios aei enpiptousi.* Los dados de Dios siempre están trucados.

Pendergast se apoyó en el respaldo, sonriendo a medias.

25

Rocker recibió a D'Agosta de inmediato, cuando llevaba menos de un minuto en el antedespacho del jefe de policía, en el último piso del edificio de jefatura. D'Agosta interpretaba la convocatoria como una buena señal. El homicidio de Smithback era un caso de relieve (de mucho relieve), y estaba seguro de que Rocker seguía con interés sus avances en la investigación. Al pasar junto a la ayudante de Rocker, Alice, una mujer de aspecto venerable y pelo gris cardado, guiñó el ojo y sonrió. Ella se quedó seria.

Entró con paso decidido en el amplio despacho revestido de madera, lleno de símbolos de poder: enorme mesa de caoba con tablero de cuero verde, boiserie de roble, alfombra persa... Todo sólido y tradicional. Como Rocker.

Rocker ya estaba en la ventana, y no se giró al oírle entrar. Tampoco (cosa rara en él) le ofreció asiento en uno de los mullidísimos sillones que daban prestancia al otro lado del escritorio.

D'Agosta esperó un poco antes de lanzar un tímido:

—¿Jefe?

Rocker dio media vuelta, con las manos en la espalda. Al ver su cara tan roja, D'Agosta sintió náuseas repentinas.

—A ver, ¿qué es todo esto de Kline? —preguntó de sopetón el jefe de policía.

D'Agosta inició una presta retirada mental.

—Pues... está relacionado con el homicidio de Smithback...

—Eso ya lo sé —replicó el jefe de policía—. Quiero decir que a qué viene un registro con tan poco tacto. Le han dejado la oficina patas arriba.

D'Agosta respiró hondo.

—Pues verá, señor, poco antes de la muerte de Smithback el señor Kline le amenazó directamente. Hay pruebas. Es uno de los principales sospechosos.

—Entonces, ¿por qué no le acusó de amenazar al difunto?

—Es que las amenazas estaban muy bien pensadas. No llegaban a infringir la ley.

El jefe de policía le miró insistentemente.

—¿Y eso es todo lo que tiene contra Kline? ¿Amenazas vagas a un periodista?

—No, señor.

Rocker esperó con los brazos cruzados.

—Durante el registro nos llevamos la colección de arte de África occidental de Kline, con obras que podemos vincular directamente a una antigua religión emparentada con el vudú. Parecidas a los objetos que se encontraron en el lugar del delito, y en el cadáver de la víctima.

—¿Parecidas? Creía que eran máscaras.

—Sí, máscaras, pero de la misma tradición. Ahora mismo las está examinando un experto del museo de Nueva York.

El comisionado le miró fijamente, con los bordes de los ojos enrojecidos de cansancio. Aquella brusquedad era atípica en él. «Madre mía —pensó D'Agosta—. Kline ha accedido a Rocker. No sé cómo, pero ha accedido a él.»

Finalmente, Rocker dijo:

—Repito: ¿eso es todo?

—Amenazó a Smithback, colecciona objetos vudú... Me parece un principio sólido.

—¿Sólido? Le voy a decir lo que tiene, teniente. Una mierda es lo que tiene.

—Con todo respeto, señor, no estoy de acuerdo.

D'Agosta no pensaba pasar por el aro. Tenía el respaldo de todo su equipo.

—¿No se da cuenta de que es uno de los hombres más ricos de Manhattan, amigo del alcalde, consumado filántropo y miembro de una docena de consejos de dirección del Fortune 500? ¡No se le pueden destrozar las oficinas sin un buen motivo, hombre de Dios!

—Acabamos de empezar, señor. Considero que lo que tenemos justifica seguir con la investigación, y es justamente lo que pienso hacer.

D'Agosta procuró adoptar un tono moderado y neutral, pero firme.

Rocker le miró fijamente.

—Solo le diré una cosa: mientras no tenga pruebas concluyentes, pero concluyentes de verdad, modérese. El registro fue improcedente. Fue un acoso. Y no se haga el inocente, que yo también he estado en homicidios, como usted. Ya sé por qué le revolvió todo el despacho, y no me parecen bien esos métodos. A un personaje conocido y respetado de esta ciudad no se le hacen estos numeritos de narcotráfico.

—Es un cerdo.

—Ahí tiene otra muestra de la mala actitud a la que me refiero, D'Agosta. Mire, yo no le voy a decir cómo se investiga un homicidio, pero la próxima vez que tenga ganas de hacerle algo por el estilo a Kline, recapacite.

Sometió a D'Agosta a una mirada larga y penetrante.

—No voy a apartarle del homicidio de Smithback. De momento no. Pero le estaré observando, D'Agosta. No vuelva a hacer el indio.

—Sí, señor.

El jefe de policía se giró hacia la ventana, despidiéndole con una mano.

—Y ahora váyase.

26

A pesar de que la biblioteca central de Nueva York llevaba cerrada una hora y media, el agente especial Pendergast gozaba de privilegios de visita excepcionales, y nunca se dejaba importunar por la formalidad de los horarios oficiales. Miró a su alrededor, satisfecho con las hileras de mesas vacías de la inmensa sala de lectura principal. Tras saludar con la cabeza al vigilante de la puerta, enfrascado en la lectura de *Mont Saint-Michel y Chartres*, penetró en el puesto de recepción y bajó por una escalera metálica muy empinada. Salió de ella cuatro plantas más abajo, en un almacén subterráneo de techo bajo, cuya extensión parecía infinita: montañas y montañas de libros en estantes de hierro colado, desde el suelo hasta el techo. Se metió por un pasillo transversal y abrió una puerta gris, vetusta y sin letrero. Detrás había otra escalera, estrecha y aún más empinada.

Tres plantas más abajo se encontró con un paisaje bibliográfico tan singular como desvencijado. En la penumbra se prestaban apoyo entre sí pilas de libros antiguos, en descomposición. Todo eran mesas llenas de etiquetas de libros sin encuadernar, cuchillas de afeitar, botes de pega de imprenta y demás parafernalia de la cirujía de manuscritos. Los aludes de material impreso se multiplicaban en todas las direcciones, formando un laberinto bibliográfico cuyo final no se podía adivinar. El silencio era intenso. El aire, enrarecido, olía a polvo y podredumbre.

Pendergast dejó el paquete que llevaba sobre un montón de libros y carraspeó.

Al principio, nada turbó el silencio. Después, a una distancia remota e indeterminada, se oyeron pasos que lentamente se fueron acercando. Finalmente apareció entre dos columnas de libros un anciano menudo y de una delgadez espeluznante. Sobre su poblada y blanca cabellera descansaba un casco de minero.

Levantó una mano y apagó la lámpara del casco.

—*Hypocrite lecteur* —dijo con una voz tan fina y seca como la corteza del abedul—. Le esperaba.

Pendergast hizo una leve inclinación.

—Interesante aportación a la moda, Wren —dijo, señalando el casco—. Tengo entendido que hace furor en Virginia Occidental.

El anciano se rió en silencio.

—Es que he estado… digamos que haciendo de espeleólogo; y aquí abajo, en las antípodas, no siempre es fácil conseguir bombillas que funcionen.

Nadie sabía de cierto si Wren era realmente un empleado de la biblioteca, o simplemente había decidido establecer su residencia en el más bajo de sus sótanos. Lo incontestable, en cualquier caso, era su excepcional talento para la búsqueda esotérica.

Sus ojos enfocaron ávidamente el paquete.

—¿Qué regalitos me trae hoy?

Pendergast lo cogió y se lo tendió. Wren se hizo codiciosamente con él, y al arrancar el envoltorio descubrió tres libros.

—Ediciones antiguas de Arkham House —dijo, sorbiendo por la nariz—. Siento decirlo, pero nunca he tenido debilidad por el misterio como asunto literario.

—Fíjese mejor. Son las ediciones más raras, y más valoradas por los coleccionistas.

Wren examinó uno por uno los libros.

—Mmm. Unas pruebas de *El intruso*, con la sobrecubierta verde. *Always Comes Evening*… —Retiró la sobrecubierta para examinar la portada—. Con el lomo alternativo. Y *La casa apartada* encuadernada en piel… con la firma de Barlow en la primera guarda. Fechado en México DF poco antes de su suicidio. Un ejemplar notable. —Wren arqueó las cejas, dejando cuidadosamente los libros en la mesa—. Me he precipitado en hablar. Noble regalo, sin duda.

Pendergast asintió con la cabeza.

—Me alegro de que le parezca bien.

—Desde que me llamó he podido hacer algunas investigaciones previas.

—¿Y?

Wren se frotó las manos.

—No tenía la menor idea de que Inwood Hill Park tuviera una historia tan interesante. ¿Sabía usted que viene siendo prácticamente bosque virgen desde la revolución americana? ¿Y que es donde tenía su casa de campo Isidor Straus, hasta que murieron él y su mujer en el *Titanic*?

—Lo había oído.

—Es toda una historia. Ya era viejo, y no quiso subirse al bote salvavidas antes que las mujeres y los niños. La señora Straus no quiso separarse de él. Hizo subir a su doncella en su lugar, y los dos se hundieron juntos. Después de su muerte, la «casita» de Inwood quedó en ruinas, pero antes de eso, según mis investigaciones, asesinaron a un cuidador, entre otros episodios desafortunados que explican que los Straus no fueran a menudo a…

—¿Y la Ville? —le interrumpió Pendergast con suavidad.

—Se refiere a la Ville des Zirondelles. —Wren hizo una mueca—. Sería difícil concebir a un grupo más oscuro y hermético. Siento decir que en su caso mi investigación aún está en pañales, y dadas las circunstancias, no estoy seguro de que alguna vez llegue a saber gran cosa.

Pendergast movió una mano.

—Cuénteme qué ha descubierto, por favor.

—De acuerdo. —Wren unió las yemas de sus índices huesudos, como si quisiera enumerar los puntos de interés—. Parece que el primer edificio de la Ville (que es como se conoce ahora) lo construyó originalmente en la década de 1740 una secta religiosa que se fue de Inglaterra para huir de la persecución. Acabaron en el norte de Manhattan, en lo que es ahora el parque en cuestión.

Como en tantos otros casos, este grupo de peregrinos tenía más idealismo que pragmatismo. Era gente de ciudad (escritores, profesores, un banquero), tremendamente ingenuos en lo relativo a ganarse la vida trabajando la tierra. Parece ser que tenían unas ideas bastantes peculiares sobre la vida comunitaria. Convencidos como estaban de que toda la comunidad debía vivir y trabajar como una sola unidad, encargaron a los carpinteros de su barco que erigiesen una gran estructura de piedra local y planchas, que fuera a la vez residencia, lugar de trabajo, capilla y fortaleza.

Pasó al siguiente dedo.

—Pero la punta de la isla que eligieron como asentamiento era rocosa, y poco apta para los cultivos o la ganadería, incluso para quienes supieran de esas cosas. Por la zona ya no había indios que pudieran darles consejos (ya hacía tiempo que se habían ido los Weckquaesgeek y los Lenape), y el asentamiento europeo más cercano estaba en la otra punta de Manhattan, a dos días de viaje. Los nuevos colonos no se revelaron como grandes pescadores. En aquellas tierras había algunos granjeros dispersos, que ya habían elegido las mejores tierras, y si bien estaban dispuestos a vender algunos cultivos a cambio de dinero, tenían muy pocas ganas de suministrar gratuitamente los medios de subsistencia a toda una comunidad.

—En suma, que pronto quedó de manifiesto la insensatez de su plan —murmuró Pendergast.

—Ni más ni menos. La decepción y las rencillas internas no se hicieron esperar, y bastó una docena de años para que se disolviera la colonia y sus residentes se establecieran en otros puntos de Nueva Inglaterra, o volviesen a Europa. El edificio quedó abandonado, como testimonio de unas esperanzas mal depositadas. El líder (cuyo nombre no he logrado descubrir, aunque fue quien obtuvo el barco y compró las tierras) se trasladó al sur de Manhattan, donde se convirtió en terrateniente y se dedicó a la agricultura.

—Siga —dijo Pendergast.

—Demos un salto de cien años. Hacia 1858 o 1859 llegó a Nueva York un grupo de gentes del sur, que según testimonios de la época era de lo más variopinto. Giraba en torno a un carismático predicador de Baton Rouge, el reverendo Misham Walker, que había congregado alrededor de su figura a un pequeño grupo de artesanos criollos franceses, marginados de su comunidad por razones que no he podido esclarecer, y de esclavos antillanos. Durante el camino se les unieron otros: cajunes, algunos herejes portugueses y cierto número de pobladores de los pantanos huidos de Bretaña por supuestas prácticas paganas, druidismo y brujería. Lo que practicaban no era vudú ni obeah en el sentido tradicional, sino que parece que partieron de materiales previos para forjarse un sistema de creencias totalmente nuevo. El viaje desde el sureste a Nueva York estuvo lleno de dificultades. Siempre que pretendían establecerse en algún lugar, los vecinos protestaban contra sus rituales religiosos, y al final tenían que reanudar el viaje. Corrieron rumores horribles: que si robaban bebés, que si sacrificaban animales, que si resucitaban a los muertos... Era un grupo cerrado por naturaleza, pero todo indica que el trato recibido lo volvió realmente hermético. Al final, Walker y los suyos descubrieron el aislado edificio que habían abandonado un siglo atrás los peregrinos religiosos en el extremo norte de Manhattan, y se adueñaron de él, tapiando las ventanas y fortificando los muros. Se habló de levantarse contra ellos, pero la cosa no fue más allá de varios enfrentamientos muy peculiares, descritos de modo confuso en la prensa local. Con el paso de los años, la Ville se aisló cada vez más.

Pendergast asintió despacio con la cabeza.

—¿Y en épocas más recientes?

—Ha seguido habiendo quejas por sacrificios de animales. —Wren guardó silencio, hasta que se insinuó en sus labios una sonrisa irónica—. Parece que practicaban, bueno, practican el celibato, como los Shakers.

Las cejas de Pendergast se arquearon de sorpresa.

—¿El celibato? Pero siguen existiendo...

—No solo eso, sino que al parecer siempre mantienen el mismo número: ciento cuarenta y cuatro. Todos varones y adultos. Se cree que buscan adeptos; con bastante vigor, si es necesario, y siempre de noche. Se dice que se aprovechan de gente inadaptada, mentalmente inestable y marginal, candidatos ideales para ser coaccionados. Cada vez que muere un miembro hay que buscar a otro. Luego están los… rumores.

Los ojos oscuros de Wren brillaron.

—¿Sobre qué?

—Sobre un ser que vagaba de noche, matando; un zombi, decían algunos.

Siseó, burlón.

—¿Y la historia del terreno y de los edificios?

—Las tierras circundantes fueron adquiridas en 1916 por el departamento de parques de Nueva York. Se derribaron algunas construcciones en muy mal estado del parque, pero la Ville fue pasada por alto. Parece ser que el departamento de parques era reacio a presionar.

—Comprendo. —Pendergast miró a Wren con una expresión peculiar—. Gracias; ha empezado con muy buen pie. Persevere, si es tan amable.

Wren sostuvo su mirada, con una chispa de curiosidad en sus ojos negros.

—¿De qué se trata exactamente, *hypocrite lecteur*? ¿Por qué le interesa?

Al principio Pendergast no contestó. Se quedó un momento ausente, hasta volver en sí.

—Aún es prematuro comentarlo.

—Pues dígame al menos una cosa: ¿su interés es por… temas inicuos? —repitió Wren.

Pendergast hizo otra pequeña inclinación.

—Si descubre algo más, avíseme, por favor.

Dio media vuelta y emprendió el largo ascenso al mundo de la superficie.

27

Nora añadió una última entrada a su base de datos, antes de salir del programa, cerrar herméticamente la bolsa de fragmentos de cerámica y guardarla. Se desperezó y miró su reloj. Casi eran las diez de la noche, y en los despachos del museo el silencio era expectante.

Miró su laboratorio: estanterías de piezas arqueológicas, carpetas y papeles, la puerta cerrada con llave... Era el primer día en que lograba concentrarse de verdad, avanzando un poco en su trabajo. Una de las razones era que por fin se había acabado la afluencia de personas compasivas que llamaban a su puerta. Otra era saber que estaba haciendo algo, algo concreto, sobre la muerte de Bill. El secuenciamiento del ADN para Pendergast solo era el primer paso. Aquella misma noche daría comienzo su lucha contra el enemigo.

Aspiró profundamente y espiró despacio. Lo raro era que no tuviese miedo. Solo sentía una hosca determinación: llegar hasta el fondo de la muerte de Bill, y devolver un mínimo de orden y de paz a su mundo quebrantado.

Cogió la bolsa de trozos de cerámica y la dejó otra vez en el estante. Por la tarde había pasado a ver a su nuevo jefe, Andrew Getz, el director del departamento de antropología. Le había pedido garantías por escrito de que habría fondos para su expedición a Utah del verano, y las había recibido. Quería disponer lo antes posible de una planificación a largo plazo, algo que la impulsara durante lo que prometía ser un invierno largo y oscuro.

Oyó reverberar muy débilmente en los pasillos algo que parecía un grito de niño. Desde hacía un tiempo, el museo abría las puertas de algunas salas (profusamente vigiladas) para sesiones nocturnas infantiles. Sacudió la cabeza. Al parecer todo era válido con tal de conseguir un poco de dinero contante y sonante.

El eco, al apagarse, fue sustituido por otro sonido: un solo golpe en su puerta.

Se giró, sobresaltada. Parecía mentira que se le pudiera acelerar el pulso tan de golpe. Se recordó, casi con la misma rapidez, que Fearing no habría llamado.

Otro golpe. Carraspeó.

—¿Quién es?

—El agente Pendergast.

Era su voz, en efecto. Fue deprisa hacia la puerta y abrió la cerradura. El agente estaba en el pasillo, apoyado en el montante, con un abrigo negro de cachemira sobre su sempiterno traje negro.

—¿Puedo pasar?

Nora asintió con la cabeza y se apartó. Nada más deslizarse a aquel lado de la puerta, el agente echó un vistazo general con sus ojos claros.

—Quería volver a darle las gracias por su ayuda —dijo, mirándola.

—No me las dé. Estoy dispuesta a lo que sea para ayudar a que se haga justicia.

—Por supuesto. De eso quería hablarle. —Cerró la puerta y se giró hacia Nora—. Supongo que, diga lo que diga, no la convenceré de no seguir investigando por su propia cuenta.

—Exacto.

—Suplicarle que lo deje en manos de profesionales, recordarle que su vida corre un grave peligro… Todo eso caería en oídos sordos.

Nora asintió.

Pendergast la observó un momento.

—En ese caso, le pediré un favor.

—¿Cuál?

Metió una mano en el bolsillo y sacó algo, que puso en la mano de Nora.

—Cuélguese esto en el cuello, y no se lo quite nunca.

Nora bajó la vista. Era una especie de amuleto hecho de plumas y un trocito de gamuza, formando una bola que colgaba de una cadenita de oro. Apretó un poco la gamuza. Parecía contener una especie de polvo.

—¿Qué es? —preguntó.

—Un *arrêt*.

—¿Un qué?

—En román paladino, un amuleto para ahuyentar a los enemigos.

Le miró.

—Será una broma.

—Muy útil contra todos, excepto los parientes más cercanos. Y otra cosa. —Metió la mano en otro bolsillo y sacó una bolsa de franela roja, apretada al máximo con un cordel multicolor—. Lleve esto siempre encima, en un bolsillo o en el bolso.

Nora frunció el entrecejo.

—Agente Pendergast…

Sacudió la cabeza. No sabía qué decir. Si conocía a alguien que siempre hubiera sido de una lógica y un pragmatismo inexpugnables, era Pendergast. ¿Y ahora le daba amuletos?

Los ojos del agente brillaron un poco al observarla, como si le adivinase el pensamiento.

—Usted es antropóloga —dijo—. ¿Ha leído *La selva de los símbolos*, de Victor Turner?

—No.

—¿Y *Las formas elementales de la vida religiosa*, de Émile Durkheim?

Nora asintió con la cabeza.

—Pues entonces sabrá que hay cosas que pueden ser analizadas y codificadas, y otras que no. Por otro lado, habiendo estudiado antropología, seguro que entiende el concepto de fenomenología…

—Sí, pero…

Se quedó callada.

—Al estar nuestras mentes cautivas de nuestros cuerpos, no podemos alcanzar la verdad definitiva, o su ausencia. Como máximo podemos describir lo que vemos.

—Me he perdido.

—En este mundo, Nora, existen conocimientos misteriosos, muy antiguos, con los que no debemos enfrentarnos. ¿Son ciertos? ¿Falsos? No podemos saberlo. Por lo tanto, ¿me hará caso? ¿Llevará siempre encima estas dos cosas?

Miró lo que tenía el agente en la mano.

—No sé qué decir.

—Pues tenga a bien decir que sí, porque es la única condición que pienso permitir.

Asintió despacio.

—Así me gusta. —Pendergast dio media vuelta para irse, pero a medio camino se paró y se giró—. Ah, doctora Kelly…

—¿Qué?

—Con estas cosas no es suficiente poseerlas. Hay que creer.

—¿Creer en qué?

—En que funcionan. Porque está claro que quienes desean perjudicarla creen en ello.

Fue lo último que dijo antes de salir del despacho, cerrando la puerta silenciosamente.

28

Medianoche. Nora se paró a mirar el plano en la esquina de Indian Road y la calle Doscientos catorce. El aire, fresco, olía a otoño. Tras los bloques bajos de pisos se cernían negras las copas de los árboles de Inwood Hill Park, sobre un cielo nocturno luminoso. Estaba un poco mareada por la falta de sueño, como si se hubiera bebido un combinado.

Mientras repasaba el plano, Caitlyn Kidd miró por encima de su hombro con curiosidad.

Nora se guardó el plano en el bolsillo.

—Una manzana más.

Siguieron por Indian Road. Era una calle tranquila y residencial, bañada por una luz amarilla de farolas de sodio, con edificios de ladrillo en ambos lados, sosos y tristones. Pasó despacio un coche, que giró por la calle Doscientos catorce, clavando sus faros en la oscuridad. Justo en la curva entre Indian Road y la calle Doscientos catorce había una calle sin letrero, poco más que una vía de acceso abandonada, que llevaba hacia el oeste, entre un bloque de pisos y una tintorería cerrada. Dos viejos postes de hierro, uno en cada lado, sostenían una cadena oxidada. Nora lo miró: era un camino estrecho que, tras pasar junto a unos campos de béisbol, se perdía en la oscuridad. El asfalto estaba agrietado, cuarteado, con pedazos de hierba e incluso algún arbolillo asomando por los huecos. Volvió a consultar el plano recién impreso. Su anterior excursión le había indicado con toda claridad cuál era el mejor acceso.

—Ya estamos.

Cruzaron la cadena por debajo. Pasados los campos de béisbol, el viejo camino atravesaba unos terrenos baldíos y desaparecía en el bosque de Inwood Hill Park. Solo quedaban unas cuantas farolas de hierro colado, sin luz. Al mirar hacia arriba, Nora creyó ver agujeros de bala en el cristal.

La Ville quedaba más allá, en la noche.

Empezó a caminar. Caitlyn tenía que esforzarse para no quedarse atrás. El camino asfaltado se estrechaba, con los árboles cada vez más cerca. Olía a follaje mojado.

—Has traído linterna, ¿no? —preguntó Caitlyn.

—Sí, pero preferiría no usarla.

Una subida, cada vez más pronunciada, coronaba una loma con vistas de la Henry Hudson Parkway y el complejo deportivo de la Columbia. Hicieron un alto para orientarse. A partir de aquel punto, el camino bajaba hacia la orilla del Harlem. Mientras caminaban, Nora empezó a divisar entre los árboles varios puntos de luz amarilla, aproximadamente a medio kilómetro.

Notó que Caitlyn la tocaba con el codo.

—¿Es aquello?

—Creo que sí. Vamos a comprobarlo.

Después de un momento de vacilación, siguieron cuesta abajo por una curva que aprovechaba la topografía. El bosque se hizo más denso. Ya no dejaba filtrarse el vago resplandor de la ciudad. También se fue apagando el rumor de la autovía. En la siguiente curva apareció algo oscuro: una tela metálica muy vieja y estropeada que no permitía seguir. Había un boquete tapado con alambre de púas en zigzag. En medio de la valla había una puerta con un letrero escrito de cualquier manera:

Propiedad privada
Prohibido el paso
No entrar

—Estamos en una vía urbana —dijo Nora—. Es ilegal. No te olvides de ponerlo en el artículo.

—Hombre, tanto como vía urbana… —contestó Caitlyn—. Además, tampoco es que el complejo sea estrictamente legal; son okupas.

Nora examinó la puerta. Era de hierro forjado, con pintura negra que se caía a trozos, y agujeros y burbujas de herrumbre en la base metálica. Por encima había una hilera de pinchos, pero la mitad estaban rotos o caídos. Pese a su aspecto antiguo, Nora reparó en que las bisagras estaban bien engrasadas, y la cadena y el candado eran bastante nuevos. No se filtraba ningún ruido entre los árboles.

—Es más fácil escalar la valla que la puerta —dijo.

—Sí.

Ninguna de las dos se movió.

—¿De verdad te parece buena idea? —preguntó Caitlyn.

Nora tomó la iniciativa, sin tiempo de replanteárselo: agarrando la tela metálica oxidada con las manos, metió las puntas de los pies en los huecos y trepó lo más deprisa que pudo. La valla medía unos tres metros. Las grapas del borde superior eran señal de que en algún momento había estado rematada con una alambrada, desaparecida tiempo atrás.

En medio minuto llegó al otro lado. Se dejó caer sobre las hojas blandas, jadeando.

—Te toca —dijo.

Caitlyn se aferró a la tela metálica e hizo lo mismo. Aunque su forma física no era ni remotamente la de Nora, consiguió subir y deslizarse por el otro lado con un ligero traqueteo de metal.

—Uau —dijo, limpiándose las hojas y la herrumbre.

Nora escrutó la penumbra.

—Es mejor ir por el bosque que por el camino —susurró.

—Totalmente de acuerdo.

Sigilosamente, tratando de no mover las hojas, Nora cruzó el borde derecho del camino, hacia un barranco oscuro que bajaba entre robles hacia el borde de un claro. Oyó moverse cautelosamente a Caitlyn por detrás. El barranco se hizo rápidamente más abrupto. De vez en cuando, Nora se paraba a mirar hacia delante. Dentro del bosque estaba todo muy oscuro. Sin embargo, era consciente de que no podía encender la linterna. Tenía razones de sobra para sospechar que en la Ville estaban muy en guardia contra los intrusos, y que una luz moviéndose en el bosque podía ser motivo de investigación.

El barranco se fue suavizando poco a poco, a medida que se aproximaban al borde plano de un campo que rodeaba lo que era propiamente la Ville. El bosque se acabó de golpe. Frente a ellas se extendían tierras sin cultivar, que terminaban en la parte trasera de una iglesia grande y antigua, unida (o apoyada, a saber) a varias dependencias construidas sin ton ni son. En el campo soplaba un viento gélido. Nora oía crujir las malas hierbas.

—Dios mío… —oyó murmurar a Caitlyn.

Esta vez llegaban a la Ville por el otro lado. Ahora que estaba más cerca, Nora vio que el extraño edificio era de factura todavía más rudimentaria de lo que le había parecido. El tenue resplandor reflejado en el cielo nocturno casi le permitió reconocer marcas de azuela en los enormes travesaños de madera que servían de contrafuertes de la fortaleza. La iglesia central parecía construida en capas sucesivas, todas más anchas que las anteriores, formando un zigurat invertido, de aspecto perverso y amenazador. Las ventanas, en su gran mayoría, ocupaban las partes altas de sus flancos. En las que no estaban tapiadas había un cristal verdoso, cristal antiguo de barco, aunque algunas parecían tapadas con hule o papel de cera. Desde tan cerca, la impresión de luz de velas al otro lado de las ventanas era inconfundible. A la altura de sus ojos solo había una ventana, pequeña y rectangular, como si estuviese reservada a ellas.

—Es increíble que aún exista un sitio así en Manhattan —dijo.

—Lo increíble es que exista, aquí o en cualquier sitio. ¿Qué hacemos?

—Esperar. Ver si hay alguien.

—¿Cuánto tiempo?

—Diez minutos, o un cuarto de hora; bastante para que haga la ronda un vigilante, si es que lo hay. Luego podremos acercarnos. No te olvides de anotarlo todo. Nos interesa que los lectores del *West Sider* no se pierdan detalle.

—Vale —dijo Caitlyn con voz temblorosa, cogiendo con fuerza su libreta.

Nora se sentó a esperar. El cambio de postura le hizo sentir los arañazos del tosco amuleto en el cuello. Lo sacó para mirarlo. Su aspecto era tan raro como los fetiches dejados en la puerta de su piso: las plumas, la bola de gamuza... Pendergast le había hecho aceptarlo, con la promesa de ponérselo y llevar siempre encima la bolsa de franela. Por muy de Nueva Orleans que fuera, no daba la impresión de creer en el vudú. ¿O sí? Soltó el amuleto con cierta sensación de ridículo, alegrándose de que no lo hubiera visto la reportera.

Un débil ruido la sobresaltó. Había surgido de la oscuridad: un zumbido grave, como de cigarras monstruosas. Tardó un poco en darse cuenta de que salía de la iglesia. Se hizo paulatinamente más fuerte y nítido: un canto grave. No, más que un canto, una especie de cántico.

—¿Lo oyes? —preguntó Caitlyn, con voz tensa.

Nora asintió.

El sonido creció, adquiriendo volumen y un timbre más profundo; sonidos trémulos, con altibajos que obedecían a un ritmo complejo. Nora vio que Caitlyn tiritaba y se ceñía la chaqueta.

Mientras permanecían a la espera, muy atentas, el cántico se hizo más rápido e insistente. Cada vez era más agudo.

—Mierda. No me gusta nada —dijo Caitlyn.

Nora le pasó un brazo por los hombros.

—Siéntate y no te muevas; nadie sabe que estamos aquí. En la oscuridad somos invisibles.

—He hecho mal en aceptar. Ha sido una mala idea.

Al darse cuenta del temblor de Caitlyn, Nora se extrañó de no tener miedo. Se lo debía a la muerte de Bill. No era exactamente falta de miedo, sino sentirse ajena al miedo. ¿Podía haber algo peor que la muerte de Bill? Morirse ella sería una especie de liberación.

El cántico se hizo más y más urgente, hasta la irrupción de un nuevo sonido: el balido de una cabra.

—Oh, no —murmuró Nora, estrechando más a Caitlyn.

Otro balido lastimero. El cántico se había vuelto agudo y rápido, casi maquinal, como el zumbido de una enorme dinamo.

Lo interrumpieron otros dos balidos, más penetrantes y atemorizados. Nora ya sabía lo que iba a pasar. Quiso taparse los oídos, pero no podía.

—Esto tiene que verlo alguien.

Se empezó a levantar.

Caitlyn la retuvo.

—No. Espera, por favor.

Nora se soltó.

—Es para lo que hemos venido.

—¡Por favor, que te verán!

—No me verá nadie.

—¡Espera…!

Pero Nora ya corría agachada por el campo. La hierba estaba mojada y resbaladiza. Se pegó a la pared trasera de la antigua iglesia y empezó a deslizarse hacia la ventanita amarilla. Tras una pausa, se asomó a ella con el pulso desbocado.

Un lavabo de porcelana, oscurecido por el tiempo; un orinal de loza, roto; una cómoda de madera astillada. Un viejo cuarto de baño, sin nadie dentro.

«Mierda.» Se agachó, pegando la cara a la madera fría y sin desbastar. Los materiales de aquel viejo edificio parecían exudar un olor peculiar, como de almizcle y humo. Desde aquella distancia se oía mucho más lo de dentro. Pegó la oreja a la pared y escuchó atentamente.

No entendía las palabras. Ni siquiera sabía en qué idioma cantaban. Inglés no, en todo caso. ¿Francés? ¿Criollo?

Además del cántico, se oía un ritmo rápido, como de pies descalzos. Sobre el insistente ostinato se elevaba una sola voz, trémula y aguda, que pese a su falta de musicalidad formaba claramente parte del ritual.

Otro balido largo y asustado. Agudo, lleno de pánico. Y de pronto un silencio absoluto.

Luego, cortando el aire, el grito, pura expresión animal de

sorpresa y dolor; grito ahogado casi de inmediato en una gárgara, seguida por una tos silbante, larga, prolongada, y después por el silencio.

A Nora no le hizo falta verlo para saber exactamente lo ocurrido.

El cántico se reanudó de golpe, rápido, exultante, dominado sin la menor duda por algún tipo de sacerdote que gemía de gozo, en un registro agudo. Todo ello mezclado a otro ruido, como un resuello sibilante y húmedo.

Nora tragó aire a bocanadas, con una repentina sensación de náuseas. Aquel sonido le había llegado hasta la médula, reviviendo inesperadamente el horrible momento en que había visto a su marido inmóvil en un charco de sangre, sobre el suelo de la sala de estar. Se sintió paralizada. La tierra de su alrededor giraba sin parar. Veía manchas. Caitlyn tenía razón. Había sido una mala idea. Fueran quienes fuesen los de dentro, no se tomarían nada bien una intrusión. Se aferró durante uno o dos minutos a la pared de ladrillo, hasta que se le pasó la sensación, y comprendió que debían irse cuanto antes.

Justo cuando se giraba, vio moverse algo por la oscuridad, en la esquina del edificio del fondo. Inestable, a trompicones, una mancha borrosa de carne amarillenta en la espectral luz de la luna. Y luego nada.

Parpadeó con fuerza, electrizada de temor, y abrió otra vez los ojos. Todo estaba silencioso y oscuro. Ya no se oía el cántico. ¿Realmente había visto algo? Justo cuando llegaba a la conclusión de que no, apareció de nuevo: calvo, extrañamente hinchado, con harapos. Se acercó a ella con un movimiento que parecía a la vez aleatorio y lleno de una horrible determinación.

Al mirarlo fijamente, Nora no pudo menos que acordarse de lo que la había perseguido dos noches atrás por la sala de los esqueletos de ballena. Se puso de pie, ahogando un grito, y corrió por el campo.

—¡Caitlyn! —jadeó al chocar con la reportera y cogerla por la chaqueta, sin poder respirar—. ¡Tenemos que irnos ahora mismo!

—¿Qué ha pasado?

El pánico de Nora aterró inmediatamente a Caitlyn, que se encogió en el suelo.

—¡Vamos!

Nora tiró de ella por la camisa, levantándola a pulso. Caitlyn tropezó al ponerse de pie. Nora la aguantó.

—Ay, Dios mío... —dijo Caitlyn. Se había quedado paralizada, mirando fijamente hacia atrás—. Dios mío...

Nora se giró. La cosa (un rostro abotargado, deformado, que con tan poca luz no se veía bien) se les echaba encima con un movimiento horriblemente dislocado.

—¡Caitlyn! —chilló Nora, obligándola a dar media vuelta—. ¡Corre!

—¿Qué...?

Pero Nora ya se había lanzado por la oscuridad del barranco, estirando a la reportera por un brazo. Era como si el miedo tuviese drogada a Caitlyn, que resbalaba con las hojas, y no se cansaba de mirar atrás.

La cosa se movía más deprisa, dándoles caza con unas zancadas de siniestra intención. Nora ya oía su respiración, ansiosa y babeante.

—¡Que viene! —dijo Caitlyn—. ¡Viene a por nosotras!

—¡Cállate y corre!

«Dios mío... —pensó Nora al correr—. Dios mío... No puede ser Fearing. ¿Verdad que no?»

Sin embargo, tenía la certeza de que sí.

Llegaron al final del barranco. La puerta y la valla estaban justo delante.

—¡Levanta el culo! —le gritó a Caitlyn, que resbaló y estuvo peligrosamente a punto de caerse.

Lloraba, y le costaba respirar. Un ruido de pisadas en el suelo se acercaba muy deprisa por la oscuridad. Nora levantó a Caitlyn.

—Ay, Dios mío...

Llegó a la valla, con la periodista a rastras. La tiró contra la tela metálica y la levantó con todas sus fuerzas. Caitlyn empezó a arañar la malla hasta encontrar dos agujeros y empezar a subir.

Nora fue tras ella. Llegaron al otro lado, aterrizaron sobre las hojas y volvieron a correr.

Se oyó un impacto en la tela metálica. Nora se giró. A pesar de lo deprisa que latía su corazón, tenía que saberlo. Tenía que saberlo.

—¿Qué haces? —exclamó Caitlyn, corriendo como loca.

Nora metió una mano en la mochila, sacó la linterna, la encendió, enfocó la valla…

… Nada, solo un abombamiento convexo en la parte del acero oxidado que había recibido el impacto de la cosa, y un leve movimiento residual debido al golpe, que hizo chirriar la tela metálica hasta que volvió el silencio.

La cosa ya no estaba.

Oyó alejarse los pasos de Caitlyn por el viejo camino.

La siguió sin correr mucho, pero a un ritmo constante, y tardó poco en encontrarla, jadeante y exhausta. Caitlyn se agachó sin poder respirar, y vomitó. Nora le sujetó los hombros.

—¿Quién… qué era eso? —logró articular la periodista, atragantada.

Nora la ayudó a levantarse sin decir nada. Diez minutos después estaban en Indian Road, otra vez en terreno conocido, pero Nora (que se palpaba inconscientemente el amuleto del cuello) no podía borrar de su cabeza el sentimiento de horror despertado por la cosa que acababa de perseguirlas, y por los estertores de la cabra condenada. Constantemente la asaltaba un pensamiento espantoso, una idea irracional, inútil y nauseabunda: ¿sería el mismo ruido que había hecho Bill al morirse?

29

El teniente D'Agosta estaba sentado en su cuchitril del edificio de jefatura, absorto en la pantalla del ordenador. Era escritor. Tenía dos novelas publicadas, con muy buenas críticas. Entonces, ¿por qué narices le costaba tanto redactar un informe provisional? Aún le escocía el rapapolvo del jefe de policía de la tarde anterior. Estaba claro que Kline había tenido acceso a él.

Dejó de mirar la pantalla y se frotó los ojos. Por la única ventana del despacho, que le permitía ver un trocito de cielo, entraba sin fuerzas la luz de la mañana. Dio un trago a su tercera taza de café, e intentó despejarse la cabeza. Tenía la impresión de que a partir de cierto punto lo que hacía el café era cansarle más.

¿Cómo podía haber pasado solo una semana desde el asesinato de Smithback? Sacudió la cabeza. En aquel momento debería haber estado en Canadá, visitando a su hijo y firmando papeles para su inminente divorcio, pero no, lo que estaba era encadenado a Nueva York, y a un caso que se volvía más extraño cada día.

Sonó el teléfono en la mesa. Lo que le faltaba, otra distracción. Descolgó, suspirando para sus adentros.

—Homicidios, aquí D'Agosta.

—¿Vincent? Soy Fred Stolfutz.

Stolfutz era el fiscal adjunto que le estaba ayudando a redactar la petición de orden de registro de la Ville.

—Hola, Fred. ¿Qué, qué te parece?

—Si pretendes entrar a buscar pruebas de homicidio, ya puedes olvidarte. Hay demasiada poca base para que algún juez te conceda una orden, sobre todo después del numerito de Kline del otro día.

—Pero bueno, ¿cómo te has enterado tú de eso?

—Lo sabe todo el mundo, Vinnie. Por no hablar de que el jefe…

D'Agosta le interrumpió, impaciente.

—Entonces, ¿qué posibilidades tengo?

—Pues… Dices que está en pleno bosque, ¿no?

—Exacto.

—Entonces, descartada la doctrina del caso Horton: no puedes acercarte bastante para reconocer pruebas a simple vista, pongamos por caso, u oler humo de marihuana. Tampoco habrá circunstancias que lo exijan, como alguien pidiendo ayuda a gritos, o algo por el estilo.

—Gritos ha habido muchos, pero de animales.

—Sí, es lo que me estaba planteando. Por homicidio nunca entrarás, pero sobre crueldad con animales es probable que te pueda redactar algo. Eso sí que podría tener un pase. Si vas con un agente de control de animales, puedes estar atento a las pruebas que buscas.

—Interesante. ¿Tú crees que colará?

—Yo sí.

—Eres un genio, Fred. Llámame cuando sepas algo más.

D'Agosta colgó el teléfono y se concentró otra vez en su problema.

A primera vista no era complicado. Había testigos buenos, excelentes, que habían visto entrar y salir del edificio a Fearing; y aunque los resultados no fueran oficiales, y no se pudieran usar en ningún juicio, se había encontrado ADN de Fearing en el lugar del crimen, algo que tarde o temprano confirmarían los resultados oficiales. Fearing estaba persiguiendo a Nora. También en ese caso tenían la prueba de su ADN. Su nicho estaba vacío, sin cadáver. Esas eran las pruebas, por un lado.

¿Y por el otro? Un forense agobiado de trabajo, borde y poco escrupuloso que no podía reconocer que se había equivocado. Un tatuaje y una marca de nacimiento, que tanto en un caso como en el otro, teniendo en cuenta el tiempo pasado en el agua por el cadáver, podían ser falsos o haber dado lugar a confusiones. La identificación de una hermana, pero no sería la primera vez que un pariente demasiado traumatizado, o un cadáver demasiado cambiado, provocaban falsas identificaciones. Podía ser un fraude del seguro, con la complicidad de la hermana. La desaparición de esta última no hacía sino abonar esas sospechas.

No, Colin Fearing estaba vivo. De eso D'Agosta no tenía la menor duda. Y no era ningún zombi, qué narices. ¿Quién estaba detrás, Kline o la Ville? Pensaba presionar a ambos.

Cogió el café, se lo quedó mirando y lo echó a la papelera, seguido por la taza. Menos meterse porquería en el cuerpo. Pensó en el crimen en sí. A él no le parecía una violación frustrada. Por otra parte, al entrar, el culpable había mirado a la cámara: sabía que le grababan… pero le daba igual.

Tenía razón Pendergast. No era un asesinato desorganizado, sino que detrás había un plan. Pero ¿qué plan? Masculló una maldición.

Sonó otra vez el teléfono.

—D'Agosta.

—¿Vinnie? Soy Laura. ¿Has visto el *West Sider* de esta mañana?

—No.

—Pues más vale que lo busques.

—¿Qué pone?

—Tú échale un vistazo. Y…

—¿Y qué?

—Y espérate una llamada del jefe. No le digas que te he avisado, pero prepárate.

—Mierda, otra vez no.

D'Agosta colgó, se levantó y fue a los ascensores más cercanos. Probablemente pudiera gorronearle a alguien el *West Sider* allá mismo, en la planta, pero si era verdad lo que decía Laura, necesitaría algo de tiempo para digerirlo, fuera lo que fuese, antes de que le llamara el jefe.

Sonó el timbre del ascensor. Se abrieron unas puertas. Minutos después, llegó al quiosco del vestíbulo y vio el *West Sider* donde siempre, colgado muy visiblemente en el expositor de arriba a la izquierda. Dejó las dos monedas en el mostrador, cogió el primer ejemplar del montón y se lo puso debajo del brazo. Luego entró en el Starbucks del otro lado del vestíbulo, pidió un expreso normal, se lo llevó a una mesa y abrió el periódico. El titular se le echó prácticamente encima:

¡Sacrificio de animales!

Muerte ritual en la «Ville»
Posible relación con el vudú y el asesinato de Smithback

por Caitlyn Kidd

Contempló el expreso, que a duras penas tapaba el fondo del vaso de papel. ¿Qué había sido de las tacitas precalentadas donde lo servían antes? Se lo echó al gaznate casi sin probarlo. Luego alisó el periódico y empezó a leer.

Tenía que reconocer que para ser una mierda de artículo no carecía de eficacia. Nora Kelly y la reportera habían subido de noche a la Ville, habían saltado la valla y lo habían oído todo. Después las había perseguido alguien o algo cuya identidad no quedaba clara, aunque la reportera insinuaba que tenía el aspecto de un zombi. A continuación se preguntaba cómo era posible que el ayuntamiento dejara cerrar una vía pública, y si se estaba infringiendo la legislación sobre malos tratos a animales. Aparecían citas del artículo de Smithback sobre la Ville, así como descripciones de los *vévé* dejados en la puerta de su casa antes del asesinato, y de las cosas raras que habían aparecido en el propio lugar del delito. Se citaban unas declaraciones del director de una organización pro derechos de los animales. La reportera no decía abiertamente que hubiese alguna relación entre la Ville y el asesinato de Smithback, pero estaba muy claro por dónde iba el artículo: Smithback había empezado a escribir sobre sacrificios de animales, y su intención era seguir haciéndolo. A D'Agosta le dolió especialmente una frase, típica de aquel género de reportajes: «Hemos intentado ponernos en contacto varias veces con el teniente Vincent D'Agosta, el detective que dirige la investigación del homicidio de Smithback, pero todas las tentativas han sido infructuosas».

«Todas las tentativas.» Su móvil estaba encendido día y noche, qué narices, y cuando no trabajaba tenía desviado el teléfono del despacho. Ahora que lo pensaba, sí que había recibido una o dos llamadas de la tal Kidd, pero ¿alguien tiene tiempo de devolverlas todas? ¿«Todas las tentativas»? ¡Anda ya! Como máximo dos. Bueno, vale, tal vez tres.

Ahora ya sabía exactamente por qué le había llamado Laura Hayward.

El artículo anterior, sobre vudú, era de chiste, pero aquel tenía cierta base real, y a la lastimosa descripción de la muerte entre balidos de la cabra no le faltaba fuerza, sino todo lo contrario. Él ya sabía lo rabiosos que se podían poner los amantes de los animales.

En la cafetería empezó a sonar el tema principal de *El bueno, el feo y el malo*. D'Agosta cogió rápidamente el móvil, lo abrió y salió al vestíbulo.

El jefe.

—Volvemos a hablar —dijo Rocker.

—Sí, señor.

—Supongo que ya ha visto lo del *West Sider*.

—Sí, señor.

Procuró adoptar un tono respetuoso, como si el día anterior no hubiera pasado nada.

—Está visto que lo de Kline podría ser una pista falsa, ¿eh, teniente?

Había cierta frialdad en la voz.

—Mantengo abiertas todas las líneas de investigación.

Un gruñido.

—Bueno, y ¿qué le parece? ¿Ville o Kline?

—Ya le digo que estamos siguiendo las dos líneas.

—Todo esto se ha salido de madre. El alcalde está preocupado. Acaban de llamarme del *News* y del *Post*. Lo de que a usted no le encontrasen para hacer declaraciones… Mire, tiene que estar al pie del cañón, tranquilizando a la gente y dando respuestas.

—Organizaré una rueda de prensa.

—Muy bien. Las dos sería buena hora. Céntrese en la Ville, y no mezcle a Kline.

La línea crujió al cortarse la llamada.

D'Agosta volvió al Starbucks.

—Un expreso cuádruple —dijo—. Para llevar.

30

D'Agosta odiaba las ruedas de prensa, hasta en el mejor caso, y aquello distaba mucho de ser el mejor caso. Había poco que decir, y lo poco que había parecía imposible creérselo. Justo cuando se asomaba a la puerta de la sala de prensa (ni un solo asiento libre, todos los reporteros, cámaras y policías pegando gritos), llegó a su lado el jefe Rocker.

—¿Preparado para hacer declaraciones, teniente?

—Sí, señor.

D'Agosta le miró. Llevaba el traje oscuro de siempre, con una chapita de la policía de Nueva York en la solapa. El jefe respondió a la mirada con más cara de cansancio de lo habitual, que ya era decir.

—Acuérdese de lo que le he dicho: a Kline ni nombrarle.

D'Agosta tragó saliva. Tanto café, tanto café… Ahora lo que necesitaba era un bourbon doble. De todos modos no pensaba mencionar a Kline. No quería que le denunciasen por difamación.

Cuando entraron en la sala de prensa, y subieron al estrado, el nivel sonoro aumentó todavía más. Se encendieron una docena de flashes, salpicándolo todo de fogonazos. El jefe de policía se acercó al atril y levantó las manos, pidiendo silencio. La gente tardó unos treinta segundos en calmarse. Al final, Rocker carraspeó.

—El teniente D'Agosta, que es quien se ocupa del homicidio de Smithback, va a decirles unas palabras sobre el estado de la investigación. Después abriremos un turno de preguntas. Antes de que empiece el teniente D'Agosta, solo quiero pedirles por favor un poco de sentido de la responsabilidad al presentar el caso al público. Se trata de un crimen de especial impacto, que ya tiene a la ciudad en vilo. Encrespar aún más los ánimos solo serviría para empeorar las cosas. Y ahora, teniente, si es tan amable…

—Gracias. —D'Agosta se acercó nerviosamente al micro. Contempló el mar de caras, y le costó tragar saliva—. Como saben de sobra todos ustedes —empezó—, hace una semana William Smithback, vecino de Upper West Side, fue víctima de un homicidio. Desde entonces las fuerzas del orden han investigado el caso con ahínco bajo mi dirección. De resultas de ello se han abierto muchas líneas de investigación. Estamos siguiendo varias pistas a la vez, y confiamos en identificar y capturar a corto plazo a los responsables. Mientras tanto, si alguien tiene información que pueda sernos útil para la investigación, le agradeceríamos que se pusiera inmediatamente en contacto con la policía de Nueva York. —Hizo una pausa—. A partir de este momento pueden preguntarme lo que quieran.

Volvió a armarse un barullo tremendo. D'Agosta pidió orden con las manos.

—¡Silencio, por favor! —pidió por el micro—. ¡Silencio! —Retrocedió en espera de que volviera a imponerse cierto orden—. Gracias. Usted, la de la fila de delante.

Señaló con la cabeza a una mujer madura con blusa amarilla.

—¿Qué puede explicarnos de la Ville? ¿Es verdad que hacen sacrificios de animales?

—Se han recibido varias quejas sobre ruidos de animales procedentes de la zona. Es uno de los ámbitos que estamos investigando. Permítanme añadir que no hemos encontrado ninguna relación directa entre la Ville y el homicidio de Smithback.

—Hablando del homicidio de Smithback —preguntó la misma mujer—, ¿ya tienen los resultados de la autopsia? ¿Cuál fue la causa de la muerte?

—La causa de la muerte fue una herida de arma blanca en el corazón.

Miró a la multitud: manos levantadas al máximo, luces, cámaras, grabadoras digitales… Se hacía raro no ver a Smithback entre los rostros ávidos, gritando y gesticulando, con el mechón en la frente.

—Sí —dijo, señalando a un hombre de la tercera fila con una pajarita grande y de colores vivos.

—¿Han confirmado la identidad del asesino de Smithback? ¿Fue Fearing, su vecino?

—Fearing no era su vecino. Vivía en el mismo edificio. Aún quedan pruebas por hacer, pero de momento todos los indicios apuntan a que Fearing es efectivamente una persona de interés para nuestra investigación. Actualmente se desconoce su paradero, y le consideramos huido de la justicia.

«Eso si se puede considerar huido a un posible fiambre.»

—¿Qué relación hay entre Fearing y la Ville?

—No hemos encontrado ninguna relación entre Fearing y la Ville.

Estaba saliendo mejor de lo esperado. Dadas las circunstancias, la prensa parecía controlada, casi respetuosa. Hizo un gesto con la cabeza a otra mano en alto.

—¿Y el registro del despacho de Kline? ¿Es un sospechoso?

—En este momento no es un sospechoso.

D'Agosta evitó mirar a Rocker. Pero bueno, ¿cómo se enteraba de todo la prensa?

—Entonces, ¿por qué se hizo un registro?

—Lo siento, pero no puedo entrar en ese aspecto de la investigación.

Empezó a señalar a otro reportero, pero de repente se elevó una voz. D'Agosta se giró hacia ella, frunciendo el entrecejo. Cerca de las primeras filas se había levantado alguien, un hombre alto, con pinta de niño bien, y un surco en la barbilla como para aparcar un camión.

—Quiero saber qué han hecho de verdad —dijo en voz alta y estentórea.

Ante una pregunta tan vaga, pero a la vez tan agresiva, D'Agosta no supo reaccionar.

—¿Cómo dice? —preguntó finalmente.

—Soy Bryce Harriman —dijo el hombre—, del *Times*. Han asesinado brutalmente a un colega del cuerpo periodístico de Nueva York, mi buen amigo Bill Smithback. Ya ha pasado una semana. Se lo preguntaré de otra manera: ¿por qué han avanzado tan poco?

La gente empezó a murmurar. Algunas cabezas se movieron en señal de acuerdo.

—Sí que hemos avanzado. Obviamente, no puedo entrar en los detalles con total libertad.

Sonaba muy pobre, y D'Agosta lo sabía, pero era lo máximo que podía decir.

Harriman no le hizo ni caso.

—Fue un ataque a un periodista por cumplir con su trabajo —dijo, con un gesto ampuloso—; un ataque a todos nosotros, a nuestra profesión.

Cada vez se oían más murmullos de aquiescencia. D'Agosta empezó a dar paso a otro periodista, pero Harriman no estaba dispuesto a callarse.

—¿Qué está pasando en la Ville? —dijo, levantando la voz.

—Ya he dicho que en realidad no hay pruebas que impliquen a la Ville en…

Harriman cortó a D'Agosta.

—¿Por qué se les permite seguir torturando y matando abiertamente animales, y puede que algo más que animales? Me imagino, teniente, que se dará cuenta de que muchos neoyorquinos se preguntan lo mismo: ¿cómo es posible que la policía no haya tomado ninguna medida en absoluto?

De repente la gente se exaltó: exigencias, gesticulaciones, caras de enfado… Mientras se iban levantando, Harriman volvió a sentarse, muy pagado de sí mismo, con arrugas de satisfacción en su rostro patricio.

31

El Rolls cruzó una gran verja blanca y se metió por un camino de guijarros, bordeado de robles antiguos, hasta desembocar inesperadamente en una gran mansión rodeada por varias dependencias: una cochera, una glorieta, un invernadero y un enorme granero rojo de madera construido sobre antiguos cimientos de piedra. Al fondo, una extensión de césped muy cuidado llevaba hasta las aguas del estrecho de Long Island, que relucían en la luz de la mañana.

D'Agosta silbó.

—¡Caramba, qué lujazo!

—Ni que lo diga; y eso que desde aquí, aunque es un buen observatorio, no vemos la casa del cuidador, el helipuerto ni el criadero de truchas.

—Recuérdeme otra vez a qué venimos —dijo D'Agosta.

—El señor Esteban ha sido una de las personas más explícitas en sus quejas contra la Ville, y tengo curiosidad por oírle expresar personalmente su parecer.

En respuesta a una palabra de Pendergast, Proctor frenó ante el granero, que tenía las puertas completamente abiertas. El inspector bajó rápidamente del Rolls, y desapareció sin decir nada en el vasto interior.

—Eh, que la casa es por ahí…

A D'Agosta se le apagó la voz. Miró a su alrededor, nervioso. ¿Qué tendría Pendergast entre ceja y ceja?

Oyó el ruido de un hacha. Poco después de que parase, salió un hombre de detrás del cobertizo de la leña, con el hacha en la mano. Al mismo tiempo, Pendergast salió de la oscuridad del granero.

El hombre se acercó sin soltar el hacha.

—Es como el legendario leñador Paul Bunyan —murmuró D'Agosta cuando Pendergast llegó a su lado.

Era alto, con una barba corta entreverada de canas, y el pelo (ralo en la coronilla) un poco largo, hasta más abajo del cuello de la camisa. A pesar de su apellido español, presentaba un aspecto de lo más anglosajón; de hecho, con otro corte de pelo podría haber sido un anuncio ambulante de Lands' End: chinos bien planchados, camisa de cuadros, guantes de trabajo, delgado, en forma... Se apartó unas virutas de madera de la camisa y, con el hacha al hombro, se quitó un guante para darles la mano.

—¿Puedo ayudarles en algo? —preguntó, sin rastro de acento en su voz melodiosa.

Pendergast sacó su placa.

—Agente especial Pendergast, del FBI. Vengo con el teniente Vincent D'Agosta, detective de homicidios de la policía de Nueva York.

Los párpados se contrajeron, y los labios se apretaron al examinar atentamente la identificación. Después los ojos enfocaron más allá, en el Rolls.

—Bonito coche patrulla.

—Recortes presupuestarios —contestó Pendergast—. Se hace lo que se puede.

—Ya.

—¿Es usted Alexander Esteban? —preguntó D'Agosta.

—Correcto.

—Nos gustaría hacerle unas preguntas, si no le importa.

—¿Traen una orden judicial?

—Buscamos ayuda sobre el homicidio de William Smithback, el periodista del *Times* —dijo Pendergast—. Si fuera tan amable de responder a nuestras preguntas, nos haría un favor.

El hombre asintió, acariciándose la barba.

—Yo conocía a Smithback. Les ayudaré en todo lo que pueda.

—¿Ha producido usted películas, o me equivoco? —preguntó Pendergast.

—Antes. Ahora me dedico más que nada a la filantropía.

—Vi el artículo de *Mademoiselle* donde le llamaban «el moderno DeMille».

—Mi pasión es la historia.

Esteban se rió un poco, afectando falsa modestia sin conseguirlo.

D'Agosta se acordó de golpe: Esteban, el de las superproducciones históricas horteras. La última la había ido a ver con Laura Hayward: *Evasión de Sing Sing*, sobre la famosa fuga de treinta y tres presos a principios de los años sesenta. No les había gustado. Se acordaba vagamente de otra: *Los últimos días de María Antonieta*.

—A nosotros nos toca más de cerca la organización que dirige: Humans for Other Animals, ¿verdad?

Esteban asintió con la cabeza.

—Sí, HOA, aunque yo soy más que nada el portavoz, como quien dice; un nombre famoso que apoya la causa. —Sonrió—. Quien lo lleva es Rich Plock.

—Entiendo. ¿Estuvo usted en contacto con el señor Smithback por la serie de artículos que proyectaba sobre la Ville des Zirondelles, más conocida como la Ville?

—Nuestra organización ha investigado una serie de quejas sobre sacrificios de animales en la Ville. Ya hace mucho tiempo que se arrastra el tema, y nadie hace nada. Llamé a todos los periódicos, incluido el *Times*, y el que se interesó, al final, fue el señor Smithback.

—¿Cuándo?

—Déjeme pensar… Creo que una semana antes de que publicase el primer artículo, más o menos.

Pendergast asintió. Fue como si a partir de entonces ya no le interesara el interrogatorio.

Lo retomó D'Agosta.

—Cuéntenos más.

—Me llamó Smithback, y quedamos en la ciudad. Habíamos reunido información sobre la Ville: quejas de vecinos, testimonios oculares de entrega de animales vivos, facturas… Cosas así. Le di copias.

—¿Contenían alguna prueba?

—¡Muchísimas! Hace años que en Inwood se oye torturar y matar animales. El ayuntamiento no mueve un dedo, no sé si por alguna idea políticamente correcta sobre libertad religiosa o por qué puñetas. Entiéndame, yo estoy totalmente a favor de la libertad religiosa, pero no si implica torturar y matar animales.

—¿Sabe si Smithback se enemistó con alguien en particular al publicar el primer artículo sobre sacrificios de animales?

—Seguro, igual que yo. Los de la Ville son unos fanáticos.

—¿Tiene alguna información concreta? ¿Algo que le dijeran? ¿Amenazas por teléfono o por e-mail, a él o a usted?

—Una vez me mandaron algo por correo, una especie de amuleto, y lo tiré a la basura. No sé si venía de la Ville o no, aunque el matasellos era del norte de Manhattan. Son gente muy reservada, un grupo raro, rarísimo; una especie de clan que no se relaciona con nadie, y me quedo corto. Llevan toda la vida en aquellas tierras.

D'Agosta arrastró los pies por los guijarros, buscando algo más que preguntar. No les estaba diciendo nada que no supieran.

De repente habló Pendergast.

—Tiene una finca muy bonita, señor Esteban. ¿Hay caballos?

—No, ni hablar. Estoy en contra de la esclavitud animal.

—¿Perros?

—A los animales hay que dejarlos en libertad, no degradarlos al servicio del hombre.

—¿Es usted vegetariano, señor Esteban?

—Por supuesto.

—¿Está casado? ¿Tiene hijos?

—Divorciado y sin hijos. Mire…

—¿Por qué es vegetariano?

—Es poco ético matar animales para gratificar nuestro apetito; por no hablar del daño que se le hace al planeta, de la energía que se desperdicia y de lo escandaloso que es que al mismo tiempo se estén muriendo de hambre millones de seres humanos. Es como el coche que traen, que da vergüenza. Perdone, no es que quiera ofenderle, pero no tiene excusa ir por el mundo con un coche así.

Esteban apretó los labios en señal de reproche. Por un momento, su cara le recordó a D'Agosta a una de las monjas que le pegaban en los dedos con la regla por hablar en clase. Tuvo curiosidad por saber cómo se lo tomaría Pendergast, pero no se le veía nada afectado.

—En Nueva York hay bastantes practicantes de religiones en las que se contempla el sacrificio de animales —dijo el agente—. ¿Por qué se fijan tanto en la Ville?

—Es el ejemplo más atroz y duradero. Por algo tenemos que empezar.

—¿Cuántos miembros tiene su organización?

Esteban pareció incomodarse.

—Bueno, los números exactos se los tendría que dar Rich... Creo que unos centenares.

—Señor Esteban, ¿ha leído los últimos artículos del *West Sider*?

—Sí.

—¿Y qué opina?

—Opino que algo hay. Ya le digo que están locos. Vudú, obeah... Tengo entendido que ni siquiera ocupan legalmente los terrenos, que son como una especie de okupas... Debería expulsarles el ayuntamiento.

—¿Adónde irían?

Esteban soltó una breve carcajada.

—Por mí que se vayan al infierno.

—¿O sea, que le parece bien torturar a seres humanos en el infierno, pero no a animales en la tierra?

La risa de Esteban se cortó. Miró con atención al agente.

—Solo era una manera de hablar, señor...

—Pendergast.

—Señor Pendergast. ¿Ya hemos terminado?

—Me parece que no.

El tono de Pendergast sorprendió a D'Agosta, por lo duro que se había vuelto de repente.

—Pues yo sí.

—¿Cree usted en el vudú, señor Esteban?

—¿Me pregunta si creo que hay gente que practica el vudú, o si creo que funciona?

—Las dos cosas.

—Yo creo que los fanáticos de la Ville practican vudú. ¿Que si creo que resucitan muertos? A saber. Me da igual. Yo lo único que quiero es que se vayan.

—¿Quién financia su organización?

—No es mi organización. Yo solo soy un miembro más. Recibimos muchos pequeños donativos, pero si le soy sincero, la principal fuente de ingresos soy yo.

—¿Es una organización libre de impuestos por el 501(c)(3)?

—Sí.

—¿De dónde saca usted el dinero?

—Me fue bien en el cine… pero la verdad, no me parece asunto suyo. —Esteban se bajó el hacha del hombro—. Encuentro que sus preguntas no van a ninguna parte, señor Pendergast, y me empiezo a cansar de contestarlas, así que hágame el favor de volver a subirse a su monstruo de carbono y salir de mi finca.

—Lo haré encantado.

Pendergast hizo una media reverencia y volvió al Rolls sonriendo un poco, seguido por D'Agosta.

Durante el trayecto de vuelta a la ciudad, D'Agosta frunció el entrecejo, moviéndose inquieto en el asiento.

—¡Qué tío más gazmoño y pretencioso! Seguro que cuando no le ve nadie, le hinca el diente a un buen bistec poco hecho.

Pendergast llevaba un rato mirando por la ventanilla, enfrascado en alguna reflexión. Al oír a D'Agosta, se giró.

—¡Vaya, Vincent, creo que es uno de los comentarios más sagaces que le he oído hoy!

Se sacó del bolsillo una bandejita de poliestireno, abrió la tapa y se la dio a D'Agosta. Contenía una base absorbente, con sangre, doblada dos veces, y una etiqueta pegada a un envoltorio de plástico roto. Olía a carne pasada.

D'Agosta se la devolvió enseguida, asqueado.

—Pero ¿qué es esto?

—Lo he encontrado en el granero, dentro del cubo de la basura. Según la etiqueta, contenía un costillar de cordero, a veintiocho con sesenta el kilo.

—¡Qué dice!

—Muy buen precio para el corte. Me han dado ganas de preguntarle al señor Esteban dónde compra la carne.

Pendergast tapó la bandeja, la dejó en el asiento, entre los dos, y se apoyó en el respaldo para seguir contemplando el paisaje por la ventanilla.

32

Nora Kelly llegó a la calle Cincuenta y tres Oeste por la Quinta Avenida. La empezó a recorrer con aprensión. Delante, un remolino de hojas marrones y amarillas barría la entrada del Museo de Arte Moderno. Anochecía. El aire frío profetizaba la llegada del invierno. Al salir del museo había dado un rodeo (primero en autobús, cruzando el parque, y luego en metro) con la perversa esperanza de que una avería, un atasco o cualquier otra cosa le diera una excusa para ahorrarse lo que se avecinaba; pero el transporte público había demostrado una eficacia deprimente.

Ahora faltaban pocos pasos para llegar.

Sus pies, de mutuo acuerdo, caminaron más despacio y se pararon. Buscó en el bolso el sobre de color crema con los nombres escritos a mano: «William Smithback Jr. y acompañante». Sacó la tarjeta y la leyó, aunque ya lo hubiera hecho unas cien veces.

Les invitamos cordialmente a la
127.ª ceremonia anual de entrega de premios
del Club de Prensa Gotham
Calle Cincuenta y tres Oeste, n.º 25, Nueva York
15 de octubre, 19.00 horas

Ya tenía una larga experiencia en aquella clase de actos, típicos de Manhattan, con copas y cotilleo a gogó, y el eterno faroleo de los periodistas, pero seguían sin gustarle. Aquel sería peor que de costumbre, infinitamente peor. Apretones de manos, susurros de pésame, miradas compasivas… Se mareaba solo de pensarlo. Era justo lo que tanto se había esforzado por evitar en el museo.

Pero tenía que ir. A Bill le habían —le habrían— concedido una mención honorífica en uno de los premios. Además, a él le encantaba codearse con la gente en aquel tipo de juergas, y saltársela parecía un deshonor a su memoria. Tras respirar profundamente, volvió a meter la invitación en el bolso y siguió caminando. Aún no se le había pasado el susto de la visita a la Ville, hacía dos noches: los balidos horrendos de la cabra, lo que las había perseguido… ¿Era Fearing? Como no estaba segura, no se lo había comentado a D'Agosta, pero era un recuerdo imborrable que la tenía en ascuas. Quizá fuera lo mejor: salir, relacionarse con gente y no darle más vueltas.

El Club de Prensa Gotham era un edificio estrecho, que adolecía de una fachada de mármol extravagantemente rococó. Subió por la escalera y cruzó las puertas de bronce, dejando el abrigo en guardarropía, donde a cambio le dieron un resguardo. Oía música, risas y ruido de copas procedentes de la Sala Horace Greeley. Se puso aún más nerviosa. Al subir por la mullida alfombra roja, se ajustó la tira del bolso. Finalmente entró en la sala con paredes de roble.

Ya hacía una hora que había empezado el acto, y en la sala, a pesar de su tamaño, no cabía un alma. El ruido era ensordecedor. Hablaban todos a la vez, para asegurarse de que no pasara inadvertido ningún comentario ingenioso. Había como mínimo una docena de bares, uno junto a otro. Ya se sabía que aquel tipo de ceremonias periodísticas eran auténticas bacanales. En la pared derecha habían montado un escenario provisional, con un podio festoneado de micrófonos. Nora se abrió camino hacia el fondo de la sala, cada vez más lejos de la puerta. Si conseguía estacionarse en algún rincón tranquilo, tal vez pudiera verlo todo en calma, sin tener que aguantar demasiados…

Parecía que le hubieran leído el pensamiento, porque justo entonces uno de los hombres que tenía al lado remarcó un comentario con un gesto del brazo que clavó su codo en las costillas de Nora. Se giró. Al principio la miró con mala cara, pero solo hasta dar señas de reconocerla. Era Fenton Davies, el jefe de Bill en el *Times*, centro de un semicírculo de colegas de Bill.

—¡Nora! —exclamó—. Me alegro de que hayas venido. Lo sentimos todos tanto, tanto… Bill era de los mejores, un reportero de primera, y una persona de las que no hay.

El círculo de reporteros entonó un coro de confirmaciones.

Al mirar una tras otra sus expresiones compasivas, Nora estuvo a punto de salir corriendo, pero hizo de tripas corazón y sonrió.

—Gracias. Te lo agradezco mucho.

—He intentado hablar contigo. ¿Recibiste mis llamadas?

—Sí, lo siento; es que había que solucionar tantos detalles…

—¡Pues claro, mujer, si ya lo entiendo! No hay ninguna prisa. Es que… —Davies bajó la voz y acercó sus labios al oído de Nora—. Nos ha venido a ver la policía. Se ve que piensan que podría estar relacionado con el trabajo de Bill. En ese caso, los del *Times* tendríamos que saberlo.

—No te preocupes, que seguro que te llamo cuando… cuando esté en mejores condiciones.

Davies se puso derecho y recuperó su voz normal.

—También hemos estado hablando de organizar algo en memoria de Bill; el premio a la excelencia William Smithback, o algo en esa línea. Nos gustaría comentarlo contigo, cuando puedas.

—Descuida.

—Estamos haciendo que corra la voz, y pidiendo contribuciones. Hasta podría pasar a formar parte de esta ceremonia anual.

—Me parece genial. A Bill le habría gustado.

Davies se tocó la calva y asintió, satisfecho.

—Voy a buscar algo de beber —dijo Nora—, pero luego os busco.

—¿Quieres que te…? —empezaron a decir varias voces.

—No, gracias, tranquilos, ahora vuelvo.

Tras una última sonrisa, Nora se mezcló con la multitud.

Consiguió llegar al fondo de la sala sin encontrarse con nadie más. Se quedó cerca del bar, intentando controlar la respiración. Había hecho mal en venir. Justo cuando se disponía a pedir una copa, notó que le tocaban el brazo. Se giró, consternada. Era Caitlyn Kidd.

—No sabía si vendrías —dijo la reportera.

—¿Ya te has recuperado del susto?

—Sí, sí.

En realidad no parecía muy recuperada. Estaba pálida, y un poco demacrada.

—Me tengo que ir. Presento el primer premio en nombre del *West Sider* —dijo Caitlyn—. Deberíamos vernos antes de que te vayas; tengo una idea para el siguiente paso.

Nora asintió con la cabeza. La reportera se fundió con la marea humana, despidiéndose con una sonrisa y un gesto de la mano.

Se giró hacia el camarero y pidió una copa. Luego se refugió cerca de las estanterías de la pared del fondo, entre un busto de Washington Irving y una foto dedicada de Ring Lardner, y observó tranquilamente el bullicio, dando sorbos a su cóctel.

Echó un vistazo al escenario. Qué interesante que uno de los premios estuviera patrocinado por el *West Sider*, un periódico basura… Seguro que intentaba adquirir cierta respetabilidad. También era interesante que lo presentase Caitlyn…

Oyó su nombre en la babel de voces. Ceñuda, escudriñó la multitud en busca de su procedencia. Allá: un hombre de unos cuarenta años que le hacía señas con la mano. Al principio se quedó en blanco, hasta reconocer de golpe las facciones patricias y el atuendo yuppie de Bryce Harriman, némesis de su esposo Bill tanto en el *Post* como en el *Times*. Les separaban como mínimo doce personas. Harriman necesitaría un par de minutos para reunirse con ella.

Estaba dispuesta a aguantar mucho, pero no tanto. Dejando la copa inacabada en una mesa, se escondió detrás de un hombre corpulento que rondaba por ahí, y luego se adentró por la multitud, donde no la viese Harriman.

Justo entonces se atenuaron las luces, y subió un hombre al escenario. Apagaron la música. La gente habló más bajo.

—¡Señoras y señores! —bramó el hombre, aferrado al atril—. Bienvenidos a la ceremonia de entrega de los premios anuales del Club de Prensa Gotham. Me llamo McGeorge Oddon, y este año encabezo el tribunal. Estoy encantado de verles a todos aquí. Hemos preparado una velada espléndida.

Nora se vio venir una presentación interminable, trufada de anécdotas personales y chistes flojos.

—Me encantaría quedarme aquí arriba contando chistes malos y hablándoles de mí —dijo Oddon—, pero esta noche hay que entregar muchos premios, así que ¡vamos al grano! —Se sacó una tarjeta del bolsillo y la leyó deprisa—. El primer galardón es una novedad de este año: el premio Jack Wilson Donohue de periodismo de investigación, patrocinado por el *West Sider*. Para hacer entrega de los cinco mil dólares del premio en nombre del *West Sider*, tenemos con nosotros ni más ni menos que a la gran referencia del periodismo local: ¡Caitlyn Kidd!

Nora vio subir a Caitlyn al escenario, entre aplausos, gritos roncos y algunos silbidos. Caitlyn estrechó la mano de Oddon y cogió uno de los micros del podio.

—Gracias, McGeorge —dijo. Se la veía ligeramente nerviosa por hablar ante tanta gente, pero lo hacía con fuerza y claridad—. Todo lo que este club tiene de antiguo, lo tiene el *West Sider* de joven —empezó a decir—; demasiado joven, dicen algunos, pero la verdad es que nuestro periódico no podría alegrarse más de participar en esta velada. ¡Con este nuevo galardón pregonamos con dinero, y no solo de boquilla!

Un alud de aplausos.

—Premios a la excelencia periodística hay muchos —siguió diciendo Caitlyn—. La mayoría se centran en la calidad de la palabra impresa. O en su oportunidad. O, si me lo permiten, en su corrección política.

Silbidos, gemidos, abucheos.

—Pero ¿qué tal un premio a las agallas? ¿Al empecinamiento de hacer todo lo que haga falta por pillar una noticia y darla como

Dios manda, en el momento mismo? ¡A tener... un buen par de cojones, qué narices!

Esta vez los gritos y los aplausos hicieron temblar la sala.

—Porque si de algo trata el *West Sider*, es de eso. Vale, somos un periódico nuevo, pero eso lo que nos da es más ganas.

Mientras moría la última ovación, se armó otro alboroto en una punta de la sala.

—¡De ahí que sea tan indicado que este nuevo premio lo patrocine el *West Sider*!

Se propagó una extraña conmoción, mezcla de gritos ahogados y gemidos. Nora miró el mar de cabezas, frunciendo el entrecejo. Al fondo, en la entrada, se estaba abriendo un claro entre la gente. Se oían exclamaciones de sorpresa y gritos dispersos de consternación.

¿Qué demonios pasaba?

—Una vez dicho esto, me... —Al darse cuenta, Caitlyn dejó la frase a medias y miró hacia la entrada—. Eh, un momento...

La extraña ola humana creció en intensidad, creando un pasillo en dirección al escenario. En el centro había algo, una figura de la que parecía apartarse la gente. Chillidos, más gritos incoherentes... Y después lo más raro de todo: un silencio absoluto.

Lo rompió Caitlyn Kidd.

—¿Bill? ¿Smithback?

La figura se acercaba dando tumbos al pie del escenario. Nora no apartaba la vista. De pronto sintió el impacto físico de la incredulidad.

Era Bill. Llevaba una bata suelta de hospital, abierta por la espalda. Tenía la piel de un repulsivo color amarillento, y la cara y las manos cubiertos de sangre reseca. Estaba cambiado, de la más espantosa y horrenda manera; una aparición del más allá, horriblemente parecida a la que había perseguido a Nora por la Ville. Sin embargo, el mechón rebelde que se erguía en la masa de pelo apelmazado, y los brazos y piernas larguiruchos, hacían que fuese inconfundible.

—Dios... —se oyó gemir Nora—. Dios mío...

—¡Smithback! —gritó estridentemente Caitlyn.

Nora no podía moverse. Caitlyn chilló: un grito que cortó el aire de la sala como una navaja.

—¡Eres tú! —exclamó.

La figura estaba subiendo al escenario. Sus movimientos eran lánguidos, erráticos. Iba con las manos colgando. Una de ellas sostenía un pesado cuchillo, cuya hoja quedaba casi oculta por una gran acumulación de sangre coagulada.

Caitlyn retrocedió. Ahora gritaba de puro pánico.

Mientras Nora lo veía todo sin poder moverse, la figura de su marido subió a trompicones por el último escalón y cruzó el escenario desmañadamente.

—¡Bill! —dijo Caitlyn, encogida contra el podio, con una voz que casi ya no se oía en el tumulto—. ¡Espera! ¡No, Dios mío! ¡A mí no! ¡NO…!

La mano que asía el cuchillo tembló en el aire, vacilando. Luego cayó, en el pecho de Caitlyn; subió otra vez, bajó, y de repente el brazo lleno de costras que asestaba cuchilladas fue salpicado por un surtidor de sangre. A continuación, la figura dio media vuelta y se escabulló detrás del escenario, mientras Nora sentía doblarse sus rodillas, y cernerse sobre ella un negro abismo que lo borraba todo, inundándola completamente.

33

El pasillo olía a gato. D'Agosta lo recorrió hasta encontrar el apartamento 5D. Llamó al timbre, y lo oyó reverberar con fuerza al otro lado. Se oyeron zapatillas arrastrándose. Después, un ojo oscureció la mirilla.

—¿Quién es? —dijo una voz trémula.

—El teniente Vincent D'Agosta.

Levantó la placa.

—Acérquela más, que no puedo leerla.

La puso frente a la mirilla.

—Póngase donde le vea.

Se centró respecto a ella.

—¿Qué quiere?

—Ya habíamos hablado, señora Pizzetti. Estoy investigando el homicidio de Smithback.

—Yo no tengo nada que ver con asesinatos.

—Ya lo sé, señora Pizzetti, pero quedamos en que me hablaría del señor Smithback, que la entrevistó para el *Times*. ¿Se acuerda?

Una larga espera. Después, el ruido de descorrer uno, dos y tres cerrojos, y el de quitar una cadena y una aldaba. La puerta se entreabrió, retenida por otra cadena.

D'Agosta levantó otra vez la placa, mirada y remirada por dos ojos pequeños y redondos.

Tras el ruido de la última cadena, se abrió la puerta, y D'Agosta vio aparecer ante sus ojos a la viejecita que se había imaginado, frágil como una taza de porcelana, ciñéndose el albornoz con una mano cubierta de venas azules, y apretando los labios. Sus ojos, negros y brillantes como los de los ratones, le sometieron a un minucioso escrutinio.

D'Agosta entró rápidamente, para que no le cerrasen la puerta en las narices. Era un piso anticuado, a temperatura ecuatorial, grande y recargado, con sillones de orejas demasiado mullidos y antimacasares de encaje, lámparas con flecos, bibelots y adornos varios. Y gatos, naturalmente.

—¿Puedo?

Señaló un sillón.

—¿Se lo impide alguien?

Eligió el que parecía menos acolchado. Aun así su trasero se hundió alarmantemente, como si fueran arenas movedizas. Inmediatamente se subió un gato a su brazo y empezó a ronronear con fuerza, arqueando la espalda.

—Baja, Scamp, déjale en paz.

La señora Pizzetti tenía mucho acento de Queens.

El gato, por supuesto, no le hizo ningún caso. A D'Agosta no le gustaban los gatos. Lo empujó un poco con el codo, pero el gato no hizo más que ronronear más fuerte, pensando que estaban a punto de acariciarle.

—Señora Pizzetti —dijo D'Agosta, sacando la libreta y haciendo lo posible por soslayar al gato, que le estaba dejando lleno de pelos su nuevo traje Rothman—, tengo entendido que habló con William Smithback el... —Consultó sus notas—. El 3 de octubre.

—No me acuerdo de la fecha. —La anciana sacudió la cabeza—. Cada vez es peor.

—¿Me puede decir de qué hablaron?

—Yo no tengo nada que ver con asesinatos.

—Ya lo sé. Le aseguro que no es sospechosa de nada. Decíamos que la entrevista con el señor Smithback...

—Me trajo un regalito. A ver... —Empezó a buscar por el

piso, hasta que su mano temblorosa se posó en un gatito de porcelana. Se lo trajo a D'Agosta y se lo tiró al regazo—. Me trajo esto. Chino. Los venden en Canal Street.

D'Agosta lo giró en la mano. Era una faceta de Smithback que desconocía: llevarles regalos a las viejecitas, aunque fueran tan secas como Pizzetti. Claro que probablemente fuese para conseguir una entrevista.

—Muy bonito. —Lo dejó en una mesita—. ¿De qué hablaron, señora Pizzetti?

—De aquellas bestias de allá, que matan animales. —Señaló la ventana más próxima—. Los de la Ville.

—Cuénteme qué le dijo al señor Smithback.

—Pues mire: de noche, si el viento llega del río, oyes los gritos. ¡Ruidos horribles de animales al cortarles el cuello! —Levantó la voz. Sus últimas palabras reflejaron cierta fruición—. ¡A ellos sí que deberían cortarles el cuello!

—¿Algo en concreto? ¿Algún incidente en especial?

—Le conté lo de la camioneta.

D'Agosta sintió que se le aceleraba el pulso.

—¿La camioneta?

—Cada jueves, como un reloj. Se va a las cinco y vuelve a las nueve de la noche.

—Hoy es jueves. ¿La ha visto?

—Pues claro, como cada jueves por la tarde.

D'Agosta se levantó para ir a la ventana. Daba al oeste, detrás del edificio. Él ya se había paseado por allí, para hacer un reconocimiento rápido de la zona antes de la entrevista. Abajo se veía un camino antiguo (el de la Ville, al parecer), que cruzaba los campos hasta confundirse entre los árboles.

—¿Por esta ventana? —preguntó.

—¿Qué otra ventana hay? Pues claro que por esta ventana.

—¿La camioneta lleva algo escrito?

—Que yo haya visto, no. Es una camioneta blanca.

—¿Modelo? ¿Marca?

—De eso no tengo ni idea. Es blanca y sucia. Vieja. Un trasto.

—¿Al conductor le ha visto alguna vez?

—¿Cómo quiere que vea a alguien dentro desde aquí? Aunque de noche, cuando tengo la ventana abierta, a veces oigo ruidos. Es lo primero que me llama la atención.

—¿Ruidos? ¿De qué tipo?

—Balidos. Quejas.

—¿Ruidos de animales?

—Clarísimamente. De animales.

—¿Puedo?

D'Agosta señaló la ventana.

—¿Dejando entrar el aire frío? Eso es que no ha visto mis facturas de calefacción.

—Solo un momento.

Levantó el panel (que no opuso resistencia) y se asomó sin esperar la respuesta de la señora. Era una tarde de otoño fría y serena. Resultaba creíble que la señora Pizzetti hubiera oído ruidos dentro de la camioneta, siempre que tuvieran cierta intensidad.

—Oiga, si necesita aire fresco, que se lo pague otro.

Cerró la ventana.

—¿Cómo está de oído, señora Pizzetti? ¿Lleva algún audífono?

—¿Y usted, agente? —replicó ella—. Yo de oído estoy perfecta.

—¿Se acuerda de haber contado algo más a Smithback, o de alguna otra cosa sobre la Ville?

Pareció titubear.

—Dice la gente que han visto merodear algo por dentro de la valla.

—¿Algo? ¿Un animal?

Se encogió de hombros.

—Ah, y a veces salen de noche. En la camioneta. Pasan la noche fuera, y vuelven por la mañana.

—¿Muy a menudo?

—Dos o tres veces al año.

—¿Tiene alguna idea de qué hacen?

—¡Y tanto! Buscar gente. Para la secta.

—¿Cómo lo sabe?

—Es lo que se dice por aquí. Los que llevan toda la vida en el barrio.

—¿Concretamente quiénes, señora Pizzetti?

Se encogió de hombros.

—¿Puede darme algún nombre?

—Ni hablar. Yo a mis vecinos no les meto en esto. Me matarían.

D'Agosta sintió agotarse su paciencia con aquella anciana tan difícil.

—¿Qué más sabe?

—No recuerdo nada más. Menos los gatos. Le gustaban muchísimo los gatos.

—Perdone, pero ¿a quién le gustaban los gatos?

—¿A quién va a ser? Al reportero, Smithback.

Que le gustaban muchísimo los gatos... Smithback era un gran profesional, experto en ganarse la confianza de la gente y sintonizar con ella. D'Agosta se acordaba de que aborrecía los gatos. Miró su reloj, carraspeando.

—¿O sea, que la camioneta volverá dentro de una hora?

—Nunca falla.

Salió del edificio, llenando sus pulmones con el aire nocturno. Calma, árboles... Parecía mentira que aún estuvieran en la isla de Manhattan. Consultó su reloj: las ocho y pico. Había visto un bar por esa calle. Esperaría tomándose un café.

La camioneta fue puntual: una Chevy Express del 97, sin ventanillas en la parte trasera, y las de delante muy tintadas. Tenía una escalerilla para subir al techo. Frenó despacio al llegar a Indian Road desde la calle Doscientos catorce Oeste, y al final de la manzana se metió por el camino que llevaba a la Ville. Se paró en la cadena cerrada con candado.

D'Agosta sincronizó sus pasos para cruzar por detrás de la camioneta justo cuando se abriese la puerta del conductor. Salió un hombre, que fue a abrir el candado. D'Agosta no le vio claramente, por la poca luz, pero parecía más alto de lo normal. Llevaba una chaqueta larga, de aspecto casi antiguo, como de película del oeste. D'Agosta se paró a sacar un cigarrillo y encenderlo, sin levantar la cabeza. Después de bajar la cadena, el hombre subió a la camioneta, cruzó la cadena y frenó otra vez.

D'Agosta tiró el cigarrillo y echó a correr, parapetándose en la camioneta. Oyó que el conductor levantaba otra vez la cadena, cerraba el candado y se sentaba al volante. Entonces se agachó para subirse al parachoques de la parte trasera, y cogerse a la escalerilla. Era suelo público, del ayuntamiento. A un agente de las fuerzas del orden nada le impedía entrar, siempre que no accediese sin permiso al interior de ningún edificio privado.

La camioneta iba despacio, conducida con prudencia. Al poco tiempo de dejar atrás las débiles luces de Upper Manhattan, quedaron rodeados por los árboles oscuros y silenciosos de Inwood Hill Park. Aunque las ventanillas estuvieran totalmente cerradas, D'Agosta percibía sin dificultad los sonidos comentados por la señora Pizzetti: un coro de balidos, maullidos, ladridos, cacareos, y lo más aterrador de todo: un relincho asustado que solo podía proceder de un potro recién nacido. Al pensar en el triste zoo que contenía la camioneta, y en la suerte que les estaba claramente reservada a todos los animales, D'Agosta se calentó de indignación.

La camioneta frenó al bajar de una colina. Cuando D'Agosta oyó salir al conductor, aprovechó el momento para saltar al suelo y meterse corriendo en el bosque, entre las hojas oscuras. En cuclillas, dirigió otra vez la vista hacia la camioneta. El conductor estaba abriendo una puerta muy vieja, en una valla de tela metálica. Su cara cruzó muy brevemente la luz de los focos. Era de piel muy blanca, con una especie de refinamiento casi aristocrático que llamaba mucho la atención.

La camioneta cruzó la verja. El conductor, una vez más, bajó y la cerró. Luego subió al vehículo y se alejó. D'Agosta se levantó y se quitó las hojas, con las manos temblando de rabia. Ahora ya no le paraba nadie, y menos con tantos animales en peligro. Era un representante de las fuerzas del orden, y estaba de servicio. Como detective de homicidios, no solía llevar uniforme. Sacó la placa y se la puso en la solapa antes de escalar la tela metálica y seguir el camino por donde habían desaparecido las luces traseras de la camioneta. Delante había una curva. Divisó vagamente el campanario de una iglesia grande y de factura tosca, rodeada por un conglomerado de luces desorganizadas.

Un minuto después, se paró en medio del camino y se giró para escrutar la oscuridad. Su instinto de policía le decía que no estaba solo. Sacó su linterna y la enfocó por los troncos de los árboles y los arbustos secos, cuyas hojas susurraban.

—¿Quién hay?

Silencio.

Apagó la linterna y se la guardó otra vez en el bolsillo, sin apartar la vista de la oscuridad. A la débil luz de un cuarto de luna, los troncos de los abedules parecían flotar en la negrura como piernas larguiruchas. Sí que había algo, sí. Lo notaba. Y lo oía. Leve presión sobre hojas húmedas, alguna rama partida…

Puso la mano en su revólver.

—Soy policía —dijo enérgicamente—. Salga al camino, por favor.

No encendió la linterna. Sin ella veía más lejos en la oscuridad.

Ya lo veía; mal, pero lo veía: una silueta clara entre los árboles, que caminaba de manera extraña, como dando tumbos. Se perdió de vista detrás de unos arbustos. Del bosque brotó un extraño lamento, inarticulado y sepulcral, como si saliese de una boca muy abierta, fláccida: «Aaaaauuuu…».

Sacó la linterna de la funda, la encendió y la enfocó en los árboles. Nada.

Tonterías. Niños haciéndole una broma.

Se encaminó con decisión a los arbustos, moviendo la linterna. Era una masa descuidada de azaleas y laurel de montaña, que se extendía a lo ancho de unos cien metros. Tras una pausa, se adentró en ella.

La respuesta fue un murmullo de hojas a su derecha. Giró la linterna, pero el choque de la luz con las primeras hojas del frondoso matorral le impidió ver más lejos. Apagó la linterna y esperó a que se le acostumbrase la vista. Después dijo con calma:

—Esto es suelo público, y yo soy policía. O sale ahora mismo, o le acuso de resistencia a la autoridad.

Volvió a oír un ruido a la derecha: una sola rama rota. Al girarse, vio una figura erguida sobre los helechos: piel pálida, de un amarillo enfermizo; cara fláccida, sucia de sangre y mocos; ropa hecha jirones, colgando de unos brazos y unas piernas huesudos.

—¡Oiga, usted!

La figura se echó hacia atrás, como si perdiera momentáneamente el equilibrio. Después dio un tumbo hacia delante, y a continuación empezó a acercarse con un ansia casi diabólica. Un ojo se enfocó en D'Agosta, y volvió a desviarse. El otro estaba escondido entre grumos de sangre, o de barro.

—Aaaaauuuu…

—¡Dios! —exclamó D'Agosta, dando un salto hacia atrás mientras soltaba la linterna para buscar su arma reglamentaria, una Glock 19.

De pronto la cosa se le echó encima, abriéndose camino estrepitosamente entre los matorrales. D'Agosta levantó la pistola, pero justo entonces sintió un golpe tremendo en la cabeza, un zumbido, y luego nada.

34

Monica Hatto abrió los ojos y se irguió frente a la mesa, levantando los hombros para parecer despierta. Paseó a su alrededor una mirada nerviosa. Según el reloj grande de la pared de baldosas del fondo, eran las nueve y media. A la última recepcionista del anexo del depósito de cadáveres la habían despedido por quedarse dormida en horario de trabajo. Mientras arreglaba los papeles de la mesa, echó otra mirada a la redonda y se relajó un poco. Las luces fluorescentes del anexo bañaban con su tono acostumbrado las baldosas del suelo y las paredes, y el aire tenía el olor acostumbrado a productos químicos. Sin novedad.

Pero por algo se había despertado.

Se levantó y se pasó las manos por el uniforme, alisándolo sobre sus copiosos michelines en un esfuerzo por dar una imagen pulcra, alerta y presentable. No se podía permitir perder aquel trabajo. Estaba bien pagado, y encima le daba derecho a prestaciones médicas.

En el piso de arriba se oyó un ruido sordo, como si pasara algo. Quizá estuvieran trayendo un «tieso». Se sonrió, orgullosa de empezar a dominar la jerga. Luego sacó del bolso un espejito de maquillaje para hacerse unos retoques en los labios, darse unos toquecitos en el pelo y mirarse la nariz, por si tenía aquel brillo aceitoso tan horrendo.

Oyó pasos, pero no llegaban de los ascensores, sino de la escalera, cosa rara.

Se acercaban deprisa. La puerta de la escalera se abrió de par en par, chocando con la pared, y apareció una mujer con un vestido de noche negro y tacones altos. Iba tan deprisa que su pelo cobrizo flotaba por detrás.

Hatto se quedó muda de sorpresa.

La mujer se paró en medio del anexo, con la cara gris bajo la horrible luz del fluorescente.

—¿Quería usted al…? —empezó a decir Hatto.

—¿Dónde está? —chilló ella—. ¡Quiero verlo!

Monica Hatto se la quedó mirando.

—¿El qué?

—¡El cuerpo de mi marido! ¡William Smithback!

Retrocedió, aterrada. Era una loca. Por entre los sollozos con que la desconocida esperaba la respuesta, Hatto oyó retumbar el ascensor, lentísimo en subir.

—¡Smithback, se llama! ¿Dónde está?

De golpe se oyeron berridos por el interfono, a sus espaldas.

—¡Una intrusión! ¡Se ha producido una intrusión! ¿Me oyes, Hatto?

La voz la sacó de su inmovilidad. Pulsó el botón.

—Una…

La voz del interfono le impidió terminar.

—¡Hay una loca de camino al mostrador! ¡Podría ser violenta! ¡No te enfrentes físicamente a ella! ¡Ya van para allá los de seguridad!

—Ya ha…

—¡Smithback! —exclamó la mujer—. ¡El periodista asesinado!

Involuntariamente, los ojos de Hatto se desviaron hacia la sala 2, donde habían estado trabajando en el cadáver del famoso reportero. Era un asunto de los gordos, con una llamada del jefe de policía, y portadas de periódico.

La mujer fue hacia la puerta de la sala 2, que se había dejado abierta el equipo nocturno de limpieza. Hatto comprendió con retraso que debería haberla cerrado con llave.

—¡Espere, está prohibido entrar…!

La mujer cruzó la puerta. Hatto se quedó clavada al suelo de puro pánico. En el manual de empresa no decían cómo reaccionar a una situación así.

Se oyó el timbre del ascensor, y el chirrido de las puertas al abrirse. Dos guardias de seguridad salieron al anexo jadeando.

—Eh… —Jadeo—. ¿Adónde se ha ido…?

Otro jadeo.

Hatto se giró, señalando la sala 2 sin decir nada.

Los dos guardias se quedaron un momento donde estaban, intentando recuperar el aliento. Se oyó un golpe en la sala, un impacto metálico, y el chirrido de un cajón de acero abriéndose. Después, un desgarrón y un grito.

—Ay, Dios mío… —dijo uno de los guardias, que reanudaron su pesado avance a través del anexo, hacia la puerta abierta de la sala 2.

Hatto les siguió por curiosidad morbosa, venciendo la resistencia de sus piernas.

Lo que vieron sus ojos no se le olvidaría nunca. La mujer estaba en medio de la sala, con cara de bruja, desgreñada, enseñando los dientes, y echando chispas por los ojos. Detrás había un cajón abierto. Sacudía una bolsa de cadáveres, ensangrentada y vacía. Lo que tenía en la otra mano parecían plumas atadas.

—¿Dónde está su cadáver? —chillaba—. ¿Dónde está el cadáver de mi marido? ¿Y quién ha dejado esto aquí?

35

D'Agosta aparcó el coche patrulla bajo la puerta cochera del número 891 de Riverside Drive. Salió y dio unos puñetazos en la puerta de madera maciza. Treinta segundos después la abrió Proctor, que le observó un momento silenciosamente y se apartó.

—Le encontrará en la biblioteca —murmuró.

D'Agosta cruzó inestablemente el refectorio y el salón de fiestas, y entró en la biblioteca con la mano en la cabeza, tapándose el corte con un trozo de tela. Encontró a Pendergast —y al extraño archivero que respondía al nombre de Wren— sentados a ambos lados de un fuego muy vivo, en sillones orejeros. Entre los dos había una mesa, con papeles y una botella de oporto.

—¡Vincent! —Pendergast se levantó rápidamente y se acercó—. ¿Qué ha pasado? Necesita una silla, Proctor.

—Gracias, ya me siento yo solo. —D'Agosta tomó asiento, tocándose con cuidado la cabeza. Por fin había dejado de sangrar—. He tenido un pequeño accidente en la Ville —dijo en voz baja.

No habría sabido decir qué le irritaba más, la idea de que matasen a los animales o haberse dejado tumbar por un borracho. Al menos esperaba que fuera eso, un borracho. No estaba dispuesto a sopesar la alternativa.

Pendergast se agachó para examinar el corte, pero D'Agosta le ahuyentó con un gesto de las manos.

—Solo es un rasguño. Por la cabeza siempre se sangra como un cerdo.

—¿Le apetece algo de beber? ¿Un oporto, por ejemplo?

—Una cerveza. Bud Light, si tiene.

Proctor salió de la sala.

Wren seguía sentado en su sillón, como si no ocurriese nada anómalo. Estaba sacando punta manualmente a un lápiz, con una navaja muy pequeña. Examinó la punta, apretó los labios para soplar y la afiló un poco más.

Pronto llegó la lata helada en bandeja de plata, con un vaso enfriado. Prescindiendo de él, D'Agosta cogió la cerveza y se tomó un buen sorbo.

—Me hacía falta.

Bebió un poco más.

Pendergast había vuelto a su sillón de orejas.

—Somos todo oídos, querido Vincent.

D'Agosta les contó su entrevista con la mujer de Indian Road, y lo de después. No mencionó el haber estado a punto de entrar por sí solo en la Ville, de pura rabia (objetivo al que había renunciado al recuperar la conciencia). Pendergast estaba muy atento. D'Agosta también decidió omitir la pérdida del teléfono móvil y el busca a consecuencia del ataque. Cuando acabó de hablar, la biblioteca quedó en silencio. La chimenea ardía y crepitaba.

Finalmente Pendergast salió de su mutismo.

—Y este… este hombre… ¿dice que se movía de manera errática?

—Sí.

—¿Y que estaba cubierto de sangre?

—Al menos era lo que parecía a la luz de la luna.

El inspector hizo una pausa.

—¿Guardaba un parecido con la persona a quien vimos en la grabación de seguridad?

—Sí.

Otra pausa, más larga.

—¿Era Colin Fearing?

—No. Sí. —D'Agosta sacudió su dolorida cabeza—. No lo sé. Tampoco es que le viera muy bien la cara.

Pendergast se quedó un buen rato callado, con algunas arrugas en su tersa frente.

—¿Cuándo ha sido, exactamente?

—Hace media hora. Solo me he quedado inconsciente un momento. Como ya estaba tan al norte, he venido directamente aquí.

—Qué curioso…

Sin embargo, la expresión de Pendergast no era de curiosidad. Más bien parecía de alarma.

Al cabo de un momento, miró al viejo.

—Wren estaba a punto de comunicarme el resultado de la investigación que acaba de realizar sobre el mismo lugar donde ha sido agredido usted. ¿Le importaría continuar, Wren?

—Con mucho gusto —dijo Wren. Dos manos cubiertas de venas se acercaron al montón de papeles, del que extrajeron hábilmente una carpeta marrón—. ¿Le leo los artículos…?

—Recapitule sucintamente, si es usted tan amable.

—No faltaría más. —Wren carraspeó, se puso los papeles sobre las rodillas, muy bien alineados, y los hojeó—. Mmm… Vamos a ver… —Papeleo y lectura; muchos movimientos de cejas, gruñidos y tamborileos—. El 11 de junio de 1901 por la noche…

—La palabra clave es «sucintamente» —murmuró Pendergast, en un tono no desprovisto de amabilidad.

—¡Sí, sí! Sucintamente. —Un vigoroso carraspeo—. Por lo visto hace bastante tiempo que la Ville es… polémica, por decirlo de algún modo. He recopilado una serie de artículos del *New York Sun* de finales de siglo y principios del siguiente (me refiero a finales del siglo XIX), donde se describen quejas de vecinos no muy distintas a las de hoy en día: ruidos y olores extraños, restos de animales en el bosque y actividades dudosas. Hubo muchos testimonios sin confirmar sobre una «sombra errante» que vagaba por el bosque de Inwood Hill.

Su mano, salpicada de manchas marrones, sacó con muchísimo cuidado un recorte amarillento, como si fuera una hoja de un manuscrito iluminado, y la leyó.

Según fuentes con las que ha hablado este periódico, la aparición —descrita por testigos oculares como un ser desgarbado, que da la impresión de actuar mecánicamente— elige a sus víctimas entre los ciudadanos de Gotham cuya poca suerte, o escasa sensatez, les hace estar de noche por los alrededores de Inwood Hill. Muchos de sus ataques han sido mortales. Se han encontrado cadáveres en las más horribles posturas de reposo, con las mutilaciones más atroces que quepa imaginar. Otras personas han desaparecido, simplemente, y no han vuelto a ser vistas por nadie.

—¿Cómo los mutilaban, exactamente? —preguntó D'Agosta.

—Destripándolos y cortándoles algunos dedos, la mayoría de las veces el corazón y el dedo medio de los pies. Al menos es lo que decía la prensa, aunque el *Sun* no destacaba por su probidad, teniente. Fue el pionero de la «prensa amarilla». Resulta que lo imprimían en papel amarillo, que por aquel entonces era el más barato. En esa época, blanquear y recortar incrementaba los costes de impresión en un veinte por ciento, y...

—Muy interesante —interrumpió Pendergast con suavidad al archivero—. Le ruego que prosiga, señor Wren.

Más movimiento de papeles, y golpes con los dedos.

—Si hemos de dar crédito a estas noticias, parece que el ser a quien calificaban de mecánico pudo matar a cuatro personas.

—¿Cuatro personas? ¿Y a eso se referían con «ciudadanos de Gotham»?

—Repito que el *Sun* era un periódico sensacionalista, teniente. La exageración era su pan de cada día. Hay que leer con pinzas las noticias.

—¿Quiénes eran los ciudadanos asesinados?

—Al primero, decapitado, no se le pudo identificar. El segundo era un tal Phipps Gormly, arquitecto paisajista. El tercero también era un ciudadano muy respetable, un miembro de la comisión de parques que al parecer salió a dar un paseo. Cornelius Sprague, se llamaba. El asesinato consecutivo de dos ciudadanos respetables causó sensación. El cuarto asesinato, casi inmediato al tercero, tuvo como víctima al cuidador de una finca de la zona, la casa de campo de los Straus en Inwood Hill. Lo raro de este último crimen es que encontraron el cadáver cuando la víctima llevaba unos meses desaparecida, y sin embargo acababan de matarla.

D'Agosta cambió de postura.

—¿Destripados? ¿Y dice que les cortaban dedos de las manos y los pies?

—Sí, a los otros sí, pero al cuidador no le destriparon. Apareció cubierto de sangre, con un cuchillo en el pecho. Según la prensa, pudo haberse hecho él mismo la herida.

—¿En qué quedó la cosa? —preguntó D'Agosta.

—Parece que la policía hizo una redada en la Ville, con varios detenidos que acabaron en libertad por falta de pruebas. No se encontró nada en los registros, ni llegaron a resolverse los asesinatos. La única relación clara entre las muertes y la Ville era la proximidad entre la aldea y los lugares de los crímenes. Los rumores sobre seres desgarbados y mecánicos se fueron diluyendo, y las denuncias sobre sacrificios animales se volvieron relativamente esporádicas. Se diría que la Ville ha hecho todo lo posible por no llamar la atención. Hasta ahora, por supuesto. Pero lo más interesante de todo lo he descubierto cotejando otras fuentes antiguas: parece que en 1901 la familia Straus quiso talar una parte bastante grande de Inwood Hill, al norte, para tener mejores vistas del río Hudson, y que contrataron a un arquitecto paisajista para replantarla con el mejor gusto posible. Adivinen cómo se llamaba.

El silencio no duró mucho.

—¿No sería Phipps Gormly? —dijo Pendergast.

—El mismo. Y ¿le apetece adivinar qué miembro de la comisión de parques se encargó de autorizar los cambios necesarios?

—Cornelius Sprague. —Pendergast se inclinó en el sillón, con las manos enlazadas—. De haberse llevado a cabo los planes de tala, ¿habrían afectado a la Ville?

Wren asintió con la cabeza.

—Quedaba directamente en el camino. No cabe duda de que la habrían demolido.

D'Agosta miró a Pendergast, a Wren, y de nuevo al agente.

—¿Qué quiere decir, que a toda esa gente la mató la Ville para impedir que la familia siguiera con sus planes de ajardinamiento?

—La mató… o concertó su muerte. La policía nunca pudo establecer un vínculo, aunque está claro que el mensaje llegó a su destino, porque salta a la vista que se renunció a la reforma del parque.

—¿Algo más?

Wren buscó entre los papeles.

—Los artículos hablan de un «culto demoníaco» en la Ville. Los miembros son célibes, y se mantienen siempre en el mismo número a base de voluntarios o conquistando adeptos a la fuerza entre vagabundos y gente de pocos recursos.

—Cada vez más curioso —murmuró Pendergast. Se giró hacia D'Agosta—. «Actuar mecánicamente…» Recuerda bastante a lo que le ha atacado, ¿verdad, Vincent?

D'Agosta puso mala cara.

Con un trenzarse y destrenzarse de sus elegantes manos blancas, Pendergast se enfrascó en sus pensamientos. En alguna parte de la gran mansión se oyó el timbre de un teléfono a la antigua.

Pendergast salió de su ensimismamiento.

—Sería interesante acceder a los restos de alguna de las víctimas.

D'Agosta gruñó.

—Gormly y Sprague probablemente estén en panteones familiares. Nunca conseguiría una orden judicial.

—Ah, pero la cuarta víctima, el cuidador de la familia Straus, el supuesto suicida… Cabe la posibilidad de que no se resista tanto a revelar sus secretos; en cuyo caso estaríamos de suerte, ya que, entre todos los cadáveres, el que más nos interesa es el suyo.

—¿Por qué?

Pendergast sonrió un poco.

—¿A usted qué le parece, querido Vincent?

D'Agosta frunció el entrecejo de exasperación.

—¡Me duele la cabeza, Pendergast! ¡No estoy de humor para jugar a Sherlock Holmes!

El rostro del agente reflejó una tristeza pasajera.

—De acuerdo —dijo al cabo de un rato—. He aquí los puntos más destacados. A diferencia de los otros cadáveres, este no estaba destripado, sino ensangrentado y con la ropa hecha jirones. Y fue el último en aparecer. Tras su descubrimiento cesaron los asesinatos. También es oportuno resaltar que cuando empezaron los crímenes ya llevaba varios meses desaparecido. ¿Dónde estaba? ¿Viviendo en la Ville, tal vez?

Se apoyó de nuevo en el respaldo.

D'Agosta se palpó el chichón con cuidado.

—¿Qué quiere decir?

—Que el cuidador no era una víctima, sino el culpable.

A su pesar, D'Agosta sintió un cosquilleo de entusiasmo.

—Siga.

—En las grandes fincas, como la que nos ocupa, existía la costumbre de que los criados y los trabajadores tuvieran reservado un espacio para enterrar a sus muertos. Si hay uno en la casa de veraneo de los Straus, podríamos encontrar los restos del cuidador.

—Ya, pero usted solo se basa en una noticia de prensa. No hay ninguna relación. Con pruebas tan endebles nadie le dará una orden de exhumación.

—Siempre podemos actuar por cuenta propia.

—No me diga que piensa desenterrarlo de noche, por favor.

Una leve inclinación afirmativa de la cabeza.

—¿Usted nunca sigue las reglas?

—Me temo que en contadas ocasiones. Pésima costumbre, pero muy difícil de cambiar.

Apareció Proctor en la puerta.

—¿Señor? —dijo, con una neutralidad muy estudiada en su voz grave—. Acabo de hablar con uno de nuestros contactos del centro. Hay novedades.

—Expónganoslas, si es tan amable.

—Se ha producido un asesinato en el Club de Prensa Gotham; una tal Caitlyn Kidd, reportera. El autor del crimen ha desaparecido, pero muchos testigos aseguran que se trataba de William Smithback.

—¡Smithback! —dijo Pendergast, incorporándose de golpe.

Proctor asintió con la cabeza.

—¿Cuándo?

—Hace una hora y media. Por otro lado, el cadáver de Smithback ha desaparecido del depósito. Su esposa ha ido a buscarlo, y al ver que ya no estaba ha montado una escena. Parece ser que han dejado en su sitio una especie de... mmm... quincalla vudú.

Se quedó callado, cruzando sobre el traje sus grandes manos.

D'Agosta sintió un profundo horror. Todo se había precipitado, y él sin busca ni teléfono móvil.

—Comprendo —murmuró Pendergast, cuyo rostro, de pronto, tenía el color amarillento de un cadáver—. Qué terrible cariz han tomado las cosas. —Y poco más que susurrando, sin dirigirse a nadie en especial, añadió—: Quizá haya llegado el momento de pedir ayuda a monsieur Bertin.

36

D'Agosta veía filtrarse un alba gris por las cortinas de las ventanas del Club de Prensa Gotham. Estaba agotado, con la cabeza palpitando al ritmo de su corazón. La policía científica ya había acabado su trabajo y se había ido. También se habían ido los de pelos y fibras, así como el fotógrafo, y el forense, junto con el cadáver; ya estaban interrogados, o emplazados para ello, todos los testigos, y ahora D'Agosta se veía solo en el espacio acordonado donde se había producido el crimen.

Oía el tráfico de la calle Cincuenta y tres, con las primeras furgonetas de reparto, los camiones de basura del turno del amanecer y los taxistas diurnos que iniciaban la ronda con el acostumbrado ritual de bocinas e insultos.

Se quedó quieto en un rincón. Todo muy elegante, muy neoyorquino: roble oscuro en las paredes, chimenea con repisas esculpidas, suelo de mármol en damero blanco y negro, lámpara de araña colgando del techo, y altas ventanas con mainel e hilo de oro en las cortinas. Olía a humo viejo, a entremeses rancios y vino derramado. En el momento del asesinato, el pánico había hecho caer al suelo abundante comida y cristales rotos. Sin embargo, a D'Agosta no le quedaba nada más por ver. No eran testigos ni pruebas lo que faltaba. El asesino había cometido el crimen en presencia de más de doscientas personas (sin que intentara detenerle ni un solo periodista pusilánime), y luego se había escapado por la cocina del fondo, cruzando varias puertas dejadas abiertas por el servicio de cátering cuya furgoneta estaba aparcada detrás del edificio, en un callejón.

¿Lo sabía el asesino? Sí. Según todos los testigos, se había dirigido resueltamente (aunque sin prisas) hacia una de las puertas de servicio del fondo del salón, previo paso a salir a la calle a través de un pasillo y la cocina. Conocía la distribución del edificio, sabía que estaban abiertas las puertas, estaba al corriente de que encontraría abierta la verja del callejón trasero, y sabía que por él se accedía a la calle Cincuenta y cuatro, con el anonimato de sus multitudes. O de un coche a la espera. Porque tenía todo el aspecto de un crimen muy bien planeado.

Se frotó la nariz, intentando respirar despacio para que no le dolieran tanto las sienes. Casi no podía pensar. Los cerdos de la Ville se iban a dar cuenta de que agredir a un policía era muy mala idea. Alguna relación tenían con aquello. Smithback había pagado caro el escribir sobre ellos, y Caitlyn Kidd acababa de correr la misma suerte.

¿Por qué seguía ahí? En el lugar del crimen no había nada nuevo que encontrar, nada que no hubiera sido examinado, registrado, fotografiado, recogido, analizado, olido, mirado y anotado previamente. Estaba completamente exhausto. Y sin embargo no se decidía a irse.

Smithback. Sabía que era Smithback quien le retenía.

Todos los testigos juraban que había sido Smithback; incluso Nora, a quien había entrevistado (sedada, pero lúcida) en su piso. Ella no era tan fiable, por haber visto al asesino desde la otra punta de la sala, pero algunos de los que juraban que era él le habían visto de cerca. La propia víctima había gritado su nombre al ver que se acercaba. Y sin embargo, pocos días antes D'Agosta había visto con sus propios ojos el cadáver de Smithback sobre una camilla, con el pecho abierto, los órganos fuera del cuerpo, etiquetados, y la parte superior del cráneo serrada.

El cadáver de Smithback, desaparecido... ¿Cómo era posible que cualquier imbécil pudiera entrar en el depósito y robar un cadáver? Aunque tal vez no fuera tan extraño... Bien había entrado

Nora, sin que la parase nadie… De noche solo había una recepcionista, y por lo visto no era la primera que se quedaba dormida. Claro que a Nora la habían perseguido los de seguridad, y al final la habían pillado. Por otra parte, no era lo mismo entrar en un depósito de cadáveres que llevarse uno.

A menos que el cadáver se hubiera ido por su propio pie…

¡Pero qué cosas se le ocurrían! Barajaba simultáneamente una docena de teorías. Tenía la seguridad de que la Ville estaba implicada de alguna manera, pero claro, tampoco podía descartar al desarrollador de software, Kline, con su amenaza directa a Smithback. Ya le había dicho a Rocker que los especialistas del museo habían identificado algunas esculturas africanas de su colección como objetos vudú, con un significado especialmente siniestro. Aunque había un problema: ¿qué razón podía tener Kline para matar a Caitlyn Kidd? ¿También había escrito algún artículo sobre él? A menos que por alguna razón Kidd le recordase al periodista que había destruido su carrera cuando aún estaba en ciernes… Valía la pena investigarlo.

Luego estaba la otra teoría, que Pendergast parecía tomarse en serio, aunque disimulase: que tanto a Smithback como a Fearing les hubieran resucitado.

—¡Hay que joderse! —murmuró en voz alta, mientras daba media vuelta y salía al vestíbulo, abandonando el salón de recepciones.

Firmó en el registro del agente que vigilaba la puerta principal, y al salir le recibió un alba fría y gris de octubre.

Miró su reloj. Las siete menos cuarto. A las nueve había quedado con Pendergast en el centro. Se fue caminando hacia Madison Avenue por la calle Cincuenta y tres, pues había dejado el coche patrulla aparcado en la Quinta Avenida. Entró en un bar y se sentó.

Cuando llegó la camarera, lo encontró dormido.

37

A las nueve y diez de la mañana, D'Agosta renunció a seguir esperando a Pendergast y subió desde el vestíbulo del ayuntamiento a un despacho anónimo de uno de los pisos altos del edificio, que tardó diez minutos en localizar. Finalmente encontró la puerta cerrada del despacho, y leyó la inscripción de la placa de plástico:

MARTY WARTEK

VICEDIRECTOR ADJUNTO

DEPARTAMENTO DE VIVIENDA DE NUEVA YORK

DISTRITO DE MANHATTAN

Llamó dos veces a la puerta.

—Adelante —dijo una voz aguda.

Entró. Sorprendía lo espacioso y confortable del despacho, con un sofá y dos sillones en un lado, una mesa en el otro, y un hueco con una secretaria vieja y fea. Solo había una ventana, con vistas al bosque de torres que constituía Wall Street.

—¿El teniente D'Agosta? —preguntó al otro lado de la mesa el ocupante del despacho, mientras se levantaba y señalaba uno de los sillones.

D'Agosta prefirió el sofá, que parecía más cómodo.

El funcionario salió de detrás de la mesa y se acomodó en un sillón. D'Agosta le echó un vistazo: bajo, delgado, con un traje marrón que le caía mal, piel irritada por el afeitado, mechones de pelo escaso brotando del centro de la calva, ojos nerviosos y esquivos de color marrón, pequeñas manos temblorosas, labios apretados y aires de superioridad moral.

Empezó a sacar la placa, pero Wartek sacudió rápidamente la cabeza.

—No es necesario. Ya se ve que es detective.

—¿Ah, sí?

Por alguna razón, D'Agosta se molestó. Se dio cuenta de que le apetecía molestarse. «Tranquilo, Vinnie.»

Un momento de silencio.

—¿Café?

—Gracias. Con leche y azúcar.

—Susy, dos cafés con leche y azúcar, por favor.

D'Agosta trató de organizar sus ideas. Tenía la cabeza embotada.

—Señor Wartek...

—Llámeme Marty, por favor.

Se recordó que Wartek estaba haciendo un esfuerzo de amabilidad. No hacía ninguna falta pagárselo con mala leche.

—Marty, vengo a hablar de la Ville. En Inwood. ¿Lo conoce?

Un gesto cauto de afirmación con la cabeza.

—He leído los artículos.

—Quiero saber cómo narices pueden ocupar suelo público y cerrar una vía pública sin que nadie les diga nada.

D'Agosta no pensaba ser tan directo, pero le salió así, y estaba demasiado cansado para preocuparse.

—Bueno, bueno... —Wartek se inclinó hacia delante—. Mire, teniente, es que hay un principio jurídico que se llama usucapión o «prescripción adquisitiva» —abrió comillas con gestos nerviosos de los dedos—, según el cual, si un terreno lleva ocupado durante un período determinado sin autorización del dueño, y se ha usado de manera «abierta y notoria», entonces la parte usuaria adquiere ciertos derechos legales respecto a la propiedad. En Nueva York, el período en cuestión son veinte años.

D'Agosta le miró fijamente. Para él como si le hubieran hablado en chino.

—Perdone. Me he perdido.

Un suspiro.

—Parece ser que los residentes de la Ville llevan ocupando aquel terreno como mínimo desde la guerra de Secesión. Creo que era una iglesia abandonada, con muchas dependencias, y lo ocuparon todo. En aquella época, Nueva York estaba llena de okupas. En Central Park había muchísimos: huertos, pocilgas, casuchas…

—Pues en Central Park ya no están.

—Sí, es verdad; al convertir en parque público Central Park, echaron a los okupas, pero la punta norte de Manhattan siempre ha sido una especie de tierra de nadie. Es un terreno pedregoso y con muchos desniveles, poco adecuado para la agricultura y la vivienda. Inwood Hill Park no fue creado hasta los años treinta, y para entonces los residentes de la Ville ya habían adquirido el derecho de prescripción adquisitiva.

Aquel tono insistente, como de conferenciante, empezaba a ponerle de los nervios.

—Mire, yo abogado no soy. Lo único que sé es que no tienen ninguna escritura de propiedad, y que han cerrado una vía pública. Aún no me ha dicho cómo es posible.

D'Agosta se apoyó en el respaldo, cruzándose de brazos.

—Por favor, teniente. Estoy intentando explicárselo. Llevan ciento cincuenta años en el mismo sitio. Tienen derechos adquiridos.

—¿El de bloquear una calle de la ciudad?

—Puede ser.

—¿O sea, que no pasa nada si decido hacer una barricada en la Quinta Avenida? ¿Estoy en mi derecho?

—Le detendrían. Se lo impediría el ayuntamiento. No se aplicaría la ley de prescripción adquisitiva.

—Bueno, vale, pues ¿entro en su casa cuando esté de viaje, vivo veinte años sin pagar alquiler y luego el piso es mío?

Llegaron los cafés, tibios y con demasiada leche. D'Agosta se bebió la mitad del suyo. Wartek dio un sorbito con los labios fruncidos.

—En honor a la verdad —continuó—, sería suyo si su ocupación del piso fuera abierta y notoria, y si yo nunca le hubiera autorizado a vivir en él. A la larga adquiriría usted un derecho de prescripción adquisitiva, porque...

—Pero bueno, ¿qué pasa, que esto es la Rusia comunista?

—Teniente, la ley no la he escrito yo, pero debo decir que es muy sensata. Sirve para protegerle, por ejemplo, si al instalar un sistema séptico invade sin querer la finca del vecino, y el vecino no se da cuenta ni se queja en veinte años. ¿Y si se da cuenta después? ¿Le parece que deberían obligarle a quitarlo?

—Todo un pueblo en pleno Manhattan no es un sistema séptico.

El nerviosismo había agudizado un poco la voz de Wartek, y le estaba provocando una erupción en el cuello.

—¡El principio es el mismo para un sistema séptico que para todo un pueblo! Si el dueño no protesta ni se da cuenta, y usted hace un uso abierto del terreno, adquiere una serie de derechos. Es como terreno abandonado. No se diferencia mucho de la ley marítima.

—¿Me está diciendo que el ayuntamiento nunca ha protestado contra la Ville?

Silencio.

—No lo sé, la verdad.

—Pues mire, igual sí protestó. Igual hay cartas archivadas. Le apuesto...

D'Agosta se calló al ver entrar sigilosamente a alguien vestido de negro.

—¿Quién es usted? —preguntó Wartek, con voz agudizada por la alarma.

D'Agosta tenía que reconocer que a simple vista la presencia de Pendergast no resultaba muy tranquilizadora: una figura en blanco y negro, con la piel tan blanca que casi parecía muerto, y los ojos plateados como monedas de diez centavos recién acuñadas.

—Agente especial Pendergast, del FBI, para servirle.

Pendergast hizo una pequeña reverencia e introdujo una mano en su chaqueta para sacar un sobre de papel manila, que abrió encima de la mesa. Contenía fotocopias de cartas antiguas, con el membrete del ayuntamiento de Nueva York.

—¿Qué es? —preguntó Wartek.

—Las cartas. —Se giró hacia D'Agosta—. Le ruego que disculpe mi retraso, Vincent.

—¿Cartas? —preguntó Wartek, ceñudo.

—Las cartas en que el ayuntamiento protestó contra la Ville. Se remontan a 1864.

—¿De dónde las ha sacado?

—Tengo un investigador en la biblioteca, una magnífica persona a quien recomiendo encarecidamente.

—Pues ahí lo tiene —dijo D'Agosta—: no hay derecho de posesión de no sé qué narices que ha dicho usted.

La erupción del cuello de Wartek se oscureció.

—Teniente, no vamos a tramitar ningún procedimiento de expulsión contra esa gente solo porque lo quieran usted o este agente del FBI. Sospecho que su cruzada guarda alguna relación con determinadas prácticas religiosas que les parecen censurables. Pues mire, también es una cuestión de libertad religiosa.

—¿Libertad religiosa? ¿Para torturar y matar animales... o algo peor? —dijo D'Agosta—. ¿Para pegarle un mamporro a un policía de servicio? ¿Para perturbar la calma del barrio?

—Las cosas tienen que ir por su debido cauce.

—Por supuesto —intervino Pendergast con suavidad—. Su debido cauce. Ahí es donde interviene su departamento, para encauzarlo. Y por eso estamos aquí, para aconsejarles que lo hagan con celeridad.

—Este tipo de decisiones requieren un estudio largo y minucioso. Hay que asesorarse jurídicamente, reunirse y hacer una investigación documental. No se puede zanjar de la noche a la mañana.

—¡Ojalá tuviéramos tiempo, estimado señor Wartek! Ahora mismo, mientras hablamos, la opinión pública se está volviendo contra ustedes. ¿Ha visto la prensa de esta mañana?

La erupción ya ocupaba casi todo el rostro de Wartek, que empezó a sudar. Se levantó en todo su metro sesenta de estatura.

—Insisto en que estudiaremos el caso —repitió, acompañándoles hacia la puerta.

Al bajar en un ascensor lleno de gente somnolienta trajeada de gris, Pendergast se giró hacia D'Agosta y le dijo:

—¡Querido Vincent, qué hermoso es ver a la burocracia de Nueva York en su dinámico apogeo!

38

La zona de espera de la terminal 8 del aeropuerto JFK estaba al pie de las escaleras mecánicas. Pendergast y D'Agosta se codeaban con hombres corpulentos, de traje negro y letrerito en alto.

—Explíquemelo otra vez —dijo D'Agosta—. ¿Quién es? ¿Y a qué viene?

—Monsieur Bertin. De niños fue nuestro tutor.

—¿Nuestro? ¿Quiere decir de usted y…?

—Sí. Mi hermano. Monsieur Bertin nos enseñaba zoología y ciencias naturales. Personalmente le tenía un gran aprecio. Rebosaba encanto y carisma. Por desgracia tuvo que dejar de trabajar para la familia.

—¿Qué pasó?

—El incendio.

—¿Incendio? ¿Se refiere a cuando quemaron su casa? ¿Tuvo algo que ver?

De pronto Pendergast guardó un silencio gélido.

—¿O sea, que la especialidad de este hombre es… la zoología? ¿Y usted recurre a él para un asesinato? ¿Se me escapa algo?

—Monsieur Bertin cobraba por enseñarnos ciencias naturales, pero también tenía grandes conocimientos sobre las tradiciones y leyendas del país: vudú, obeah, amuletos y conjuros.

—O sea, que era un hombre de muchos intereses. Y les enseñó algo más que a diseccionar ranas.

—Preferiría no detenerme en el pasado. La cuestión es que sobre este tema no hay nadie vivo con más conocimientos que monsieur Bertin. Por eso le he pedido que venga en avión desde Luisiana.

—¿De verdad que ve alguna relación con el vudú?

—¿Usted no?

Pendergast fijó en D'Agosta sus ojos plateados.

—Yo creo que algún desgraciado intenta convencernos de que está relacionado con el vudú.

—¿Hay alguna diferencia? Ah, ya le veo.

D'Agosta se giró, y dio un respingo a su pesar. Se estaba acercando un hombre muy menudo, con frac. Tenía la piel casi tan blanca como Pendergast, y llevaba un sombrero blanco de ala ancha y flexible. En su cuello, una gran cadena de oro sostenía algo con todo el aspecto de ser una cabeza reducida. Llevaba un vetusto bolso de mano de la BOAC, manchado por el uso, y en la otra mano un gran bastón, con las más inverosímiles tallas. D'Agosta llegó a la conclusión de que «bastón» no le hacía justicia; parecía más bien un cayado, o mejor dicho un garrote. Se le habría podido tomar por un curandero ambulante, o por uno de los locos que se pasaban el día rondando por JFK porque dentro hacía más calor que fuera. Para una ciudad como Nueva York, donde se veía prácticamente de todo, eran muchas las miradas que estaba atrayendo aquel bicho raro. Le seguía un mozo cargado con un número alarmante de maletas.

—¡Aloysius! —Se acercó con sus patitas de pájaro, y besó a Pendergast en las dos mejillas, a la francesa—. *Quel plaisir!* Estás igual, ni un día mayor.

Se volvió hacia D'Agosta, a quien examinó de los pies a la cabeza con un ojo negro y brillante.

—¿Quién es este hombre?

—Soy el teniente D'Agosta.

D'Agosta tendió la mano, que fue ignorada.

El hombre se volvió de nuevo hacia Pendergast.

—¿Un policía?

—Yo también soy policía, *maître*.

Pendergast casi parecía encontrar gracioso al susceptible y menudo personaje.

—¡Bah!

El sombrero blanco osciló de despectiva desaprobación. En la mano de Bertin apareció un paquete de puritos, uno de los cuales fue encajado en una boquilla de nácar.

—Lo siento, *maître*, pero está prohibido fumar.

—Bárbaros. —Aun así, Bertin se la puso en la boca y la encendió—. Llévame al coche.

Salieron a la acera, donde les esperaba Proctor.

—¿Qué, un Rolls-Royce? ¡Qué vulgar!

Mientras el mozo descargaba el equipaje en el maletero, D'Agosta se llevó un disgusto al ver que Pendergast se sentaba delante y dejaba el asiento trasero para ellos dos. Una vez dentro, Bertin sacó un mechero de oro y encendió el puro.

—Perdone, ¿le importaría? —dijo D'Agosta.

Bertin posó en él sus ojos negros y brillantes.

—Sí que me importa.

Inhaló profundamente, bajó un poco la ventanilla (mirando a D'Agosta de reojo) y expulsó una fina bocanada de humo por sus labios apretados. Después se inclinó.

—Bueno, Aloysius, he estado meditando sobre la información que me diste, y las fotografías que me enviaste de los amuletos encontrados en el lugar del crimen... ¡son *mal, très mal*! La muñeca de plumas y barba de palo, los alfileres envueltos en hilo negro, el nombre escrito en pergamino, y el polvo... ¿nitro, me imagino?

—Correcto.

Bertin asintió con la cabeza.

—No hay duda. Un conjuro de muerte.

—¿Un conjuro de muerte? —dijo D'Agosta con incredulidad.

—También llamado «dolor mortal» —dijo Bertin, con todo el engolamiento de un conferenciante—. Eso es simple hechicería. Se podría haber resuelto más fácilmente. Pero el... el *revenant*, el muerto que camina... Eso ya es grave. Eso es vudú propiamente dicho. Sobre todo... —Bajó la voz—. Ahora que también ha regresado la víctima. —Miró a Pendergast—. ¿Dices que está casado?

—Sí.

—Su mujer corre grave peligro.

—He solicitado protección policial —dijo D'Agosta.

Bertin se burló.

—¡Bah!

—Yo le he comprado un amuleto contra los enemigos —dijo Pendergast.

—Contra el primero sí que podría ser útil, pero no es el que me preocupa. Estos amuletos no sirven de nada contra los parientes, incluidos los maridos.

—También he preparado una bolsa-amuleto, y le he dicho que la lleve siempre en el bolsillo.

Bertin se animó.

—¡Una bolsa mojo! *Très bien.* ¿Qué contenía?

—Aceite protector, raíz de jalapa, verbena y ajenjo.

D'Agosta casi no daba crédito a sus oídos. Les miró a los dos. Bertin se echó hacia atrás.

—Seguirá hasta que encontremos al conjurador, e invirtamos el conjuro.

—Estamos intentando conseguir una orden de registro de la Ville. Y ayer hablamos con el ayuntamiento sobre un posible auto de expulsión.

Bertin murmuró algo entre dientes, y lanzó otra bocanada de humo. D'Agosta había sido fumador de puros, pero de los normales, de los gruesos. El Rolls se estaba cargando de un humo asqueroso con aroma de clavo.

—Una vez —dijo D'Agosta— me contaron algo de uno de que fumaba estos palitos.

Bertin le miró de reojo.

—Contrajo un cáncer. Tuvieron que cortarle los labios.

—¿Qué falta hacen los labios? —preguntó Bertin.

D'Agosta sentía aquellos penetrantes ojillos fijos en su cara. Abrió la ventanilla, se cruzó de brazos y se apoyó en el respaldo con los ojos cerrados.

Justo cuando iba a conciliar el sueño, sonó el nuevo móvil que acababan de darle. Miró hacia abajo y leyó el mensaje de texto.

—Ya ha salido la orden de registro de la Ville —le dijo a Pendergast.

—Magnífico. ¿Qué alcance tiene?

—La verdad es que bastante limitado. Los espacios públicos de la iglesia, el altar y el tabernáculo (si es que lo hay), pero no la sacristía, ni los otros espacios no públicos; tampoco los otros edificios.

—Muy bien. Suficiente para entrar y presentarnos a los residentes. Nos acompañará monsieur Bertin.

—¿Cómo lo justificaremos?

—Le he contratado como asesor especial del FBI para esta investigación.

—Ah, ya.

D'Agosta se pasó una mano por su escaso cabello, suspiró y se apoyó en el respaldo, cerrando otra vez los ojos con la esperanza de echarse un sueñecito de unos pocos minutos. Increíble. Increíble de cojones.

39

Nora miraba fijamente el techo de su dormitorio, recorriendo una grieta en el yeso: ahora en este sentido, ahora en el otro... Su vista seguía los meandros como se siguen los afluentes en un mapa. Se acordaba de que Bill le había propuesto enyesar y repintar la grieta, porque decía que de día, cuando se echaba a hacer la siesta, le volvía loco (y solía hacerlo a menudo, por la obligación de seguir horarios periodísticos). Ella había contestado que era una pena tirar el dinero en un piso de alquiler, y no había salido nunca más el tema.

Ahora a quien volvía loca era a ella. No podía despegar la vista.

Giró con gran esfuerzo la cabeza y se quedó mirando la ventana abierta que había al lado de la cama. Por los barrotes de la salida de incendios se veía el edificio de enfrente, con palomas paseándose por el depósito de agua de madera del tejado. Se filtraban ruidos de tráfico de la calle adyacente: bocinas, la barahúnda de un motor diésel, cambios de marchas... A Nora le pesaban los brazos y las piernas, y lo veía todo irreal. Irreal. Todo se había vuelto irreal. Las últimas cuarenta y cuatro horas habían sido estrafalarias, obscenas e insoportables. La desaparición del cadáver de Bill, la muerte de Caitlyn a manos de... Cerró un momento los ojos, apretando los párpados para expulsar el pensamiento. Ya no aspiraba a entender nada.

Se concentró en el despertador situado junto a la mesilla. El LED rojo le hizo señales luminosas: las tres de la tarde. Era una tontería echarse en la cama en pleno día.

Se incorporó con un esfuerzo enorme, sintiendo el cuerpo embotado y blando como el plomo. El dormitorio empezó a dar vueltas, hasta estabilizarse un poco. Nora ahuecó la almohada y apoyó la espalda en ella, suspirando al posar involuntariamente su mirada en la grieta del techo.

Al otro lado de la ventana crujió algo metálico. Al girarse, lo único que vio fue la luz viva de una tarde de veranillo de San Martín.

Solo faltaba un día para la fecha del supuesto funeral de Bill. Llevaba varios días haciendo lo posible por estar preparada para aquel suplicio: sería doloroso, pero al menos pondría una especie de punto final, y hasta cierto punto tal vez le permitiera pasar página. Ahora, sin embargo, no podía aspirar ni a ese pequeño duelo. ¿Qué sentido tenía un funeral sin cadáver? Cerró los ojos y gimió en voz baja.

Otro gemido (grave, gutural) se hizo eco del suyo.

Abrió los ojos. En la salida de incendios, justo detrás de la ventana, había alguien, una figura grotesca, un monstruo: pelo apelmazado, piel blanquecina cosida de cualquier manera, y sobre el cuerpo retorcido, una bata ensangrentada de hospital, pegajosa de fluidos corporales y coágulos de sangre. Una de sus manos huesudas sujetaba una porra.

La cara estaba hinchada, deformada, con grumos de sangre reseca, pero no dejaba de ser reconocible. Nora sintió una contracción de miedo en la garganta: el monstruo era su marido, Bill Smithback.

El dormitorio se llenó de un ruido extraño, algo suave y lastimero. Tardó un momento en darse cuenta de que brotaba de sus propios labios. Sentía una inmensa repugnancia, pero también un anhelo enfermizo. Bill, vivo... ¿Era posible? ¿Realmente podía ser él?

La figura cambió despacio de postura, avanzando en cuclillas.

La vista de Nora empezó a llenarse de manchas blancas, mientras se apoderaba de su cuerpo una sensación de calor, como si estuviera a punto de desmayarse, o perdiendo la cordura. La figura estaba demacrada, con una horrible palidez que recordaba la de lo que había perseguido a Nora por el bosque, en los alrededores de la Ville.

¿Era Bill? ¿Existía realmente esa posibilidad?

La figura volvió a avanzar un poco, sin incorporarse. Después levantó una mano y golpeó el cristal con un dedo: tap, tap, tap.

La cosa —Bill— fijó en Nora la mirada de sus ojos inyectados en sangre, llenos de legañas. La boca fláccida se abrió un poco más, con la lengua colgando. Brotaron sonidos vagos, informes.

¿Estaría intentando decirle algo? Vivo... ¿Sería posible?

Tap, tap, tap.

—¿Bill? —dijo Nora, ronca, con el corazón dando mazazos en el pecho.

La figura encogida dio un respingo. Los ojos se abrieron más, poniéndose en blanco antes de enfocarse nuevamente en ella.

—¿Puedes hablar? —dijo Nora.

Otro ruido, mezcla de gemido y lamento. Las manos, que parecían garras, se abrieron y se cerraron; los ojos desesperados clavaron en ella una mirada implorante. Nora le miraba fijamente, totalmente paralizada. Era repulsivo, con más aspecto de animal que de persona; pero debajo de la capa de sangre coagulada, y del pelo apelmazado, reconocía una caricatura abotargada de las facciones de su esposo. Era el hombre a quien había querido más que a nada en el mundo, el que la completaba. Era el hombre a quien había visto asesinar a Caitlyn Kidd.

—Dime algo, por favor.

Ahora salían otros ruidos por la boca destrozada, cada vez más urgentes. La figura agazapada unió las manos y las elevó hacia Nora en un gesto de súplica. A pesar de los pesares, Nora sintió una pena enorme por aquel gesto lastimoso, una añoranza, una tristeza tan profundas que podían más que ella.

—Bill... —dijo, a la vez que, por primera vez desde el ataque, rompía a llorar—. ¿Qué te han hecho?

La figura de la salida de incendios gimió. Se quedó un momento sentada, mirando a Nora fijamente, sin otro movimiento que los espasmos que agitaban de vez en cuando su cuerpo. Luego una de sus manos, o garras, se levantó con lentitud, hasta coger el borde inferior de la ventana corrediza.

Y levantarla.

Los sollozos de Nora se apagaron al ver subir despacio, muy despacio, la ventana, que quedó medio abierta. La figura se agachó y se introdujo por el marco. La bata de hospital se desgarró ruidosamente al engancharse en un clavo. El movimiento, de una sinuosidad inesperada, hizo pensar a Nora en un zorro penetrando por una conejera. Ya estaban dentro la cabeza y los hombros. La boca se abrió otra vez, dejando caer un hilillo de baba por el labio inferior. Una mano se tendió hacia Nora.

Nora retrocedió por puro instinto, sin pensar conscientemente.

El brazo quedó en el aire. Smithback la miró, medio dentro y medio fuera. Por la boca embarrada emergió otro gemido. Levantó otra vez el brazo, pero esta vez con más fuerza.

El gesto hizo llegar como un hedor de osario a la nariz de Nora, que se encogió en la cama con un nudo de pánico en la garganta, pegando las rodillas al mentón.

Los ojos enrojecidos se entornaron. El gemido se convirtió en un gruñido. De pronto la figura se abalanzó por la ventana medio abierta y penetró del todo en la habitación. Se oyó un ruido de madera astillada y cristal roto. Nora gritó, y al echarse hacia atrás se enredó con las sábanas y se cayó al suelo. Se soltó rápidamente y se puso de pie. Bill estaba con ella, en la habitación.

El monstruo aulló de rabia, echándosele encima con la porra en alto.

—¡No! —exclamó ella—. ¡Soy yo, Nora…!

Fue una embestida torpe, que Nora esquivó cruzando de espaldas la puerta de la sala de estar. Él la siguió, levantando otra vez la porra. De cerca, sus ojos eran blancuzcos, con una superficie seca y arrugada. Se le abrió mucho la boca, cuarteando los labios, y brotó una espantosa fetidez, mezclada con el olor penetrante de formol y alcohol metílico.

—¡Nnnnggaaaaaaa!

Nora retrocedió por la sala de estar. Él la seguía a trompicones, contrayendo espasmódicamente los dedos de su mano; una mano que intentaba tocarla, cada vez más cerca, cada vez más cerca...

Al siguiente paso, Nora sintió chocar sus omoplatos con la pared. Era como si la figura amenazase e implorase al mismo tiempo: su mano izquierda buscaba tocarla, y su mano derecha, golpearla con la porra. Su cabeza, al levantarse, dejó a la vista enormes cortes en carne viva, cosidos con hilo, y una piel gris y muerta.

—¡Nnnngggaaaaaa!

—No —susurró ella—. No. No te acerques.

Temblando, la mano se acercó a su pelo, que tocó y acarició; su olor de muerte envolvió a Nora.

—No —dijo ella, ronca—. Por favor.

La boca se abrió más, dejando salir un chorro de aire pútrido.

—¡Vete! —dijo ella, chillando cada vez más.

La mano temblorosa recorrió su mejilla con un dedo sucio, hasta llegar a los labios, que también acarició. Nora se arrimó a la pared.

—Nnngah... Nnngah... Nnngah...

La figura empezó a jadear, mientras el dedo sufría convulsiones al frotar los labios de Nora. En un momento dado quiso introducirle el dedo en la boca.

Ella tuvo una arcada, y giró la cabeza.

—No...

Se oyeron golpes en la puerta. Sus gritos debían de haber alertado a alguien.

—¡Nora! —dijo una voz sorda—. Eh, ¿te encuentras bien? ¡Nora!

La mano que levantaba la porra empezó a temblar, como si reaccionase a la voz.

—¡Nnngah! ¡Nnngah! ¡Nnngah!

Los jadeos se convirtieron en gruñidos urgentes y lascivos.

Nora estaba paralizada, muda de terror.

La mano derecha se abatió en un movimiento espástico, que hizo chocar la porra contra el cráneo de Nora, y el mundo se acabó.

40

D'Agosta iba de copiloto en el coche patrulla, sin que quisiera disiparse el pésimo humor que se había apoderado de él; más bien daba la impresión de empeorar cuanto más se acercaban a la Ville. Al menos no tenía que ir detrás, con el molesto criollito francés, o lo que narices fuera. Le miró de reojo por el retrovisor, apretando los labios de desaprobación. Ahí estaba, sentado al borde del asiento, con su frac que le daba aires de portero de Upper East Side.

El conductor frenó en la confluencia de Indian Road y la calle Doscientos catorce, seguido por la furgoneta de la brigada científica, que traqueteó hasta detenerse. D'Agosta echó un vistazo a su reloj: las tres y media. El conductor abrió el maletero. D'Agosta bajó, sacó el cortapernos e hizo saltar el candado, dejando la cadena por el suelo. Guardó el cortapernos en el maletero, lo cerró de golpe y se metió en el coche.

—Hijos de puta —dijo, a nadie en especial.

El conductor arrancó a toda pastilla, haciendo chirriar los neumáticos del Crown Vic.

—Conductor —dijo Bertin, inclinándose—, sea usted tan amable de no dar estos saltos.

El conductor (un detective de homicidios, de apellido Pérez) puso los ojos en blanco.

Volvieron a pararse ante la verja de hierro de la tela metálica.

También esta vez D'Agosta se dio el pequeño gusto de cortar el candado y arrojarlo al bosque. Luego, para asegurarse de hacer las cosas bien, cortó las dos bisagras, echó la verja abajo a patadas y arrastró los dos trozos hasta la cuneta. Volvió al coche jadeando un poco.

—Vía pública —dijo para explicarse.

El Crown Vic se puso en marcha con otro chirrido de neumáticos, zarandeando a sus pasajeros. Subió y bajó por un bosque oscuro, crepuscular, hasta salir a un campo abandonado. Delante estaba la Ville, bañada por la luz cristalina de una tarde de otoño. A pesar del sol, presentaba un aspecto oscuro y tortuoso, lleno de sombras: campanarios y tejados aglutinados sin orden ni concierto, como un pueblo de pesadilla del doctor Seuss. Toda la edificación había ido surgiendo en torno a una iglesia monstruosa, medio de madera, de una vejez inverosímil. La parte frontal estaba rodeada por una empalizada de gran altura, en la que se abría una sola puerta de roble, con bandas y remaches de hierro.

Los vehículos aparcaron junto a la puerta de roble, en una explanada de tierra destinada al efecto. En un lado había algunos coches destartalados, y la camioneta que había visto D'Agosta. Solo de verla se le despertó otra vez toda la rabia.

No parecía haber nadie. Miró a su alrededor y se giró hacia Pérez.

—Tú trae el ariete y la Halligan, que yo llevo la caja de pruebas.

—Sí, teniente.

Volvió a abrir la puerta y bajó. La furgoneta había aparcado detrás. Salió el agente de control de animales, un hombre tímido, con un bigote rubio que le quedaba fatal, la cara roja, los brazos delgados y la barriga salida; extremadamente nervioso, por ser la primera vez que ejecutaba una orden de registro. D'Agosta intentó acordarse de su nombre. Pulchinski.

—¿Hemos avisado por teléfono? —preguntó Pulchinski con voz temblorosa.

—Con este tipo de órdenes de registro no se avisa por teléfono. Lo que menos conviene es que alguien tenga tiempo de destruir pruebas. —D'Agosta abrió el maletero y sacó la caja—. ¿Tiene los papeles en regla?

Pulchinski se dio unas palmadas en un bolsillo de mucha cabida. Ya sudaba.

D'Agosta se giró hacia Pérez.

—¿Detective?

Pérez levantó el ariete.

—Estoy en ello.

Mientras tanto, Pendergast y su estrambótico ayudante, el pequeño Bertin, se habían apeado del coche patrulla. Pendergast estaba tan inescrutable como de costumbre, sin ninguna expresión en sus ojos plateados, pero lo más increíble era que Bertin se dedicaba a oler flores. Literalmente.

—¡Cielo santo! —exclamó—. ¡Un magnífico ejemplar de *Agalinis acuta* «Pennell»! ¡Una especie en peligro de extinción! ¡Y hay todo un prado!

Se puso una flor en la palma, y aspiró ruidosamene.

Pérez, fornido y compacto, se colocó frente a la puerta, cogió con fuerza la parte delantera y el mango trasero del ariete, lo equilibró un momento a la altura de la cadera, lo balanceó hacia atrás y lo lanzó gruñendo hacia delante. La herramienta, de casi veinte kilos, hizo retumbar la puerta de roble, que tembló en el montante.

Bertin saltó como si le hubieran pegado un tiro.

—¿Qué pasa? —dijo con voz chillona.

—Estamos ejecutando una orden judicial —dijo D'Agosta.

Bertin se apresuró a refugiarse detrás de Pendergast, y a asomarse como un duende.

—¡No me había dicho nadie que sería violento!

¡Bum! Otro golpe, y después el tercero. Los remaches de la vieja puerta empezaron a aflojarse.

—Un momento.

D'Agosta cogió la barra Halligan y encajó las dos puntas debajo de un remache, haciendo palanca. El remache se soltó con un chasquido. También se desprendió una banda de hierro, que hizo un ruido metálico al chocar contra el suelo. En el roble apareció una larga fisura vertical, que hizo saltar astillas.

—Yo creo que un par más y listo —dijo D'Agosta.

¡Bum! ¡Bum!

De repente sintió una presencia tras ellos que le hizo girarse. Diez pasos por detrás les observaba un hombre, un personaje de lo más llamativo, con una larga capa gris, cuello de terciopelo y una gorra peculiar, de estilo medieval, con orejeras. Tenía el pelo blanco, largo y abundante, recogido en una trenza. Era muy alto (no menos de dos metros), de unos cincuenta años, delgado, musculoso y de mirada inquietante. Tenía la piel clara, casi tanto como Pendergast, pero no los ojos, negros como carbones. Facciones bien dibujadas, nariz fina y aguileña... D'Agosta reconoció enseguida al conductor de la camioneta.

El hombre le observaba con ojos como canicas. De dónde salía, y cómo se había acercado sin ponerles sobre aviso, era un misterio. Metió sin decir nada la mano en el bolsillo, y sacó una gran llave de hierro.

D'Agosta se giró hacia Pérez.

—Parece que tenemos llave.

La llave volvió a desaparecer en la túnica.

—Primero enséñenme la orden de registro —dijo el hombre, acercándose, con el rostro impasible.

En cambio su voz era como de miel. Era la primera vez que D'Agosta oía hablar a alguien con un acento remotamente parecido al de Pendergast.

—Por supuesto —se apresuró a decir Pulchinski, metiendo la mano en el bolsillo, del que sacó un buen fajo de papeles. Rebuscó un poco—. Aquí tiene.

El hombre lo cogió con una mano grande.

—«Orden de registro e incautación» —leyó en voz alta, con voz sonora.

El acento se parecía al de Pendergast, efectivamente, pero con grandes diferencias: un deje afrancesado, y algo más que D'Agosta no supo identificar.

Miró a Pulchinski.

—¿Y usted quién es?

—Morris Pulchinski, control de animales. —Pulchinski tendió nerviosamente la mano, y la dejó caer al encontrarse con una simple mirada—. Hemos recibido informaciones fiables sobre crueldad con animales, torturas a animales y posible sacrificio de animales en la zona. La orden nos permite hacer un registro del terreno y recoger pruebas.

—No, del terreno no. La orden solo especifica la iglesia. ¿Y los demás?

D'Agosta enseñó la placa.

—Policía de Nueva York, homicidios. ¿Tiene usted alguna identificación?

—Nosotros no llevamos documentos de identidad —dijo el hombre, con una voz como de hielo seco.

—Pues de alguna manera tendrá que identificarse.

—Soy Étienne Bossong.

—Deletréelo.

D'Agosta sacó su cuaderno y pasó unas cuantas páginas.

El hombre lo deletreó de una manera lenta y seca, remarcando cada letra como si hablara con un niño.

D'Agosta lo anotó.

—¿Y cuál es su papel aquí?

—Soy el líder.

—¿De qué?

—De la comunidad.

—¿Y qué es exactamente «la comunidad»?

Se produjo un largo silencio, en que Bossong miró a D'Agosta fijamente.

—¿Policía de Nueva York? ¿Homicidios? ¿Para un tema de control de animales?

—Nos hemos añadido para divertirnos —dijo D'Agosta.

—El resto de las tropas de asalto aún no se ha identificado.

—Detective Pérez, de homicidios —dijo D'Agosta—. Agente especial Pendergast, del FBI. Y el señor Bertin, asesor del FBI.

Fueron enseñando sus placas, excepto Bertin, que se limitó a mirar fijamente a Bossong, reduciendo sus ojos a hendiduras. Bossong dio un respingo, como si le reconociera. Después le miró con la misma intensidad. Era como si pasase algún tipo de corriente entre los dos, algo eléctrico que erizó el vello de la nuca de D'Agosta.

—Abra la puerta —dijo el teniente.

Tras un largo momento de tensión, Bossong apartó la vista de Bertin, sacó la gran llave de hierro de su bolsillo y la encajó en la cerradura. Tras un giro brutal, que hizo sonar el mecanismo, estiró la maltratada puerta.

—No queremos conflictos —dijo.

—Mejor.

Al otro lado había un callejón estrecho que se curvaba a la derecha, entre pequeñas construcciones de madera con los pisos superiores en voladizo. Eran tan viejos que se inclinaban entre sí, y los tejados a dos aguas de los voladizos, muy agudos, casi se tocaban por arriba. Los últimos restos de luz otoñal conseguían filtrarse hasta la calle, pero sin llegar a las puertas vacías, ni a las ventanas de cristal soplado.

Bossong condujo al grupo en silencio por el callejón. Al otro lado de la curva, D'Agosta vio erguirse ante ellos la iglesia propiamente dicha, con un sinfín de dependencias laberínticas pegadas a sus lados como lapas. De los flancos del templo salían vigas de madera enormes y vetustas, apoyadas en otras todavía más macizas, verticales, que se hundían en el suelo como arbotantes primitivos, con una profusión de tallas increíble. Bossong se metió entre dos vigas, abrió una puerta de la pared exterior de la iglesia y entró, diciendo algo en la oscuridad en un idioma que D'Agosta no reconoció.

D'Agosta titubeó en el umbral. El interior estaba completamente a oscuras. Olía a estiércol, madera quemada, cera de vela, incienso, miedo y gente que no se lavaba. Las vigas del techo crujían con un sonido de mal agüero, como si estuviera a punto de venirse todo abajo.

—Encienda la luz —dijo.

—No hay electricidad —contestó Bossong a oscuras, desde dentro—. No permitimos que ningún invento moderno profane el santuario interior.

D'Agosta sacó la linterna, la encendió y la enfocó en la iglesia. Era un espacio enorme.

—Pérez, traiga la lámpara halógena portátil de la furgoneta.

—Sí, teniente.

Se giró hacia el agente de control de animales.

—Ya sabe lo que busca, ¿no, Pulchinski?

—Si le digo la verdad, teniente…

—Limítese a hacer su trabajo, por favor.

D'Agosta echó un vistazo por encima del hombro. Pendergast estaba mirando a su alrededor con su propia linterna, junto a Bertin.

Pérez regresó con una lámpara halógena, que conectó mediante un cable en espiral a una batería grande que llevaba en una bolsa de lona.

—Ya la llevo yo. —D'Agosta se colgó la batería al hombro—. Entraré yo primero. Los demás que me sigan. Pérez, traiga la caja de pruebas. Están al tanto de las normas, ¿no? Venimos por una cuestión de control de animales.

Su voz rezumaba ironía.

Penetró en la oscuridad con la lámpara encendida.

Casi se echó hacia atrás. Las paredes estaban totalmente cubiertas de gente vestida de arpillera marrón, que le miraba en silencio.

—¿Qué coño…?

Uno de los hombres se acercó. Era más bajo que Bossong, igual de delgado, pero se diferenciaba de los demás en que su túnica marrón estaba adornada con espirales y complicados arabescos blancos. Tenía una cara muy basta, como cortada a hachazos, y llevaba un pesado báculo.

—Esto es suelo sagrado —dijo, con voz trémula de predicador—. No se tolerarán palabras vulgares.

—¿Quién es usted? —preguntó D'Agosta.

—Me llamo Charrière.

El hombre casi escupió las palabras.

—¿Y quién es toda esta gente?

—Esto es un santuario, y esta nuestra grey.

—Su «grey», ¿eh? Recuérdeme que me salte la naranjada después de misa.

Pendergast se acercó a D'Agosta por detrás, con gran sigilo, y murmuró en su oído:

—Vincent, parece ser que el señor Charrière es un sacerdote *hungenikon*. Yo no me enemistaría más de lo necesario con él, ni con los demás.

D'Agosta respiró hondo. Le irritaba recibir consejos de Pendergast, pero reconocía que estaba enfadado, y eso era impropio de un buen policía. ¿Qué le pasaba? Tenía la impresión de estar de mal humor desde el principio de la investigación. Más valía superarlo. Respiró profundamente y asintió con la cabeza. Pendergast se apartó.

Era un espacio tan grande que la lámpara halógena no impidió que D'Agosta se sintiese engullido por la oscuridad, percepción agravada por una especie de miasma que flotaba en el aire. Aquella congregación que le observaba en silencio, muda contra las paredes, le ponía los pelos de punta. Debía de haber unas cien personas, todos adultos y varones: blancos, negros, asiáticos, indios, hispanos… Prácticamente de todo, y todos embobados, con la mirada fija. Tuvo una punzada de aprensión. Deberían haber traído más refuerzos. Muchos más.

—Bueno, a ver, escúchenme. —Levantó mucho la voz, afectando confianza, para que le oyeran todos—. Traemos una orden judicial de registro del interior de esta iglesia. Según la orden, además de registrar la iglesia podemos cachear a cualquier persona que se encuentre dentro de ella. Tenemos derecho a llevarnos cualquier cosa que estimemos de interés, según estipula la orden. Se les entregará una lista completa, y todo les será devuelto. ¿Me han entendido?

Hizo una pausa, mientras se apagaban los ecos de su voz. Ni un solo movimiento. A la luz de las linternas, el brillo de los ojos era rojo, como el de los animales de noche.

—Pues eso, que no se mueva ni interfiera nadie, por favor. Sigan las instrucciones de los agentes, ¿de acuerdo? Así acabaremos lo antes posible.

Volvió a mirar a su alrededor. ¿Se habían movido un poco, estrechando el círculo, o eran imaginaciones suyas? Lo segundo, sin duda. No había oído ni visto moverse a nadie. En el silencio se notaba la presencia de las vigas negras del techo, que crujían y cambiaban de encaje, antiguas y amenazadoras.

Los fieles, en cambio, no hacían ruido, en absoluto. De pronto se oyó algo al fondo de la iglesia: un patético balido de cordero.

—Muy bien —dijo D'Agosta—, empezad por el fondo e id hacia la puerta.

Caminaron por el centro de la iglesia. El suelo era de losas grandes y cuadradas, pulidas por muchos pies. No había sillas ni bancos. Las ceremonias y ritos de aquella gente (de los que D'Agosta no se hacía ni la más remota idea) debían de practicarse de pie. O de rodillas. Observó extraños dibujos en los muros: volutas, ojos, plantas de hoja, con elaboradas series de líneas que lo enlazaban todo. Le recordó el atuendo del sacerdote, pero aún más el dibujo hecho con sangre en la pared del piso de Smithback.

Hizo señas a Pérez.

—Haga una foto de aquel dibujo.

—De acuerdo.

El flash sobresaltó a Pulchinski.

Otro balido de cordero. Les observaban cientos de ojos. De vez en cuando, D'Agosta estaba seguro de haber visto un brillo de metal afilado entre los pliegues de las túnicas.

El pequeño grupo acabó llegando al fondo de la construcción. En el lugar habitualmente reservado al coro había un redil con cerca de madera y suelo de paja. En el centro había un poste con una cadena, y en la otra punta de la cadena, un cordero. El suelo estaba cubierto con paja húmeda, salpicada de manchas oscuras. Las paredes presentaban churretes de sangre endurecida y trozos de heces. El poste había tenido tallas, como un tótem, pero estaba tan cubierto de vísceras y estiércol que ya no se reconocían.

Detrás había un altar de ladrillo, con varias jarras de agua, piedras pulidas, fetiches y comida. Más arriba, un pequeño pedestal prestaba apoyo a una serie de utensilios de vagos aires náuticos, que D'Agosta no reconoció: rollos y ganchos de metal clavados en bases de madera, como sacacorchos gigantes. Estaban muy bruñidos, y se exhibían como reliquias sagradas. Junto al altar había un baúl de crin, con un candado.

—Precioso —dijo D'Agosta, iluminándolo todo con su linterna—. Precioso, de verdad.

—Nunca había visto un vudú así —murmuró Bertin—. La verdad es que no lo llamaría vudú. Están las bases, no se puede negar, pero han tomado una dirección completamente distinta, más peligrosa.

—Esto es horrible —dijo Pulchinski.

Sacó una cámara de vídeo y empezó a filmar.

La visión del aparato hizo que se elevara un susurro colectivo de la masa de gente.

—Esto es un lugar sagrado —dijo la voz del sumo sacerdote, resonando en el espacio cerrado—. Lo están profanando. ¡Profanan nuestra fe!

—Grábelo todo, señor Pulchinski —ordenó D'Agosta.

Con la presteza de un murciélago, y un henchir repentino de su túnica, el sacerdote se abatió sobre la cámara y la arrancó de manos de Pulchinski con un golpe de su báculo, haciéndola caer al suelo. Pulchinski tropezó hacia atrás, gritando de miedo.

En un abrir y cerrar de ojos, D'Agosta tenía su pistola en la mano.

—Señor Charrière, enseñe las manos y gírese. ¡He dicho que se gire!

El sumo sacerdote no cambió de postura. Pese a estar en el punto de mira del arma, ni siquiera se inmutó.

Pendergast (que se había estado paseando, raspando muestras de varios objetos y mobiliario de altar para introducirlos en minúsculas probetas) apareció rápidamente frente a D'Agosta.

—Un momento, teniente —dijo en voz baja. Se giró—. ¿Señor Charrière?

Los ojos del sacerdote se clavaron en él.

—¡Envilecedores! —exclamó.

—Señor Charrière…

Pendergast repitió el nombre con un énfasis muy peculiar. El sacerdote se calló.

—Acaba de agredir a un representante de las fuerzas del orden. —Se volvió hacia el agente de control de animales—. ¿Se encuentra bien?

—Sí, sí, no pasa nada —dijo Pulchinski, haciéndose el valiente.

Prácticamente le crujían las rodillas. D'Agosta miró a su alrededor, inquieto. Esta vez no eran imaginaciones suyas. La multitud se había acercado.

—Ha sido una tontería, señor Charrière —continuó Pendergast, con una voz que, sin ser fuerte, lograba ser penetrante—. Se ha puesto en nuestro poder. —Miró hacia otro sitio—. ¿Verdad, señor Bossong?

Se extendió una sonrisa por las facciones del sacerdote. La mayoría de las caras se ilumina al sonreír, pero la de Charrière se desfiguraba, revelando tejidos cicatrizados que hasta entonces no llamaban la atención.

—¡El único poder procede de los dioses de este lugar, el poder de los *loa* y sus *hungan*!

Dio un golpe de báculo en el suelo, como si quisiera remarcar su afirmación. De pronto, en el silencio eléctrico, un sonido respondió bajo sus pies.

—Aaaaauuuu…

D'Agosta dio un respingo al reconocerlo: era lo que había oído la otra noche, entre los arbustos.

—¿Qué narices ha sido eso?

No hubo respuesta. La multitud parecía tensa, electrizada y expectante.

—Quiero registrar el sótano.

Bossong, el líder de la comunidad, dio un paso al frente. Había asistido al enfrentamiento desde un lado, con una mirada inescrutable.

—La orden de registro no llega hasta ahí —dijo.

—Tengo causa probable. Aquí abajo hay un animal, o algo.

Bossong frunció el entrecejo.

—No pasará.

—Y una mierda.

La consigna fue retomada por el sacerdote, Charrière, que se giró y le dijo a la gente:

—¡No pasará!

—¡No pasará! —entonaron todos al unísono.

Después de tanto silencio, el súbito estruendo de sus gritos resultaba casi aterrador.

—Primero acabaremos nuestro trabajo —continuó con calma Pendergast—. Cualquier nueva tentativa de obstaculizarlo no será vista con buenos ojos. La reacción podría incluso ser desagradable.

Charrière, cuya sonrisa se convirtió en una mueca, clavó un dedo en la americana de Pendergast.

—Usted no tiene ningún poder sobre mí.

Pendergast se apartó para no ser tocado.

—¿Seguimos, teniente?

D'Agosta enfundó el arma. Pendergast había conseguido ganar uno o dos minutos.

—Pulchinski, coja el cordero y el poste. Pérez, abra el baúl.

Pérez cortó el candado del baúl de crin y levantó la tapa. D'Agosta iluminó el interior. Contenía instrumentos envueltos en trozos de cuero. Cogió uno y lo desenrolló: un cuchillo curvo.

—Coja el baúl, con todo su contenido.

—Sí, señor.

La gente murmuraba, acercándose despacio. El rostro del sumo sacerdote, deformado por una mueca, les observaba trabajar a la vez que movía los labios, como si pronunciase alguna letanía para sus adentros.

D'Agosta vio a Bertin de reojo. Casi se había olvidado del extraño hombrecillo. Estaba rebuscando en un rincón, una especie de transepto, con decenas de tiras de cuero colgadas del techo, y fetiches atados en las puntas. Después se acercó a una extraña construcción hecha con palos, miles de palos atados en un quincunce tridimensional torcido. Se le veía demudado, inquieto.

—Eso lléveselo también —dijo D'Agosta, señalando un fetiche en el suelo—. Y eso. Y eso.

Enfocaba la linterna en los rincones, buscando puertas o armarios, e intentando ver más allá de la gente.

—¡Que los *loa* hagan llover desastres sobre los sucios *baka* que profanan el santuario! —exclamó el sumo sacerdote.

Ahora tenía en la otra mano un extraño amuleto (un pequeño y oscuro sonajero, rematado por una bola reseca del tamaño de una pelota de golf), y lo sacudía hacia los intrusos.

—Llévense los fetiches del altar —dijo D'Agosta—. Y aquellos instrumentos. Y toda aquella porquería de allá al fondo. Todo.

Pérez metió rápidamente los objetos en el contenedor de plástico reservado para las pruebas.

—¡Ladrón! —tronó Charrière, agitando el amuleto.

La multitud se aproximó, arrastrando los pies.

—Tranquilos, que todo se les devolverá —dijo D'Agosta.

Más valía ir acabando de una vez y registrar el sótano.

—Teniente, no olvide los objetos de la *caye-mystère*.

Pendergast señaló con la cabeza una hornacina oscura que contenía otro altar, bordeado de palmas. Dentro había algunos potes, fetiches y ofrendas de comida.

—De acuerdo.

—¡Cerdos *baka*!

De pronto, del círculo de acólitos, surgió un ruido como el de una serpiente de cascabel. Empezó en un punto, saltó a otro, y acabó multiplicándose por todas partes. Al enfocar la linterna en el círculo, D'Agosta vio que se había estrechado aún más, y que cada uno de sus miembros agitaba un mango de hueso tallado, cuya punta solo podía ser un cascabel de serpiente.

—Bueno, creo que ya estamos —dijo, fingiendo despreocupación.

—Quizá pudiéramos dejar para otro día el registro del sótano —murmuró Pendergast.

D'Agosta asintió con la cabeza. Había que salir por patas, la verdad.

—¡*Baka* comeperros! —chilló el sacerdote.

D'Agosta se giró para irse. La gente obstruía por completo el pasillo de la nave, por donde tenían que salir.

—¡Eh, que ya estamos! Ya nos vamos.

Tanto a Pulchinski como a Pérez se les notaban claramente las ganas de marcharse. Pendergast había vuelto a recoger pequeños especímenes. Pero ¿dónde narices estaba Bertin?

Justo entonces se oyó un ruido en un rincón oscuro. Al girarse, D'Agosta vio a Bertin, que se lanzó gritando contra el sumo sacerdote y le embistió como una fiera. Charrière retrocedió, tambaleándose, mientras Bertin le disputaba ferozmente el amuleto que tenía en el puño.

—¡Eh! —exclamó D'Agosta—. ¿Se puede saber…?

La gente se acercó. El ruido de cascabeles se había convertido en un clamor sibilante, gutural.

Los dos rivales cayeron al suelo, enredados en la túnica de Charrière. Pendergast se sumó al forcejeo con gran celeridad, y al cabo de un momento se apartó, sujetando a Bertin por los brazos.

—¡Déjame, que me lo cargo! —exclamó Bertin—. ¡Te voy a matar, *masisi*!

Charrière se limitó a arreglarse la túnica, quitarse el polvo y desfigurarse con otra horrible sonrisa.

—El que morirá eres tú —dijo en voz baja—. Y tus amigos.

Bossong, el líder de la comunidad, le lanzó una rápida mirada.

—¡Ya basta!

Bertin se resistía, pero Pendergast le tenía bien sujeto, susurrándole algo en el oído.

—¡No! —exclamó Bertin—. ¡No!

La multitud se acercaba, agitando como locos sus sonajeros. D'Agosta vio brillar más acero afilado en los pliegues oscuros de las túnicas. Bertín se calló de golpe, pálido y tembloroso.

Estaban cada vez más cerca.

D'Agosta tragó saliva. Ni hablar de plantar cara. Como máximo podían aspirar a abrirse paso a tiros, siempre que en la multitud no hubiera armas de fuego, pero entonces se pasarían el resto de la vida de juicio en juicio.

—Nos marchamos —consiguió decir. Se giró hacia los demás—. Vamos.

Charrière se interpuso en su camino. La multitud se cerraba como un torno.

—No buscamos pelea —dijo D'Agosta, apoyando un poco la mano en la pistola reglamentaria.

—Ya es demasiado tarde —replicó el sumo sacerdote, levantando bruscamente la voz—. Sois profanadores, mugre. Lo único que puede quitar la mancha es una limpieza completa.

—¡Vamos a limpiar la iglesia! —exclamó una voz, de la que se hicieron eco otras.

—¡Vamos a limpiar la iglesia!

El dedo de D'Agosta retiró el seguro de la funda. Hizo un cálculo mental rápido. La Glock 19 tenía un cargador de quince balas, bastantes para abrirse camino hasta la puerta por una multitud normal, pero aquella no tenía nada de normal. Apretó con más fuerza la culata, respirando hondo.

De pronto Pendergast dio un paso hacia Charrière.

—¿Qué es esto? —Su mano avanzó como un rayo, arrancando algo de la manga del sumo sacerdote. Lo levantó, iluminándolo con la linterna—. ¡Mirad! Un *arrêt* con una falsa cuerda en espiral invertida. ¡El amuleto del falso amigo! Señor Charrière, ¿por qué lo lleva, si es usted el ministro de esta gente? ¿Qué teme de ellos?

Se volvió hacia la multitud, agitando el pequeño fetiche con plumas.

—¡Sospecha de vosotros! ¿Lo veis?

Se giró rápidamente hacia Charriére.

—¿Por qué no se fía de esta gente? —preguntó.

Charrière rugió y se le echó encima para golpearle con el báculo, haciendo revolotear la túnica, pero el agente del FBI le esquivó con tal destreza que el sacerdote no tocó más que aire, y un veloz puntapié le dejó por el suelo. Un rugido de ira se extendió por la multitud. Bossong intervino con gran rapidez para retener al sumo sacerdote, justo cuando se levantaba con el rostro crispado de rabia y odio.

—¡Desgraciado! —le dijo Charrière a Pendergast.

—Evidentemente, es hora de irse —murmuró este.

D'Agosta cogió el asa delantera del contenedor de pruebas, que tenía el tamaño de un ataúd; con la trasera en manos de Pérez, la usaron como ariete contra la multitud, que se dispersó, sorprendi-da. D'Agosta usó la otra mano para desenfundar la Glock y dispa-rar al aire. La detonación reverberó incesantemente por la bóveda.

—¡Vámonos! ¡Deprisa!

Tras enfundar el arma, cogió literalmente a Bertin por el cue-llo y le arrastró hacia la puerta, derribando a más de un fiel. Se vio brillar un cuchillo, pero un movimiento súbito de Pendergast echó por tierra al malogrado agresor.

Cruzaron la puerta, seguidos por la enfervorizada multitud. D'Agosta disparó por segunda vez al aire.

—¡Atrás!

Ahora eran decenas los cuchillos que reflejaban débilmente la última luz del día.

—¡A los coches! —vociferó D'Agosta—. ¡Vamos!

Subieron todos a la vez, arrojando las pruebas a la parte trase-ra de la camioneta, y por último el cordero. Casi no habían teni-do de tiempo de cerrar las puertas y ya chirriaban los neumáticos, justo delante del coche patrulla, que salpicó de grava a la multitud histérica. Mientras aceleraban, D'Agosta oyó un gemido en el asiento de atrás, y al girarse vio al francés, Bertin, blanco y tem-bloroso, con una mano en la solapa de Pendergast. El agente sacó algo del bolsillo de su traje: uno de los extraños ganchos del altar. Lo debía de haber robado durante la pelea.

—¿Está herido? —dijo D'Agosta a Bertin, jadeando.

A él le iba muy deprisa el corazón, y le costaba mucho recu-perar el aliento.

—El *hungan*, Charrière…

—¿Qué?

—Ha recogido muestras…

—¿Que ha qué?

—Muestras mías, y de todos… pelo, ropa… ¿no lo ha visto? Ya le ha oído amenazarnos. *Maleficia*, conjuros de muerte. Pron-to lo sabremos. Pronto lo sentiremos.

Parecía que Bertin estuviese agonizando.

D'Agosta se giró de golpe. ¡Cuántas chorradas había que aguantar trabajando con Pendergast!

41

Qué te pongo, cielo? —preguntó la camarera con cara de agobio, apoyando el codo en la cadera, con la libreta abierta y el bolígrafo a punto.

D'Agosta empujó la carta por la mesa.

—Un café solo y copos de avena.

La camarera miró al otro lado de la mesa.

—¿Y a ti?

—Creps de arándanos —dijo Hayward—. Que esté el jarabe caliente, por favor.

—Marchando —contestó la camarera, girándose y cerrando la libreta.

—Un momento —dijo D'Agosta.

Era como para pensárselo. Por lo que le constaba de su período de convivencia, Laura Hayward solo pedía (o preparaba) creps de arándanos por dos razones: o porque se sentía culpable de trabajar demasiado y hacerle poco caso a él, o porque se estaba poniendo cariñosa. Ambas opciones sonaban bien. ¿Sería una señal? A fin de cuentas había sido idea suya que desayunaran juntos.

—Que sean dos de creps —dijo.

—Vale.

La camarera se fue.

—¿Has visto el *West Sider* de esta mañana? —preguntó Hayward.

—Sí, por desgracia.

Los gacetilleros del *West Sider* parecían emperrados en hacer cundir la histeria por toda la ciudad. Y no solo ellos: ahora toda la prensa sensacionalista se había hecho eco del tema, y las descripciones de la Ville cada vez eran más siniestras, trufadas de insinuaciones (no especialmente sutiles) que le imputaban el asesinato de la «reportera estrella» del *West Sider*, Caitlyn Kidd.

Pero el grueso del morbo recaía en el propio Bill Smithback. La espectacularidad del asesinato de Kidd por Smithback, tras ser declarado muerto, y haber sido sometido a una autopsia, la desaparición de su cadáver del depósito… Todo estaba cribado con fruición, y de todo se habían extraído conjeturas, sin olvidar nuevas y lúgubres insinuaciones de que la culpa, en última instancia, también era de la Ville.

Por lo que a D'Agosta respectaba, lo era, en efecto, pero por muy furioso que se estuviera poniendo, era consciente de que lo último que le convenía a la ciudad era que empezaran a crearse patrullas.

La camarera volvió con el café. Durante el grato primer sorbo, D'Agosta espió a Hayward, y se encontraron sus miradas. Su expresión no parecía especialmente culpable, ni especialmente cariñosa. Más bien parecía preocupada.

—¿Cuándo fuiste a ver a Nora Kelly?

—Anoche, en cuanto me enteré. Justo después de registrar la Ville.

—¿Y la protección que le habías puesto?

D'Agosta frunció el entrecejo.

—La cagaron en el relevo. Los dos equipos asignados se creían que el otro lo tenía todo cubierto. Hay que ser imbécil.

—¿Cómo está?

—Con algunos morados, y un par de cortes y rasguños, aunque es más preocupante la segunda conmoción. Como mínimo se quedará en el hospital un par de días, en observación.

—¿Lo evitaron los vecinos?

D'Agosta bebió otro sorbo de café, y asintió con la cabeza.

—La oyeron gritar y tiraron la puerta a patadas.

—¿Nora insiste en que era Smithback?

—Está dispuesta a declarar que sí. Y los vecinos igual.

La mirada de Hayward estaba fija en el falso mármol de la mesa.

—Esto es rarísimo. ¿Qué puede estar pasando?

—Pues la Ville del demonio, está pasando.

D'Agosta se sulfuraba solo de pensar en Nora. Tenía la impresión de pasarse todo el día enfadado: con la Ville, con Kline y sus melosas amenazas, con el jefe de policía, con todas las trabas burocráticas que le ataban las manos… y hasta con Pendergast, con su irritante laconismo, y su insufrible consejero criollo.

Hayward le miraba otra vez, con expresión más preocupada que antes.

—¿Qué pasa exactamente con la Ville?

—¿No te das cuenta? Están detrás de todo. Solo pueden ser ellos. Smithback tenía razón.

—Me permito recordarte que aún no habéis demostrado la relación. Lo único que hizo Smithback fue escribir sobre el supuesto sacrificio de animales.

—De supuesto nada. Yo oí animales en la parte trasera de la furgoneta. Vi cuchillos, y paja manchada de sangre. Si lo hubieras visto, Laura… ¡Dios mío! Tanta túnica, tanta capucha, tantos cánticos… Son unos fanáticos.

—Pero no necesariamente unos asesinos. Necesitáis una relación directa, Vinnie.

—Encima tienen motivo. El sumo sacerdote, Charrière… —Sacudió la cabeza—. Menudo elemento. ¿Que si podría asesinar a alguien? ¡Por supuesto!

—¿Y Bertin, el que salía en el informe? ¿Quién es?

—Se lo ha traído Pendergast. Experto en vudú, o no sé qué. A mí me parece un charlatán.

—¿Vudú?

—Sí, le interesa mucho a Pendergast. Él hace ver que no, pero bueno, por mí como si se pone a clavar alfileres en muñecos. Mientras sea para cargarse a la Ville…

Les sirvieron los platos, con delicioso olor a arándanos frescos. Hayward se echó un poco de jarabe de arce por el suyo y cogió el tenedor, pero volvió a dejarlo y se inclinó.

—Escúchame, Vinnie. Estás demasiado rabioso para encargarte de la investigación.

—Pero ¿qué dices?

—No puedes ser objetivo. Tenías debilidad por Smithback. Eres muy buen policía, pero deberías plantearte pasarle el caso a otro.

—Lo dirás en broma. Yo a este caso me dedico todas las horas del día.

—Por eso lo digo. Has empezado una caza de brujas. Estás convencido de que es la Ville.

D'Agosta respiró hondo y resolvió no contestar hasta haber comido un poco de crep.

—¿No se supone que tenemos que seguir nuestras convicciones y nuestras corazonadas? ¿Y lo de investigar al sospechoso más probable?

—Me refiero a que te ciegan tanto la rabia y las emociones, que dejas otras posibilidades sin investigar.

D'Agosta abrió la boca, pero la cerró. No sabía qué decir. En el fondo adivinaba que tenía razón ella; mejor dicho lo sabía, pero a una parte de él le daba igual, qué narices. La muerte de Smithback había sido un shock, y el resultado, un vacío insospechado. Ahora quería meterles un buen puro a los culpables.

—¿Y qué piensas hacer con Pendergast? Cada vez que interviene, lo lía todo. No te conviene, Vinnie. Apártate de él. Trabaja por tu cuenta.

—¡Qué tontería! —replicó D'Agosta—. Es inteligentísimo. Consigue resultados.

—Sí, es verdad, pero ¿sabes por qué? Pues porque es demasiado impaciente para seguir todo el proceso, y se sale del sistema, arrastrándote a ti en sus aventuras extrajurídicas. ¿Y al final quién se las carga? Tú.

—He colaborado con él en media docena de investigaciones, y siempre ha llegado hasta el fondo, llevando a juicio a los asesinos.

—Al juicio de Pendergast, querrás decir. Teniendo en cuenta su manera de reunir pruebas, dudo que Pendergast pudiera conseguir alguna condena. Igual no es coincidencia que los culpables se acaben muriendo antes del juicio.

D'Agosta no respondió. Se limitó a apartar el plato lleno. El desayuno no estaba saliendo como se esperaba. Se sentía cansado, desorientado.

Entonces Hayward hizo algo inesperado: levantar un brazo y cogerle la mano.

—Mira, Vinnie, yo lo que quiero no es ponértelo difícil. Lo que quiero es ayudarte.

—Ya lo sé, y te lo agradezco, en serio.

—Es que la última vez que colaboraste con Pendergast te faltó tan poco para perderlo todo… Ahora el jefe te vigila con microscopio. Yo ya sé la importancia que le das a tu carrera, y no quiero ver que te la juegas otra vez. Al menos, prométeme que no te dejarás arrastrar a otra de sus expediciones ilegales. Esta investigación la llevas tú. Al final serás tú el que suba a prestar declaración sobre lo que has hecho… y lo que no.

D'Agosta asintió con la cabeza.

—Vale.

Hayward le apretó la mano, sonriendo.

—¿Te acuerdas de cuando nos conocimos? —preguntó él—. Entonces era yo el curtido veterano, el malo del teniente.

—Y yo la sargento novata, recién salida de la policía de tráfico.

—Exacto. Parece mentira que hayan pasado siete años. Se podría decir que entonces te cuidaba yo a ti. Te cubría por la espalda. Es curioso que se hayan invertido los papeles.

Hayward volvió a mirar la mesa. Se le ruborizaron un poco las mejillas.

—Pero ¿sabes qué te digo, Laura? Que en el fondo me gusta más así.

Les interrumpió una voz urgente, ansiosa, por detrás del hombro de Hayward.

—¿Es él?

D'Agosta se fijó en la mesa de detrás. Una mujer flaca, con blusa blanca y traje negro, se había girado y le miraba fijamente, con un teléfono móvil contra la mejilla. Al principio no entendió a quién se lo decía: a él, a la persona con quien desayunaba, o a la que hablaba con ella por teléfono.

—¡Sí, sí que es él! ¡Le reconozco de las noticias de anoche! —La mujer dejó el móvil en el bolso y se levantó de la mesa para acercarse—. ¿Verdad que es el teniente que investiga a los zombis asesinos?

La camarera se acercó al oírlo.

—¿Ah, sí?

La mujer flaca se inclinó hacia D'Agosta, aferrándose tanto al borde de la mesa con sus uñas perfectas, que se le pusieron blancos los nudillos.

—¡Por favor, dígame que van a resolverlo pronto y que meterán en la cárcel a esa gente tan horrible!

La siguiente en acercarse fue una anciana que había sorprendido la conversación.

—Por favor, señor policía —imploró, mientras del cesto que abrazaba se asomaba un yorkshire terrier del tamaño de una rata—; llevo varios días sin dormir, y mis amigas igual. El ayuntamiento no está haciendo nada. ¡Tiene usted que pararlo!

D'Agosta las miró, enmudecido de sorpresa. Nunca le había pasado nada igual, ni siquiera en las investigaciones de perfil más público. Normalmente los neoyorquinos eran gente de mundo, hastiada, desdeñosa. En cambio aquellas mujeres... Sus miradas de miedo eran tan inequívocas como la urgencia de sus voces.

Sonrió a la mujer flaca, esperando que fuera una sonrisa tranquilizadora.

—Estamos haciendo todo lo posible, señora. Ya no tardaremos mucho. Se lo prometo.

—¡Pues espero que cumpla!

Las mujeres se alejaron, en animada conversación, unidas por una causa común.

D'Agosta volvió a mirar a Hayward, que no apartó la vista, tan desconcertada como él.

—Muy interesante —acabó diciendo—. Se está inflando la cosa muy deprisa, Vinnie. Ten cuidado.

—¿Nos vamos? —preguntó él, señalando la puerta.

—Vete tú, me parece que me acabaré el café.

Dejó un billete de veinte sobre la mesa.

—¿Nos vemos esta tarde en el anexo de pruebas?

Tras verla asentir con la cabeza, se giró y se abrió paso por la pequeña piña de caras nerviosas, lo más amablemente que pudo.

42

D'Agosta le tenía verdadero horror al nuevo anexo de pruebas del sótano de la jefatura. Tras el enésimo caso rechazado por la justicia a causa de un fallo en la cadena de pruebas, habían remozado las instalaciones, y todos los procesos vinculados a ella. Ahora entrar en el anexo era como acceder al interior de Fort Knox.

Le enseñó los papeles a una secretaria sentada detrás de un cristal antibalas. Luego, en la sala de espera (sin sillas, revistas ni nada, salvo un retrato del gobernador), compartió unos momentos de impaciencia con Hayward, Pendergast y Bertin, mientras les hacían el papeleo. Un cuarto de hora después, toda eficacia, radio en mano, apareció una mujer con más arrugas que una momia, pero que destacaba por su vivacidad, y repartió identificaciones y guantes de algodón.

—Por aquí —dijo con voz clara y tensa—. Quédense juntos y no toquen nada.

La siguieron por un pasillo severo, fluorescente, donde se sucedían puertas de acero pintadas y numeradas. Tras una interminable caminata, la mujer se paró frente a una de ellas, deslizó una tarjeta en la ranura y marcó un código en el teclado de seguridad, con precisión de máquina. La puerta se entreabrió. Al otro lado había una sala con armarios de pruebas en tres de sus paredes, y una mesa de formica en el centro, bajo unas fuertes luces. Antes las pruebas habrían estado distribuidas por la mesa. Ahora lo que había eran fotos, junto a una lista de correspondencias. Hacía falta una solicitud específica para cada objeto. Ya no se podía curiosear.

—Pónganse detrás de la mesa —dijo enérgicamente la mujer.

Entraron en fila, obedeciendo: Hayward, Pendergast y el fastidioso Bertin. D'Agosta ya sentía emanar vibraciones de reproche de Hayward. Se había opuesto a la presencia de Bertin (mala impresión, muy mala, la del frac y el garrote-bastón), pero las credenciales temporales del FBI eran correctas. El hombrecillo presentaba un aspecto desastrado, con la cara pálida y gotas de sudor en las sienes.

—Bueno —dijo la mujer al otro lado de la mesa—, ¿ya lo han hecho alguna vez?

D'Agosta no dijo nada. El resto murmuró:

—No.

—Solo se puede pedir un juego de pruebas a la vez. La única que puede tocarlas soy yo, a menos que necesiten hacer un examen de proximidad, lo cual les aviso de que tiene que estar autorizado de antemano. Se pueden solicitar análisis por escrito. Este papel de aquí es la lista de todas las pruebas recogidas con la orden judicial, y el resto de las relacionadas con el caso. Se habrán fijado en que hay fotos de todo. Bueno, vamos a ver. —Casi se le cuarteó la cara al sonreír—. ¿Qué quieren examinar?

—En primer lugar —dijo Pendergast—, ¿podría traer las pruebas que nos llevamos del nicho de Fearing?

Pasó cierto tiempo antes de que hiciera su aparición el minúsculo sarcófago de papel, con su falso esqueleto dentro.

—¿Qué más? —preguntó la mujer.

—Nos gustaría ver el baúl de la Ville y su contenido. —D'Agosta señaló—. Aquella foto.

La mujer recorrió la lista con sus uñas lacadas, hasta dar un golpecito sobre un número, girarse, ir a uno de los armarios de pruebas, abrir un cajón y extraer una bandeja.

—Es demasiado grande para mí.

D'Agosta dio un paso.

—Ya la ayudo.

—No.

La mujer llamó por su radio portátil. Pocos minutos después entró un individuo corpulento que la ayudó a dejar el baúl sobre la mesa, antes de apostarse en un rincón.

—Ábrala, por favor, y saque el contenido —dijo D'Agosta, que no había podido mirarla bien al llevársela de la Ville.

La mujer levantó la tapa con una lentitud exasperante, y distribuyó con excesiva precisión su contenido, envuelto en trozos de cuero.

—Desenvuélvalos, por favor —dijo D'Agosta.

Cada objeto fue desatado y desenvuelto como si fuese una pieza de museo. Apareció un juego de cuchillos, a cuál más extraño, exótico y turbador. Las hojas estaban laboriosamente curvadas, serradas y con muescas; los mangos, de hueso y madera, tenían incrustados volutas y dibujos de lo más peculiar. El último objeto en salir de su envoltorio no era un cuchillo, sino un grueso alambre retorcido y enroscado en el más estrambótico de los dibujos, con un mango de hueso en un extremo, y en el otro un gancho, con su borde exterior afilado como una navaja. Era idéntico al birlado por Pendergast.

—Cuchillos sacrificiales con *vévé* —dijo Bertin, retrocediendo un paso.

D'Agosta se giró, irritado.

—¿Bebé?

Bertin se tapó la boca y tosió.

—Los mangos —dijo con un hilo de voz— tienen *vévé*, los dibujos de los *loa*.

—¿Y qué narices es un «loa»?

—Un demonio, o espíritu. Cada cuchillo representa a uno. Los dibujos circulares representan el baile interior, o *danse-cime-tière*, de ese demonio en concreto. Cuando se sacrifican animales, u… otros seres vivos… a un *loa*, hay que usar el cuchillo de ese *loa*.

—Chorradas vudú, en resumen —dijo D'Agosta.

El hombrecillo sacó un pañuelo y se dio unos toquecitos en las sienes, con la mano temblando.

—No, *vôdou* no, obeah.

La pronunciación francesa de «vudú» por Bertin reavivó la irritación de D'Agosta.

—¿En qué se diferencian?

—Lo auténtico es el obeah.

—«Lo auténtico» —repitió D'Agosta.

Miró a Hayward, cuya expresión era impenetrable.

Pendergast sacó un estuche de cuero de un bolsillo de su traje, lo abrió y empezó a sacar cosas (un portapipetas pequeño, tubos de ensayo, pinzas, un alfiler y varias ampollas de reactivos con gotero), que procedió a dejar sobre la mesa.

—¿Qué es? —preguntó incisivamente Hayward.

—Análisis —fue la escueta respuesta.

—Aquí no se puede montar un laboratorio —dijo ella—. Ya ha oído a la señora: tiene que estar autorizado previamente.

Una mano blanca se introdujo en la americana negra y reapareció con un papelito. Hayward lo cogió, y puso mala cara al leerlo.

—Esto es muy irregular… —empezó a decir la mujer momificada.

Antes de que pudiera terminar, apareció otro papel, sostenido ante sus ojos. Lo cogió, lo leyó y no lo devolvió.

—Está bien —dijo—. ¿Por qué objeto quiere empezar?

Pendergast señaló el gancho de alambre, que formaba complejas volutas.

—Tendré que manipularlo.

Tras otro vistazo al papel, la mujer asintió con la cabeza.

Pendergast se puso una lupa en un ojo, cogió el gancho entre sus guantes, lo giró, examinándolo con atención, y lo dejó en la mesa. Después, manipulando el alfiler con una precaución exagerada, sacó unos trocitos del material incrustado cerca del mango y los metió en una probeta. Cogió un algodón, lo humedeció en una botella, lo deslizó por una parte del gancho y lo metió en otra probeta. Repitió el proceso con varios cuchillos, tanto en el mango como en la hoja, y cada algodón acabó en su propia y diminuta probeta. Por último usó un gotero para añadir reactivos a cada probeta. Solo cambió de color la primera.

Se irguió.

—Qué insólito.

El equipo, tan presto en hacer su aparición, lo fue igualmente en desaparecer en el estuche de cuero, que una vez doblado y cerrado con cremallera, fue guardado en el bolsillo del traje.

Pendergast se alisó la americana y cruzó las manos por delante. Era el centro de todas las miradas.

—¿Sí? —preguntó inocentemente.

—Señor Pendergast —dijo Hayward—, si no es demasiada molestia, ¿le importaría hacernos partícipes del fruto de sus esfuerzos?

—Lamento decir que no he obtenido buenos resultados.

—Qué lástima —dijo Hayward.

—¿Conoce usted a Wade Davis, el etnobotánico canadiense, y su libro de 1998 *Passage of Darkness: The Ethnobiology of the Haitian Zombie*?

Hayward mantuvo su mirada hostil, muda y con los brazos cruzados.

—Un estudio de grandísimo interés —dijo Pendergast—. Lo recomiendo encarecidamente.

—Me acordaré de pedirlo por Amazon —dijo la capitana.

—En resumidas cuentas, la investigación de Davis demostró que es posible convertir a una persona viva en zombi mediante la aplicación de dos sustancias químicas especiales, por lo general a través de una herida. La primera, *coup de poudre*, tiene como principal ingrediente la tetrodotoxina, la misma toxina que hay en el manjar japonés del fugu. En la segunda interviene un disociativo similar a la datura. Una combinación determinada de estas sustancias, aplicada en dosis que se acerquen a LD-50, puede mantener durante varios días en estado de cuasi muerte a una persona, con movimiento, pero con las funciones cerebrales mínimas, y sin voluntad independiente. Vamos, que en teoría es posible usar determinados compuestos químicos para crear a un auténtico zombi.

—¿Y usted ha encontrado esos compuestos químicos? —preguntó Hayward con voz tensa.

—Ahí está la sorpresa, en que no los he encontrado, ni aquí ni en otros análisis independientes que realicé en la Ville. Debo confesar mi sorpresa, y mi decepción.

Hayward se giró bruscamente.

—Traiga la siguiente tanda de pruebas, ya hemos perdido bastante el tiempo.

—Ahora bien —añadió Pendergast—, sí he averiguado que en este gancho hay sangre humana.

Nadie dijo nada.

D'Agosta gruñó y se giró hacia la momia de las pruebas.

—Quiero un test de ADN del gancho. Que lo cotejen con las bases de datos, y que también busquen si hay tejidos humanos. Bueno, de hecho quiero que se analicen todos estos instrumentos, por si hay sangre humana o animal. Cerciórese de que se busquen huellas dactilares en los mangos. Quiero un seguimiento de quién los ha manipulado. —Se volvió hacia Pendergast—. ¿Tiene alguna idea de para qué sirve este gancho tan raro?

—Confieso que estoy desconcertado. ¿Monsieur Bertin?

Bertin se había ido poniendo cada vez más nervioso. Hizo señas a Pendergast, para hablar con él en privado.

—*Mon frère*, no puedo continuar —susurró con urgencia—. Estoy enfermo. ¡Enfermo, te digo! Y todo por culpa de aquel *hungan*, Charrière. Su conjuro de muerte… ¿Tú todavía no lo notas?

—Me encuentro bien.

Hayward les miró, y después a D'Agosta. Sacudió la cabeza.

—Tenemos que irnos —dijo Bertin—. Tenemos que volver a casa. Necesito el jarabe. Unos sorbitos de jarabe. «Lean.» ¡Sé que tienes! Es lo único que puede calmarme.

—*Du calme, du calme, maître.* Dentro de muy poco. —Pendergast se giró hacia el grupo y dijo, levantado la voz—: ¿Sería tan amable de examinar este gancho, monsieur?

Al cabo de un momento, muy a su pesar, Bertin se adelantó, se inclinó con prudencia hacia el objeto y lo husmeó. Sudaba copiosamente, y estaba pálido. En la pequeña sala, su respiración recordaba el resuello de una gaita vieja.

—Esto es rarísimo. Nunca lo había visto.

Siguió husmeando.

—Y el ataúd en miniatura que nos llevamos del nicho de Smithback. ¿Es obra de la misma secta?

Bertin se aproximó con gran cautela al pequeño ataúd, que ya tenía en su sitio la tapa, hecha con papel de color crema, decorado a mano, en tinta china, con calaveras y largos huesos. Lo habían doblado cuidadosamente, al estilo de los origami, para que encajase al milímetro en el ataúd de cartón piedra.

—El *vévé* dibujado en la tapa de papel... —dijo Pendergast—. ¿Con qué *loa* se identifica?

Bertin sacudió la cabeza.

—Este *vévé* me resulta desconocido. Imagino que se tratará de algo privado, secreto, que obra en conocimiento de una sola secta obeah. En todo caso es muy extraño. Nunca había visto nada igual.

Tendió un brazo, que un chasquido de la lengua reseca de la guardiana hizo encogerse de nuevo. Lo tendió de nuevo y levantó la tapa.

—No lo toque —dijo inmediatamente ella.

Bertin la giró suavemente entre sus manos, mientras la examinaba con grandísima atención, y murmuraba para sus adentros.

—Señor Bertin —dijo Hayward a guisa de advertencia.

Fue como si Bertin no la oyera. Giró en ambos sentidos la pequeña construcción de papel, sin dejar de murmurar en silencio, hasta que un movimiento repentino de sus dedos la partió en dos.

Los pliegues desprendieron un polvo grisáceo, que llovió sobre los pantalones y zapatos de Bertin.

Ocurrieron varias cosas a la vez. Bertin se echó hacia atrás, gimiendo de horror y consternación, mientras los trozos de papel flotaban por los aires. La guardiana los cogió, a la vez que profería imprecaciones en voz alta. El hombre corpulento cogió a Bertin por el cuello de la camisa y se lo llevó de la sala de pruebas. Pendergast se arrodilló con la velocidad de una serpiente al ataque, se sacó una pequeña probeta del bolsillo de la americana y empezó a introducir granitos del polvo gris. Y en medio de todo, con los brazos cruzados, Hayward miraba a D'Agosta, como diciendo: «Yo ya te avisé. Yo ya te avisé».

43

Proctor frenó detrás de los campos de béisbol del borde de Inwood Hill Park, en un aparcamiento vacío, y apagó las luces. Mientras Pendergast y D'Agosta bajaban del coche, Proctor fue a abrir el maletero y sacó una larga bolsa de lona que contenía herramientas, una caja de plástico para pruebas y un detector de metales.

—¿Le parece prudente dejar el coche aquí? —preguntó D'Agosta, no muy convencido.

—Lo vigilará Proctor. —Pendergast cogió la bolsa de lona y se la dio—. No nos entretengamos, Vincent.

—No me fastidies.

D'Agosta se la puso al hombro. Cruzaron los campos de béisbol vacíos, hacia el bosque. Echó un vistazo a su reloj: las dos de la mañana. ¿Qué estaba haciendo? Acababa de prometerle a Hayward que no se dejaría arrastrar por Pendergast a ninguna otra actividad dudosa, y ahora, en plena noche, emprendía una expedición de robo de cadáveres dentro de un parque público, sin autorización ni orden judicial. Oyó en su cabeza las palabras de Hayward: «Teniendo en cuenta su manera de reunir pruebas, dudo que Pendergast pudiera conseguir alguna condena. Igual no es coincidencia que los culpables se acaben muriendo antes del juicio».

—Recuérdeme otra vez por qué actuamos tan furtivamente, como si fuéramos ladrones de cadáveres —dijo.

—Porque lo somos.

D'Agosta pensó que al menos no les acompañaba Bertin. Se había excusado en el último minuto, diciendo que tenía palpitaciones. El hombrecillo estaba muerto de miedo, porque Charrière había conseguido algunos pelos suyos. Parecía improbable que el sumo sacerdote le hubiese arrancado alguno a él, pensó D'Agosta con lúgubre satisfacción: una ventaja de ser calvo. Acordándose de la escenita del anexo de pruebas, frunció el entrecejo.

—¿Qué narices pedía su amigo Bertin? —preguntó—. ¿Sorbitos de jarabe?

—Es el cóctel que prefiere cuando se... altera demasiado.

—¿Un cóctel?

—Más o menos. Refresco de limón, vodka, codeína soluble y un caramelo Jolly Rancher.

—¿Un... qué?

—Bertin prefiere los de sabor de sandía.

D'Agosta sacudió la cabeza.

—Madre mía. Eso solo pasa en Luisiana.

—Pues tengo entendido que es un producto originario de Houston.

Al llegar al final de los campos de béisbol, atravesaron un hueco en la tela metálica, cruzaron campos sin cultivar y penetraron en el bosque. Pendergast encendió un GPS, cuya pantalla, de tenue resplandor azul, iluminó su rostro de modo espectral.

—¿Dónde está exactamente la tumba?

—No hay nada que lo indique, pero conozco su localización gracias a Wren. Parece ser que, dadas las sospechas de que el cuidado se suicidó, y como no tenía familia, no se pudieron sepultar sus restos en la tierra consagrada del cementerio familiar, y le enterraron cerca de donde apareció su cadáver. Según una descripción del entierro, fue cerca del monumento de Shorakkopoch.

—¿El qué?

—Es una placa en recuerdo del lugar donde Peter Minuit compró Manhattan a los indios Weckquaesgeek.

Pendergast se puso en cabeza, seguido por D'Agosta. El bosque y sotobosque que cruzaban era denso, y el suelo rocoso que pisaban, cada vez más escabroso. D'Agosta se extrañó una vez más de que aún estuviesen en la isla de Manhattan. Subieron y bajaron, hasta cruzar un arroyuelo (con poco más que un hilo de agua en su cauce) y unos afloramientos rocosos. El bosque se hizo tan frondoso que no se veía la luna. Pendergast sacó la linterna. De pronto, tras casi un kilómetro de descenso gradual por terreno muy pedregoso, apareció una roca grande en el círculo de luz amarilla.

—El monumento de Shorakkopoch —dijo Pendergast, consultando el GPS.

Enfocó la linterna en una placa de bronce fijada con tornillos a la roca, donde se relataba que en 1626, justo ahí, Peter Minuit había comprado la isla de Manhattan a los indios del lugar, a cambio de quincalla por valor de sesenta guilders.

—Buena inversión —dijo D'Agosta.

—Al contrario, pésima —replicó Pendergast—. Si en 1626 se hubieran invertido los sesenta guilders a un interés compuesto del cinco por ciento, se habría acumulado una suma equivalente varias veces al valor actual del suelo de Manhattan. —Hizo una pausa, iluminando la oscuridad—. Según nuestros datos, el cadáver fue enterrado a veintidós varas al norte del tulipanero que había junto a este monumento.

—¿Queda algo del tocón?

—No; el árbol fue cortado en 1933, pero Wren encontró un mapa antiguo que lo sitúa a dieciséis metros al suroeste del monumento. Ya he introducido los datos en la unidad de GPS.

Dio unos pasos hacia el suroeste, muy atento al aparato.

—Aquí. —Giró hacia el sur—. Veintidós varas, a cinco metros por vara, son ciento diez metros. —Pulsó unos botones en el GPS—. Sígame, por favor.

Volvió a internarse por la oscuridad, casi espectral con su traje negro. D'Agosta fue tras él, subiéndose en el hombro la pesada bolsa. Percibía el olor de las marismas del Spuyten Duyvil. Poco después empezó a discernir, filtradas por las ramas, las luces de los bloques altos construidos sobre los acantilados de Riverdale, justo en la otra orilla. De repente salieron de los árboles a un prado de hierba aplastada que bajaba hacia una playa curva de guijarros. Bajo el arco de luces de la Henry Hudson Parkway, el río formaba remolinos, que saltaban y cabrilleaban en la corriente, fundiéndose con las de los bloques de pisos de la otra orilla. Sobre el agua flotaban brazos de niebla baja, y se oía el rumor de una lancha.

—Espere un momento —murmuró Pendergast, parándose al borde de los árboles.

Por el Spuyten Duyvil bajaba lentamente una lancha de la policía, cuya fantasmagórica silueta aparecía y desaparecía entre la niebla, barriendo la costa con el foco que llevaba montado en la cubierta. Se agacharon justo cuando la luz pasaba por encima de ellos, clavándose en el bosque.

—Dios —musitó D'Agosta—. Me estoy escondiendo de mis propios hombres. Esto es de locos.

—Es la única solución. ¿Tiene usted idea de cuánto se tardaría en obtener los permisos necesarios para exhumar un cadáver que no está enterrado en un cementerio, sino en suelo público, sin certificado de defunción, ni pruebas más allá de algunos recortes de prensa?

—Sí, ya me lo ha dicho.

Pendergast se levantó y salió de los árboles para bajar hasta el borde de la playa de guijarros, por el prado. A media montaña, por el este, D'Agosta adivinó la destartalada silueta de la iglesia central de la Ville, que se elevaba por encima de los árboles como un colmillo, desprendiendo un resplandor amarillo por las ventanas altas.

Pendergast se paró.

—Aquí.

D'Agosta miró las piedras a su alrededor.

—Imposible. ¿Cómo van a enterrar a alguien en un sitio tan desprotegido?

—Es más fácil de excavar. Además, hace cien años aún no existía ninguno de los edificios del otro lado del río.

—Genial. ¿Cómo se supone que desenterraremos un cadáver a la vista de medio mundo?

—Lo más deprisa que podamos.

D'Agosta se descargó la bolsa suspirando, abrió la cremallera y sacó la pala y el pico. Pendergast enroscó los tubos del detector de metales, se puso unos auriculares, los enchufó al aparato y lo encendió. Empezó a barrer el suelo.

—Aquí hay mucho metal —dijo.

Caminó muy despacio, haciendo oscilar el detector. Unos dos metros más allá, dio media vuelta y regresó.

—Aquí, a un poco más de medio metro de profundidad, recibo una señal constante.

—¿Medio metro? Muy poco profundo me parece.

—Según me dijo Wren, la erosión general del nivel del suelo en esta zona debería rondar el metro y medio desde la época del entierro.

Dejó el detector de metales en el suelo para quitarse la americana y colgarla en un árbol. Después cogió el pico y empezó a clavarlo con un vigor sorprendente. D'Agosta se puso unos guantes de trabajo y procedió a cavar tierra suelta y guijarros.

Un nuevo traqueteo anunció el regreso de la lancha de la policía. D'Agosta se echó al suelo justo cuando el foco corría por la playa. Pendergast se apresuró a poner cuerpo a tierra a su lado. Una vez que hubo pasado la lancha, se levantó.

—Qué inoportuno —dijo, quitándose el polvo antes de coger de nuevo el pico.

El rectángulo se hacía más profundo: treinta centímetros, cuarenta y cinco… Pendergast tiró el pico al suelo, se puso de rodillas y empezó a apartar la tierra con una paleta, para que se la llevara D'Agosta con la pala. El agujero emanaba un olor empalagoso de agua salobre y humus en descomposición.

Cuando la tumba ya tenía unos cincuenta centímetros de profundidad, Pendergast volvió a pasar el detector por encima.

—Casi estamos.

Después de otros cinco minutos de trabajo, la paleta rozó algo hueco. Pendergast se apresuró a apartar la tierra suelta, descubriendo la parte trasera de un cráneo. La paleta acabó revelando el lado posterior de un omoplato, y la punta de un mango de madera.

—Parece que a nuestro amigo le enterraron boca abajo —dijo el inspector. Despejó de tierra la zona alrededor del mango de madera, hasta dejar visibles un guardamano y una cuchilla oxidada—. Con un cuchillo en la espalda.

—Creía que se lo habían clavado en el pecho —apuntó D'Agosta.

La luz de la luna atravesó la niebla. D'Agosta apartó la vista del cadáver para mirar a Pendergast. El rostro del inspector estaba muy serio y pálido.

Unieron sus esfuerzos para sacar a la luz la parte posterior de un esqueleto. Aparecieron jirones de ropa: dos zapatos arrugados que se caían a trozos de los huesos de los pies, un cinturón podrido, unos gemelos viejos y una hebilla. Cortaron el suelo alrededor del esqueleto, para dejar visibles los costados, y limpiaron de tierra los huesos antiguos y marrones.

D'Agosta se levantó (sin perder de vista el río, por si se veía alguna señal de la lancha) y enfocó la linterna en el suelo. El esqueleto estaba boca abajo, con los brazos y las piernas muy bien colocados y los dedos de los pies encogidos. Pendergast metió una mano y levantó unos trozos de tela podrida pegados a los huesos. Lo primero en quedar al descubierto fue la parte superior del esqueleto. Luego el inspector retiró los jirones de tela de las piernas, y lo introdujo todo en la caja de pruebas. El cuchillo sobresalía de la espalda, clavado hasta la empuñadura en el omoplato izquierdo, justo por encima del corazón. Al prestar más atención, D'Agosta vio algo en la parte trasera del cráneo, como una gran fractura hundida.

Pendergast se inclinó profundamente hacia la tumba improvisada, e hizo una serie de fotos al esqueleto desde varios ángulos. Después se levantó.

—Vamos a sacarlo —dijo.

Mientras D'Agosta sujetaba la linterna, Pendergast fue sacando los huesos con la paleta y se los dio a D'Agosta uno por uno para que los guardase en el contenedor de pruebas. Al llegar al pecho, desprendió lentamente el cuchillo de la tierra y se lo tendió.

—¿Se ha fijado, Vincent? —preguntó, señalando.

D'Agosta iluminó un trozo largo de hierro forjado, una especie de pincho o vara cuyo extremo se curvaba por encima de los huesos del brazo de la víctima. La punta del pincho estaba profundamente hundida en el suelo.

—Clavado a la tumba.

Pendergast extrajo los pinchos y los puso junto a los otros restos.

—Curioso. ¿Y esto? ¿Lo ha visto?

D'Agosta enfocó la linterna en el cuello de la víctima. Aún se veían los restos de una fina cuerda de cáñamo trenzado, que constreñía espantosamente el hueso del cuello.

—Le estrangularon tanto, que casi debieron de decapitarle —dijo D'Agosta.

—En efecto. El hueso hioides casi está aplastado.

Pendergast reanudó su truculenta labor.

Poco después, lo único que quedaba por desenterrar era el cráneo, que seguía hundido boca abajo en la tierra. Pendergast lo desprendió con una pequeña navaja, junto con la mandíbula, y lo extrajo todo como una sola unidad, a la que dio la vuelta con la cuchilla de la navaja.

—Mierda.

D'Agosta dio un paso hacia atrás. La boca de la calavera estaba cerrada, pero el espacio de detrás de los dientes, donde había estado la lengua, contenía una sustancia terrosa, de color verde muy claro. Delante había un hilo enroscado, con una punta trabada entre los dientes.

Pendergast cogió el hilo, lo miró y lo guardó cuidadosamente en una probeta. Después se inclinó con precaución, olió el cráneo, cogió una pizca de polvo y lo frotó entre el pulgar y el índice.

—Arsénico. Llenaron la boca y cosieron los labios.

—Madre mía... ¿Y qué sentido tiene un suicida estrangulado, con un cuchillo en la espalda y la boca cosida, llena de arsénico? Deberían haberlo visto los que le enterraron...

—Al principio el cadáver no estaba enterrado así. Nadie entierra boca abajo a un ser querido. Después de que los allegados enterrasen el cadáver, alguien (es de suponer que quienes lo… «reanimaron») volvió, lo desenterró y lo dispuso de esta manera tan especial.

—¿Por qué?

—Es una ceremonia obeah muy habitual. Para matar por segunda vez.

—¿Y eso para qué?

—Para asegurarse de que estuviera muy, muy muerto. —Pendergast se levantó—. Ya habrá observado que no fue ningún suicidio, Vincent. Tampoco se trata de ninguna víctima. Teniendo en cuenta que le mataron dos veces, la segunda con arsénico y un cuchillo en la espalda, no cabe duda alguna. Tras recibir su primera sepultura, a este hombre le desenterraron (con una finalidad), y una vez cumplida esa finalidad, volvió a ser enterrado boca abajo. Se trata del autor (el «cadáver reanimado» del *New York Sun*) de los asesinatos de Inwood Hill de 1901.

—¿Me está diciendo que la Ville le secuestró o le captó, le convirtió en un zombi y le hizo matar al arquitecto paisajista y al de la comisión de parques… solo para evitar el derribo de su iglesia?

Pendergast señaló el cadáver.

—*Ecce signum.*

44

D'Agosta bebió un trago de café, y tuvo escalofríos. Su quinto vaso, y aún no era mediodía. Ante la perspectiva de arruinarse en Starbucks, había vuelto al alquitrán que producía la vetusta cafetera de la sala de descanso de su planta. Al beber miró a Pendergast, que estaba sentado en un rincón, ensimismado, con las yemas unidas y las manos en triángulo, como si no le hubiesen afectado sus travesuras mortuorias de la noche anterior.

De repente oyó una queja en el pasillo: exigían verle. Le sonó la voz, pero no acababa de reconocerla. Se levantó para asomarse por la puerta. Había un hombre con chaqueta de pana, que discutía con una de las secretarias.

Al levantar la vista, la secretaria vio a D'Agosta.

—Teniente, le he dicho mil veces a este hombre que la denuncia se la tiene que hacer al sargento.

El hombre se giró.

—¡Aquí está!

Era el productor de cine con causa, Esteban. Con la frente recién vendada.

—Mire, señor —dijo la secretaria—, es que para ver al teniente es obligatorio pedir cita…

D'Agosta le hizo señas de que se acercase.

—Ya le recibo, Shelley. Gracias.

Volvió al despacho, seguido por Esteban, que frunció el entrecejo al ver a Pendergast sentado en silencio en un rincón; no habían salido precisamente como amigos del primer encuentro en la finca de Esteban en Long Island.

D'Agosta se sentó cansinamente al otro lado de la mesa. Esteban lo hizo delante, en una silla. Por alguna razón le era antipático, más que nada por ir de santurrón.

—¿Qué pasa? —preguntó D'Agosta.

—Me han atacado —dijo Esteban—. ¡Mire! ¡Me han atacado con un cuchillo!

—¿Ya lo ha denunciado?

—¡Hombre! ¿Qué se cree que estoy haciendo?

—Mire, señor Esteban, yo soy teniente de la división de homicidios. Le remitiré con mucho gusto a la persona indicada…

—Ha sido un intento de homicidio, ¿no? Me ha atacado un zombi.

D'Agosta quedó en suspenso. Pendergast levantó despacio la cabeza.

—Perdone… ¿Un zombi? —dijo el teniente.

—Es lo que he dicho. O alguien que actuaba como un zombi.

D'Agosta levantó una mano, a la vez que pulsaba el interfono.

—¿Shelley? Necesito que vengan ahora mismo a tomar declaración.

—Sí, teniente.

Esteban quiso decir algo más, pero D'Agosta levantó la mano. Un minuto después entraba un policía con una grabadora digital. D'Agosta le hizo señas de que se sentase en la única silla libre que quedaba.

El policía encendió la grabadora. D'Agosta bajó la mano.

—Bueno, señor Esteban, cuéntenoslo todo.

—Esta noche me he quedado trabajando tarde en mi oficina.

—¿Dirección?

—Treinta y tres con Treinta y cinco Oeste, cerca del Javits Convention Center. He salido hacia la una. De noche está todo muerto. Yendo hacia el oeste por la calle Treinta y cinco, me he dado cuenta de que había alguien detrás de mí, y me he girado. Parecía una especie de vagabundo, borracho o drogado, con la ropa destrozada. No le he hecho mucho caso, porque parecía un poco ido. Justo antes de la esquina con la Décima Avenida, he oído pasos, y al volverme me han dado en la cabeza con un cuchillo. Suerte que ha sido de refilón. El hombre, o cosa, o lo que fuera, ha intentado clavarme otra vez el cuchillo, pero como estoy en forma, y boxeaba en la universidad, he esquivado el golpe y le he pegado un buen puñetazo. Él se me ha echado otra vez encima, pero yo ya estaba preparado, y le he dejado seco. Entonces se ha levantado, ha recogido el cuchillo y se ha ido tropezando.

—¿Puede describir al agresor? —preguntó Pendergast.

—Perfectamente. Tenía la cara hinchada y amoratada. La ropa hecha jirones, llena de manchas que podrían ser de sangre. El pelo marrón, apelmazado, en punta. Hacía un ruido como… —Esteban se paró a pensar—. Un poco como de desagüe. Alto, huesudo, flaco, desgarbado… Unos treinta y cinco años. Tenía manchas en las manos, con churretes como de sangre seca.

«Colin Fearing —pensó D'Agosta—. O Smithback.»

—¿Me puede decir la hora exacta?

—He mirado el reloj. Era la una y once.

—¿Algún testigo?

—No. Mire, teniente, yo sé quién hay detrás.

D'Agosta permaneció a la espera.

—La Ville me la tiene jurada desde que saqué el tema de los sacrificios de animales. Primero me entrevista el reportero aquel, Smithback, y le matan; un zombi, o alguien vestido de zombi, según los periódicos. Luego me entrevista la otra reportera, Caitlyn Kidd, y la mata a ella un supuesto zombi. ¡Ahora van a por mí!

—Le persiguen los zombis —repitió D'Agosta, con la máxima neutralidad posible.

—Mire, yo no sé si son de verdad o de mentira, pero la cuestión… es que vienen de la Ville. Hay que hacer algo. Cuanto antes. No los controla nadie. Van por ahí degollando animales inocentes, y ahora recurren a ceremonias inmorales para asesinar a todos los que se opongan a sus prácticas. ¡Y mientras tanto Nueva York se cruza de brazos mientras unos asesinos ocupan ilegalmente suelo público!

Se acercó Pendergast, más silencioso de lo normal durante la conversación.

—Siento muchísimo que le hayan herido —dijo, inclinándose solícito para examinar el vendaje—. ¿Me permite...?

Empezó a despegar la cinta adhesiva.

—Preferiría que no.

Pero ya estaba suelta la venda. Debajo había un corte de cinco centímetros, con una docena de puntos. Pendergast asintió con la cabeza.

—Ha tenido suerte de que el cuchillo estuviese afilado, y de que la herida fuera limpia. Aplíquese un poco de neosporina y no le dejará cicatriz.

—¿Suerte? ¡Si casi me mata!

Pendergast volvió a enganchar la venda, y se puso al otro lado de la mesa.

—Tampoco es ningún misterio que me hayan atacado justo ahora —dijo Esteban—. Todo el mundo sabe que estoy organizando una manifestación contra la crueldad animal en la Ville. La han autorizado para esta tarde, y está anunciada en la prensa.

—Estoy informado —dijo D'Agosta.

—Es evidente que intentan silenciarme.

D'Agosta se inclinó.

—¿Tiene alguna información concreta que relacione a la Ville con este ataque?

—¡Que todo apunta a la Ville lo ve hasta el último idiota! Primero Smithback, luego Kidd, y ahora yo.

—Lo siento, pero no tiene nada de evidente —intervino Pendergast.

—¿Qué quiere decir?

—Me extraña que no empezasen por usted.

Esteban le miró con cara de pocos amigos.

—¿Por qué?

—Por haber sido el instigador desde el principio. Yo le habría matado enseguida.

—¿Pretende hacerse el listo?

—En absoluto. Me limito a señalar algo evidente.

—Pues déjeme a mí señalar algo evidente: que en Inwood hay unos okupas asesinos, y ni el ayuntamiento ni la poli hacen nada. Pero se van a arrepentir de haber ido a por mí. Esta tarde la armaremos tan gorda, que ustedes no tendrán más remedio que actuar.

Se levantó.

—Tiene que leer y firmar la declaración —dijo D'Agosta.

Esteban exhaló irritadamente y esperó a que se imprimiese la declaración para leerla por encima y echar un garabato. Ya en la puerta, se giró y les señaló. Su dedo temblaba de indignación y rabia.

—A partir de hoy cambiará todo. Estoy harto de esta pasividad, y como yo, muchos neoyorquinos.

Pendergast sonrió, tocándose la frente.

—Neosporina una vez al día. Hace milagros.

45

D'Agosta y Pendergast estaban en la esquina de la calle Doscientos catorce con la avenida Seaman, presenciando la manifestación. D'Agosta estaba sorprendido de que la asistencia fuera mínima; según sus cálculos, cien personas o menos. Había hecho acto de presencia Harry Chislett, el subcomisario del distrito, pero se había ido al ver tan poca gente. Estaba siendo una manifestación ordenada, tranquila y plácida, casi somnolienta: ni gritos, ni arremetidas contra las barreras policiales, ni piedras o botellas disparadas desde cualquier sitio.

—Parece un anuncio del catálogo de L. L. Bean —dijo D'Agosta, entornando los ojos contra el sol de un luminoso día de otoño.

Pendergast estaba apoyado en una farola, con los brazos cruzados.

—¿L. L. Bean? Desconozco esa marca.

Los manifestantes giraban por la esquina de la calle Doscientos catorce Oeste y se iban hacia Inwood Hill Park con sus pancartas y cánticos. Encabezaban el tumulto Alexander Esteban, con la frente vendada, y otro hombre.

—¿Quién es el que le da la mano a Esteban? —preguntó D'Agosta.

—Richard Plock —contestó Pendergast—. Director ejecutivo de Humans for Other Animals.

D'Agosta miró al hombre con curiosidad. Plock era joven, no más de treinta años, blando, blanco y con sobrepeso. Caminaba con paso decidido, agitando con empeño unas piernas cortas, levantando las puntas de los pies y balanceando unos brazos regordetes, terminados en manos que acompañaban con una sacudida el ápice de cada balanceo, mientras su cara mantenía una expresión resuelta. Aunque llevase una camisa de manga corta, y aunque el aire de otoño fuera fresco, sudaba. Todo el carisma que poseía Esteban le faltaba a Plock. Sin embargo, su aura de fe solemne impresionó a D'Agosta. Se notaba que era un hombre que creía inquebrantablemente en lo justo de su causa.

Detrás de los dos líderes iba una fila de gente, con una enorme pancarta:

¡Echemos a la Ville!

La impresión era que cada cual velaba por sus intereses. Muchas pancartas acusaban a la Ville de asesinar a Smithback y Kidd, pero más allá de eso el espectro era enorme: vegetarianos, activistas contra las pieles y los experimentos farmacéuticos, extremistas religiosos que protestaban contra el vudú y los zombis, y hasta algún que otro manifestante contra la guerra. «COMER CARNE ES MATAR», rezaba una pancarta; «¿PIELES? NO, GRACIAS», «TORTURAR ANIMALES NO ES ESPIRITUAL»... Algunos levantaban fotos ampliadas de Smithback y Kidd, juntos sobre la palabra «ASESINADOS».

D'Agosta apartó la vista de las fotos borrosas. Faltaba poco para la una. Le rugía la barriga.

—No está muy animado.

Pendergast no contestó. Sus ojos plateados observaban a la multitud.

—¿Comemos?

—Propongo esperar.

—No pasará nada. Esta gente no se quiere arrugar la camisa de vestir.

Pendergast miró a la gente que pasaba.

—Preferiría quedarme, al menos hasta que se hayan terminado los discursos.

«Parece que Pendergast nunca coma», pensó D'Agosta. De hecho no recordaba haber compartido ni una sola comida con él fuera de la mansión de Riverside Drive. Ni siquiera sabía por qué se molestaba en preguntar.

—Sigamos a la multitud hasta Indian Road —dijo Pendergast.

«Qué multitud ni qué narices —pensó D'Agosta—. Esto es una merienda.» Siguió a Pendergast por la acera, con una sensación de descontento. La «multitud» empezaba a congregarse al borde de los campos de béisbol, en el prado, junto al camino de la Ville. De momento se ceñían a lo estipulado. La policía lo miraba todo desde lejos. Ya habían guardado en los furgones el equipo antidisturbios, el gas y las porras. Más de la mitad de las dos docenas de vehículos asignados a la manifestación se habían reincorporado a sus patrullas normales.

Mientras el grupo entonaba consignas y agitaba pancartas, Plock se subió a una de las gradas del campo de béisbol. Esteban se unió a él y se colocó detrás, cruzando respetuosamente las manos en el pecho, escuchando.

—¡Amigos y otros animales! —exclamó Plock—. ¡Bienvenidos!

No usaba megáfono, pero su voz, aguda y estridente, llegaba a todas partes.

La multitud enmudeció. Se apagaron los últimos cánticos. D'Agosta se dijo que de aquel grupo de yuppies y vecinos de Upper West Side se podían esperar tantos disturbios como de las señoronas del té de la Asociación de Damas Coloniales. Su cuerpo le pedía a gritos un café y un cheeseburger con beicon.

—Me llamo Rich Plock, y soy el director ejecutivo de la organización Humans for Other Animals. Tengo el honor y el privilegio de presentaros al principal portavoz de nuestra organización. ¡Recibamos con un fuerte aplauso a Alexander Esteban!

Sus palabras parecieron despertar cierto interés. En el momento en que Esteban subía a lo más alto de las gradas, se intensificaron los aplausos y los cánticos. Esteban sonrió, deslizando su mirada por la pequeña multitud, y dejó seguir el ruido unos minutos, hasta que pidió silencio con las manos.

—Amigos —dijo, con una voz grave y sonora que estaba en las antípodas de la de Plock—, en vez de hacer un discurso, quiero intentar algo diferente. Podríamos llamarlo un ejercicio cognitivo.

La multitud se agitó un poco, como si cundiera el sentimiento de que habían venido a manifestarse, no a escuchar una conferencia.

D'Agosta se sonrió.

—«Ejercicio cognitivo.» Ojo, que se desmadran.

—Quiero que cerréis todos los ojos. Salid un momento de vuestro cuerpo humano.

Silencio.

—Y meteos en el cuerpo de un corderito.

La gente se movía.

—Nacisteis en primavera, en una granja del norte del estado de Nueva York: verdes prados, sol, hierba fresca... Las primeras semanas de vida las pasáis con vuestra madre, libres, arrimados al cálido rebaño que os protege. Os pasáis el día triscando por los prados, detrás de vuestra madre y vuestros hermanitos, y cada noche os llevan al establo, donde no hay ningún peligro. Sois felices porque vivís como ha querido Dios que viváis, que es la definición exacta de la felicidad. No hay miedo. Ni terror. Ni dolor. Ni siquiera sabéis que existan esas cosas.

»Hasta que un día llega un camión diésel, enorme y ruidoso, y os separan sin contemplaciones de vuestra madre. Es una experiencia aterradora, casi inconcebible. Os empujan con un pincho hasta haceros subir a la parte trasera. Se cierra la puerta. Dentro apesta a estiércol y miedo. Está oscuro. El camión ruge al ponerse en marcha. ¿Seríais capaces de intentar imaginar, aquí, conmigo, el terror que siente este pequeño animal indefenso?

Esteban hizo una pausa y miró a su alrededor. La gente se había callado.

—Llamáis a vuestra madre con un triste balido, pero no viene. La seguís llamando, pero no está. No vendrá. De hecho... nunca más vendrá.

Otra pausa.

—Después de un viaje negro, el camión se para y sacan a todos los corderos… menos a vosotros. Vuestro destino no es convertiros en costillas a la brasa. No, a vosotros os espera algo mucho peor.

»El camión vuelve a arrancar. Os habéis quedado completamente solos. Os caéis al suelo de miedo, en la oscuridad. Es una soledad abrumadora, biológica en el sentido literal de la palabra. Un cordero separado de su rebaño es un cordero muerto. Siempre. Vosotros lo sentís. Sentís un miedo más fuerte que la propia muerte.

»El camión frena otra vez. Sube un hombre que os pone en el cuello una cadena con sangre incrustada. Sois arrastrados a un lugar oscurísimo. Es una iglesia, por así decirlo, pero claro, eso vosotros no lo sabéis. Está atestada de seres humanos, y huele mal. La oscuridad casi no deja ver nada. La gente os rodea, cantando y tocando tambores. Surgen caras extrañas de la oscuridad. Se oyen gritos y silbidos, os sacuden sonajeros en la cara, y se oye pisar fuerte. Vuestro miedo no tiene límites.

»Os llevan a un poste, y os encadenan a él. Tambores, ruido de pies, aire asfixiante… Os rodean por todas partes. Baláis de pánico, llamando una vez más a vuestra madre, porque es lo único que os queda, la esperanza; la esperanza de que venga vuestra madre y se os lleve de este sitio.

»Se acerca una silueta. Es un hombre, un hombre alto y feo, con una máscara y algo largo y brillante en la mano. Intentáis escapar, pero al correr os ahoga la cadena que lleváis al cuello. El hombre os agarra, os tira al suelo y os retiene por la espalda. Los cánticos se hacen más rápidos y fuertes. Chilláis y os resistís. El hombre os pellizca la piel de la cabeza y os la echa hacia atrás, dejando expuesta la parte inferior de vuestro cuello, tan delicada. La cosa brillante se acerca, brillando en la penumbra. Sentís su presión en la garganta…

Hizo otra pausa, dejando alargarse el silencio.

—Voy a pediros otra vez a todos que cerréis los ojos y hagáis el esfuerzo sostenido de meteros en el cuerpo de este cordero indefenso.

Más silencio.

—La cosa brillante os presiona la garganta. Un movimiento brusco, una punzada horrenda de dolor, como no sabíais que existiera en el mundo. De repente, un chorro de sangre caliente os impide respirar. Vuestro pequeño y dulce cerebro no puede concebir tanta crueldad. Intentáis llamar por última vez a vuestra madre, lastimeramente, a vuestro rebaño perdido (los prados verdes y soleados de la infancia); llamáis a vuestros hermanos y hermanas muertos… pero no viene nadie. Solo una burbuja de aire en la sangre. Y ahora se escapa vuestra vida por el suelo incrustado de estiércol; se escapa por la paja sucia, y el último pensamiento de vuestro cerebro no es de odio, ni de rabia, ni siquiera de miedo, sino un simple «¿por qué?».

»Luego, por suerte, se acaba todo.

Dejó de hablar. La gente guardaba un silencio sepulcral. Hasta D'Agosta tenía un nudo en la garganta. Era cursi y lacrimógeno, pero muy eficaz, qué caramba.

Sin hablar (sin añadir ningún comentario de su cosecha al discurso de Esteban, ni hacer ningún llamamiento a la acción), Rich Plock bajó y empezó a cruzar el campo con su andar decidido.

La gente vaciló al ver que se alejaba. Hasta el propio Esteban parecía sorprendido, y no muy seguro de qué hacía.

Después la multitud empezó a moverse, yendo detrás de Plock. El hombre bajo cortó por el campo, y al llegar al camino de la Ville aceleró su paso decidido.

—Uy, uy, uy… —dijo D'Agosta.

—¡A la Ville! —exclamó alguien en la multitud, toda ella ya en movimiento.

—¡A la Ville! ¡A la Ville! —fue la respuesta, más fuerte y urgente.

El murmullo de la gente se convirtió en un rumor, y el rumor en un clamor.

—¡A la Ville! ¡A enfrentarnos con los asesinos!

De pronto D'Agosta miró a su alrededor. Los policías seguían medio dormidos. Nadie se lo esperaba. Parecía que la multitud se hubiese electrizado en fracciones de segundo, decidida a cumplir un objetivo. Por pequeño que fuese, era un grupo con las intenciones muy claras.

—¡A la Ville!

—¡Echemos a la Ville!

—¡Venguemos a Smithback!

Desenfundó la radio y la encendió.

—Aquí el teniente D'Agosta. ¡Venga, tíos, despertad y moved el culo! La manifestación no tiene permiso para ir a la Ville.

La gente, sin embargo, seguía avanzando por el camino (como la marea, lenta pero inexorablemente). Esteban se sumó a ellos con retraso, inquieta la mirada, y se abrió camino para situarse al frente.

—¡Enfrentémonos a los asesinos!

—Si llegan a la Ville —bramó D'Agosta por la radio—, aquí no habrá quien se salve. ¡Será violento!

Con un chisporroteo de voces por la radio, el menguado grupo de policías se esforzó tardíamente por ponerse el equipo antidisturbios, situarse en formación y parar a la multitud. D'Agosta vio que eran demasiado pocos, y que llegaban tarde. Habían sido tomados por la más absoluta sorpresa. Qué más daba si había cien o dos mil personas. Los ojos de la gente pedían sangre. Nada podía haberles soliviantado tanto como el discurso de Esteban. Ya dejaban atrás los campos de béisbol, y se internaban cada vez más deprisa por el camino de la Ville, frustrando cualquier posibilidad de que les precediese un coche patrulla.

—Sígame, Vincent.

Pendergast echó a caminar con rapidez, cortando hacia los árboles por los campos de béisbol. D'Agosta entendió enseguida el plan: tomar un atajo por el bosque, adelantándose a la multitud, que iba por el camino.

—Lástima que alguien arrancase la verja de la Ville... ¿eh, Vincent?

—Menos cachondeo, Pendergast, que no es el momento.

D'Agosta oía a cierta distancia los cánticos del grupo, las voces y los gritos con que acompañaban su marcha.

Poco después, él y Pendergast salieron al camino a cierta distancia de la multitud. Tenían la valla a la izquierda, con la verja por el suelo, tal como se había quedado. Los manifestantes se movían a buen paso. A las primeras filas les faltaba poco para correr, con Plock en cabeza. A Esteban no se le veía por ninguna parte. Los antidisturbios se habían quedado muy rezagados, y ya era imposible tomar la delantera en un coche patrulla. La que no se quedaba atrás era la prensa: media docena de cámaras corriendo por un lado, junto a varios fotógrafos y redactores. El desastre saldría en todos los periódicos aquella misma noche.

—Parece que depende de nosotros —dijo D'Agosta.

Respiró hondo y salió al camino, sacando su placa. Pendergast iba a su lado.

D'Agosta se giró hacia la multitud, encabezada por Plock.

—¡Oigan! —dijo con todas sus fuerzas—. ¡Soy el teniente D'Agosta, de la policía de Nueva York! ¡No tienen autorización para seguir!

La gente no se paró.

—¡A la Ville!

—¡No lo haga, señor Plock! Es ilegal. ¡Y le aseguro que le detendrán!

—¡Vamos a echarles!

—¡Quítate de enmedio!

—¡Como pasen de largo, quedan todos detenidos!

D'Agosta agarró a Plock, que no se resistió, pero fue un gesto inútil. Los demás se acercaban como una marea. No podía frenar él solo a cien personas.

—Manténgase firme —dijo a su lado Pendergast.

D'Agosta apretó los dientes.

Como por arte de magia, apareció Esteban junto a ellos.

—¡Amigos! —exclamó, dando un paso hacia la multitud—. ¡Compañeros de causa!

Al oírle, los que iban delante titubearon y fueron un poco más despacio.

—¡A la Ville!

En un movimiento inesperado, Esteban se giró y abrazó a Plock. Después volvió a ponerse frente a la multitud, con las manos en alto.

—¡No! Amigos míos, vuestra valentía me conmueve en lo más hondo. ¡En lo más hondo! ¡Pero os ruego que no sigáis! —Bajó la voz de golpe para decirle algo a Plock en privado—. Rich, necesito que me ayudes. Esto es prematuro. Ya lo sabes.

Plock le miró con mala cara. Al ver que sus líderes parecían en desacuerdo, la primera fila de manifestantes empezó a vacilar.

—¡Gracias por tener tanto corazón! —volvió a exclamar Esteban—. ¡Gracias! Pero escuchadme, por favor. Cada cosa tiene su momento, y su lugar. Rich y yo estamos de acuerdo: ¡este no es el momento ni el lugar para enfrentarse a la Ville! ¿Me entendéis? Ya hemos dicho lo que teníamos que decir. Ya hemos demostrado nuestro empeño. ¡Hemos mostrado en público nuestra justa ira! ¡Hemos abochornado a los burócratas, y hemos llamado la atención a los políticos! ¡Hemos hecho lo que veníamos a hacer! Pero nada de violencia. ¡Nada de violencia, por favor!

Plock seguía callado, cada vez más serio.

—¡Hemos venido a parar la matanza, no a hablar! —exclamó alguien.

—¡Y la pararemos! —dijo Esteban—. Os voy a hacer una pregunta: ¿qué conseguiremos peleando? No os engañéis. Se enfrentarán a nosotros con violencia. Podrían tener armas. ¿Estáis preparados? ¡Somos tan pocos! ¡Amigos míos, pronto llegará el momento de expulsar a estos torturadores de animales, y dispersar a estos asesinos de corderos y terneros (por no decir de periodistas)! Pero ahora no. ¡Todavía no!

Hizo una pausa. Era increíble lo callados y atentos que estaban todos de repente.

—Amigos de los animales —continuó Esteban—, habéis demostrado el valor que os inspiran vuestras convicciones. Ahora daremos media vuelta y regresaremos al punto de encuentro. ¡Allá hablaremos, se pronunciarán discursos, y enseñaremos a toda la ciudad qué está pasando! Haremos justicia, ¡hasta a los que no la practican!

La multitud parecía a la espera de que Plock corroborase a Esteban. Finalmente Plock alzó las manos, en un gesto lento, reticente.

—¡Ya hemos dicho lo que teníamos que decir! Ahora, media vuelta. ¡De momento!

La prensa se apelotonó, con las cámaras de las noticias de la noche en marcha, y varios micros de jirafa convergiendo, pero Esteban les hizo señas de que se alejasen. D'Agosta se llevó una gran sorpresa al ver que la gente, a petición de Esteban, daba media vuelta y se desparramaba por la carretera en sentido contrario, volviendo poco a poco a ser el mismo grupo pacífico de antes. Incluso había algunos que recogían las pancartas dejadas por el suelo durante el asalto relámpago a la Ville. Fue una transformación pasmosa, casi sobrecogedora, que extrañó a D'Agosta. Esteban había exaltado a la multitud, poniéndola en marcha; luego, in extremis, le había echado un jarro de agua fría.

—¿Qué le ha pasado al tío ese, Esteban? —preguntó—. ¿Usted cree que se ha arrugado en el último momento? ¿Que le ha dado canguelis?

—No —murmuró Pendergast, fijando la mirada en la espalda de Esteban, que se alejaba—. Es muy curioso —dijo, casi para sus adentros— que nuestro amigo coma carne. Cordero, para ser exactos.

46

Cuando D'Agosta se presentó en el despacho de Marty Wartek, al funcionario, bajo y nervioso, le bastó una ojeada a su cara de enfado para desenrollar la alfombra roja: cogió su chaqueta, le acompañó al sofá y le trajo una taza de café tibio.

Después se refugió detrás del escritorio.

—¿En qué puedo ayudarle, teniente? —preguntó con voz débil y aguda—. ¿Está cómodo?

A decir verdad, D'Agosta no estaba especialmente cómodo. Venía encontrándose mal desde el desayuno (acalorado, dolorido). Se preguntó si no estaría pillando la gripe, o algo por el estilo. Intentó no pensar en lo mal que se encontraba al parecer Bertin, ni en que el día anterior el agente de control de animales, Pulchinski, se había ido del trabajo antes de hora, quejándose de escalofríos y debilidad. Sus quejas no tenían nada que ver con Charrière y sus trucos de magia. Imposible. Por otro lado, no venía a hablar de si estaba cómodo.

—Sabe qué pasó en la manifestación de ayer por la tarde, ¿no?

—Leo la prensa.

D'Agosta, en efecto, vio el *News*, el *Post* y el *West Sider* sobre la mesa del vicedirector adjunto, mal escondidos debajo de carpetas de aspecto oficial. Estaba claro que se mantenía al corriente de los sucesos de la Ville.

—Pues yo lo vi, y no faltó ni así para que se descontrolase. Y no le hablo de ningún grupo de agitadores de izquierdas, señor Wartek, sino de ciudadanos respetuosos con la ley.

—Me ha llamado el alcalde —dijo Wartek, agudizando aún más la voz—. También me ha expresado (sin ningún rodeo) su preocupación por la incendiaria situación de Inwood Hill Park.

D'Agosta se aplacó ligeramente. Parecía que Wartek empezaba a ponerse las pilas, o como mínimo se daba cuenta de la situación. Apretaba la boca más que nunca, que ya era decir, y le temblaba un poco el buche, enrojecido por el afeitado. Presentaba el aspecto de alquien a quien acababan de dar un rapapolvo de primera.

—Y bien, ¿qué piensa hacer?

El administrador asintió con un gesto rápido de pájaro, y cogió un papel de su escritorio.

—Hemos consultado a nuestros abogados, hemos buscado precedentes y hemos discutido el tema con las máximas autoridades en materia de vivienda. La conclusión a la que hemos llegado es que en este caso no rige el derecho de prescripción adquisitiva, ya que podría estar en juego el bien público. Otro aspecto que… refuerza nuestra postura es la constancia documental de que hace ciento cuarenta años el ayuntamiento ya protestó contra esta ocupación de suelo público.

D'Agosta se hundió un poco más en el sofá. Parecía que la llamada del alcalde les había espabilado un poco.

—Me alegro.

—Sobre el momento exacto en que empezó la ocupación no hay nada claro en los archivos. Por lo que sabemos, fue poco después de que estallase la guerra de Secesión. De ser así, la primera queja del ayuntamiento se encuadraría perfectamente en la legalidad.

—¿O sea, que no hay ningún problema? ¿Van a echarles?

Los circunloquios jurídicos de aquel individuo no parecían muy de fiar.

—Rotundamente sí. Y todavía no le he comentado nuestra postura jurídica de último recurso: aunque hubiesen obtenido algún tipo de derecho por la propiedad, seguiríamos pudiendo adquirirlo por dominio eminente. La causa pública tiene prioridad sobre las necesidades personales.

—¿La qué?

—La causa pública. El bien común.

—Entonces, ¿cómo queda el calendario?

—¿El calendario?

—Sí. ¿Cuándo se irán?

Wartek cambió de postura, incómodo.

—Hemos quedado en someter el tema a la consideración de nuestros abogados, para la redacción de un procedimiento jurídico de desalojo expeditivo.

—¿O sea?

—Sumando los preparativos legales y la investigación jurídica, y luego el juicio con su apelación (porque doy por supuesto que apelarán), calculo que puede estar todo acabado en unos tres años.

La habitación permaneció un buen rato en silencio.

—¿Tres años?

—Dándonos prisa, dos.

Wartek sonrió nerviosamente.

D'Agosta se levantó. Era increíble. Un chiste.

—Señor Wartek, no disponemos ni de tres semanas.

El hombrecillo se encogió de hombros.

—Todo tiene que ajustarse a derecho. Ya le he dicho al alcalde que el mantenimiento del orden público compete a la policía, no a la autoridad sobre vivienda. En Nueva York, desahuciar a alguien es un procedimiento jurídico difícil y caro. Con razón.

D'Agosta sentía palpitar sus sienes de rabia, y cómo se tensaban sus músculos. Hizo el esfuerzo de controlar su respiración. Estaba a punto de decir «tendrá noticias mías», pero al final desistió. No tenía sentido amenazar a nadie. Lo único que hizo fue girarse y salir.

Mientras salía del despacho, la voz de Walker resonó en el pasillo.

—Teniente, mañana haremos una rueda de prensa para anunciar nuestra acción contra la Ville. Tal vez calme un poco los ánimos.

—No sé por qué —gruñó D'Agosta—, pero lo dudo.

47

Laura Hayward se miraba en el espejo del lavabo de señoras del piso treinta y dos de jefatura. Tenía delante un rostro grave, inteligente. Su traje estaba inmaculado. Ni uno solo de sus cabellos, de color azabache, se salía de su sitio.

Con la excepción del año de excedencia para acabar el máster en la Universidad de Nueva York, había sido policía durante toda su carrera: primero en tráfico, y luego en el Departamento de Policía de Nueva York. A sus treinta y siete años seguía siendo el capitán más joven (y la única mujer capitán) de todo el cuerpo. Sabía que se hablaba de ella a sus espaldas. Algunos la llamaban lameculos, y otros decían que su rápido ascenso se debía justamente a ser mujer, como estandarte del progresismo del que blasonaba el cuerpo. Ya hacía tiempo que había dejado de importarle lo que dijesen de ella. En realidad, tampoco le importaba mucho el rango. Sencillamente le encantaba su trabajo.

Apartó la vista del espejo para consultar su reloj. Las doce menos cinco. Rocker, el jefe de policía, la había citado a mediodía.

Sonrió. La vida era un rosario de putadas, pero también tenía sus momentos, y aquel prometía ser uno de ellos.

Abandonó el lavabo de señoras y salió al pasillo. Por muy cierto que fuera su desinterés por los ascensos, aquello era otra cosa. El equipo especial que estaba montando el alcalde era algo serio, no el típico humo vendido a los medios de comunicación.

Hacía años que se echaba en falta más confianza y colaboración de alto nivel entre la oficina del jefe de policía y la del alcalde, y le habían asegurado desde las más altas instancias que eso lo cambiaría el equipo especial. Podía significar muchísima menos burocracia, una oportunidad de mejorar drásticamente la eficacia del cuerpo. Por descontado que también significaría un empujón enorme a su carrera (la vía rápida para llegar a subinspectora), pero lo importante no era eso; lo importante era la oportunidad de cambiar las cosas.

Cruzó la doble puerta de cristal de las oficinas del jefe de policía, y se anunció a la secretaria. Apareció casi enseguida un ayudante, que la acompañó al sanctasanctórum interno del jefe, a través de despachos y salas de reuniones. Rocker estaba sentado detrás de su escritorio de caoba, firmando informes. Se le veía exhausto, como siempre, con ojeras aún más pronunciadas que de costumbre.

—Hola, Laura —dijo—. Siéntese.

Hayward se sentó en una de las sillas de delante de la mesa, sorprendida. Rocker, que era muy puntilloso en cuanto a protocolo y formas, casi nunca llamaba a nadie por su nombre de pila.

Rocker alzó la vista. Su expresión la puso inmediatamente en guardia.

—Como no hay manera fácil de decirlo, iré directamente al grano. No voy a nombrarla para el equipo especial.

Al principio pensó que no lo había oído bien. Abrió la boca, pero no salió ningún sonido. Le dolió tragar saliva. Respiró profundamente.

—Yo... —articuló, antes de enmudecer; se sentía confusa, anonadada, incapaz de construir frases coherentes.

—Lo siento mucho —dijo Rocker—. Ya sé cuánta ilusión le hacía esta oportunidad.

Hayward volvió a respirar hondo. Sentía brotar un extraño calor en sus brazos y piernas. No se había dado cuenta de la importancia que daba al nombramiento hasta que se le había ido inesperadamente de las manos.

—¿A quién nombrará en mi lugar? —preguntó.

Rocker apartó un poco la vista antes de contestar. Parecía avergonzado, cosa rara en él.

—A Sánchez.

—Sánchez es bueno.

Era como estar en un sueño, y que sus palabras las dijera otra persona.

Rocker asintió con la cabeza.

Hayward se dio cuenta de que le dolían las manos. Al bajar la vista, vio que se aferraba a los brazos de la silla con todas sus fuerzas. Hizo un esfuerzo para relajarse y mantener la compostura (con escaso éxito).

—¿Es por algo que haya hecho mal? —dijo de sopetón.

—No, no, claro que no. De eso nada.

—¿Le he fallado de alguna manera? ¿Me he quedado corta?

—Ha sido una policía ejemplar, y estoy orgulloso de tenerla en el cuerpo.

—Entonces, ¿por qué? ¿Por inexperiencia?

—Considero que su máster en sociología es idóneo para el equipo especial. Lo que ocurre es que… pues que este tipo de nombramientos son políticos al cien por cien, y resulta que Sánchez tiene más antigüedad.

Hayward no contestó enseguida. No tenía conciencia de que la antigüedad fuese un factor. De hecho, pensaba que era el único nombramiento que se salvaba de aquellas chorradas.

Rocker se movió un poco en la silla.

—No quiero que tenga la sensación de que es consecuencia de su trabajo.

—Pero seguro que era consciente de nuestras antigüedades respectivas antes de darme esperanzas… —dijo Hayward en voz baja.

Rocker enseñó las palmas de las manos.

—La verdad es que las fórmulas de antigüedad pueden llegar a ser bastante oscuras. Me equivoqué, y lo siento.

Hayward no dijo nada.

—Ya habrá otras oportunidades, sobre todo para un capitán de su calibre. Tranquila, me encargaré de que su esfuerzo y su entrega sean recompensados.

—La virtud es su propia recompensa... Es lo que dicen, ¿no?

Hayward se levantó, y al ver en la expresión de Rocker que estaba todo dicho, fue hacia la puerta sin que la sostuvieran del todo las piernas.

Cuando se abrieron las puertas del ascensor, ya estaba recuperada. En el amplio pasillo resonaba el ajetreo de la hora de comer. Una vez cruzado el control de seguridad, Hayward se abrió camino hasta la escalinata por las puertas giratorias. No tenía pensado adónde ir. Solo necesitaba caminar. Caminar sin pensar.

Alguien chocó con ella, sacándola de su ensimismamiento. Levantó enseguida la vista. Era un hombre; delgado, de aspecto juvenil, con marcas de acné en las mejillas.

—Perdone. —Se paró y se irguió—. ¿La capitana Hayward?

Ella frunció el entrecejo.

—Sí.

—¡Qué coincidencia!

Se fijó más en él. Sus ojos, oscuros y fríos, desdecían su sonrisa. Tras un rápido cotejo mental (con conocidos, colegas y delincuentes), se convenció de que no le conocía.

—¿Quién es usted? —preguntó.

—Me llamo Kline, Lucas Kline.

—¿A qué coincidencia se refiere?

—Pues a que voy al mismo sitio de donde viene usted.

—¿Ah, sí? ¿Qué sitio, si puede saberse?

—El despacho del jefe de policía. Es que me quiere dar las gracias en persona.

Y antes de que la capitana pudiera decir nada, Kline metió una mano en el bolsillo, sacó un sobre, extrajo la carta que contenía y se la enseñó, abierta.

Ella quiso cogerla, pero Kline la mantuvo fuera de su alcance.

—No se toca.

Hayward volvió a mirarle, entornando los ojos. Después se fijó en la carta. Era de Rocker, efectivamente, con membrete oficial y fecha del día antes; agradecía a Kline (como presidente de

Digital Veracity) el donativo de cinco millones de dólares al Fondo Dyson que acababa de anunciar. El fondo, sagrado para las bases de la policía de Nueva York, llevaba el nombre de Gregg Dyson, un policía secreto asesinado diez años antes por unos traficantes de drogas. Su creación respondía al objetivo de prestar ayuda económica y emocional a las familias de los policías de Nueva York muertos en acto de servicio.

Volvió a mirar a Kline. Del edificio salía una marea humana que pasaba por su lado. La sonrisa de Kline se mantenía incólume.

—Me alegro mucho por usted —dijo Hayward—, pero ¿qué tiene que ver conmigo?

—Todo.

Sacudió la cabeza.

—No le entiendo.

—Ya lo entenderá, que para algo es una poli lista. —Kline se volvió hacia las puertas giratorias, pero antes de cruzarlas se paró y miró hacia atrás—. Aunque le puedo dar una buena pista.

Hayward esperó.

—Pregúnteselo a su novio, Vinnie.

Al girarse de nuevo, Kline ya no sonreía.

48

Nora Kelly abrió los ojos. Al principio no entendía dónde estaba, pero se acordó de golpe: olor de alcohol para friegas y comida mala, pitidos y murmullos, sirenas a lo lejos... El hospital. Todavía.

Siguió acostada, con dolor de cabeza. El gotero, colgado en su percha al lado de la cama, oscilaba bajo la intensa luz de la luna, chirriando como un letrero oxidado al viento. ¿Lo había hecho moverse ella? Tal vez el choque de una enfermera, que acabara de pasar a comprobar su estado y administrarle más tranquilizantes, de los que Nora insistía en que no necesitaba... A menos que hubiese entrado el policía apostado en la puerta por D'Agosta.

La botella de suero se balanceaba y chirriaba sin parar.

Poco a poco empezó a sentirse extrañamente ajena a todo. El cansancio era mayor de lo que pensaba. También podían ser efectos secundarios de la segunda conmoción cerebral.

La conmoción... Mejor no pensar en ella, porque sería recordar su causa: el piso a oscuras, la ventana abierta y...

Sacudió la cabeza, suavemente; luego apretó los párpados y empezó a respirar en profundidad, para limpiarse por dentro. Al recuperar la calma, abrió los ojos y miró a su alrededor. Estaba en la misma habitación doble que en los últimos tres días, en la cama más próxima a la ventana. Estaba cerrada la persiana, y corrida la cortina de la cama más cercana a la puerta.

Se giró para fijarse en la cortina. Veía la silueta del paciente que dormía dentro, dibujada en el resplandor que se filtraba del lavabo. Pero ¿era realmente una silueta humana? Al quedarse dormida, ¿no estaba vacía la cama de al lado? En las tres noches que llevaba allá (solo para observación, como no se cansaban de decir los médicos, prometiéndole el alta para el día siguiente), siempre había estado vacía aquella cama.

Empezó a apoderarse de ella una horrible sensación de *déjà vu*. Aguzando el oído, distinguió a duras penas la respiración, un tenue, irregular suspiro. Volvió a mirar a su alrededor. Veía rara toda la habitación, sin los ángulos correctos; la tele apagada de encima de la cama tenía las líneas torcidas de una película expresionista alemana.

«Será que aún duermo —pensó—. Solo es un sueño.» Tenía la impresión de estar sumida en el sopor de un paisaje onírico, que la envolvía en su abrazo vaporoso.

La silueta salió de su inmovilidad. Se oyó un suspiro. Un vago ruido de mucosidades. Después se levantó despacio un brazo, cuyo contorno se imprimió en la cortina. Nora se aferró a la sábana con un escalofrío de terror, intentando apartarse, pero se sentía tan débil…

La cortina se descorrió con pavorosa lentitud, mientras las anillas de metal chirriaban un poco contra el frío acero de la barra: iiiii… Paralizada de miedo, Nora vio surgir la oscura silueta de una persona, primero en la penumbra… y después a la luz de la luna

Bill.

La misma cara abotargada, el mismo pelo apelmazado, los mismos ojos amoratados y abolsados, los mismos labios grises… La misma sangre seca, tierra, putrefacción. Nora no podía moverse. No podía gritar. Solo podía quedarse tumbada, asistiendo con los ojos muy abiertos a la pesadilla que pondría fin a todas sus pesadillas.

La figura bajó de la cama y se levantó, mirándola. Bill… pero que no era Bill; vivo, pero muerto. Dio un paso. Se le abrió la boca. Dentro había gusanos. Levantó una mano como una garra, de uñas largas y agrietadas, a la vez que inclinaba lentamente hacia ella la cabeza… para besarla…

Se incorporó gritando en la cama.

Al principio se quedó muy quieta, temblando de terror, hasta que se dio cuenta con alivio de que en realidad era un sueño; igual que el anterior, pero peor.

Volvió a acostarse, sudada de los pies a la cabeza, mientras se le tranquilizaba el corazón, y sentía remitir la pesadilla como una marea. La botella de suero no se balanceaba. El televisor presentaba un aspecto normal. La habitación estaba oscura, sin luz de luna. La cortina estaba corrida alrededor de la otra cama, pero no se oía ninguna respiración. La cama estaba vacía.

¿O no?

Miró fijamente la cortina. Oscilaba muy ligeramente. Era una cortina opaca, que impedía ver el otro lado.

Hizo un esfuerzo de relajación. Pues claro que no había nadie. Solo era un sueño. Además, D'Agosta le había dicho que siempre tendría la habitación para ella sola. Cerró los ojos, pero no lograba conciliar el sueño. En el fondo tampoco quería conciliarlo. Había sido un sueño tan horrible, que le daba miedo dormirse.

Era una tontería. A pesar de su estancia forzosa en el hospital, se le resistía el sueño, y tenía una necesidad imperiosa de descanso.

Cerró los ojos. Sin embargo, se sentía tan despierta que casi no podía cerrar los párpados. Pasó un minuto. Dos.

Volvió a abrir los ojos, suspirando irritada, y una vez más, contra su voluntad, se le escurrió la mirada hacia la cama adyacente. Volvían a moverse, muy poco, las cortinas.

Suspiró. Su imaginación hiperactiva desbarraba. Lo cual, por otro lado, no era de extrañar, tras una pesadilla así…

Pero ¿se había dormido con la cortina corrida?

No podía estar segura. Cuanto más reflexionaba, sin embargo, más se convencía de que estaba abierta. Claro que entonces estaba aturdida, en plena conmoción. ¿Cómo fiarse de su memoria? Se giró a mirar con tesón la pared del fondo. Luego intentó cerrar los ojos otra vez.

Una vez más, contra su voluntad, dejó arrastrar su vista hacia la cortina cerrada, que seguía oscilando suavemente. Eran simples corrientes, el aire acondicionado; una brisa demasiado leve para que la notara ella, pero no para agitar las cortinas.

¿Por qué estaba cerrada la cortina? ¿La habían cerrado mientras dormía?

Se incorporó de golpe, provocando una punzada de dolor en su cabeza. Era absurdo darle tantas vueltas, cuando una simple acción resolvería el problema de una vez por todas. Bajó los pies al suelo y se levantó, con la precaución de no enroscar el tubo del suero. Dos pasos rápidos y una mano tendida que cogió la cortina… y vaciló. De repente se le aceleraba de miedo el corazón.

—Pero Nora —dijo en voz alta—, no seas tan cobarde.

Dio un estirón a la cortina.

En la cama había un hombre completamente inmóvil. Llevaba un uniforme blanco almidonado de camillero. Tenía los brazos cruzados en el pecho, y un tobillo encima del otro. Podría haber pasado por una momia egipcia, si no fuese porque tenía los ojos muy abiertos, reflejando la luz. Mirándola a ella de hito en hito. Jugando con ella.

Durante aquel momento de miedo paralizador, la figura saltó como un gato, le puso una mano en la boca, la obligó a tumbarse y la sujetó.

Nora se resistía; daba patadas e intentaba gritar, pero él era muy fuerte, y la tenía prisionera. La obligó a girar la cabeza. Nora vio que tenía en la otra mano una jeringuilla de cristal, con una aguja hipodérmica de acero, larga y de aspecto cruel, y una gota de líquido temblando en la punta. Bastó un raudo movimiento para que sintiese que se le clavaba en lo más profundo del muslo.

Con qué fuerza intentaba resistirse, moverse, gritar… Pero se le ceñía la parálisis como un súcubo, sin que esta vez fuera un sueño, sino algo de una realidad horrible e incuestionable, que la sumergía en un abrazo irresistible; y luego fue como si se cayera, siempre abajo, siempre abajo, por un pozo sin fondo que se estrechaba hasta un punto final… y se apagaba.

49

Marty Wartek juntó las manos sudorosas en el borde del atril, y miró la multitud congregada frente al edificio Batchelder del Departamento de Vivienda del Ayuntamiento de Nueva York. Era su primera rueda de prensa, una experiencia que, a la vez que intimidarle, debía reconocer que le llenaba de emoción. A su izquierda y su derecha había algunos subordinados (enrolados deprisa y corriendo, por las apariencias), y un par de polis de uniforme. El podio estaba montado sobre los escalones más próximos al suelo, con cables pegados con cinta adhesiva en el borde trasero.

Su mirada se deslizó hacia el pequeño grupo de manifestantes que se agolpaban en un rincón de la plaza, mantenidos a raya por unos cuantos polis. Sus cánticos tenían un aire de inseguridad que le daba esperanzas de que se callasen en cuanto empezara a hablar.

Al carraspear, le tranquilizó oír la amplificación por el sistema de megafonía. Miró a su alrededor, mientras la gente empezaba a callarse.

—Buenas tardes —dijo—. Señoras y señores de la prensa, voy a leer unas declaraciones.

En el momento en que empezó a leer, hasta los manifestantes guardaron silencio. Explicó que ya se había puesto en marcha el procedimiento jurídico. Si estaba justificado tomar medidas contra la Ville, se tomarían. A todo el mundo se le respetarían sus derechos. Todo se ajustaría a derecho. La consigna era paciencia y calma.

Siguió adelante con su letanía, amodorrando a la prensa a golpe de banalidades. Era una declaración breve, de una sola página, escrita en comité y pasada por la criba de media docena de abogados. Tenía la virtud de no decir nada, no transmitir ninguna información y no hacer ninguna promesa, a la vez que daba la impresión de que se tenían en cuenta los intereses de todos. Al menos era lo que se pretendía.

Cuando iba por la mitad de la página, oyó un ruido vulgar, transmitido por megáfono desde el grupo de manifestantes. Siguió adelante, sin vacilar ni levantar la vista. Otro ruido.

—¡Qué rollazo!

Habló más alto, para que los gritos no impidiesen oírle.

—¿Y los animales?

—¿Y el asesinato de Smithback?

—¡Que paren a los asesinos!

Perseveró, monocorde pero algo más sonoro, mirando la página e inclinando hacia el podio su cabeza calva.

—¡Mucha palabrería! ¡Queremos hechos!

Vio con el rabillo del ojo que las jirafas de los micros y las cámaras giraban hacia los manifestantes, alejándose de él. Se oyeron algunos gritos más. Había gente discutiendo. Un poli empujó una pancarta. Nada más. Se contuvo el alboroto y se intimidó a los manifestantes. No eran suficientes para catalizar disturbios.

Acabó de leer, dobló el papel por la mitad y finalmente levantó la vista.

—Se abre el turno de preguntas.

Volvía a ser el centro de atención de todas las cámaras y micros. Las preguntas se sucedían lentas, desganadas. Se respiraba un ambiente de decepción. Los manifestantes seguían en su rincón, moviendo pancartas y entonando consignas, pero ya no gritaban tanto, y el tráfico de la calle Chambers casi sumergía sus voces.

Las preguntas eran previsibles. No dejó ninguna sin respuesta. Sí, se iban a emprender acciones legales contra la Ville. No, no sería al día siguiente; el calendario lo determinaría el proceso legal. Sí, estaba al corriente de las acusaciones de homicidio contra el grupo; no, no había pruebas; se estaba investigando, y aún no se había acusado a nadie de ningún crimen. Sí, parecía que la Ville no tenía ninguna escritura válida; de hecho, los letrados del ayuntamiento eran del parecer de que no habían establecido un derecho de prescripción adquisitiva.

Las preguntas empezaban a decaer. Miró su reloj: la una menos cuarto. Tras una señal con la cabeza a sus ayudantes, levantó por última vez hacia la prensa su cabeza con copete.

—Gracias, señoras y señores; damos por terminada esta rueda de prensa.

La reacción fueron algunos abucheos entre los manifestantes: «¡Palabrería, no hechos! ¡Palabrería, no hechos!».

Satisfecho de sí mismo, se guardó el papel en el bolsillo de la americana y subió por la escalera. Se habían cumplido sus expectativas. Ya veía las noticias de la noche: algunos extractos de su discurso, una o dos preguntas respondidas, unos minutos sobre los manifestantes y santas pascuas. Había contentado a todas las bases, les había echado un hueso a todos los grupos de electores, y había enseñado la cara seria y aburrida de la burocracia municipal de Nueva York. En cuanto al grupo de manifestantes, había salido bastante anémico para los criterios neoyorquinos. Obviamente, el grupo principal tenía otros planes. Wartek había oído hablar de que se estaba fraguando una nueva manifestación contra la Ville, mucho mayor que la primera. Por suerte no le afectaría a él. A decir verdad, no le importaba, siempre que no se manifestasen ahí delante. ¿Que acababan quemando la Ville? Pues ya tendrían cómodamente resuelto el problema.

Llegó al final de la escalera y se acercó a las puertas giratorias de cristal en compañía de dos ayudantes. Era la hora de comer. Del enorme edificio salían hordas de funcionarios del ayuntamiento, que se derramaban escaleras abajo. Era como nadar contracorriente.

Mientras él y sus ayudantes se abrían camino en sentido contrario, notó que alguien, al pasar, le daba un fuerte golpe con un hombro.

—¡Oiga, por favor!

Justo cuando empezaba a girarse, enfadado, tuvo la más sorprendente de las sensaciones en un lado del cuerpo. Se echó hacia atrás, llevándose instintivamente las dos manos a la barriga, y todavía le dejó más atónito sentir —y observar— cómo extraían de su cuerpo un cuchillo muy largo, entre sus manos enlazadas. Tuvo una brusca sensación de calor y frío simultáneos: frío en su interior, en lo más hondo de sus vísceras, y calor saliendo de él y descendiendo. Al mirar hacia arriba, vio fugazmente un rostro hinchado y escabroso; pelo pegajoso y maloliente; labios agrietados, que dejaban a la vista unos dientes podridos.

Al momento siguiente, ya no estaba.

Dio un paso vacilante, apretándose el costado con las manos. La gente que se cruzaba con él pareció vacilar y aglomerarse, chocando los unos con los otros.

Una mujer gritó en su oído.

Wartek, que se había quedado en blanco y seguía sin entender nada, dio otro paso en precario.

—Ay —dijo en voz baja, a nadie en especial.

Otro grito. Luego el aire se llenó de un coro de ruidos, un estruendo como el de las cataratas del Niágara. Se le empezaron a doblar las rodillas. Oía gritos incoherentes. Vio un río de uniformes azules: policías que se abrían paso desesperadamente por la multitud. Hubo otro brusco estallido de caos a su alrededor: gente que iba sin rumbo, de aquí para allá.

Sacando fuerzas de flaqueza, dio otro paso y se dobló; muchas manos atenuaron su caída, depositándole en el suelo. Más gritos confusos, con algunas palabras persistentes destacando entre el barullo: «¡Ambulancia! ¡Médico! ¡Puñalada! ¡Sangre!».

Se echó a dormir, sin saber a qué venía tanto ajetreo. Marty Wartek estaba tan y tan cansado, y Nueva York era una ciudad tan ruidosa…

50

Entraba y salía lentamente de sueños oscuros. Dormía, se despertaba a medias y volvía a dormirse. Al final recuperó del todo la conciencia. La oscuridad era absoluta. Olía a moho y piedra húmeda. Se quedó tumbada, en un estado de confusión. Luego se acordó de todo, y gimió de miedo. Sus manos palparon paja húmeda sobre un frío suelo de cemento. Cuando intentó levantarse, su cabeza protestó con fuerza. Se estiró otra vez, víctima de un ataque de náuseas.

Resistió el impulso de gritar, hasta que lo venció. Al cabo de un momento hizo otra tentativa de sentarse, más despacio, y esta vez lo logró. ¡Qué debilidad, por Dios! No había luz, nada, solo oscuridad. Le dolía el brazo donde había tenido la vía para el suero. No le habían vendado la zona del pinchazo.

Al final comprendió que la habían secuestrado en la habitación del hospital. ¿Quién? Al hombre con uniforme de camillero no le conocía. ¿Qué había sido del poli que vigilaba la puerta?

Consiguió levantarse. Tendiendo los brazos, arrastró cautelosamente los pies hasta tocar algo con las manos: una pared húmeda y pegajosa. La palpó. Estaba hecha de piedras bastas y mortero, y tenía una capa de polvo, por eflorescencia. Debía de estar en algún sótano.

Empezó a deslizarse a tientas junto a la pared, sin despegar los pies del suelo, desnudo, sin más obstáculos que los montones de paja. Llegó a un rincón y siguió caminando, a la vez que contaba la distancia en pies. En otros diez llegó a un receso en la pared, que siguió hasta chocar con el bastidor de una puerta, y después con la puerta misma. Madera. La palpó hacia arriba y hacia abajo. Madera con bandas de hierro y remaches.

Había un resquicio, por el que penetraba un residuo de luz. Pegó el ojo, pero el machihembrado frustró sus esfuerzos por ver a través.

Levantó un puño, vaciló, y al final dio un porrazo en la puerta. Luego otro. Se oyeron los ecos de los golpes. Tras un largo silencio, ruido de pasos acercándose. Acercó el oído a la puerta, para escuchar.

De pronto se oyó un ruido sobre su cabeza, como si estuvieran rascando. Justo cuando levantaba la vista, se encendió una luz cegadora. Se tapó los ojos por instinto, y retrocedió. Después se giró, entornando los ojos casi hasta cerrarlos. Al cabo de un buen rato empezó a acostumbrarse a la luz, y miró otra vez.

—Ayúdeme —logró decir con voz ronca.

No hubo respuesta.

Tragó saliva.

—¿Qué quieren?

Tampoco. Pero sí un ruido: un zumbido profundo y regular. Miró la fuente de luz, y esta vez distinguió una pequeña rendija rectangular en lo alto de la puerta. Era por donde entraba la luz. Y también algo más: el objetivo de una cámara de vídeo, grueso y abultado, que la enfocaba, metido por la rendija.

—¿Quién… es? —preguntó.

Sacaron de golpe el objetivo. Dejó de oírse el zumbido. Y una voz grave, aterciopelada, contestó:

—No vivirás bastante para que tenga alguna importancia mi nombre.

Después se apagó la luz, se cerró con fuerza la rendija, y Nora volvió a quedarse a oscuras.

51

Sentado en las gradas del campo de béisbol, Kenny Roybal, que ya pasaba de ir al instituto, limpió rápidamente la hierba, le pasó los dedos para quitar las semillas y enrolló el resto para hacerse un porro de campeonato, que encendió y aspiró profundamente, previo paso a entregárselo a su amigo Rocky Martinelli.

—El año que viene —dijo Martinelli al coger el porro, señalando con la cabeza el prado que había al otro lado de la oscuridad del campo de béisbol— cogeremos la maría que crece allá al fondo.

—Vale —dijo Roybal, exhalando de golpe—. También es de primera.

—Anda que no.

—Te flipas, tío.

—Te flipas.

Roybal dio otra chupada, pasó el porro y expulsó ruidosamente el humo. Esperó a que Martinelli hiciera lo mismo, con un chisporroteo y una punta de luz que se apagó enseguida, tras pintar de naranja su cara alargada de tonto. Roybal volvió a coger el porro, sacudió la ceniza con cuidado y rehizo la punta. Justo cuando lo iba a encender otra vez, vio a la luz del crepúsculo que en el aparcamiento del fondo llegaba un coche patrulla, preciso y elegante como un tiburón.

—Ojo, la pasma.

Saltó detrás de la grada, seguido por Martinelli. Miraron a través de los puntales de metal y madera. El coche de la pasma frenó. Empezó a girar un foco, cuya luz recorrió los campos de béisbol.

—¿Qué hacen?

—Y yo qué coño sé.

Esperaron en cuclillas, mientras la luz se deslizaba lentamente por las gradas, y parecía vacilar al pasar sobre ellos.

—No te muevas —dijo la voz grave de Roybal.

—Si yo no me muevo.

La luz se alejó. Luego volvió despacio, brillando cegadora a través de la grada. ¿Les verían los polis allá atrás, en cuclillas? Roybal lo dudaba, pero en todo caso demostraba un interés inusual por las gradas.

Oyó un gruñido: el jodido de Martinelli, corriendo por el campo de béisbol como un gilipollas, hasta salir al campo e ir hacia el bosque. La luz dio un salto y le enfocó.

—¡Mierda!

Roybal salió corriendo tras él. Ahora tenía la luz encima. Era como si corriese para pillar su propia sombra. Saltó por encima de la tela metálica, cruzó el campo y se metió por el bosque, siguiendo la silueta borrosa de Martinelli.

Corrieron y corrieron sin parar, hasta agotar sus fuerzas. Al final Martinelli se quedó sin fuelle, y se dejó caer jadeando sobre un tronco. Roybal se derrumbó a su lado, respirando a bocanadas.

—¿Vienen? —preguntó finalmente Martinelli, sin aliento.

—Tampoco hacía falta que te diera el yuyu, tío —contestó Roybal—. Si no hubieras saltado no nos habría visto el poli.

—Ya nos había visto.

Roybal miró la pared de árboles, pero no veía nada. Martinelli había corrido mucho. Palpó el bolsillo de su camisa. Estaba vacío.

—Por tu culpa se me ha caído el peta.

—Tío, en serio, que nos pelaban.

Roybal escupió. No valía la pena discutir. Se sacó del bolsillo el papel Zig-Zag, y el resto del chocolate. Pegó dos papeles y echó un poco de maría en el surco.

—No veo una mierda, tío.

A pesar de todo, la luna se filtraba entre los árboles para poder quitar un par de semillas, enrollar el porro, encenderlo y chupar. Lo acaparó un momento, espiró, dio otra calada, se quedó un buen rato el humo, volvió a espirar y lo pasó. Empezó a reírse, jadeando.

—Jo, tío, has salido disparado como si fueras un conejo y te persiguieran los perros.

—Nos había visto la poli, tío. —Martinelli cogió el porro y miró a su alrededor—. ¿Sabes qué? Que aquí cerca está aquel sitio de friquis, la Ville.

—Qué va, tío. Eso queda al otro lado.

—¡Tú flipas, tío! Es bajando hacia el río.

—¿Y qué pasa, que te vas a pegar otra carrera? ¡Uuuu, que vienen los zombis! —Roybal movió las manos sobre la cabeza—. ¡Cerebros! ¡Cereeebros!

—Cállate, joder.

Se pasaron el porro en silencio, hasta que Roybal lo apagó con cuidado y lo guardó en una cajita de pastillas para la tos. De repente flotaron en la oscuridad las notas en sordina de *Smack my Bitch Up*.

—Fijo que es tu madre —dijo Roybal.

Martinelli sacó de su bolsillo el teléfono móvil, que sonaba.

—No te pongas.

—Es que si no me pongo se raya.

—Qué jodido, tío.

—¿Diga? Sí. Vale.

Roybal escuchó la conversación de mal humor. Él ya se había ido de casa, y tenía choza propia. Martinelli aún vivía con su madre.

—No, estoy en el anexo de la biblioteca, estudiando con Kenny para el examen de trigo… Ya tendré cuidado… Aquí dentro no hay ladrones… ¡Pero mamá, que solo son las once!

Cerró el teléfono.

—Tengo que irme a casa.

—¡Si no es ni medianoche! Mal rollo, tío.

Martinelli se levantó, seguido por Roybal, que ya tenía calambres en las piernas, por la tontería de echarse a correr. Martinelli se metió otra vez entre los árboles, a paso rápido. Estaba tan oscuro que casi no se le veían las piernas larguiruchas. Poco después se paró.

—No me suena este árbol caído —dijo.

—¿Cómo quieres que te suene algo? Ibas que te las pelabas.

Roybal volvía a jadear.

—Me acordaría de haber saltado por encima, o algo.

—Tú sigue.

Roybal le empujó por detrás.

Llegaron a otro árbol caído. Martinelli se volvió a parar.

—Ahora sé de fijo que no hemos venido por aquí.

—Tú sigue y calla.

Martinelli no se movió.

—¿A qué huele? ¿Qué pasa, tío, que te has tirado un cacho pedo?

Roybal aspiró ruidosamente. Miró a su alrededor, pero estaba demasiado oscuro para ver bien el suelo.

—Voy yo delante. —Al pasar por encima del tronco, se le hundió el pie en algo firme, pero flexible—. ¿Qué coño pasa?

Levantó el pie y se agachó a mirar.

—¡Mierda! —gritó, echándose hacia atrás—. ¡Un cadáver! ¡Me cago en la puta! ¡Acabo de pisar un cadáver!

Miraron los dos. Una franja de luz de luna iluminaba una cara, pálida, destrozada, ensangrentada, con ojos vidriosos que miraban fijamente sin ver.

Martinelli tosió.

—¡Dios!

—¡Llama al 901!

Mientras retrocedía, Martinelli sacó el móvil y marcó como un poseso.

—¡No me lo puedo creer! ¡Es un cadáver!

—¿Oiga? ¿Oi...?

De repente Martinelli se dobló y vomitó sobre el teléfono.

—¡Mierda, tío…!

Siguió vomitando, mientras se le caía el móvil al suelo, pegajoso de vómito.

—¡Ponte otra vez!

Más vomitera.

Roybal retrocedió otro paso. Increíblemente, oyó salir por el teléfono una voz aguda.

—¿Quién es? —preguntaba—. ¿Eres tú, Rocky? ¡Rocky! ¿Estás bien?

Vómito y más vómito. La mirada de Roybal se posó otra vez en el cadáver, que estaba de lado, contraído, con un brazo hacia arriba, lívido y andrajoso a la luz de la luna. Qué mal rollo. Después se giró y corrió entre los árboles: lejos, lejos, lejos, lejos…

52

Eran las cuatro de la madrugada cuando D'Agosta y Pendergast llegaron a la sala de espera del anexo del depósito de cadáveres. Ya les esperaba el doctor Beckstein, hecho unas castañuelas, curiosamente; a menos, pensó D'Agosta, que solo fuera la costumbre de quedarse en el depósito a altas horas de la noche. Él, por su parte, estaba hecho una birria; de lo único que tenía ganas era de irse a su casa y meterse en la cama.

Pero era lo último que podía hacer. Se había precipitado todo tanto, que casi no podía procesarlo. De todos los últimos sucesos, el peor, con diferencia (al menos para él), era el secuestro de Nora Kelly, de cuyo paradero no se tenía el menor indicio. Al policía que tenía la misión de protegerla le habían puesto droga en el café, y le habían encerrado inconsciente en el lavabo de Nora. D'Agosta le había vuelto a fallar.

Y ahora aquello.

—Bueno, bueno, señores —dijo Beckstein, enfundándose unos guantes—, esto se pone cada vez más misterioso. Ustedes mismos, por favor.

Señaló con la cabeza el dispensador de al lado.

D'Agosta se abrochó la bata, se puso una mascarilla y un gorro médicos y se cubrió las manos con guantes. Cuanto más intentaba hacer de tripas corazón ante el suplicio que se avecinaba, más crecía su angustia. En el mejor de los casos, ver muertos en el depósito era un mal trago. Por algún motivo, la combinación de carne muerta y fría, las luces de hospital y el brillo del acero le formaban un nudo en el estómago. ¿Cómo reaccionaría a un caso así, en que las descripciones del cadáver cuando aún caminaba ya eran suficientes para dar arcadas a cualquiera? Miró a Pendergast, que ahora que iba de verde y blanco tenía más aspecto de huésped del depósito que de visitante. Estaba en su ambiente.

—Doctor, antes de entrar… —D'Agosta intentó conservar la naturalidad—. Tengo un par de preguntas.

—No faltaba más —dijo Beckstein, parándose.

—El cadáver lo han encontrado en Inwood Hill Park, ¿no? Bastante cerca de la Ville.

Beckstein asintió.

—Lo han descubierto dos adolescentes.

—¿Y está seguro de la identificación de la víctima? ¿De que es el cadáver de Colin Fearing?

—Razonablemente seguro. Lo ha identificado sin vacilar el portero del edificio de Fearing, a quien considero un testigo creíble. También han identificado el cadáver dos inquilinos que conocían bien a Fearing. El tatuaje y la marca de nacimiento están en el lugar correcto. Hemos encargado pruebas de ADN, para estar seguros, pero yo me jugaría mi puesto a que es Colin Fearing.

—¿Y el primer cadáver, el que se suicidó tirándose del puente? ¿El que identificó el doctor Heffler como Fearing? ¿Cómo es posible?

Beckstein carraspeó.

—Por lo visto el doctor Heffler cometió un error; un error comprensible, dadas las circunstancias —se apresuró a añadir—. Está claro que yo también habría aceptado como definitiva la identificación de una hermana.

—Intrigante —murmuró Pendergast.

—¿El qué? —preguntó D'Agosta.

—Se pregunta uno a qué cadáver le hizo realmente la autopsia el doctor Heffler…

—Sí.

—Tampoco es tan excepcional que se cometan errores de

identificación —dijo Beckstein—. Yo he visto varios. Si sumamos la pena y la impresión de los seres queridos a los cambios inevitables que provoca en el cuerpo la muerte, sobre todo la inmersión en agua, o la descomposición bajo un sol intenso...

—Claro, claro —se apresuró a decir D'Agosta—, pero es que en este caso las pruebas externas hacen sospechar un engaño. Encima el doctor Heffler también se descuidó al determinar la identidad de la hermana.

—Errar es humano —dijo Beckstein con poca convicción.

—Yo he observado que la arrogancia, de cuya falta no adolece el doctor Heffler —recitó Pendergast—, es el estiércol ideal para abonar las viñas del error.

D'Agosta aún estaba analizando la última frase cuando Beckstein les hizo señas de que le siguieran a la sala de autopsias. Dentro, el cadáver de Fearing estaba sobre una camilla, bajo una luz cruda. El alivio de D'Agosta fue inmenso al descubrir que lo tapaba un plástico blanco.

—Aún no he empezado a trabajar —dijo Beckstein—. Estamos esperando a que lleguen un patólogo y un celador. Disculpen el retraso.

—No se preocupe —dijo D'Agosta, con cierta prisa—. Le agradecemos que haya sido tan rápido. El cadáver no lo han traído hasta medianoche, ¿verdad?

—Correcto. Ya he hecho los preliminares, y el cadáver presenta algunas... curiosidades. —Beckstein tocó una esquina del plástico—. ¿Puedo?

«Curiosidades.» D'Agosta ya se las imaginaba.

—Pues...

—¡Con mucho gusto! —dijo Pendergast.

D'Agosta sacó fuerzas de flaqueza, respirando por la boca y desenfocando la vista. Iba a ser espantoso: un cadáver ennegrecido e hinchado, con la carne cayendo de los huesos, la grasa derritiéndose y los fluidos escurriéndose... ¡Cómo odiaba los cadáveres, por Dios!

Beckstein hizo crujir el plástico al apartar de golpe la cubierta.

—Aquí lo tienen —dijo.

D'Agosta se obligó a mirarlo. Y se quedó perplejo.

Era el cuerpo de una persona normal y corriente, limpio, pulcro y tan fresco que podría haber dormido. Tenía la cara recién afeitada, y el pelo engominado. El único indicio de que estaba muerto era una herida grave de bala encima de la oreja derecha, y algunas ramas y hojas pegadas a la gomina hacia la nuca.

Al mirar a Pendergast, D'Agosta vio que el agente del FBI compartía su estupefacción.

—¡Vaya! —dijo, aliviado—. Para que luego hable de zombis y muertos vivientes, Pendergast. Siempre le he dicho que todo eran patrañas inventadas por la Ville. Seguro que le ha pegado un tiro algún atracador cuando volvía de pasarse la noche haciendo el zombi.

Pendergast no dijo nada. Se limitó a observar el cadáver con un brillo en sus ojos plateados.

D'Agosta se giró hacia Beckstein.

—¿Sabe la hora de la muerte?

—Según la sonda anal, cuando lo han encontrado en Inwood Hill Park llevaba muerto unas dos horas y media. Contando que lo han descubierto sobre las once, la hora de defunción aproximada serían las ocho y media.

—¿Causa de la muerte?

—Con toda probabilidad, la herida de bala que tanto destaca sobre la oreja derecha.

D'Agosta aguzó la vista.

—No hay orificio de salida. Parece del veintidós.

—Creo que sí. Naturalmente, no estaremos seguros hasta que lo abramos. Mi examen preliminar indica que le dispararon por la espalda a bocajarro. No hay señales de resistencia ni de coacción; tampoco se aprecian morados, rasguños ni marcas de cuerdas.

D'Agosta se giró.

—¿Qué me dice, Pendergast? Ni vudú ni obeah; solo un disparo de mierda, como la mitad de los asesinatos de esta ciudad. Doctor Beckstein, ¿le mataron in situ, o tiraron el cadáver?

—Sobre eso no tengo ningún dato, teniente. Los de urgencias llevaron el cadáver enseguida al hospital. Aún estaba caliente, y no se anduvieron con hipótesis.

—Normal. Tendremos que consultar a la brigada científica cuando termine. —A D'Agosta le resultaba imposible disimular el tono victorioso—. Yo tengo bastante claro que todo esto han sido paparruchas montadas por los hijos de puta de la Ville para asustar a la gente, y que no se acerque.

—¿Ha mencionado usted curiosidades? —le preguntó Pendergast a Beckstein.

—Sí. La primera es posible que les suene.

Beckstein cogió un depresor de un bote, rompió el envoltorio estéril y abrió la boca del cadáver. Dentro había una pequeña bola de plumas y pelo, clavada a la lengua. Coincidía prácticamente en todo con el de la boca de Bill Smithback.

D'Agosta se lo quedó mirando con incredulidad.

—También había algo más. Necesitaré que me ayuden a girar el cadáver. ¿Teniente?

Enormemente a su pesar, D'Agosta ayudó a Beckstein a poner el cadáver boca abajo. Debajo de los omoplatos, en gruesas líneas de rotulador permanente, había un dibujo complejo y estilizado de dos serpientes rodeadas por estrellas, equis y flechas, y cajas en forma de ataúd. La base de la espalda presentaba un extraño y fino dibujo de una planta.

D'Agosta tragó saliva. Reconocía los dibujos.

—*Vévé* —murmuró Pendergast—, parecido a lo que vimos en la pared del apartamento de Smithback. Qué raro…

Se calló.

—¿El qué? —preguntó enseguida D'Agosta.

En vez de contestar directamente, Pendergast sacudió despacio la cabeza.

—Me gustaría que lo viera monsieur Bertin —murmuró, antes de incorporarse—. Querido Vincent, dudo que a este buen hombre le «pegase un tiro algún atracador», por usar sus palabras. Fue un asesinato premeditado, a modo de ejecución, al servicio de un objetivo muy concreto.

D'Agosta se quedó mirando a Pendergast, hasta fijar la vista otra vez en el cadáver de la mesa.

53

Alexander Esteban eligió un lugar discreto en torno a la gran mesa de formica de la sórdida «sala de juntas» de Humans for Other Animals, en la calle Catorce Oeste. Era una mañana despejada de otoño, pero poco sol entraba por la única y sucia ventana de la sala, que daba a un patio de luces. Cruzándose de brazos, vio sentarse a los otros miembros de la directiva, con chirridos de sillas, murmullos de saludo y ruido de BlackBerries e iPhones. Un olor a Cinnamon Dolce Lattes y Pumpkin Spice Frappuccino Crèmes de Starbucks llenó la habitación mientras todos depositaban en la mesa sus vasos de café de tamaño Venti.

El último en llegar fue Rich Plock, con tres acompañantes a quienes Esteban no conocía. Se apostó al fondo de la sala, cruzando los brazos para disimular el bulto de un barrigón como de embarazada, bajo un traje que le sentaba mal. Rojo y sudoroso bajo sus gafas de aviador, se embarcó inmediatamente en un discurso, con su voz aguda y presuntuosa.

—Señoras y señores de la directiva, tengo el placer de presentarles a tres invitados muy especiales: Miles Mondello, presidente de The Green Brigade, Lucinda Long-Pierson, presidenta de Vegan Army, y Morrys Wyland, director de Animal Amnesty.

Los tres miraban a Esteban como salidos de una agencia de casting: idealistas furibundos y estereotipados, que buscaban ansiosos una causa, y no se enteraban absolutamente de nada.

—Son las tres organizaciones que patrocinan la manifestación de esta tarde junto con HOA. Démosles la bienvenida a nuestra reunión.

Aplausos.

—Siéntense todos, por favor. Se abre la sesión especial de la directiva de HOA.

Susurro de papeles, muchos sorbos de café, y aparición de bolígrafos, libretas y portátiles. Se verificó que hubiera quórum. Esteban, mientras tanto, esperaba.

—Hay un solo tema en el orden del día: la manifestación de esta noche. Además de las organizaciones fundadoras, se han apuntado veintiún grupos más. Efectivamente, señoras y señores, han oído bien: ¡veintiún más! —Plock miró a su alrededor, eufórico—. La respuesta ha sido increíble. Esperamos a unas tres mil personas, pero sigo en contacto con otras organizaciones interesadas, y al final puede que sean más. Muchas más. —Sacó un fajo de papeles de una carpeta, y empezó a repartirlos—. Aquí están los detalles. El grupito de distracción se reunirá en los campos de béisbol. Otros grupos (todos listados en este papel) se congregarán en el campo de fútbol, el parque que hay al lado de la calle Doscientos dieciocho Oeste, el paseo y varios puntos de la zona. Ya saben que he conseguido que se autorice la manifestación. Es la única manera de que nos dejen acercanos a la Ville.

Un murmullo, y asentimientos con la cabeza.

—Pero claro, en el ayuntamiento no tienen la menor idea de lo grande que será el grupo que se forme en el norte. Ya me he encargado yo de ello.

Algunas risitas cómplices.

—¡Porque esto, señoras y señores, es una emergencia! Estos enfermos, estos depravados, okupas en nuestra ciudad, no solo matan animales, sino que es evidente que están detrás del brutal asesinato de Martin Wartek. Son responsables del asesinato de dos periodistas, Smithback y Kidd, y del secuestro de la mujer de Smithback. ¿Y qué hace el gobierno municipal? Nada. ¡Absolutamente nada! De nosotros depende actuar. Por eso esta tarde, a las seis, entraremos. Acabaremos de una vez con todo esto. ¡Ahora!

Plock sudaba. Tenía voz de pito, y una presencia física sin empaque, pero también el carisma de la convicción sincera, de la pasión y del auténtico coraje. Esteban estaba impresionado.

—El plan detallado de la manifestación lo tienen en las hojas. Guárdenlas con cuidado. Sería un desastre que llegase una de ellas a manos de la policía. ¡Váyanse a casa y empiecen a llamar por teléfono, mandar e-mails y organizar! Tenemos el tiempo justo. Nos reuniremos a las seis, y a las seis y media nos pondremos en marcha. —Plock miró a su alrededor—. ¿Alguna pregunta?

Nadie tenía nada que preguntar. Esteban carraspeó y levantó el dedo.

—Dime, Alexander.

—No acabo de entenderlo. ¿Pensáis realmente entrar en la Ville?

—Exacto. Vamos a acabar de una vez con todo esto.

Asintió, pensativo.

—No pone qué pensáis hacer una vez dentro.

—Nos meteremos en el recinto y soltaremos a los animales. También expulsaremos a los okupas. Está todo previsto en el plan.

—Ya. Es verdad que están matando (torturando) animales a sangre fría, claro; probablemente lo hagan desde hace años, pero pensad un poco. Lo más probable es que vayan armados. Ya sabemos que han asesinado como mínimo a tres personas.

—Si optan por la violencia, les pagaremos con su propia moneda.

—¿Pensáis ir armados?

Plock se cruzó de brazos.

—Digámoslo de esta manera: no se disuadirá a nadie de actuar en defensa propia, con todos los medios que traiga consigo.

—En otras palabras —dijo Esteban—, aconsejas que la gente acuda armada.

—Yo no aconsejo nada, Alexander. Me limito a exponer un hecho: está claro que la violencia entra dentro de las posibilidades, y todo el mundo tiene derecho a defenderse.

—Ya. ¿Y la policía? ¿Eso cómo lo solucionaréis?

—Por eso quedamos en varios sitios, y convergemos desde varios puntos, como un pulpo. Antes de que se den cuenta estarán superados. Seremos miles, moviéndonos todos a la vez por el bosque. ¿Cómo nos pararán? No pueden montar barricadas, ni cerrarnos el paso. El único acceso rodado lo tienen por un solo camino, que estará a rebosar de manifestantes.

Esteban cambió incómodamente de postura.

—Oye, no me entiendas mal, estoy en contra de la Ville; lo sabes desde el principio. Son despreciables, inhumanos. Mira lo que le ha pasado al pobre Fearing: primero le comen el coco para que mate, y luego le pegan un tiro en la cabeza, probablemente los de la propia Ville, mientras intentaba volver justamente con los sádicos que empezaron convirtiéndole en un zombi. Si eso se lo han podido hacer a Fearing, es que se lo pueden hacer a cualquiera. Ahora bien, si entráis así, de una manera tan incontrolada, podría haber heridos, y hasta muertos. ¿Os lo habéis planteado?

—Muertos ya los ha habido, y animales no digamos: cientos, puede que hasta miles, degollados de la manera más horrible. No señor. Esto se acaba hoy mismo, esta tarde.

—No sé si estoy preparado —dijo Esteban—. Es una medida muy radical.

—Alexander, nos alegramos mucho de que te hayas unido a la organización. Nos llena de satisfacción tu interés por nuestra labor. Nos alegramos mucho al elegirte como miembro de la directiva. Tu generosidad económica se valora mucho, y tu relieve público también. Ahora bien, personalmente estoy convencido de que a cualquier hombre o mujer le llega la hora de tomar partido. Ya no basta con hablar. Ha llegado esa hora.

—Y después de entrar en la Ville —dijo Esteban—, y de soltar a los animales… ¿qué?

—Pues eso, lo que he dicho: expulsamos a los asesinos de animales. Adónde vayan ya es cosa suya.

—¿Y luego?

—Luego lo incendiamos todo para que no puedan volver.

Esteban sacudió despacio la cabeza.

—Con miles de personas apretujándose fuera y dentro de la Ville, y sin acceso para los bomberos, cualquier incendio que iniciéis podría causar decenas de muertos. Aquello es una ratonera. No solo podríais matarles a ellos, sino a los vuestros.

Un silencio incómodo.

—Yo lo del fuego no os lo aconsejo para nada. Al contrario: encargaría a unos cuantos manifestantes que vigilasen que no haya incendios, justamente para evitar esa posibilidad. ¿Y si los habitantes de la Ville son como los locos de Waco, y lo incendian todo ellos mismos, con vosotros dentro?

Otra pausa.

—Gracias, Alexander —dijo Plock—. Tengo que reconocer que me has convencido. Retiro lo dicho sobre el fuego. Lo derribaremos con nuestras propias manos. El objetivo es que quede inhabitable.

Murmullos de asentimiento.

Esteban frunció el entrecejo y sacudió la cabeza.

—Sigo sin poder respaldarlo. Soy un personaje conocido, con una reputación que mantener. Lo siento, pero no puedo dejar que se me relacione con un ataque así.

Movimiento de sillas, y un ligero siseo.

—Lógicamente estás en tu derecho, Alexander —dijo Plock con frialdad—. Y debo decir que no me sorprende del todo, por cómo nos echaste un jarro de agua fría en nuestro anterior enfrentamiento con la Ville. ¿Hay alguien más que quiera abandonar el barco con el señor Esteban?

Esteban miró a su alrededor. Nadie más se movió. En sus miradas se leía falta de respeto, y hasta burla, tal vez.

Se levantó y salió.

54

El sol matinal se derramaba por las ventanas, mientras D'Agosta mantenía los dedos en el teclado de su ordenador, y la mirada fija en la pantalla. Llevaba unos diez minutos en la misma postura. Había que hacer un millón de cosas, pero él experimentaba algo parecido a la parálisis. Era como estar en el ojo de un huracán: alrededor todo era actividad frenética, pero en el epicentro de la tempestad no había nada.

De repente se abrió la puerta del despacho, y al girarse vio irrumpir a Laura Hayward. Se levantó enseguida.

—Laura —dijo.

Ella cerró la puerta y se acercó a la mesa. Su expresión gélida provocó un vuelco incómodo en el estómago de D'Agosta.

—Vinnie, a veces puedes ser un egoísta del copón —dijo en voz baja Hayward.

Él tragó saliva.

—¿Qué pasa?

—¿Que qué pasa? Pues que me han dejado sin ascenso en el último minuto. Y la culpa es tuya.

La miró un momento sin entender nada, hasta que se acordó de la conversación en el pasillo de Digital Veracity, y de la amenaza implícita del desarrollador de software.

—Kline —dijo, dejándose caer contra la mesa.

—Pues sí, majo, Kline.

D'Agosta la miró un momento. Luego bajó la vista.

—¿Qué ha hecho?

—Donar cinco millones al Fondo Dyson. A condición de que se me salten para el equipo especial.

—No puede. Eso es soborno. Es ilegal.

—Por favor, ya sabes cómo van las cosas en esta ciudad.

D'Agosta suspiró. Sabía lo que debería haber sentido (justa indignación, e incluso rabia), pero de pronto solo sentía cansancio.

—Rocker no es tonto —dijo amargamente Hayward—. Sabe que si rechaza un donativo así, le crucificarán, sobre todo si es para una patata caliente política como el Fondo Dyson. Y la que se queda con un palmo de narices es una servidora.

—Laura… Lo siento tanto… Eres la última a quien quería perjudicar, pero yo solo hacía mi trabajo. ¿Qué tenía que hacer, dejar que el fanfarrón de Kline campara por sus anchas? Es una persona de interés para la investigación. Amenazó a Smithback.

—Lo que tenías que hacer era actuar con profesionalidad. Desde el asesinato de Smithback, estás fuera de madre. Ya me enteré del registro a lo bestia que le hiciste a Kline en las narices. Sabías que tenía malas pulgas, pero le provocaste. Y ahora él me ataca a mí para vengarse.

—Sí, es verdad, intentaba provocarle para desencadenar un movimiento en falso. Es de los que no soportan quedar mal. Si llego a saber que la tomaría contigo, no lo habría hecho. —Inclinó la cabeza, dándose un masaje en las sienes—. ¿Qué puedo decir?

—Para mí el puesto era lo más importante.

Sus palabras quedaron en el aire. D'Agosta alzó lentamente la vista, y la miró a los ojos.

Llamaron suavemente a la ventana del despacho. Al girarse, D'Agosta vio en la puerta a un sargento de guardia.

—Perdone, señor, pero creo que debería poner el canal dos.

D'Agosta se acercó sin decir nada al televisor montado arriba, en la pared, y apretó el botón. Apareció en pantalla un vídeo como de aficionado, con mucho grano y movimiento, lo cual no le impidió reconocer de inmediato a la mujer de la imagen: Nora Kelly. Llevaba una bata de hospital muy fina. Estaba pálida, despeinada. Parecía que estuviese en una mazmorra: paredes de piedra basta y paja por el suelo. La vio acercarse al objetivo, titubeante.

—Ayúdeme —decía.

La imagen se fundió de golpe.

D'Agosta se giró hacia el sargento.

—¿Se puede saber qué es eso?

—Lo han pasado hace un cuarto de hora por la tele. Acaban de enviar el original por mensajero.

—Quiero que lo examinen nuestros mejores analistas. Ahora mismo, ¿me explico? ¿Dónde lo han dejado?

—Ha llegado por e-mail.

—Sígale la pista.

—Sí, señor.

El sargento se fue.

D'Agosta se dejó caer en la silla y cerró los ojos, con la cabeza apoyada en las manos. Dedicó un minuto a serenarse. Después se humedeció los labios y dijo con calma:

—Voy a encontrarla, Laura, aunque sea lo último que haga como policía. Cueste lo que cueste, me encargaré personalmente de que Nora Kelly no muera. Y de que los culpables lo paguen muy caro.

—Ya estás en las de siempre —dijo Hayward—. A eso me refería, justamente. Si quieres salvar a Nora Kelly, tendrás que controlar tus emociones. Tendrás que volver a actuar como un policía profesional. Si no, la próxima vez no seré yo la única perjudicada.

Se giró sin decir nada más y salió del despacho, cerrando la puerta con firmeza.

55

Mientras el sol de la mañaba doraba los muros de color crema y las altas enjutas de barro cocido del Dakota, frente a la entrada del edificio por la calle Setenta y dos se desarrollaba una extraña procesión. De entre las verjas negras de hierro forjado salieron dos mozos, con tres maletas cada uno. Les seguía una mujer con uniforme blanco de enfermera, que, tras surgir de la penumbra del túnel del patio, se quedó junto a la garita del portero. El siguiente fue Proctor, que se acercó a la cuneta, abrió la puerta trasera del Rolls-Royce y se quedó esperando al lado. Tras un largo momento, emergió otra figura por la puerta; una figura más bien pequeña, reclinada en una silla de ruedas que era empujada por otra enfermera. A pesar del calor de aquel día de veranillo de San Martín, la figura iba tan envuelta en mantas, manguitos y bufandas que costaba discernir no ya sus facciones, sino incluso su sexo. Un sombrero blanco grande y flexible escondía su cara. Una boquilla de nácar despuntaba bajo unas gafas de sol.

La enfermera llevó al inválido hasta Proctor, que esperaba. Al mismo tiempo salió Pendergast, que se acercó tranquilamente al Rolls con las manos en los bolsillos.

—¿No puedo convencerle de que se quede un poco más, *maître*? —preguntó.

La persona de la silla de ruedas estornudó explosivamente.

—¡No me quedaría un minuto más ni que me lo pidiera san Cristóbal en persona! —fue su malhumorada contestación.

—Déjeme ayudarle a entrar, señor Bertin —dijo Proctor.

—Un minuto.

De debajo de la manta salió una mano pálida, con un frasco de espray nasal. El dosificador fue aplicado a un palpitante orificio nasal. A continuación fue presionado y guardado de nuevo bajo la manta. También las gafas de sol fueron introducidas en el bolso de mano de la COAC que el hombrecillo parecía llevar eternamente encima.

—Ya puede seguir. *Doucement, pour l'amour du ciel. Doucement!*

A Proctor y la enfermera les costó un poco bajar a Bertin de la silla de ruedas y deslizarle (bajo una ráfaga de imprecaciones) en la parte trasera del vehículo. Pendergast se acercó para asomarse por la ventanilla.

—¿Se encuentra algo mejor?

—No, ni me encontraré mejor hasta que vuelva al sur. ¡Y aún! —Bertin miró a través de su envoltorio, aferrado a su enorme garrote-bastón, con los ojos negros brillando como cuentas—. Y tú deberás tener cuidado, Aloysius. El conjuro de muerte de aquel *hungan* es poderoso; antiguo y poderoso.

—Cierto.

—¿Cómo te encuentras?

—No demasiado mal.

—¿Lo ves? —declaró Bertin, con algo parecido al triunfo. Reapareció la misma mano, que hurgó en el maltrecho bolso hasta sacar un sobrecito cerrado—. Disuelve esto en ciento setenta gramos de zarzaparrilla y añade un poco de aceite de linaza. Dos veces al día.

Pendergast se guardó el sobre en el bolsillo.

—Gracias, *maître*. Lamento haberle causado tantos problemas.

Los ojos negros y brillantes se dulcificaron un momento.

—¡Bah! Me he alegrado de verte después de tantos años. Aunque la próxima vez que nos veamos será en Nueva Orleans. ¡No pienso volver nunca más a este lugar de oscuridad! —Se estremeció—. Te deseo toda la suerte del mundo. Este *loa* de la Ville… es realmente malvado. Malvado.

—¿Tiene algo más que decirme antes de irse?

—No. ¡Sí! —El hombrecillo tosió y estornudó otra vez—. Con tantos dolores, casi se me olvida. El ataúd en miniatura que me enseñaste, el de la sala de pruebas, es raro.

—¿El del nicho de Colin Fearing? ¿El que… estropeó usted?

Bertin asintió con la cabeza.

—He tardado un poco en darme cuenta, pero la disposición de las calaveras y los huesos en la tapa… —Sacudió la cabeza—. Es una proporción inhabitual, que entra en conflicto consigo misma. Debería seguir la Justa Proporción: dos por cinco. La diferencia, aunque sutil, existe. No coincide con el resto. —Agitó los dedos con desdén—. Es tosco, extraño.

—He analizado el polvo grisáceo que contenía, y parece que es simple ceniza de leña.

Otro gesto desdeñoso.

—¿Lo ves? No coincide con el otro obeah de Charrière y la Ville, que son infinitamente peores. El que este objeto no se ajuste a la proporción es un misterio.

—Gracias, *maître*.

Pendergast se irguió, adquiriendo una expresión pensativa.

—No hay de qué; y ahora, mi querido Aloysius, *adieu. Adieu!* Acuérdate de disolverlo en ciento setenta gramos de zarzaparrilla dos veces al día. —Bertin dio unos golpecitos al techo del coche con la punta del bastón—. ¡Ya puede arrancar, buen hombre! ¡Y no escatime en caballos, se lo ruego!

56

A D'Agosta, la Unidad de Servicios Multimedia del edificio de jefatura le recordaba la sala de controles de un submarino: calurosa, saturada de aparatos electrónicos y con olor a humanidad. Era una habitación de techo bajo, en la que trabajaban como mínimo veinte personas inclinadas sobre sus terminales y teclados. Se percibía un fuerte olor a curry, de alguien que comía temprano.

Se paró a mirar. El grupo más numeroso se concentraba al fondo, donde tenía su cubículo John Loader, el técnico de mayor graduación. Fue adonde dirigió sus pasos, contrariado al ver que Chislett ya había llegado. El subcomisario se giró, le vio y le dio la espalda.

Loader estaba sentado frente a su terminal: una voluminosa CPU debajo de la mesa, y dos monitores de pantalla plana de treinta pulgadas encima. Pese a las presiones de D'Agosta, el técnico había insistido en que necesitaba como mínimo dos horas para procesar y preparar el vídeo, y de momento solo había dispuesto de una hora y media.

—Póngame al día —dijo D'Agosta al acercarse.

Loader se apartó de la terminal.

—Es un archivo MPEG-4 enviado por e-mail al departamento de noticias de la red.

—¿Y el rastro?

Loader sacudió la cabeza.

—El que lo hizo usó un servicio de remailing de Kazajstán.

—Ya. ¿Y el vídeo?

El técnico señaló las dos pantallas.

—Está en el analizador de vídeos.

—¿Eso es todo lo que ha dado de sí una hora y media?

Loader frunció el entrecejo.

—He agregado un código de tiempo, he alineado y homogeneizado todo el clip, he eliminado ruido, he aclarado cada fotograma y he aplicado estabilización de imagen digital.

—¿Se ha acordado de ponerle una guinda encima?

—Mire, teniente, limpiar el archivo, además de suavizar y enfocar la imagen, reduce distracciones, y puede resaltar pruebas que de lo contrario pasarían inadvertidas.

D'Agosta tuvo ganas de recordarle que había una vida humana en juego, y que hasta el último minuto era vital, pero se aguantó.

—Vale, vale. Vamos a verlo.

Loader se acercó el *jog shuttle* (un accesorio negro y redondo, del tamaño de un disco de hockey). El monitor de la izquierda empezó a mostrar el vídeo, con menos grano y menos borroso que en las noticias. Primero se oía un ruido. Luego una lucecita penetraba en la oscuridad, y aparecía Nora mirando a la cámara. Tal como la iluminaba la fuente luminosa, su cara parecía un fantasma blanco flotando en la oscuridad. D'Agosta creyó reconocer a sus espaldas cúmulos de paja sobre un suelo de cemento, y piedras toscas unidas con mortero, que formaban muros.

«Ayúdeme», decía Nora.

La cámara se movía, se desenfocaba y se enfocaba otra vez.

«¿Qué quieren?», preguntaba Nora.

Nada, ni respuesta ni sonido. Luego un ruido en sordina, como de rascar, o rechinar. La luz se alejaba, caía otra vez la oscuridad, y se acababa el clip.

—O sea, que no le puede seguir el rastro —dijo D'Agosta, haciendo un esfuerzo para que no le temblase la voz—. ¿Me puede decir algo más sobre el archivo? ¿Lo que sea?

—Que no está multiplexado.

—¿Y eso qué quiere decir?

—Que no es de un circuito cerrado de televisión. Lo más seguro es que la fuente sea una videocámara doméstica, probablemente un modelo antiguo, por cómo tiembla la imagen.

—¿Y en el e-mail no ponía nada? ¿No pedían un rescate, ni había ningún mensaje?

Loader sacudió la cabeza.

—Páselo otra vez, por favor.

Durante la reproducción, D'Agosta se fijó en lo poco que se veía de la habitación, buscando algo que le ayudase a identificarla.

—¿Podría hacer un zoom de la pared? —pidió.

Loader retrocedió uno o dos segundos con el *jog shuttle*, seleccionó una parte de la pared, cerca de Nora, y la amplió.

—Demasiado grano —dijo D'Agosta.

—Voy a aplicar la herramienta de máscara de enfoque. En principio se debería ver mejor.

Un par de clics con el ratón hicieron aumentar considerablemente la nitidez del muro: piedras planas, amontonadas y unidas con mortero.

—Un sótano —dijo D'Agosta—. Antiguo.

—La lástima —dijo Chislett, en su primera intervención— es que no hay nada que se pueda identificar.

—¿Y la geología de las piedras?

—Es imposible identificar su composición mineral —dijo Loader—. Podrían ser esquistos, o basalto...

—Páselo otra vez.

Miraron el clip en silencio. D'Agosta sintió que su rabia llenaba toda la sala. Ya no sabía ni por qué se tomaba la molestia de controlarse: habían secuestrado a Nora, los muy hijos de puta.

—¿Y el ruido de fondo? —dijo—. ¿Qué es?

Loader desplazó el *jog shuttle* a un lado.

—Lo hemos analizado. Voy a iniciar el software de mejora de audio.

Se abrió una ventana en la segunda pantalla: larga y estrecha, con una onda de audio, una cinta irregular y temblorosa, que parecía una curva sinusoidal con esteroides.

—¡Un poco de silencio, por favor! —pidió Loader en voz alta.

El ruido disminuyó en toda la sala. Loader clicó el botón de PLAY de la base de la ventana.

La curva empezó a correr por la pantalla como una cinta magnética por una grabadora. D'Agosta oyó los movimientos en sordina de quien, al parecer, transportaba la cámara en la oscuridad; después, el suave clic de la luz de la cámara al encenderse, y un chirrido, como si la depositase en algún sitio (a menos que fuera el objetivo al ser introducido entre dos barrotes, o por un agujero). Nora habló una vez, y luega otra. Justo después se oía el ruido. ¿Chirrido? ¿Roce? Demasiado débil, y con demasiado siseo de fondo, para identificarlo.

—¿Lo podría resaltar? —preguntó D'Agosta—. ¿Aislarlo?

—Voy a añadir unos parámetros de ecualización a la señal.

Se abrieron más ventanas, con gráficos de aspecto complicado que Loader arrastró a la onda sonora. Después reprodujo otra vez el archivo de audio. Estaba más claro, pero no lo bastante.

—Voy a aplicar un filtro de pared. De paso alto, para eliminar las bajas frecuencias.

Más clics y ajustes con el ratón, hasta que Loader reprodujo una vez más la onda sonora.

—Es un sonido animal —dijo D'Agosta—. Un animal degollado.

—Pues la verdad es que yo no lo oigo —dijo Chislett.

—¿Ah, no? —D'Agosta se giró hacia Loader—. ¿Y usted?

El técnico se rascó la mejilla con cierto nerviosismo.

—No sabría decirlo. —Abrió otra ventana—. Según este analizador de espectro, hay una mezcla de frecuencias muy altas, algunas demasiado para que las perciba el oído humano. Yo diría que es una bisagra vieja chirriando.

—¡Venga ya!

—Con todo respeto… —empezó a decir Loader.

—Con todo respeto, es el grito de un animal. El sótano es viejo y tosco. ¿Saben qué les digo? Que este vídeo viene de la Ville. Tenemos que ir a registrarla. Ahora mismo. —Se giró y miró agresivamente a Chislett—. ¿Verdad, señor?

—Teniente —dijo Chislett, como la viva encarnación de la serenidad y el raciocinio—, confunde usted la situación más que esclarecerla. La cinta no contiene ni una sola indicación sobre su procedencia. El ruido podría ser infinidad de cosas.

«Confundir más que esclarecer. Indicación sobre su procedencia.» Típico del pretencioso de Chislett: convertir una simple reunión en un concurso de vocabulario. D'Agosta intentó no perder los estribos.

—¿Sabe que esta noche hay una manifestación contra la Ville?

—Sí, pero está autorizada. Es totalmente legal. Esta vez mandaremos muchos hombres, y mantendremos el orden.

—¿Ah, sí? Eso nunca se sabe. Como se descontrole la manifestación, podrían asustarse los de la Ville, y matar a Nora. Tenemos que hacer una incursión ahora mismo, antes de la manifestación. Aprovechar el factor sorpresa para entrar rápidamente y llevárnosla.

—¿Me ha escuchado, teniente? ¿Dónde están las pruebas? Ningún juez nos autorizaría a entrar solo por este ruido, aunque realmente fuera un animal. Ya lo sabe. Sobre todo… —Aspiró por la nariz—. Después de cómo registró la oficina de Kline.

D'Agosta se irguió. Ahora sí que sentía romperse el dique, y derramarse su rabia y frustración. Pero le daba igual.

—Mírales —dijo en voz alta—, aquí con sus aparatitos.

Todos interrumpieron su trabajo para mirarle.

—Mientras ustedes pierden el tiempo con sus juguetitos, han secuestrado a una mujer y han asesinado a dos periodistas y un funcionario de vivienda. Lo que hace falta es entrar con varios grupos de asalto a la vez, a ver si se enteran, los muy desgraciados.

—Teniente —dijo Chislett—, le convendría controlar sus emociones. Todos somos muy conscientes de la situación, y hacemos todo lo posible.

—Ni pienso controlarme, ni ustedes hacen nada.

D'Agosta se giró y salió de la sala, hecho una furia.

57

Pendergast estaba sentado en un sillón de cuero muy mullido del salón de su piso del Dakota, con las piernas cruzadas y la barbilla reposando en las yemas unidas de los dedos. Al otro lado de una alfombra turca estaba Wren, en un sillón idéntico, cuyo cuero granate casi se tragaba su cuerpo de pájaro. Entre los dos había una mesa, con una tetera de té Jin Xuan de A-Li-Shan, una cesta de brioches, un tarro de mantequilla y varios cuencos de mermelada y confitura de grosella espinosa.

—¿A qué debo el placer de esta visita tan inesperada, nada menos que en pleno día? —preguntó Pendergast—. Solo algo de la máxima importancia le sacaría a usted de su guarida a estas horas.

Wren asintió vigorosamente.

—Sí, es verdad que no soy muy aficionado a la luz diurna, pero he descubierto algo que me ha parecido que tenía que saber.

—Afortunadamente, en mi casa casi nunca entra la luz diurna.

Pendergast sirvió dos tazas de té, colocó una de ellas ante su invitado y se llevó la otra a los labios.

Wren la miró sin tocarla.

—Hace tiempo que quería preguntárselo: ¿cómo está la encantadora Constance?

—Me han mantenido informado desde el Tíbet, y todo sigue el calendario, al menos en la medida en que pueden estas cosas seguir el calendario… Espero hacer un viaje en un futuro próximo. —Pendergast bebió otro sorbo—. Dice que ha descubierto algo. Explíquese, se lo ruego.

—Al investigar la historia de la Ville y de sus ocupantes (así como de sus predecesores), he recurrido a muchos documentos de época, como es lógico: artículos de prensa, reportajes, manuscritos, incunables y otros documentos; y cuanto más he procedido de ese modo, más me ha llamado la atención una constante curiosa.

—¿De qué constante se trata?

Wren se inclinó.

—Que no soy la primera persona que sigue este camino.

Pendergast dejó la taza.

—¿De veras?

—Siempre que alguien consulta documentos valiosos o históricos, la biblioteca le asigna un número de identificación. Pues bien, empecé a observar que en la base de datos aparecía el mismo número de identificación para los documentos que sacaba yo en consulta. Al principio lo atribuí a una simple coincidencia, pero al cabo de unas cuantas veces acudí a la base de datos y consulté la identificación. En efecto: toda la documentación sobre la Ville (con especial énfasis en sus fundadores, por lo que se ve) también había sido examinada por el otro investigador, cuya diligencia llegó al extremo de consultar unos cuantos documentos que a mí se me habían pasado por alto.

Wren sacudió la cabeza, con una risa avergonzada.

—¿Y quién es el misterioso investigador?

—Ahí está lo raro, que su ficha ha desaparecido del registro de la biblioteca. Es como si no quisiera que se conociese su presencia. Lo único que queda, por decirlo de algún modo, son las huellas de su paso. Sé que era un investigador profesional; lo indica el prefijo de su número de identificación. Y tengo la seguridad de que lo hizo por encargo, no porque el tema fuera de su especial interés. Fue una labor demasiado rápida, ordenada y realizada en demasiado poco tiempo para tener su origen en alguna afición o estudio personal.

—Comprendo. —Pendergast bebió un poco de té—. ¿Y cuándo sucedió?

—Empezó a examinar material de la biblioteca hace unos ocho meses. Las consultas prosiguieron con una frecuencia aproximadamente semanal, y el rastro se para bastante bruscamente hace unos dos meses.

Pendergast miró a Wren.

—¿Terminó su investigación?

—Sí. —Wren vaciló—. Naturalmente, existe otra posibilidad.

—Ajá. ¿De cuál se trata?

—Que buscase algo, algo muy concreto; y que el final repentino de su labor deba entenderse como que lo encontró.

Después de que se fuera su invitado, Pendergast se levantó del sillón, abandonó la sala de estar y recorrió el pasillo central del piso hasta llegar a un laboratorio pequeño, bastante anticuado. Se quitó la americana negra y la colgó en un gancho, detrás de la puerta. La sala estaba presidida por una mesa de laboratorio de esteatita, con varios aparatos químicos y un mechero Bunsen. En las paredes había armarios de roble, cuyo interior se disputaban botellas de cristal, revistas viejas y manuales gastados.

Se sacó una llave del bolsillo y abrió uno de los armarios, del que extrajo diversos artículos: guantes de látex, un estuche de instrumentos de nogal pulido, un soporte para pipetas con etiquetas y tapones, y una lupa de bronce. Lo distribuyó todo por la mesa de esteatita. Después cruzó la habitación con un par de zancadas y abrió otro armario. Poco después apareció en sus dos manos una calavera: la que habían sacado él y D'Agosta de la tumba a orillas del río. Quedaban restos de tierra en las mandíbulas y las órbitas. La depositó con cuidado en la mesa, y al abrir el estuche reveló un juego de instrumentos dentales del siglo XIX, con mangos de marfil. Limpió con gran esmero la calavera, metiendo algunos trozos de tierra en tubos de ensayo, a los que puso etiquetas numeradas. También acabaron en probetas algunas muestras del polvo blanco que había dentro de las mandíbulas y los dientes, así como fragmentos de piel, pelo y adipocira.

Al terminar dejó la calavera sobre la mesa, y se la quedó mirando. Pasaron segundos, que sumaron minutos. El silencio de la habitación era absoluto. Pendergast se levantó despacio. Sus ojos plateados brillaron de entusiasmo. Cogió la lupa y examinó la calavera de muy cerca, hasta centrarse en la cavidad ocular derecha. Después dejó la lupa y, con la calavera entre las manos, examinó la órbita desde todos los puntos de vista. Por dentro había varias muescas, finas y curvadas, y otras parecidas en la pared posterior interna de la bóveda craneana.

Tras volver a dejar la calavera encima de la mesa, se acercó a otro armario y lo abrió para sacar el extraño artilugio hurtado del altar de la Ville: un trozo retorcido de metal que, con su mango de madera, parecía un extraño sacacorchos alargado. Se lo llevó a la mesa del laboratorio, y lo dejó al lado de la calavera. Después se apoyó con las dos manos y contempló un buen rato ambos objetos, moviendo sin descanso la mirada del uno al otro.

Finalmente se sentó junto a la mesa, con la calavera en la mano derecha y el utensilio en la izquierda. Siguió pasando el tiempo, mientras distribuía sus miradas entre ambos. Después, con exquisita lentitud, los unió, introduciendo el extremo curvado del gancho en la órbita ocular. Con lentitud y precaución, deslizó el gancho por las marcas, y lo manipuló hasta insertarlo en la fisura orbital superior (el hueco del fondo de la órbita). La punta se ajustaba perfectamente al agujero. Manipuló el gancho por la cavidad cerebral, como si hiciera un puzzle. Siguiendo las incisiones del hueso, lo introdujo cada vez más hasta que una muesca de la herramienta de metal se trabó en la fisura orbital, dejando alojado el gancho de la punta en las profundidades de la cavidad cerebral.

Un gesto rápido y habilidoso (un leve giro del mango) imprimió un movimiento circular de corte al gancho del final del instrumento. Pendergast lo giró en ambos sentidos. También giraba en ambos sentidos el pequeño y afilado gancho, dentro de la cavidad cerebral, dibujando un arco pequeño y preciso.

Una lúgubre sonrisa iluminó el rostro del agente especial Pendergast, que murmuró una sola palabra:

—Broca.

58

Nora Kelly escuchó atentamente en la oscuridad. El silencio era sepulcral. Por mucho que se esforzase, no conseguía detectar los ruidos de fondo normales, y reconfortantes, del mundo exterior: coches, voces, pasos, viento en los árboles… Ni siquiera se oían ratones o ratas en aquel húmedo sótano.

Una vez recuperada la conciencia, y controlado el miedo, había explorado minuciosamente su cárcel, no una, sino dos veces. Había tardado horas. Tenía que proceder a tientas, puesto que la única vez que había podido vislumbrar algo de la celda era al ser grabada en vídeo, momento en que la angustia y la desorientación le habían impedido aprovechar la oportunidad para memorizar su entorno.

Aun así, sus exploraciones táctiles le habían dado una impresión muy clara (casi demasiado) de la celda. El suelo era de hormigón, muy fresco y húmedo, con fuerte olor a cemento. Estaba cubierto de paja. Las dimensiones de la celda (medidas paso a paso, meticulosamente, varias veces) eran de unos tres por cinco metros. Las paredes eran de piedra tosca y mortero, probablemente de granito, completamente sólidas, sin ningún tipo de abertura salvo la puerta. Esta última era de madera maciza, con muchas bandas y remaches de hierro (dato confirmado por el sabor). Nora tenía la impresión de que era una puerta nueva, hecha a medida para aquel sótano, ya que el marco era más bajo y estrecho de lo habitual. El techo era una bóveda baja de ladrillos y mortero, más alta por el centro, de la que solo se podían tocar los lados. De la pared y el techo colgaban algunos ganchos oxidados, señal de que la sala podía haberse usado para curar carne.

Dentro de la celda había dos cosas: un cubo en un rincón, como letrina, y una jarra de plástico de cuatro litros llena de agua. A Nora no le habían dado nada de comer desde el principio de su cautiverio. La oscuridad total impedía llevar la cuenta del tiempo que pasaba. Aun así, estaba segura de que no podían ser menos de veinticuatro horas. Curiosamente, no le molestaba el hambre; tenía el efecto de despejarla.

«No vivirás bastante para que tenga alguna importancia mi nombre.» Habían sido las únicas palabras de su celador, y Nora estaba segura de que las decía en serio. No estaban haciendo ningún esfuerzo para mantenerla con vida, proporcionándole aire fresco y asegurándose de que volviese al mundo de los vivos en un estado físico aceptable; no solo eso, sino que el tono había sido tan natural, a la vez que tan lleno de calma y de seguridad, que a Nora el corazón le decía que era cierto.

Parecía difícil que la rescatasen. Tampoco entraba en lo posible cooperar, puesto que sería hacerlo con su propia muerte. Tenía que escaparse.

Metódicamente, como si clasificase fragmentos de cerámica, analizó todos los medios de huida que se le ocurrían. ¿Hacer un agujero en el suelo de cemento, que no estaba del todo endurecido? Con el cubo de plástico y la jarra, no tenía ni para empezar. Tampoco tenía zapatos, ni cinturón. Seguía llevando su fina bata de hospital. En cuanto a los ganchos, estaban demasiado clavados en el techo. Lo único que le quedaba para cavar eran las uñas y los dientes, y eso era imposible.

Lo siguiente en que pensó fueron las paredes de piedra y mortero. Las palpó con cuidado, verificando la solidez de cada piedra y cada resquicio en la argamasa, pero sin suerte. Eran piedras sólidas. Ninguna parecía floja. Las piedras y ladrillos del techo parecían ajustados hacía poco tiempo. Ni siquiera había una rendija por donde meter una uña.

Tampoco la puerta daba opción a nada: inmóvil, y de una resistencia enorme. Por dentro carecía de cerradura u ojo. Probablemente se ajustase por fuera con cerrojo y candado. Tenía una ventanilla, con barrotes por la parte interior, y una tapa metálica que nunca se abría. Estaba todo tan silencioso, que solo podía ser un sótano insonorizado.

Por lo tanto, solo existía una posibilidad: cuando volviera el carcelero, reducirle; y para eso hacía falta un plan. También un arma.

La primera que se le pasó por la cabeza fueron los ganchos oxidados de las paredes y el techo, pero eran de hierro macizo, demasiado resistentes para desprenderlos o partirlos. Ni siquiera había un asa en el cubo. Lo único que podía usar como arma eran sus manos, sus pies, sus uñas y sus dientes. Tendrían que servir.

Su carcelero la necesitaba viva, al menos de momento. ¿Por qué? Para demostrarle a alguien que estaba viva. ¿Con vistas a algún rescate? Posiblemente. ¿O para usarla de rehén? Imposible saberlo. De lo único que estaba segura era de que su carcelero, una vez logrado su objetivo, la mataría.

Así de sencillo.

Le extrañó estar tan tranquila. ¿Por qué no tenía más miedo? Igual de sencillo: porque desde la muerte de Bill ya no había nada que temer. Ya había ocurrido lo peor.

Se incorporó e hizo treinta flexiones para activar la circulación. El ejercicio brusco, sumado a la falta de comida y a la conmoción, le produjo un breve mareo, que al pasar, sin embargo, la dejó más despierta que nunca.

Un plan. ¿Y si se hacía la enferma, como señuelo para hacerle entrar, se fingía inconsciente… y le atacaba? No, no funcionaría; era un truco muy malo, por el que su carcelero no se dejaría engañar.

Quizá su próxima visita fuera para matarla. Había que asegurarse de que no la pudiera ejecutar mediante un simple disparo por la ventanilla de la puerta. Nora tendría que situarse de tal modo que, si él quería matarla, no tuviese más remedio que abrir la puerta y entrar. Solo podía ser detrás de la puerta. La oscuridad jugaría a su favor. Cuando él entrase... sería su única oportunidad. Debería estar lista para una acción relámpago. Iría directamente a por los ojos. Era el hombre que había matado a su marido. Estaba convencida. Dejó que el odio la llenase de energía.

Revisó mentalmente los pasos, previsualizando la apertura de la puerta, el salto, la caída hacia atrás del carcelero y los pulgares clavados en los ojos. Después le cogería la pistola y le mataría de un disparo.

La interrumpió un sonido, algo muy tenue, imposible de identificar. Saltó como un gato al otro lado de la puerta y se agazapó en la oscuridad, con un pie delante, en equilibrio, como un velocista a punto de empezar una carrera. Oyó el ruido de un candado, y el de un grueso pestillo. La puerta se abrió un poco, proyectando algo de luz en el suelo. Se paró al chocar con el pie de Nora.

—¡Cámaras... acción! —dijo la voz—. Voy a entrar.

La luz de la cámara iluminó la celda con un intenso resplandor que deslumbró un momento a Nora. En tensión, esperó a que se le acostumbrara la vista.

La luz blanca salió del otro lado de la puerta, posándose en su cara. Se arrojó hacia ella con los dos pulgares rígidos, directos hacia la cabeza de su carcelero; pero el foco era demasiado fuerte, y la cegó. El hombre lo soltó para cogerle gruñendo las muñecas. Primero Nora se sintió arrojada al suelo con gran fuerza. Después recibió una patada en la barriga. La luz se había caído al suelo, pero el secuestrador la recogió enseguida y retrocedió unos pasos.

Nora, que casi no podía respirar, intentó verle desde el suelo. La luz volvió a enfocarse en ella, sobre un objetivo que brillaba. El hombre de detrás estaba envuelto en una impenetrable oscuridad. Otra vez la misma idea insoportable: «Este hombre es el que mató a mi marido».

Se levantó, llenando sus pulmones, y se lanzó otra vez con las manos crispadas hacia el otro lado de la luz, pero esta vez el hombre estaba preparado. Nora recibió un golpe en un lado de la cabeza, y justo después se encontró tendida en el suelo, con las orejas zumbando y la vista llena de puntitos de luz.

La luz del vídeo se apagó. La figura se estaba retirando. Empezó a cerrarse la puerta. Nora se apoyó en las rodillas con dificultad, víctima de una flojera repentina y un intenso dolor de cabeza, pero al ponerse de pie ya estaba echado el cerrojo. Se aferró a la puerta y se levantó, aunque le doliese.

—Eres hombre muerto —jadeó, dando puñetazos en la puerta—. Te juro que te mataré.

—Será al revés, zorrilla —dijo la voz—. Volveré... muy pronto.

59

Al fondo de la sala de reuniones, con los brazos cruzados y la vista al frente (donde se sucedían las filas de policías sentados), D'Agosta atendía a las magistrales instrucciones de Harry Chislett sobre el «desfile cívico» (vaya manera más estúpida y ampulosa de llamarlo) que estaba a punto de empezar en las inmediaciones de la Ville. «¿Desfile? Y una mierda», pensó impacientemente. Que a Esteban y Plock se les hubiera dado autorización para un desfile no significaba que sus planes fueran pasearse por delante de la Ville cantando *Give Peace a Chance*. D'Agosta ya había visto lo deprisa que se habían puesto feas las cosas la primera vez. Chislett no; él se había ido prácticamente antes de que empezase la puñetera manifestación, y ahora señalaba majestuosamente los esquemas de la pizarra, hablando sobre protección, control de multitudes y una serie de matices tácticos con la misma calma que si estuviera explicando una fiesta de puesta de largo de las Hijas de la Revolución Americana.

Se dio cuenta de que se le cerraban los puños al oír exponer un plan tan pobre. Él ya había intentado explicarle a Chislett que había muchas posibilidades de que tuvieran prisionera a Nora Kelly en la Ville, y que cualquier explosión de violencia por parte de los manifestantes podía precipitar su muerte. Era algo más que un simple problema de logística; siempre que se juntaba mucha gente, la violencia y los disturbios estaban a un paso. Podía estar en juego la vida de Nora Kelly. Sin embargo, el subcomisario no lo veía igual. «La carga de la prueba la lleva usted en los hombros —había proclamado con pomposidad—. ¿Qué pruebas tiene de que Nora Kelly esté en la Ville?» Bastante había hecho D'Agosta con no claverle el puño en el tejido adiposo.

—Habrá tres puntos de control, aquí, aquí y aquí —peroró Chislett con otro golpe de puntero—. Dos en los nodos centrales de entrada y de salida, y otro en el acceso de Inwood Hill Park. La cadena de mando partirá de ahí hacia las posiciones más adelantadas.

—Alemanda a la izquierda, con la mano izquierda —murmuró D'Agosta para sus adentros—. Giro derecho hacia la pareja, reverencia a ambos lados.

—Parece, en efecto, que al subcomisario Chislett se le escapa lo esencial —dijo muy cerca una voz conocida.

Al girarse, D'Agosta vio a Pendergast de pie a su lado.

—Buenas tardes, Vincent —dijo la voz melosa del inspector.

—¿Qué hace usted aquí? —preguntó él, sorprendido.

—Vengo a buscarle.

—¿Dónde está su amigo Bertin?

—Ha regresado a la seguridad de los pantanos. Volvemos a estar solos usted y yo.

Sintió una inyección de esperanza, como llevaba días sin sentirla. Al menos Pendergast se daba cuenta de la gravedad de la situación.

—Pues entonces ya sabe que no podemos esperar —dijo—. Tenemos que salir pitando y rescatar ahora mismo a Nora.

—Estoy de acuerdo con usted.

—Si hay disturbios con Nora prisionera en la Ville, el riesgo de que la maten inmediatamente será muy alto.

—Vuelvo a estar de acuerdo con usted, siempre que Nora esté en la Ville.

—¿«Siempre que»? ¿Dónde va a estar? Mandé analizar la banda sonora del vídeo.

—Sí, estoy al corriente —dijo Pendergast—. Parece ser que los expertos no estaban tan seguros como usted de que se tratara de un animal.

—Pues que se vayan a la porra los expertos. Yo ya no puedo esperar más. Salgo ahora mismo.

Pendergast asintió con la cabeza, como si se lo esperase.

—De acuerdo, Vincent, pero con una condición: no dividirnos bajo ningún concepto. Algo tiene que ver la Ville, sin duda, pero ¿qué? He ahí el enigma. En todo esto hay algo que se me escapa, algo que no me cuadra.

—¡Y tanto que no cuadra! Están a punto de matar a Nora Kelly.

El agente especial sacudió la cabeza.

—No me refería a eso. ¿Me da su palabra, Vincent? ¿Lo haremos juntos?

D'Agosta le miró.

—Tiene mi palabra.

—Magnífico. Mi coche nos espera en la calle.

60

Richard Plock estaba en la acera de enfrente del aparcamiento del patio de maniobras de la calle Doscientos siete, mirando las apretadas filas de vagones del metro iluminados por el sol del atardecer. El ambiente, más que de tranquilidad, era de letargo. Un operario pasó por las vías, hasta meterse en el taller de herrería. Un técnico condujo lentamente una hilera de vagones a un apartadero, junto a la nave de inspección.

Plock miró a ambos lados de la calle, detrás de la valla. En la calle Doscientos quince Oeste también estaba todo tranquilo. Consultó su reloj con un gruñido de satisfacción. Las seis y cuarto.

Oyó sonar uno de los móviles que llevaba en el bolsillo de la chaqueta, identificados por sus colores. Al sacarlo, vio que era el rojo. Tenía que ser Traum, en los Cloisters.

Lo abrió.

—Ponme al día.

—Han empezado a llegar hace unos veinte minutos.

—¿De momento cuántos son?

—Doscientos o doscientos cincuenta.

—Muy bien. Que no se junten mucho. Que parezca lo más desorganizado posible. No nos interesa revelar nuestras intenciones antes de tiempo.

—Vale.

—Sigue. Nos pondremos en marcha dentro de un cuarto de hora.

Cerró el móvil suavemente y se lo guardó otra vez en el bolsillo. Casi era la hora de ir con su unidad, que se estaba reuniendo en el lado sur de la playa de vías.

Plock era consciente de no dar la imagen de líder nato. Para ser franco, tampoco tenía carisma de líder, pero sí pasión y convicción, que era lo principal. Estaba claro que le habían subestimado toda la vida, y también le subestimarían hoy.

Con eso contaba Rich Plock.

Desde la primera manifestación, la que se había quedado a medias, no había cejado ni un momento en su esfuerzo por ponerse en contacto con organizaciones de toda la ciudad, del estado y hasta del país, a fin de formar el grupo más celoso que pudiera para la acción de aquella tarde. Ahora todo estaba a punto de dar fruto. Más de dos docenas de organizaciones —Humans for Other Animals, Vegan Army, Amnesty Without Borders, The Green Brigade— convergían en aquel momento en el West Side. Y ya no eran solo vegetarianos y protectores de los animales, porque el asesinato de los dos periodistas y del alto cargo del ayuntamiento, sumado al secuestro de Nora Kelly, habían demostrado un poder muy notable de convocatoria. Con aquella publicidad en la mano, Plock había convencido a unos cuantos grupos marginales con las ideas muy claras de que se significasen. En otras circunstancias, lo cierto era que algunas se habrían mirado con recelo entre sí por sus connotaciones armamentistas o racistas (ahora, por ejemplo, participaban Guns Universal y Reclaim America), pero gracias a la retórica incendiaria de Plock, todas habían encontrado un enemigo común en la Ville.

Él no quería riesgos. Lo tenía todo coreografiado a la perfección. Para evitar que la poli les dispersase o arrinconase antes de tiempo, los grupos tenían una decena de puntos de reunión preestablecidos: Wien Stadium, Dyckman House, High Bridge Park... Así no llamarían demasiado la atención de las autoridades... hasta que Plock diera la orden, y se fundieran sin dificultad en un solo grupo. Entonces ya sería demasiado tarde para detenerles. Esta vez no les disuadiría nadie.

Se puso muy serio al recordar la primera manifestación. Visto en retrospectiva, era una gran suerte que Esteban se hubiera echado atrás. Ya se le había pasado el momento de ser útil. Ya había hecho todo lo necesario: funcionar como fachada famosa, aumentar su visibilidad y darles un dinero imprescindible, con el que Plock había podido reunir a la cantidad de gente necesaria para lo de aquella tarde. Si Esteban siguiera con ellos, seguro que les aconsejaría prudencia, recordándoles la falta de pruebas sobre la existencia de un rehén, y sobre la culpabilidad de la Ville en los asesinatos.

La falta de arrojo de Esteban había debilitado su anterior acción, pero por nada del mundo debilitaría aquella. Iban a pararle los pies a la Ville de una vez por todas. Se habían acabado la crueldad arbitraria, el sacrificio de animales indefensos y el asesinato de periodistas que simpatizaban con su causa.

Plock había pasado su infancia en una granja del norte de New Hampshire. De pequeño se ponía físicamente enfermo cada vez que llegaba la época de sacrificar los corderos y los cerdos. Siempre que intentaba no tener que ayudar, su padre, que no lo entendía, le pegaba y le llamaba vago y consentido. Él era demasiado pequeño para plantarle cara. Recordaba haber visto a su padre decapitando a un pollo con un hacha, y riéndose de que la pobre ave se pusiera a bailar espasmódicamente en el polvo del camino, tropezando y manando sangre por el cuello seccionado. Desde entonces le perseguía en sueños esa imagen. Su padre estaba empeñado en que se comieran sus propios animales, en que hubiera carne en todas las comidas, y en que Rich consumiera la parte que le correspondía. Cuando mataron a su cerdita preferida, su padre le obligó a comerse las costillas, con toda su grasa. Luego Plock se fue a vomitar detrás del establo, sin que lo advirtiera nadie. Un día después se iba de casa. Ni siquiera se llevó equipaje; solo los pocos libros que tenía (*Un mundo feliz*, *La rebelión de Atlas* y *1984*), y puso rumbo al sur.

Desde entonces era un capítulo cerrado de su vida. Su padre no le había querido, apoyado ni enseñado nada. Nada.

«Bueno, no es del todo verdad», se dijo al pensar en la Ville. Algo sí que le había enseñado su padre: a odiar.

Sonó otro de sus móviles. Era el azul: McMoultree, enfrente de la Yeshiva University. Justo cuando iba a contestar, vio algo curioso: una limusina Lincoln que iba a toda velocidad por la Décima Avenida, en dirección al norte, conducida por un sanitario con equipo completo de urgencias. Solo la miró un momento, porque seguía sonando el teléfono. Carraspeó con suavidad, lo abrió y se lo pegó a la oreja con aplomo.

61

El Rolls frenó como una seda al final de la calle Doscientos dieciocho Oeste, y aparcó entre una furgoneta destartalada y un Jeep último modelo. A la izquierda había una hilera de edificios de pisos de lo más normales, no muy altos; a la derecha, el óvalo verde del complejo deportivo de la Columbia. Entre el campo y las gradas se repartían unas doscientas personas que parecían desorganizadas, pero D'Agosta tuvo la seguridad de que formaban parte de la inminente manifestación. Ya había visto grupos sospechosos por el mismo estilo al cruzar Inwood. Pronto Chislett, en su gloriosa ignorancia, ya no sabría qué hacer.

—Entraremos de lado, por Isham Park —dijo Pendergast, cogiendo una bolsa de lona del asiento trasero.

Tras cruzar a paso vivo una serie de campos de béisbol y prados bien cuidados, penetraron sin transición en la naturaleza silvestre de Inwood Hill Park. En cuanto a la Ville, aún la tapaban los árboles. Pendergast había elegido una buena ruta de acceso: podían entrar sin ser vistos, ya que la atención de la Ville se orientaría hacia otro punto. D'Agosta oyó lo que traía del sur la brisa del atardecer: un rumor de megáfonos, gritos lejanos, bocinas de aire comprimido... Quien lo había planeado era muy listo: dejaba vociferar a un grupo para que atrajese la atención de la policía, y así los otros grupos podrían organizarse y llegar todos de golpe. Como no sacaran a Nora antes de que se pusiera en marcha la fuerza principal…

Pendergast, que iba en cabeza, se paró, dejó la bolsa en el suelo, la abrió y sacó un par de túnicas marrones de tela basta. D'Agosta, a quien el chaleco antibalas ya hacía sudar, se alegró de que hiciera frío. Pendergast le dio una de las túnicas. D'Agosta se la pasó rápidamente por la cabeza, y se ajustó la capucha. Tras hacer lo mismo, el agente del FBI se miró en un espejo de bolsillo y se lo puso delante a D'Agosta. No estaba mal, siempre que no se levantara la capucha, ni irguiera la cabeza. D'Agosta vio que el agente sacaba más cosas del petate (una linterna pequeña con pilas de repuesto, un cuchillo, un escoplo y un martillo y un juego de ganzúas), y las guardaba en un bolso cinturón, que procedió a esconder debajo de la túnica. D'Agosta se palpó la cintura para comprobar que también él tuviera a mano su Glock 19 y los cargadores de repuesto.

Pendergast metió el petate vacío debajo de un tronco caído, lo tapó con hojas e hizo señas con la cabeza al teniente de que le siguiera por el terraplén que tenían justo delante. Treparon por la cuesta, muy empinada, y se asomaron al otro lado. Estaban a unos veinte metros de la cerca metálica de la Ville, que en aquel tramo estaba vieja y oxidada, con varios agujeros perfectamente visibles; cincuenta metros más allá se erguía el informe amasijo de edificios, en la penumbra del atardecer, dominado por el gran volumen de la antigua iglesia.

D'Agosta se acordó de la primera vez que había estado en aquel bosque, y del cachiporrazo en la cabeza que había recibido en pago a sus desvelos. Sacó la Glock, y la sostuvo en la mano mientras ascendía. No volvería a sucederle.

Siguiendo a Pendergast, corrió hacia la tela metálica, la cruzó por uno de los agujeros y se agachó para seguir corriendo hacia la base de los muros exteriores de la Ville. Al cabo de un rato de seguir la curva, encontraron una abertura en la pared, una puerta pequeña que se caía a trozos, con candado. Un golpe certero del escoplo de Pendergast pudo con todo: candado, bisagras y todo lo demás. Al empujar la puerta, el agente dejó a la vista un camino estrecho y lleno de basura que bordeaba la iglesia, bajo aleros que casi no dejaban ni un resquicio de cielo. Entró, seguido por D'Agosta, que cerró la puerta. Pendergast pegó la oreja a la pared trasera de la iglesia. D'Agosta también. Dentro se oía la cantinela de una voz que subía y bajaba con tono sacerdotal, un tono trémulo, de denuncias y exhortaciones, pero demasiado lejano y confuso para ser entendido (suponiendo que hablase en inglés, para empezar...). De vez en cuando se alzaba una respuesta a coro, como una letanía mecánica e irreflexiva, seguida siempre por la voz desquiciada del solista.

Y a todo ello se mezclaban los relinchos agudos de un potro asustado.

D'Agosta trató de no pensar en aquella atrocidad, concentrándose en lo que hacían. Siguió de cerca a Pendergast por el camino, saltando de puerta oscura en puerta oscura, sin levantar la cabeza ni mostrar la cara. No se veía a nadie. Debían de estar todos en la iglesia, asistiendo a la nauseabunda ceremonia. El camino giraba bruscamente para cruzar un laberinto de construcciones viejas y precarias. Luego flanqueaba un edificio de mayor tamaño, adosado al templo, que por su aspecto podía ser la antigua rectoría.

La primera puerta que encontraron en la rectoría estaba cerrada, pero Pendergast no tardó ni cinco segundos en forzarla. Penetraron deprisa en una sala oscura y asfixiante. Cuando se le acostumbró la vista, D'Agosta vio que era un comedor, con una vieja mesa de roble, sillas y muchas velas en candelabros con cera acumulada. La única luz salía de un ordenador viejo, de la época del DOS, que desentonaba a más no poder con el antiguo mobiliario. En los lados este, sur y oeste había puertas que daban a habitaciones todavía más oscuras.

Desde ahí dentro se oían con más fuerza los desvaríos del sacerdote, filtrándose desde una dirección indeterminada.

De repente el problema al que se enfrentaban (encontrar a Nora en aquel enorme disparate constructivo) parecía insoluble. Se quitó rápidamente la idea de la cabeza. Las cosas paso a paso.

—En estas casas viejas siempre había alguna manera de bajar de la cocina al sótano —susurró Pendergast.

Pareció elegir una puerta al azar (la del este), y la cruzó seguido por D'Agosta. Era una despensa, llena de sacos de arpillera cuyo contenido parecía grano. Al fondo había un montaplatos antiguo y primitivo. D'Agosta pasó al lado del agente para echarle un vistazo. Abrió la puerta, encendió la luz y miró hacia abajo, muy abajo.

De repente oyó una voz a sus espaldas, brusca, enérgica.

—Eh, vosotros dos, ¿qué hacéis aquí?

62

El subcomisario Harry Chislett bajó del asiento trasero del Crown Vic sin identificar y caminó deprisa por la acera para reunirse con el inspector Minerva, su ayudante personal, que observaba a la multitud con sus prismáticos. Chislett pensó que «multitud» era mucho decir: entre doscientas y doscientas cincuenta personas desperdigadas por el campo de béisbol de la entrada del parque, agitando pancartas y gritando. Parecían del mismo tipo que la otra vez, ecologistas de tres al cuarto. Gritaron algo justo cuando les miraba, pero fue una consigna de lo más efímero.

—¿Has visto al de la barba? —preguntó—. El director de cine, el que les exaltó la última vez.

Minerva hizo un barrido del campo con los prismáticos.

—No.

—¿Puntos de control y posiciones de avanzada?

—Ya hay equipos en cada uno.

—Esencial.

Chislett oyó brotar alicaídamente otra consigna. Los manifestantes parecían bastante más apáticos que la otra vez. Sin el estímulo del orador, seguro que todo se apagaría en poco tiempo; y si no, estaba preparado.

—Señor…

Al girarse, le sorprendió ver a su lado a una mujer con galones de capitán en el cuello. Era menuda, morena, con una serenidad y una firmeza en la mirada que le irritaron enseguida, además de intimidarle un poco. La reconoció, aunque no formase parte de su equipo: Laura Hayward. La mujer capitán más joven del cuerpo. Y la novia del teniente D'Agosta (o ex novia, si eran ciertos los rumores). Ninguno de ambos atributos la hacían simpática a sus ojos.

—Dígame, capitana —respondió con voz tensa.

—He estado en la reunión de antes. Luego he intentado hablar con usted, pero se ha ido sin darme tiempo.

—¿Y?

—Con todo respeto, señor, teniendo en cuenta el plan que ha expuesto, no estoy segura de que cuente con bastantes hombres para controlar a esta multitud.

—¿Hombres? ¿Multitud? Mire usted misma, capitana. —Chislett abarcó el campo de béisbol con un gesto—. ¿No percibe escasez de manifestantes? Al primer policía que les diga «¡uh!», se irán con la cola entre las piernas.

El inspector Minerva reaccionó a sus palabras con una sonrisa burlona.

—Dudo que estén todos aquí. Aún pueden llegar más.

—¿Ah, sí? ¿De dónde, si puede saberse?

—En este barrio sobran sitios donde se pueden reunir grupos de cierto tamaño —contestó Hayward—. De hecho he visto a bastante gente por la zona, sobre todo para una tarde laborable de otoño.

—Justamente por eso hemos puesto a nuestros hombres en posiciones de avanzada. Así tenemos la flexibilidad necesaria para actuar deprisa.

Chislett intentó disimular su irritación.

—He visto su esquema, señor, y las posiciones de avanzada solo consisten en una docena de agentes cada una. Si se rompe el cordón, los manifestantes podrán ir directamente hasta la Ville; y si dentro tienen como rehén a Nora Kelly, como parece posible, a sus secuestradores podría entrarles pánico. La vida de ella estaría en peligro.

Eran las mismas chorradas con que le había venido D'Agosta. Hasta era posible que Hayward viniera de su parte.

—Tomo nota de su preocupación —contestó. Ya no se molestaba en esconder su tono de sarcasmo—. No obstante, le hago constar que hoy mismo un juez ha dictaminado que no existen pruebas de la presencia de Nora Kelly, y se ha negado a emitir una orden de registro. Y ahora, capitana, ¿sería tan amable de decirme qué hace aquí? Inwood Hill Park no forma parte de su jurisdicción, que a mí me conste.

Hayward no contestó. Chislett vio que ya no le miraba a él, sino algo encima de su hombro.

Se giró. Por el este se acercaba otro grupo de manifestantes. No llevaban pancartas, pero parecían ir en serio; caminaban deprisa y en silencio hacia el campo de béisbol, cada vez más juntos. Era un grupo más heterogéneo y de aspecto más duro que el que ya estaba en el campo.

—Déjame los prismáticos —le dijo a Minerva.

Al observar al grupo con los gemelos, vio que lo encabezaba el joven rechoncho que la otra vez había ayudado a dirigir la manifestación. Su expresión decidida, y las facciones tensas de sus acompañantes, le pusieron un poco nervioso.

Pero fue un nerviosismo pasajero. ¿Qué más daban cien o doscientos más? Él disponía de efectivos para manejar a cuatrocientos manifestantes, contando por lo bajo, y además su plan de contención era una obra maestra de economía y versatilidad.

Le devolvió a Minerva los prismáticos.

—Que corra la voz —dijo con su tono más marcial, sin hacer caso de Hayward—. Ahora iniciaremos el despliegue final. Diles a las posiciones de avanzada que estén listos.

—Sí, señor —contestó Minerva, desenfundando la radio.

63

D'Agosta se quedó muy quieto. Pendergast, encapuchado, masculló algo y arrastró los pies hacia el hombre, tambaleándose un poco, como un anciano que no se tuviera muy bien sobre sus pies.

—¿Qué hacéis aquí? —volvió a preguntar el hombre, con un acento extraño, exótico.

—*Va t'en, sale bête* —dijo Pendergast con voz ronca.

El hombre dio un paso hacia atrás.

—Ya, pero… no deberíais estar aquí.

Pendergast se acercó un poco más, mientras su mirada avisaba a D'Agosta de que estuviera listo.

—Solo soy un viejo… —jadeó en voz baja, levantando solícitamente una mano—. ¿Me puedes ayudar…?

El hombre se inclinó para oírle. D'Agosta se colocó ágilmente a su lado y le dio un golpe en la sien con la culata de su pistola. La figura cayó al suelo, inconsciente.

—Tocado, claramente tocado —dijo Pendergast, cogiendo hábilmente el cuerpo inerte.

D'Agosta oyó voces agitadas en las habitaciones contiguas; al parecen no estaban todos en la ceremonia de la iglesia central. No había puerta trasera a la despensa; era una habitación sin salida, y estaban atrapados con el hombre inconsciente.

—Al montacargas —susurró Pendergast.

Le metieron en el montacargas, cerraron la puerta corredera y le bajaron al sótano. Casi enseguida aparecieron tres hombres en la entrada de la despensa.

—¿Qué haces, Morvedre? —preguntó uno de ellos—. Ven con nosotros. Y tú también.

Pasaron de largo. D'Agosta y Pendergast se colocaron detrás, tratando de imitar su forma lenta y sigilosa de andar. D'Agosta sentía crecer su frustración y su tensión. Les sería imposible mantener el engaño mucho tiempo; tenían que escaparse, y empezar a registrar el sótano. Se les echaba el tiempo encima.

Se metieron todos por un pasillo largo y estrecho. Una puerta de dos hojas les llevó a la iglesia. El aire estaba muy cargado de olor a cera e incienso. La multitud se agitaba y murmuraba urgentemente, moviéndose como un mar en respuesta a las cadencias del sumo sacerdote, Charrière, que estaba al fondo, de pie. A la luz de dos hileras de cirios encendidos, cuatro hombres se afanaban en una losa del suelo. Detrás había muchos más, varias docenas, silenciosos en una oscuridad de cera, con el blanco de los ojos brillando como perlas en la densa tiniebla de sus formas encapuchadas; y a un lado, Bossong, erguido casi regiamente en toda su estatura, lo observaba todo desde la penumbra, inescrutable.

D'Agosta vio que los cuatro hombres hilvanaban cuerdas en las anillas de hierro de las esquinas de la losa (que era muy grande), las ataban, las dejaban en el suelo de piedra y se quedaban a su lado. Se hizo el silencio, mientras el sumo sacerdote se acercaba con un pequeño candelabro en una mano y un sonajero en la otra. Se movía muy despacio, con su basta capucha de tela marrón: un pie descalzo tras el otro, con los dedos hacia abajo, hasta situarse en el centro de la losa.

Sacudió un poco el sonajero: una vez, dos veces, tres, mientras giraba lentamente, llenándose los brazos de cera derretida, y salpicando la losa con ella. Una de sus manos se metió en el bolsillo del hábito, sacó un pequeño objeto con plumas y lo soltó sin dejar de girar. Después de agitar un poco más el sonajero, y de otra vuelta lenta, levantó mucho el pie descalzo, lo dejó un momento en el aire y lo descargó con fuerza en la losa.

348

Un brusco silencio. De pronto se oyó algo debajo: un silbido de aire, una respiración fricativa.

En el presbiterio, el silencio se hizo total.

El sumo sacerdote sacudió otra vez el sonajero, esta vez con algo más de fuerza, y trazó un nuevo círculo. Después levantó el pie y volvió a descargarlo en la losa.

«Aaaaauuuu…», se oyó debajo, lastimeramente.

D'Agosta miró a Pendergast con inquietud, mientras se le aceleraba el pulso, pero el agente del FBI seguía observándolo todo con gran atención bajo la protección de su pesada capucha.

El sacerdote empezó a bailar pausadamente en círculos alrededor del objeto con plumas, palmoteando con suavidad el suelo con sus pies cubiertos de vello blanco. De vez en cuando plantaba el pie con fuerza, mucho más sonoramente, y siempre le respondía un gemido desde abajo. Cuando el baile se hizo más rápido, y los impactos más frecuentes, los gemidos aumentaron de duración e intensidad. Eran vocalizaciones de alguien o algo a quien causaba irritación el ritmo de la superficie. D'Agosta quedó consternado al reconocerlas más allá de cualquier duda.

«Aaaaiiuuuuuuuuuuuuuuuuuuuuu…», se repetía la nota quejumbrosa, mientras Charrière seguía con su danza; «aaaiiuuuuu… aaaiiuuuu…», sin que las prolongadas vocalizaciones se ajustaran a ningún ritmo, aunque su agitación crecía inversamente a su duración. Cuando adquirieron más fuerza y urgencia, la multitud empezó a reflejarlas con un cántico de notas graves, que comenzó como un susurro, pero ganó en intensidad hasta que se entendió perfectamente la única palabra que entonaban:

—*Envoie! Envoie! Envoie!*

El baile del sacerdote se hizo más veloz; sus pies iban tan rápido que ya no se veían claramente, y el palmoteo marcaba el ritmo como un tambor de carne.

—¡Aiiuuuuu! —gruñía lo de abajo.

—*Envoie!* —cantaba arriba la multitud.

Charrière se paró de golpe. También el cántico se interrumpió, dejando flotar sus últimos ecos por la iglesia; lo que no paró fueron los ruidos de abajo, que se fundieron en una sola nota, un gemido, un estertor, acompañado de pasos incesantes, arrastrados.

D'Agosta siguió mirando desde la oscuridad, con el alma en vilo.

—*Envoie!* —exclamó el sumo sacerdote, bajando de la losa—. *Envoie!*

Los cuatro hombres de las cuatro esquinas cogieron sus respectivas cuerdas, se giraron, se las pusieron al hombro y empezaron a estirar. La losa se inclinó con un chirrido, osciló y se alzó.

—*Envoie!* —exclamó de nuevo el sacerdote, levantando las palmas.

Los hombres se alejaron, arrastrando la losa, que dejó a la vista un hueco en el suelo del presbiterio. La dejaron y soltaron las cuerdas. El círculo de hombres se estrechó, en silenciosa espera. Todo estaba en suspenso, inmóvil. Bossong, que no pestañeaba, miró a los hombres con sus ojos oscuros. Por el hueco salía una vaga exhalación: el perfume de la muerte.

La oquedad se llenó de un sonido constante: pasos, rasguños, correteos, sorbos húmedos, ávidos…

Hasta que finalmente surgió de la negrura, aferrándose al borde de piedra: una mano reseca y blanquecina, y un antebrazo huesudo en que los músculos y los tendones se marcaban como cuerdas. Después apareció otra mano, y por último, acompañado de una especie de arañazos, una cabeza: pelo aplastado y grasiento, rostro inexpresivo más allá de un ansia vaga… Uno de los ojos giraba blanco en su órbita; el otro lo tapaban grumos de sangre seca y otras sustancias. La cosa se dio un impulso repentino para salir del agujero, y se dejó caer con todo su peso en el suelo de la iglesia, arañándolo con las uñas. Se oyeron cortarse varias respiraciones, y unos cuantos murmullos de satisfacción.

D'Agosta miraba horrorizado, sin dar crédito a sus ojos. Era un hombre, o por lo menos lo había sido. No dudó ni un momento (ni uno solo) de que fuera lo que le había perseguido y atacado en los alrededores de la Ville hacía exactamente siete días. Sin embargo, no parecía Fearing, ni mucho menos Smithback. ¿Estaba vivo… o era un muerto resucitado? Se le puso la piel de gallina al contemplar su cara fofa, su piel arrugada y pálida, y los arabescos, líneas y cruces que se traslucían bajo los sucios harapos que hacían las veces de ropa; pero no, al fijarse mejor se dio cuenta de que el hombre, o cosa, no llevaba harapos, sino restos de seda, satén o alguna antigua gala que el paso del tiempo había deshecho, y puesto rígido de tierra, sangre y mugre.

La gente murmuraba con una especie de veneración, mientras el hombre-cosa daba pasos vacilantes a ambos lados, mirando al alto sacerdote como si esperase instrucciones, con un hilo de saliva colgando de sus labios gruesos y grises, y una respiración que era como apretar una bolsa mojada. Su único ojo bueno parecía muerto, completamente muerto.

Charrière hurgó en los pliegues de su sotana y sacó un pequeño cáliz de latón, en el que introdujo los dedos para rociar con una especie de aceite la cabeza y los hombros de la forma que se bamboleaba frente a él. A continuación, para infinita sorpresa de D'Agosta, se arrodilló ante la criatura y se inclinó profundamente. Los demás hicieron lo mismo. D'Agosta notó que le estiraban el hábito: era Pendergast, que le pidió por señas que siguiera el ejemplo de los fieles. D'Agosta se puso de rodillas y tendió ambas manos hacia el zombi (suponiendo que realmente lo fuese), como veía hacer a los demás.

—¡Nos inclinamos ante el protector! —recitó el sumo sacerdote—. ¡Salve a nuestra espada, nuestra roca!

Todos lo repitieron al unísono.

Charrière siguió hablando en otro idioma, al igual que los demás.

D'Agosta miró a su alrededor, y ya no vio a Bossong.

—¡Que te fortalezcamos —dijo el alto sacerdote, otra vez en inglés—, como nos fortalecen a nosotros los dioses del cielo!

Justo entonces D'Agosta oyó una especie de llanto, y al girarse divisó en la penumbra un potrillo alazán (como máximo de una semana) al que llevaban hacia el poste de madera con una brida, mientras sus endebles patas se clavaban en el suelo entre patéticos relinchos, y sus grandes ojos marrones se abrían muy redondos de miedo. El congregante lo ató al poste y se apartó.

El sacerdote se puso de pie, y con una especie de inseguro baile, levantó un reluciente cuchillo, parecido a los que habían requisado en el registro sorpresa.

«¡Dios mío! No, por favor…», pensó D'Agosta.

Todos se levantaron para girarse hacia el sacerdote. Era evidente que faltaba poco para el clímax de la ceremonia. Charrière entró en un verdadero frenesí. Ahora bailaba hacia el potro, mientras los fieles se balanceaban rítmicamente, y el cuchillo brillaba cada vez más arriba. El potrillo piafaba y relinchaba, cada vez más asustado, sacudiendo la cabeza para soltarse.

El sacerdote se acercó.

D'Agosta apartó la vista. Oyó un relincho estridente, muchas respiraciones relajándose a la vez… y un chillido de agonía equina.

La multitud estalló en un cántico veloz. D'Agosta se giró otra vez hacia delante. El sacerdote tenía en sus brazos al potro moribundo, cuyas patas aún sufrían sacudidas. Dio unos pasos por la nave hacia el horrendo hombre-cosa, haciendo que la gente se apartara, y gritó al dejar el cadáver del potro en el suelo de piedra, mientras la congregación se arrodillaba de golpe, todos a una, y D'Agosta y Pendergast se sumaban al gesto sin tardanza.

El zombi se abalanzó sobre el potro muerto con un ruido espantoso y empezó a desgarrarlo con los dientes, sacándole las tripas con un ruido bestial de gratificación, para metérselas en la boca.

El susurró aumentó de volumen:

—¡Alimentad al protector! *Envoie! Envoie!*

Al contemplar espeluznado a la figura encorvada, D'Agosta sintió en lo más hondo de sus entrañas una punzada de miedo atávico. Miró de reojo a Pendergast. Un destello de ojos plateados bajo la capucha llamó su atención hacia una puerta lateral de la iglesia, parcialmente abierta, que daba a un pasillo oscuro y vacío. Una vía de escape.

—*Envoie! Envoie!*

La figura comía a una velocidad de vértigo. Finalmente se sació y se levantó inexpresivamente, como si esperase órdenes. Toda la congregación se levantó a la vez.

Un gesto del sacerdote hizo que los fieles formasen un pasillo humano. Se oyó un chirrido metálico en la otra punta de la iglesia. Un congregante abrió la puerta al exterior. Entró un poco de aire fresco del atardecer. Por encima del muro de la Ville, en medio de la oscuridad, brillaba débilmente una estrella solitaria. Charrière le puso al zombi una mano en el hombro, levantó la otra y señaló la puerta abierta con un dedo largo y huesudo.

—*Envoie!* —susurró con voz ronca, mientras su dedo temblaba—. *Envoie!*

La figura empezó a arrastrar los pies despacio hacia la puerta, y no tardó en perderse de vista al otro lado. La puerta se cerró con un impacto sordo.

Fue como si la multitud espirase toda ella al mismo tiempo, relajándose. La gente salió de su inmovilidad. El sacerdote empezó a guardar los restos del potro en una caja que parecía un ataúd. Faltaba poco para el final del horrendo «oficio».

Inmediatamente, Pendergast se aproximó con disimulo al pasadizo, seguido por D'Agosta, que se esforzaba al máximo por aparentar calma y determinación. Un minuto después, Pendergast estaba delante de la puerta abierta, con la mano en el pomo.

—¡Un momento! —Uno de los congregantes más próximos reparó en su presencia al apartar la vista de la horrible escena—. No se puede ir nadie hasta el final de la ceremonia. ¡Ya lo sabéis!

Pendergast señaló a D'Agosta con un gesto, sin enseñar la cara.

—Mi amigo se encuentra mal.

—No se admiten excusas. —El hombre se acercó y se agachó para ver la cara de Pendergast debajo de la capucha—. ¿Quién eres, amigo?

Pendergast inclinó la cabeza, pero el hombre ya había entrevisto su cara.

—¡Extraños! —exclamó, bajándole la capucha.

De golpe todo fue silencio.

—¡Extraños!

Charrière abrió rápidamente la puerta que daba al exterior.

—¡Extraños! —gritó a la oscuridad—. *Baka! Baka!*

—¡Id a buscarle! ¡Rápido!

De repente D'Agosta vio al hombre-cosa en la puerta de la iglesia. Se quedó un minuto allí, meciéndose un poco. Luego empezó a moverse con extraña determinación. Hacia ellos dos.

—*Envoie!* —dijo estridentemente el sacerdote, señalándoles.

El primero en actuar fue D'Agosta, que tumbó al delator en el suelo. Pendergast saltó por encima de su cuerpo y abrió la puerta lateral. D'Agosta la cruzó corriendo, seguido por Pendergast, que dio un portazo y la atrancó.

64

Al pararse, vieron que estaban en un pasillo poco iluminado, con otra puerta al fondo. De repente empezaron a sonar golpes en la puerta que acababan de atrancar, sacándoles de su inacción. Corrieron por el pasillo, pero la puerta del fondo estaba cerrada con llave. D'Agosta retrocedió para darle una patada.

—Espere.

La cerradura sucumbió a unos toques de la ganzúa de Pendergast. Cruzaron la puerta. El agente la dejó bien cerrada, como la anterior.

Era el final de una escalera de madera, que descendía por una oscuridad apestosa. Pendergast encendió una linterna de bolsillo y la enfocó en la oscuridad.

—El... el hombre ese... —dijo D'Agosta, jadeando—. ¿Se puede saber qué hacían? ¿Adorarle?

—Tal vez no sea el mejor momento para conjeturas —contestó Pendergast.

—Pues le digo una cosa: es lo que me atacó en los alrededores de la Ville.

D'Agosta oyó golpes en la puerta del fondo del pasillo, y un ruido de madera rota.

—Usted primero —dijo Pendergast, señalando la escalera.

D'Agosta arrugó la nariz.

—¿Qué alternativas hay?

—Ninguna, por desgracia.

Empezaron a bajar por los vetustos escalones, haciéndolos crujir con su peso. Al final había un rellano que llevaba a otra escalera, esta vez de piedra, una escalera de caracol que se hundía en la oscuridad. Cuando llegaron al final, D'Agosta vio un pasillo de ladrillo húmedo, lleno de telarañas y sales. Olía a tierra y moho. Tanto arriba como por detrás se oían gritos en sordina, y puñetazos sobre madera.

D'Agosta sacó su linterna.

—Tenemos que encontrar una sillería como la del vídeo —dijo Pendergast, pasando la luz por las paredes húmedas.

Caminaba despacio por la oscuridad, con el faldón del hábito flotando.

—Dentro de nada se nos echarán encima los desgraciados de arriba.

—A mí no me preocupan ellos —murmuró Pendergast—. Me preocupa él.

Cruzaron varios arcos, y una escalera de piedra que subía. Algo después, el túnel se bifurcaba. Tras pensárselo un poco, Pendergast optó por el ramal de la izquierda. Poco después salieron a una gran sala circular, con nichos equidistantes en las paredes. En cada nicho había huesos humanos amontonados como leña, con los cráneos colgando. Muchos conservaban mechones de pelo, pegados al hueso con carne reseca.

—Encantador —murmuró D'Agosta.

Pendergast paró en seco.

D'Agosta oyó la razón: un ruido inconexo, como de arrastrar los pies, tras ellos, en la oscuridad. De donde no llegaba su linterna brotó un fuerte ruido, como de alguien olfateando el aire con la nariz llena de mocos. Pasos irregulares, cada vez más veloces, por un pasadizo invisible que parecía discurrir en paralelo a la sala donde estaban ellos. Captó un intenso tufo a carne de caballo estropeada flotando en el aire húmedo.

—¿Lo huele?

—Demasiado bien.

Pendergast enfocó la linterna en un arco que tenía cerca, y del que parecía provenir el tufo, llevado por una corriente de aire fresco.

D'Agosta sacó la Glock, sin poder evitar una fuerte punzada de miedo.

—Por ahí anda la cosa. Usted por la izquierda y yo por la derecha.

Pendergast sacó su Colt 45 de debajo del hábito. Se acercaron sigilosamente al arco, cada uno por su lado.

—¡Ahora! —exclamó D'Agosta.

Giraron para cruzarlo. La linterna que D'Agosta llevaba junto a la pistola solo iluminó paredes de ladrillos húmedos. Pendergast señaló el suelo, donde había huellas de sangre que se perdían en la oscuridad. D'Agosta se puso de rodillas y tocó una de las huellas; la sangre estaba tan fresca, que ni siquiera se había coagulado.

Se levantó.

—Esto es raro de la hostia —murmuró.

—Sí, y una pérdida de tiempo del que no disponemos. Sigamos. Deprisa.

Salieron de la sala por donde habían entrado, y tras cruzar corriendo la necrópolis abierta, se metieron por el pasillo del fondo. No tardaron en salir a otra especie de cueva, más tosca, cortada en roca viva. Entraron y movieron las linternas.

—Las piedras siguen sin parecerse a las del vídeo —dijo Pendergast *sotto voce*—. Es esquisto, no granito, y no está cortado de la misma manera.

—Esto de aquí abajo parece un laberinto.

Pendergast señaló con la cabeza un arco bajo.

—Vamos a ver qué hay en aquel pasadizo.

Entraron en el túnel, bajando la cabeza.

—¡Qué peste, Dios mío! —dijo D'Agosta.

Era un hedor repulsivo a sangre de caballo, denso, con regusto a hierro, y aún más horrible por su evidente frescura. Iba acompañado de ráfagas ocasionales de aire fresco, salidas de alguna comunicación invisible con el exterior. Oyó resonar por los túneles los gritos lejanos de los congregantes que les perseguían. Al parecer ya estaban en el sótano, y se distribuían en su búsqueda.

Siguieron por el túnel. Pendergast iba tan deprisa, que D'Agosta tenía que correr para no quedarse rezagado, pisando charcos de agua y barro. Las paredes húmedas estaban recubiertas de nitro y telarañas. Al pasar, D'Agosta vio arañas blancas que correteaban para esconderse entre los ladrillos. Al borde de la oscuridad había ojos rojos de rata, que brillaban a su paso.

Se acercaron a un cruce de tres pasillos, que formaban un espacio hexagonal. Pendergast caminó más despacio y se puso un dedo en los labios, haciéndole señas a D'Agosta de que se pegase a una pared, mientras él se arrimaba a la otra.

Al llegar al cruce, D'Agosta sintió (más que verlo) un movimiento rápido encima de él. Se tiró al suelo y rodó, justo cuando algo (el zombi, o lo que fuera) se abatía sobre él, con los jirones de sus antiguas galas chasqueando y susurrando sobre sus extremidades nudosas, como velas rotas en un vendaval. D'Agosta intentó pegarle un tiro, pero el hombre-cosa estaba preparado, e hizo un movimiento tan inesperado que el disparo no dio en el blanco. Después cruzó su campo de visión, un simple parpadeo en la luz de la linterna, y al arrojarse al suelo para esquivar la embestida, D'Agosta vio grabarse en sus retinas una impresión fugaz y aterradora: un solo ojo extraviado, los arabescos de *vévé* pintados o pegados en la piel, los labios húmedos, temblando en una mueca de hilaridad desesperada… Pero no había vaguedad ni hilaridad en sus movimientos. Les perseguía con una determinación inquebrantable y espantosa.

65

D'Agosta volvió a disparar, pero fue un disparo gratuito; la cosa había desaparecido otra vez entre las sombras. Se quedó en el suelo, enfocando la linterna en varios sitios con la pistola preparada.

—¿Pendergast?

El agente especial salió de un arco oscuro, agachado, con el Colt en las dos manos.

Solo unas gotas de agua rompían el silencio.

—Aún está aquí —murmuró D'Agosta, levantándose un poco para hacer un giro de trescientos sesenta grados con la pistola.

Intentó ver algo en la oscuridad.

—En efecto. Dudo que se vaya hasta que estemos muertos, nosotros… o él.

Se alargaban los segundos, que ya eran minutos.

Al final D'Agosta se levantó del todo, bajando la Glock.

—No tenemos tiempo de jugar a quién espera más, Pendergast. Hay que…

El zombi atacó desde un lado, como un borroso fogonazo; se lanzó directamente a la linterna, haciéndola caer al suelo con un golpe de sus largos dedos. D'Agosta disparó, pero la cosa se había refugiado una vez más en la oscuridad protectora. Oyó dispararse casi simultáneamente el Colt 45 de Pendergast: una doble detonación ensordecedora… y otra vez la oscuridad, junto al ruido de otra linterna (esta vez la de Pendergast) chocando con una pared.

El pasillo quedó sumido en la más profunda oscuridad. D'Agosta oyó casi inmediatamente una pelea encarnizada.

Corrió hacia el ruido, enfundando la Glock y sacando el cuchillo, que para distancias cortas era preferible, ya que disminuía el riesgo de herir a Pendergast (el cual, al parecer, se había enzarzado en una lucha a vida o muerte con el ser). Nada más chocar con el cuerpo nervudo del zombi, D'Agosta le asestó una cuchillada, pero a pesar de la torpeza de sus movimientos, la cosa tenía una fuerza y una rapidez tremendas, y se giró hacia D'Agosta como una pantera, bañándole en su asfixiante hedor. D'Agosta perdió el cuchillo. Empezó a dar puñetazos al hombre-cosa, buscando la barriga o la cabeza, sin dejar de esquivar las manos huesudas que se clavaban en él y le arañaban. La oscuridad y el hábito le ponían en desventaja, mientras que la andrajosa criatura parecía en su elemento: por mucho que se retorciera su contrincante, por mucho empeño que pusiera en zafarse, el zombi siempre tenía las de ganar, gracias, entre otras cosas, a lo resbaladizo de su cuerpo, impregnado de sudor, sangre y aceite.

¿Qué demonios había sido de Pendergast?

De repente le pusieron un brazo en el cuello, y lo tensaron como un cable de acero. Se echó a un lado sin poder respirar, intentando quitarse de encima a su atacante, a la vez que buscaba la pistola a tientas, pero el viscoso hombre-cosa tenía unos músculos duros como la teca, y a pesar de todos sus esfuerzos D'Agosta no pudo impedir que siguiera apretándole la tráquea, mientras le sujetaba la mano de la pistola con el otro brazo. El ser profirió un grito de victoria, una especie de gemido de alma en pena:

—¡Oaauuuoooooooooo!

La vista de D'Agosta se llenó de puntos blancos. Sabía que le quedaba poco tiempo. Con un último y explosivo esfuerzo, soltó el brazo derecho, sacó la pistola y disparó, iluminando el túnel sepulcral con el chispazo, que en tan exiguo espacio resultó ensordecedor.

—¡Iiiiii! —chilló el zombi.

D'Agosta sintió inmediatamente un fuerte golpe en la cabeza. Ante sus ojos explotaron más estrellas. La cosa volvía a sujetarle el antebrazo, y se lo sacudía contra el suelo para que soltase el arma.

—¡Iiiiii! —volvió a chillar.

A pesar de su aturdimiento, D'Agosta estuvo seguro de haberle dado; a la vista estaban sus gritos y su agitación, pero aun así parecía más fuerte que nunca, con una furia inhumana. El zombi le pisoteó el antebrazo. D'Agosta oyó romperse un hueso. Sintió un dolor indescriptible justo encima de la muñeca, mientras la pistola salía disparada, y la cosa se le echaba otra vez encima. Ahora le rodeaba el cuello con las dos manos.

D'Agosta se retorcía y le daba golpes con el otro brazo para soltarse, pero estaba perdiendo muy deprisa la poca vitalidad que le quedaba.

—¡Pendergast! —dijo con voz estrangulada.

Los dedos de acero se cerraron aún más. D'Agosta saltaba y se contorsionaba, pero sin oxígeno era una lucha perdida. Se apoderó de él un extraño hormigueo, acompañado de un zumbido. Entonces tendió un brazo y buscó el cuchillo a tientas por el suelo, con los dedos crispados, pero lo que encontró fue un trozo grande de ladrillo. Lo apretó y se lo estampó al zombi en la cabeza, con todas sus fuerzas.

—¡Iiiiaaaaaa! —chilló la cosa de dolor, tambaleándose.

D'Agosta se llenó los pulmones, echó el ladrillo hacia atrás y dio otro golpe al ser, que se apartó de un salto, con otro grito estridente.

Tosiendo, con la respiración entrecortada, D'Agosta consiguió levantarse y corrió a oscuras sin saber adónde. Al cabo de un momento oyó correr al hombre-cosa a sus espaldas, golpeando la viscosa piedra con los pies descalzos.

66

Desde su observatorio (un gran boquete en la tela metálica), Rich Plock observó con una satisfacción inquebrantable a la multitud que la cruzaba. Diez grupos iniciales, de unos doscientos cada uno; en total, dos mil personas, menos de lo esperado, pero de una temible determinación. Para criterios neoyorquinos no dejaba de ser una manifestación pequeña, pero con algo que la diferenciaba: la entrega de los manifestantes, gente de convicciones. Esta vez se habían quedado en casa los nerviosos y los pusilánimes, los que solo iban a curiosear y a tomar el sol (como Esteban). Mejor. Era un grupo expurgado, con las ideas claras, al que difícilmente arredrarían los obstáculos, o incluso la violencia; aunque de eso, violencia, poca podía haber, ya que la superioridad numérica de los manifestantes sobre los habitantes de la Ville debía de ser de diez a uno. Al principio quizá se resistieran, pero en poco tiempo se verían superados.

Daba gusto que hubiera funcionado todo tan bien, como un mecanismo de relojería. Habían tomado totalmente por sorpresa a la policía. Engañados por el grupo de manifestantes iniciales (planeado al milímetro para parecer lo más inofensivo posible), los polis se habían creído que sería una manifestación pequeña e intelectual, con mucho ruido y pocas nueces. Luego, en pocos minutos, habían llegado los otros grupos, sigilosamente, a pie, desde varias direcciones, y tal como estaba planeado, se habían puesto en marcha todos a la vez, fundiéndose en un solo grupo que avanzaba decidido por los campos, hacia la Ville. La policía no había tenido tiempo de formar ninguna barricada; tampoco de arrestar a los cabecillas, modificar las posiciones de sus unidades de avanzada o pedir refuerzos; solo podían gritar inútilmente por los megáfonos, implorando orden, mientras un solo helicóptero daba vueltas por encima, difundiendo un aviso ininteligible. Plock oía sirenas y megáfonos a sus espaldas: era el último esfuerzo de la policía, con retraso y en la retaguardia, por impedir que convergiesen todos en la Ville.

Seguro que los refuerzos ya estaban de camino; con la policía de Nueva York no se jugaba, pero cuando llegasen, Plock y los suyos estarían dentro de la Ville, y ya les faltaría poco para cumplir su objetivo: expulsar a los asesinos, y tal vez encontrar a la mujer secuestrada, Nora Kelly.

Los últimos cruzaron la verja y se agruparon en el campo situado ante la entrada principal de la Ville, desplegándose como tropas de choque. Se separaron para dejar pasar a Plock, listo para la que sería su alocución final. La Ville se erguía silenciosa en el crepúsculo, lúgubre y monolítica, sin más señales de vida que algunas ventanas amarillas en lo alto de la iglesia. La puerta principal estaba cerrada y atrancada. Sería poca, sin embargo, la resistencia que ofreciese a la primera fila silenciosa de hombres con arietes, dispuestos a entrar en acción.

Plock levantó una mano. La gente se calló.

—Queridos amigos… —No alzó mucho la voz. El resultado fue un silencio aún más profundo—. ¿A qué venimos? —Dejó pasar unos segundos—. Digámoslo bien claro. ¿A qué venimos?

Miró a su alrededor.

—Venimos a echar abajo esta puerta y expulsar a unos torturadores de animales, unos asesinos. Lo haremos mediante nuestra implacable condena moral, y por la fuerza del número. No les dejaremos sitio. Soltaremos a los animales que hay en este antro.

El helicóptero de la policía les sobrevolaba en círculos, sin dejar de emitir su mensaje ininteligible. Plock no le hizo caso.

—Una cosa os digo, algo fundamental: no somos asesinos.

Conservaremos nuestra superioridad moral. Pero tampoco somos pacifistas, y si ellos deciden luchar, lucharemos. Nos defenderemos, sí, y defenderemos a los animales.

Respiró hondo. Sabía que no era un orador elocuente, pero tenía la fuerza de sus convicciones, y se daba cuenta de que los ánimos estaban encendidos.

Ya se acercaba la policía por el camino, pero eran ridículamente pocos en comparación con ellos, y Plock no les prestó atención. Estaría dentro de la Ville antes de que tuvieran tiempo de reagruparse.

—¿Estamos listos? —exclamó.

—¡Listos! —fue la respuesta.

Señaló.

—¡Adelante!

La multitud se abalanzó rugiendo contra la puerta principal de la Ville, que parecía reparada y reforzada hacía poco tiempo. Encabezaban el grupo los dos hombres de los arietes, que corrieron hasta hacerlos chocar consecutivamente. Los tablones temblaron y se partieron. El boquete quedó abierto en menos de un minuto. La multitud se apresuró a quitar los restos, y Plock se sumó a la masa humana que se derramaba por un oscuro callejón, estrecho y bordeado de edificios torcidos de madera. Estaba más vacío de lo normal. No se veía ningún habitante. El clamor del gentío era como un grito animal, amplificado por la estrechez de la Ville. Corrieron por la esquina del fondo, y se encontraron con la antigua iglesia.

Fue un momento de vacilación. La iglesia intimidaba; parecía una construcción medieval, de una singularidad digna del Bosco, inclinada, cubierta a medias de madera, con contrafuertes de aspecto rudimentario que se proyectaban en el aire antes de clavarse en el suelo, erizados y colosales. La entrada estaba delante: otra doble puerta de madera, con tiras y remaches de metal.

La vacilación duró muy poco. Cuando se elevó otra vez el clamor, era más fuerte que antes. Los hombres de los arietes se adelantaron otra vez para ponerse a ambos lados de las puertas reforzadas, marcando un ritmo alterno y asincrónico con ellos: pum

¡pum! pum ¡pum! pum ¡pum! Un fortísimo crujido anunció la rotura del antiguo roble, pero no el final de los golpes. Era una puerta mucho más resistente que la anterior, aunque al final se vino abajo con estruendo, a la vez que se oían saltar los remaches y las tiras. Primero las hojas se hundieron hacia dentro. Luego se cayeron por su propio peso, con un estrépito descomunal.

Había dos hombres en la oscuridad, cerrando el paso. Uno era alto y llamativo, con una larga capa marrón, la capucha hacia atrás, cejas pobladas y unos pómulos tan grandes que casi escondían dos ojos negros; la luna, que acababa de salir, hacía brillar su blanca piel; su nariz era como una hoja de cuchillo, curva y afilada. El otro hombre, de menor estatura y aspecto más vulgar, llevaba una túnica ceremonial con adornos de fantasía. Saltaba a la vista que era algún tipo de religioso. Miraba fijamente a los invasores, con un brillo malévolo en los ojos.

La fuerza innata del más alto aquietó enseguida a la multitud.

—No sigan adelante —dijo, levantando una mano.

Hablaba en voz baja y fúnebre, con un ligero acento que Plock no reconoció; una voz, sin embargo, que transmitía un gran poder.

Plock se abrió camino hasta plantarle cara.

—¿Quién es usted?

—Me llamo Bossong, y estoy al frente de la comunidad que están ustedes profanando con su presencia.

Plock se irguió, muy consciente de que su adversario era el doble de alto y la mitad de ancho que él. Aun así, era tal su convicción que hizo crepitar su voz.

—Sí que seguiremos adelante, y usted se apartará. No tiene ningún derecho a estar aquí, viviseccionador.

Los dos hombres se quedaron muy quietos. Plock se llevó una sorpresa al vislumbrar a un centenar de personas en la penumbra roja de detrás.

—No hacemos daño a nadie —añadió Bossong—. Solo queremos que se nos deje en paz.

—¿Que no hacen daño? Entonces, ¿qué es rebanarle el pescuezo a animales inocentes?

365

—Eso son sacrificios sagrados, un puntal de nuestra religión...

—¡Venga ya! ¿Y la mujer que han secuestrado? ¿Dónde está? ¿Y los animales? ¿Dónde los guardan? ¡Dígamelo!

—Yo no sé nada de ninguna mujer.

—¡Mentiroso!

De repente el sacerdote levantó un sonajero en una mano, y un penacho de plumas muy extraño en la otra, y su voz tembló al entonar con fuerza un cántico en otro idioma, como si estuviera echando una maldición sobre la fuerza invasora.

Plock le dio un golpe en la mano, quitándole las plumas.

—¡Apárteme esta porquería de la cara! ¡O nos dejan pasar, o les atropellamos!

El hombre le escrutó sin decir nada. Plock dio un paso, como si quisiera pasar por encima de él. Detrás, la multitud reaccionó con un rugido y se puso en movimiento, haciendo que Plock chocara sin querer con el sacerdote, el cual quedó rápidamente tendido por el suelo, mientras la multitud le rodeaba para entrar en la iglesia oscura, apartando a Bossong sin la menor contemplación. Dentro, los congregantes, vacilando al ver a su sacerdote en el suelo, gritaron de miedo, rabia e indignación por la violación de su santuario.

—¡Los animales! —exclamó Plock—. ¡Buscad a los animales! ¡Soltad a los animales!

67

Pendergast tenía la ropa hecha jirones, manchada de sangre, y todavía le zumbaban los oídos por el ataque. Consiguió recuperar cierto equilibrio y se levantó. Su encuentro con el hombre-bestia le había dejado unos minutos inconsciente, hasta volver en sí en la oscuridad. Metió una mano en la americana, sacó una linterna LED muy pequeña que llevaba para casos de emergencia y la encendió. Buscó su pistola por el suelo húmedo, despacio y metódicamente, pero no la encontró. Reconoció algunas señales de pelea, con huellas que se alejaban: las de D'Agosta, evidentemente, perseguido por el hombre descalzo y pintarrajeado.

Apagó la linterna y reflexionó en la oscuridad. Tras un cálculo rápido, tomó una decisión no menos rápida. Los cuidadores de aquel zombi le habían grabado un objetivo terrible y criminal. Suelto, representaba una grave amenaza para ambos. Aun así, confiaba en D'Agosta, con una confianza rayana en la fe. Si había alguien capaz de cuidarse, era el teniente.

En cambio Nora… Nora aún esperaba que la rescatasen.

Volvió a encender la linterna para examinar la siguiente sala. Era una auténtica necrópolis de ataúdes de madera, dispuestos sobre hileras de pedestales de piedra, a veces de dos en dos, o de tres en tres. Muchos estaban rotos, y vertían su contenido por el suelo. Era como si gran parte de los espacios subterráneos de la Ville, originalmente construidos para algún otro fin, hubieran sido convertidos en depósitos de muertos.

Al girarse para reemprender la búsqueda de Nora, se fijó en algo justo al principio de la sala, una tumba diferente que le llamó la atención. Se acercó para examinarla más de cerca. Luego tomó una decisión y la tocó.

Era un ataúd con gruesas paredes de plomo. En vez de estar apoyado en un pedestal, como los otros, estaba empotrado en el suelo de piedra, del que solo sobresalía la parte de encima. Lo que le llamó la atención fue que la tapa estaba entreabierta, y que se notaba que habían saqueado el interior. Muy recientemente.

Lo examinó con más atención. Antiguamente, el plomo había estado reservado para enterrar a las personas importantes, debido a sus virtudes de conservación. Moviendo la linterna por encima, vio lo bien cerrado que había estado el ataúd, con la tapa de plomo cuidadosamente soldada al borde; también vio que alguien había reventado la selladura de un hachazo para levantar la tapa, dejando un orificio irregular. La intervención no solo era reciente, sino muy apresurada; las marcas en el metal blando se veían brillantes, sin indicios de haberse empezado a borrar u oxidar.

Miró el interior. El cadáver (momificado por lo hermético del recipiente) había sido manipulado sin la menor delicadeza para arrancarle algo de las manos retorcidas, dejando rotos y dispersos los dedos osificados, y un brazo fuera de su polvorienta articulación.

Metió una mano y palpó el polvo de cadáver, para ver lo seco que estaba. Había pasado tan poco tiempo, que ni siquiera el aire húmedo del sótano había conseguido impregnar el interior del ataúd. No podía haber pasado más de media hora desde el saqueo.

¿Coincidencia? De ninguna manera.

Se fijó en el cadáver. Era el cuerpo de un anciano de barba poblada y largo pelo blanco, en un estado de conservación excepcional. Tenía dos guineas de oro en los ojos. La cara estaba arrugada como una manzana vieja, con los labios retirados de la dentadura por la desecación, y la piel del color del mejor marfil antiguo. La ropa, sencilla y de estilo cuáquero (levita austera, camisa, chaleco marrón y bombachos claros), estaba desgarrada a la altura del pecho y descompuesta por el saqueador, que lo había dejado todo lleno de botones y trozos de tela, consecuencia, a lo que parecía, de un frenético registro. En el estropeado pecho del cadáver, Pendergast vio marcas en la tela, debidas a la presión de un recipiente pequeño y rectangular: una caja.

Sumándole los dedos rotos, se obtenía una historia. El saqueador había arrancado una caja de los dedos polvorientos del cadáver.

Vio restos por el suelo, junto al ataúd; restos que solo podían ser de la propia caja, a la que habían arrancado la tapa podrida. Se agachó para examinarlos más de cerca, husmearlos y observar sus dimensiones. El vago olor a vitela confirmó su impresión inicial de que el contenido de la caja había sido un documento en cuarto.

Lentamente, sin prisas, rodeó la tapa del ataúd, y al llegar a la parte superior vio una inscripción grabada en el plomo, medio tapada por manchas blanquecinas de óxido. Limpió el óxido con una manga y leyó la inscripción.

Elijah Esteban
que abandonó esta vida el 22 de noviembre de 1745
a los cincuenta y cinco años.
¡Cuán tristemente llama
y cuán lejos redobla
de la mortal herida la campana!
Este suelo
contempla, tú que pasas,
que en él pronto has de yacer.

Miró largo rato el nombre de la tumba, mientras la astilla encendida chisporroteaba. De repente las piezas encajaron, y lo entendió todo. Se puso muy serio al pensar en el error catastrófico que había cometido.

Aquel ataúd saqueado no era ninguna coincidencia; no era algo secundario, irrelevante, sino lo principal.

68

El ser ya no estaba. O D'Agosta había corrido más, o era él quien había abandonado la persecución. Claro que lo segundo no parecía muy probable, ya que sus pasos arrastrados de zombi no le impedían tener la tenacidad de un pitbull... Pensó que su ausencia podía estar relacionada con el ruido del piso de arriba, aquella especie de estampida que acababa de oír. Se apoyó en la piedra húmeda, medio atontado. Mientras recuperaba el aliento, dejó de zumbarle la cabeza. Arriba, en la iglesia, aún se oía un poco de bullicio.

En el momento de incorporarse, tuvo una punzada de dolor en el antebrazo derecho. Se lo palpó con cuidado con la mano izquierda, sintiendo una fricción de hueso contra hueso. Evidentemente, estaba roto.

—¿Pendergast? —dijo en la oscuridad.

Silencio.

Intentó orientarse por el laberinto de túneles, pero la oscuridad era absoluta, y la huida le había desorientado. Era imposible saber qué distancia había recorrido y qué dirección había tomado. Se metió el brazo roto en la camisa, con una mueca de dolor. Después se abrochó todos los botones, y se arrastró despacio por el suelo hasta tocar una pared de ladrillo con el brazo sano. Se levantó, con un ataque de náuseas. Arriba seguían oyéndose voces, aunque ahora se les había superpuesto otro ruido mucho más próximo: gritos, cuyo eco llegaba a sus oídos desde otra zona del sótano, y que se acercaban a gran velocidad.

O sea, que aún le perseguían…

—¡Pendergast! —llamó, lo más fuerte que se atrevía.

No hubo respuesta.

Ya no tenía la linterna, pero se acordó del Zippo viejo que llevaba en el bolsillo, costumbre de su época de fumador de puros. Lo sacó y lo encendió. Estaba en una sala pequeña, con un arco que daba a un túnel de ladrillo. Despacio, para no acentuar su dolor ni sus náuseas, se acercó al arco y miró a su alrededor. Más túneles de ladrillo.

El calor del mechero empezó a quemarle el dedo. Dejó que se apagara. Tenía que volver por donde había venido, encontrar la pistola y la linterna y buscar a Pendergast; pero lo principal era localizar a Nora.

Encendió otra vez el mechero, soltando una maldición en voz alta. Tratando de soslayar los pinchazos del brazo, y usando como apoyo la pared de ladrillo, entró en el túnel principal. No lo reconoció. Se parecía a todos.

Caminó despacio, tambaleándose. ¿Ya habían estado en aquel túnel? La luz vacilante del mechero le permitió ver huellas recientes en el suelo mojado y embarrado, pero ¿eran suyas? Se estremeció al reconocer la marca borrosa de un gran pie descalzo.

Los ruidos de arriba se habían vuelto más fuertes: gritos, el graznido de un megáfono, algo rompiéndose… Ya no parecía ninguna ceremonia. Todo indicaba que habían llegado los manifestantes.

¿Sería la razón de que hubiera desaparecido la cosa? Era la única explicación lógica.

—¡Pendergast!

De repente vio luces en la oscuridad, y apareció un grupo de congregantes en la esquina del fondo. Iban con hábito y capucha. Algunos tenían linternas y antorchas en la mano; otros llevaban armas, palas y horcas. Serían unos veinte, o veinticinco.

Tragó saliva y dio un paso hacia atrás, sin saber si le habían visto en la oscuridad.

Gritando como por una sola boca, el grupo se lanzó en su persecución.

D'Agosta dio media vuelta y echó a correr por los túneles oscuros, pegando al pecho el brazo roto, mientras el mechero parpadeaba y se ponía azul por la corriente de aire. Al final se apagó. Se paró a encenderlo otra vez. Miró dónde estaba y siguió corriendo. A la vuelta de la siguiente esquina, se encontró en un sótano lóbrego, lleno de tablones apilados y podridos. Al fondo había una puerta. La cruzó corriendo, dio un portazo y se apoyó en ella, sin aliento. Le mareaba el dolor del antebrazo. Durante la huida se le había apagado el Zippo. Cuando volvió a encender la llama, vio lo que parecía otro gran almacén. Al mirar hacia abajo, su corazón dio un vuelco.

A menos de dos metros había un pozo con brocal de piedra, un viejo pozo de paredes resbaladizas de mampostería. Se acercó con cuidado, levantando el mechero por encima de la boca negra. No se veía el fondo. Alrededor se amontonaban muebles viejos, baldosas rotas, libros enmohecidos y otros trastos.

Buscó desesperadamente un escondrijo. Los había de sobra, pero ninguno duraría mucho tiempo si los locos que le perseguían se ponían a buscar por todas partes. Dio una vuelta al viejo pozo, y al seguir corriendo tropezó con una silla vieja de mimbre, que se partió y se le enredó en un pie. Tras sacudírsela con fuerza, cruzó un arco al fondo del almacén. Estaba en una sala grande, una especie de cripta con antiguas columnas de piedra y bóvedas de arista. Movió el mechero: sí, era otra cripta, distinta a la primera, con lápidas de mármol en las paredes y el suelo, toscamente labradas con cruces, sauces llorones, calaveras y fechas de nacimiento y muerte.

También había hileras de rudimentarios sarcófagos de madera, todo desordenado y polvoriento, con las paredes de piedra a punto de venirse abajo. Era más que antiguo. Tenía que anteceder en varias décadas, o siglos, a la ocupación de la Ville. Las voces de arriba habían aumentado de volumen. Parecía el principio de un enfrentamiento, o de disturbios.

Oyó abrir de golpe la puerta de la sala del pozo y muchos pies que corrían.

Al ver un pasillo al fondo de la cripta, corrió a meterse por él, y en el primer recodo eligió otro túnel al azar; luego otro, más tosco pero de aspecto más reciente, como una especie de catacumba tallada en el suelo, con nichos excavados en la arcilla dura, y puntales de madera vieja para sostener el túnel. Estaba dominado por imaginería vudú: bolsas apolilladas, penachos de plumas en descomposición, extrañas construcciones y grafitos, y algún que otro altar de forma extraña.

Tras cruzar despacio un arco bajo, se encontró en una estancia con las paredes enteramente cubiertas de nichos, todos con uno o más esqueletos. Se metió en el más grande sin pensárselo dos veces, vigilando el brazo roto al apartar los huesos. Cuando llegó lo más al fondo que pudo, amontonó torpemente los huesos con los pies para formar una pared que le tapase.

Y se quedó a la espera.

Sus perseguidores ya estaban más cerca. Oyó el extraño eco de sus voces por el subterráneo. No saldría bien. Tarde o temprano le encontrarían. Al inspeccionar el nicho a la luz del mechero, descubrió que tenía una prolongación. Consiguió encajarse un poco más en ella, echando hacia atrás con las piernas los huesos que apartaba con las manos. Por suerte, la humedad impedía que se levantara el polvo, aunque ahora estaba envuelto por un olor desagradable a moho y descomposición. Algunos cadáveres conservaban trozos de ropa, pelo, hebillas, botones y zapatos arrugados. Al parecer los ocupantes de la Ville depositaban los cadáveres de sus muertos en aquellos nichos tan profundos, y los empujaban a medida que metían otros.

Lo resbaladizo de las paredes le permitió impulsarse por el nicho, ligeramente inclinado hacia abajo.

Se paró a escuchar los altibajos de las voces de sus perseguidores, que se acercaban inexorablemente, hasta volverse demasiado nítidas para su gusto: ya estaban en la cámara.

Se había introducido demasiado en la oscuridad para que le alcanzase la luz de una linterna. Oyó golpes: estaban metiendo un palo en los nichos, para hacerle salir. Poco después, el palo se deslizó por el hueco donde se había escondido él, apartando los huesos, pero estaba demasiado lejos, y se quedaron cortos. Después de un rato hurgando, retiraron el palo, y oyó que lo introducían en los siguientes nichos. De repente sus voces se hicieron más agudas y agitadas. Oyó alejarse sus pasos, y poco después, apagarse sus voces.

Silencio.

¿Les habrían llamado para defender la Ville? Era la única explicación posible.

Dejó transcurrir un minuto, y después otro, por si acaso. Luego se retorció para salir del nicho, pero no podía. Descubrió que el pánico le había hecho quedarse demasiado embutido. Tuvo un ataque horrible de claustrofobia. Intentó dominarla, y respirar de una manera más acompasada. Se retorció otra vez, pero estaba atascado. El pánico amagó con vencerle.

Imposible. Si había entrado, seguro que podía salir.

Dobló la pierna para apuntalarla entre el techo y el suelo, e intentó usarla como palanca a la vez que se impulsaba con su mano buena, pero no hubo suerte. Las paredes estaban resbaladizas de humedad y limo, y el nicho hacía un poco de subida. Gruñó a causa del esfuerzo, arañando la humedad con su mano buena. Una nueva oleada de pánico le hizo clavar las uñas en la tierra mojada, y partirse más de una al querer impulsarse.

«Dios mío —pensó—. Me he enterrado vivo.»

Tuvo que hacer un gran esfuerzo para no gritar.

69

El inspector Pendergast se pasó diez minutos equivocándose de dirección y dando vueltas antes de llegar al montacargas de la despensa. Tras sacar al hombre (que gruñó, medio inconsciente), logró salir del sótano metiendo las manos por una placa que había encima, y aferrándose a los cables. Al percibir el choque con el final de la caja, abrió la puerta corredera y saltó a la cocina. Se oían disturbios en la iglesia, un ruido que parecía haber hecho acudir a todos los miembros de la Ville que pudieran oírlo. Así podría escaparse. Cruzó corriendo las habitaciones oscuras de la antigua rectoría. Después salió por la puerta lateral y recorrió el callejón torcido. En menos de cinco minutos volvía a estar en el bosque de Inwood Hill Park. Movió los hombros para quitarse la capa y la capucha. Dejándolas sobre las hojas, sacó su teléfono móvil y marcó un número.

—Hayward —respondió una voz tensa.

—Soy Pendergast.

—¿Por qué será que me temo lo peor al oír su voz?

—¿Está cerca de Inwood Hill Park?

—Estoy con Chislett y sus hombres.

—Ah, sí, Chislett… La prueba de que al fin y al cabo los estudios superiores carecen de cualquier utilidad. Escúcheme: D'Agosta está en el sótano de la Ville, y podría hallarse en una situación difícil.

Un breve silencio.

—¿Vinnie? ¿Dentro de la Ville? ¿Y eso para qué?

—Me parece que lo puede adivinar. Está buscando a Nora Kelly, pero acabo de darme cuenta de que Nora no está aquí. Se está fraguando una pelea...

—No es que se esté fraguando, es que está más que fraguada, y...

Pendergast la interrumpió.

—Creo que Vincent podría necesitar su ayuda. Bastante, por no decir mucho.

Un silencio.

—¿Y usted? ¿Qué piensa hacer, exactamente?

—No tenemos tiempo. Cada minuto es vital. Escúcheme: hay algo dentro de la Ville; han dejado algo suelto que nos ha atacado.

La respuesta fue sarcástica.

—¿Un zombi, pongamos por caso?

—Un hombre, o al menos un ser que fue un hombre y se ha convertido en algo extremadamente peligroso. Repito: Vincent necesita ayuda. Podría estar en peligro de muerte. Tenga cuidado.

Cerró el teléfono móvil sin esperar la respuesta. Vio el reflejo de la luna entre los árboles, lejos, sobre el río Harlem. Se oyó un motor. Después un foco se clavó en la oscuridad: era una lancha de la policía, que daba vueltas, vigilando a destiempo la posible llegada de manifestantes por el oeste o por el norte. Pendergast se lanzó hacia el río entre los árboles. Al llegar al final del bosque, dejó de correr, se arregló el traje roto y bajó a la playa de guijarros con toda la tranquilidad del mundo. Hizo señas a la lancha, agitando su placa del FBI junto con la linterna.

La embarcación redujo su velocidad, dio media vuelta y puso rumbo a la caleta. El motor se apagó a muy poca distancia de la orilla. Era una lancha patrulla con propulsión a chorro, el último modelo de la policía de Nueva York. A bordo iban un sargento de la policía y un agente de la unidad marítima.

—¿Quién es usted? —preguntó el sargento, tirando al agua una colilla. Iba casi rapado. Tenía un rostro carnoso, con cicatrices de acné juvenil, labios gruesos, triple papada y dedos pequeños, triangulares. Su acompañante, que llevaba los controles de la lancha, tenía pinta de pasarse casi todo el día en el gimnasio. Los músculos de su cuello estaban tan tensos como los tirantes del puente de Brooklyn—. ¡Ni que acabara de salir de la secadora, oiga!

Pendergast se guardó la placa en el bolsillo de la americana.

—Agente especial Pendergast.

—¿Ah, sí? ¿Del FBI? Como siempre, ¿eh, Charlie? —Dio un codazo a su acompañante—. Llega el FBI, demasiado tarde y demasiado pocos. ¿Cómo se lo montan?

—¿Sargento…?

Pendergast se metió en el agua, y al llegar a la lancha puso una mano en la borda.

—Ya se ha estropeado los zapatos —dijo el sargento, con otra mirada irónica a su acompañante.

Pendergast echó un vistazo a la placa con el nombre.

—Sargento Mulvaney, lamento tener que pedirle que me deje utilizar la lancha.

El sargento le miró fijamente, y al verle con el agua hasta los muslos, sonrió.

—¿«Lamenta» tener que pedirme que le deje utilizar la lancha? —dijo, imitando su acento—. Pues yo «lamento» tener que pedirle su autorización. No puedo dejarle propiedades de la policía al primero que lo pida, aunque fuera el mismísimo J. Edgar Hoover.

El poli cachas flexionó los músculos e hizo un ruido burlón por la nariz.

—Le aseguro que es una emergencia, sargento. Por la sección 302(b)2 del código…

—¡Pero si también es abogado! «Una emergencia.» Vaya, vaya… ¿Qué tipo de emergencia?

Mulvaney se subió el cinturón, haciendo tintinear las esposas y las llaves, y esperó con la cabeza ladeada.

—De vida o muerte. Ha sido un placer conversar con usted, sargento, pero no tengo más tiempo para hablar. Lo lamento. Primer y último aviso.

—Oiga, que yo tengo mis órdenes: vigilar el acceso a la Ville por el río, y no pienso dejarle la lancha solo porque me lo pida.

El sargento cruzó sus gruesos brazos, sonriendo a Pendergast.

—Señor Mulvaney…

Pendergast se inclinó hacia él, apoyado en la borda, como si quisiera hacerle una confidencia al oído. En el momento en que Mulvaney se agachó para escuchar, hubo un movimiento rápido; el puño de Pendergast se clavó en su plexo solar, y Mulvaney se dobló sobre la borda. Pendergast le tiró al agua con una maniobra rápida, provocando un sonoro chapuzón.

—Pero ¿qué coño…?

El otro policía se irguió con la mirada fija, cogiendo la pistola.

Pendergast ayudó a levantarse al sargento empapado, a quien ya había quitado la pistola, y apuntó al de la unidad marítima.

—Tire las armas a la playa.

—No puede…

La detonación sobresaltó al agente.

—¡Vale, vale! Caray… —Se quitó las armas y las tiró a los guijarros—. ¿Es el protocolo del FBI?

—Del protocolo ya me preocupo yo —dijo Pendergast, sin soltar a Mulvaney, que jadeaba—. Usted lo que tiene que hacer es bajar ahora mismo de la lancha.

El otro ocupante de la lancha bajó al agua con cuidado. Pendergast saltó en un santiamén a la cabina, puso marcha atrás y apartó la embarcación de la orilla.

—Siento muchísimo haberles incomodado, señores —dijo al girar el timón y cambiar de marcha.

Aceleró, con un rugido del motor, y se perdió de vista al otro lado de la curva de la orilla.

70

Recurriendo a toda la presencia de ánimo que le quedaba, D'Agosta respiró más despacio y se concentró en su misión. Tenía que liberar a Nora. No pensar tanto en que estaba prisionero le ayudó a calmarse. El problema, más que haberse quedado atascado, era lo resbaladizas que estaban las paredes; le era imposible encontrar un asidero, y menos con un solo brazo en condiciones. Se había estropeado las uñas en un esfuerzo inútil, cuando lo que necesitaba de verdad era algo puntiagudo y resistente, algún instrumento dentado que se clavara en las paredes y le ayudara a salir.

Dentado…

A menos de quince centímetros de la mano tenía una mandíbula humana con todos sus dientes. Forcejeó desesperadamente, y al final consiguió mover bastante el brazo sano para cogerla. Entonces giró el cuerpo hacia un lado e introdujo los dientes de la mandíbula en una grieta del techo del nicho. A fuerza de estirar, y retorcerse al mismo tiempo, finalmente logró quedar libre.

Se arrastró fuera del nicho con un alivio enorme, y respiró con fuerza en el centro de la sala. Todo estaba en silencio. Por lo visto el zombi y la partida de perseguidores se habían ido a enfrentarse con los manifestantes.

Volvió al pasillo central, y usó el mechero con cuidado para examinarlo en toda su extensión. Por un extremo no tenía salida. En ambos lados había otras cámaras sepulcrales toscamente excavadas en la misma arcilla densa, y apuntaladas con madera, pero no se parecían en nada a la sillería del vídeo. De hecho, nada de lo visto hasta entonces guardaba similitudes con aquel tipo de construcción. Hasta el tipo de piedra difería. Tendría que buscar en otro sitio.

Rehizo su camino, rodeando el pozo, y llegó a la zona de la necrópolis abovedada. En las paredes había muchas puertecillas de hierro, que parecían corresponder a criptas familiares. Intentó construir en su cabeza un mapa del sótano, para rellenar mentalmente las partes por las que había circulado medio inconsciente. Había puertas en los cuatro punto cardinales; una llevaba a las catacumbas; otra, comprendió, era la del pasillo sin salida del que acababa de llegar. Quedaban otras dos por probar.

Eligió una al azar, y la abrió.

También daba a un túnel, aunque a simple vista prometía más: las paredes eran de piedra mal cortada; no exactamente como las del vídeo, pero más parecidas.

Aquel pasillo olía a podrido. Hizo una pausa y encendió un momento el mechero, para ahorrar gasolina. El pasillo estaba sucio, con las piedras salpicadas de barro, supurando moho y hongos. El suelo cedía al tacto de una manera muy desagradable.

Al mover la linterna, oyó un grito en sordina al fondo de la oscuridad, corto, agudo y lleno de terror.

¿Nora?

Corrió por el pasillo hacia el sonido, levantando el mechero.

71

Con Plock al frente, los manifestantes corrieron por la iglesia en una orgía de destrucción, volcando altares y capillas llenas de fetiches. La caída del sacerdote, mientras tanto, había sembrado la confusión entre los hombres de las túnicas, que se habían retirado a la penumbra, muy inferiores en número, y temporalmente desconcertados. Plock se dio cuenta de que la iniciativa la tenían ellos; la clave era aprovecharla y conservarla. Seguido por la multitud, se dirigió al altar central, donde había un poste con manchas de sangre y vísceras; era, evidentemente, el lugar donde se producían los sacrificios de animales, y en el que un charco de sangre recién derramada esperaba su indignación.

—¡Destruid este matadero! —exclamó, mientras se arremolinaban en torno a la plataforma que contenía el altar y el cercado de los sacrificios, derribaban el poste, abrían cajas y tiraban reliquias al suelo.

—¡Blasfemos! —tronó la voz profunda de Bossong.

Estaba al lado del cuerpo del sacerdote caído, que yacía inconsciente, gravemente pisoteado por la multitud. Tampoco Bossong había quedado ileso: cuando caminó hacia el pasillo central, se vio que tenía un reguero de sangre en la frente.

La voz del líder de la Ville tuvo un efecto electrizante en los hombres de los hábitos. Interrumpieron su retirada y guardaron una especie de inmovilidad. En algunas manos aparecieron cuchillos.

—¡Carnicero! —le gritó a Bossong uno de los manifestantes.

Plock se dio cuenta de que tenía que evitar que se parasen. Había que llevarles fuera de la iglesia, al resto de la Ville. Quedarse allí podía degenerar rápidamente en actos de violencia.

De pronto un fiel con hábito corrió gritando hacia un manifestante, y quiso clavarle un cuchillo; la pelea entre los dos, corta y violenta, derivó con gran rapidez en un choque multitudinario, con miembros de ambos grupos acudiendo en defensa de los suyos. Se oyó un alarido. Alguien había recibido una cuchillada.

—¡Asesinos!

—¡Criminales!

Todo eran forcejeos, patadas y puñetazos; todo hábitos marrones, colores caqui y algodón Pima. El espectáculo era casi surrealista. En cuestión de momentos, varias personas sangraban en el suelo de piedra.

—¡Los animales! —exclamó Plock de repente. Los oía y los olía: un pandemónium que se filtraba por una puerta al fondo del altar—. ¡Por aquí! ¡Vamos a buscar a los animales y soltarlos!

Se lanzó hacia la puerta y empezó a aporrearla.

Las primeras filas se abatieron sobre ella, y reaparecieron los arietes. La puerta se vino abajo con un fuerte crujido. La marea humana cruzó un arco de piedra, pero se encontró con que una gran verja de hierro forjado les cerraba el paso a la siguiente sala. La visión del otro lado era infernal: decenas de crías de animales (corderos, cabritos, terneros, y hasta perritos y gatitos) encerrados en una enorme sala de piedra, cuyo suelo estaba recubierto de una fina capa de paja. Se elevó un coro estridente de lamentos animales: los corderos balaban, los perritos gañían…

Al principio Plock enmudeció de horror. Era peor de lo que se había imaginado.

—¡Abramos la verja! —exclamó—. ¡Soltemos a los animales!

—¡No! —gritó Bossong, intentando acercarse, pero le empujaron al suelo sin contemplaciones.

Los arietes chocaron con la verja de hierro, cuya resistencia demostró ser mucho mayor que la de las puertas de madera. Golpearon el hierro sin descanso, mientras los animales, encogidos, chillaban de miedo.

—¡Una llave! ¡Encontrad una llave! —exclamó Plock—. Seguro que él tiene una.

Señaló a Bossong, que había vuelto a levantarse, y forcejeaba con varios manifestantes.

La multitud se echó encima de él. Desapareció en un remolino, mientras se oía un ruido de tela desgarrada.

—¡Aquí!

Un hombre enseñó una anilla de hierro con llaves, que corrió de mano en mano. Plock insertó una tras otra las antiguas llaves en la cerradura, hasta que una de ellas funcionó. Abrió de par en par la verja.

—¡Libres! —exclamó.

La vanguardia de los manifestantes entró e hizo salir a los animales, intentando que no se dispersaran, pero nada más cruzar la verja las crías corrieron asustadas en todas las direcciones, mientras sus gritos subían hacia las grandes vigas de madera, y resonaban por el vasto espacio.

Se había levantado mucho polvo. Ahora la iglesia presentaba un panorama infernal de peleas y huidas, en el que se apreciaba a simple vista la ventaja de los manifestantes. Los animales corrieron por la nave en estampida, saltando para zafarse de los fieles, que intentaban cogerlos, y desaparecieron rápidamente por todas las puertas y vanos que encontraban.

—¡Es el momento! —chilló Plock—. ¡Vamos a echar a los vivisectores! ¡Vamos a echarles! ¡Ya!

72

La lancha de la policía, con Pendergast al timón, iba por el río Harlem a cincuenta nudos, siguiendo la curva del extremo norte de la isla de Manhattan, rumbo al sur. Pasó como una exhalación bajo una serie de puentes: el de la calle Doscientos siete, el de George Washington, el de Alexander Hamilton, High Bridge, el de Macombs Dan, el de la calle Ciento cuarenta y cinco, y por último el de la avenida Willis, donde el Harlem se ensanchaba, formando una bahía al acercarse a su confluencia con el East River. Sin embargo, en vez de ir hacia este último, Pendergast imprimió un brusco giro a la embarcación y la dirigió hacia el Bronx Kill, un riachuelo estrecho y contaminado que separaba el Bronx de la isla de Randall.

Tras reducir su velocidad a treinta nudos, se metió por el Bronx Hill (que tenía más de cloaca y vertedero al aire libre que de vía navegable), dejando una estela marrón de la que se levantó como un miasma un olor a metano y aguas fecales. Delante había un oscuro puente de ferrocarril. Al pasar por debajo, el motor diésel llenó de extraños ecos el corto túnel. Había caído la noche sobre el sórdido paisaje. Pendergast tenía bien sujeta el asa del foco de la lancha, dirigiendo su luz a los diversos obstáculos que había delante, mientras la embarcación esquivaba cascos medio hundidos de barcazas viejas, pilares podridos de puentes que ya no existían desde hacía mucho tiempo y esqueletos sumergidos de vagones de metro antiguos.

El Bronx Kill se ensanchaba otra vez, bastante bruscamente, en una amplia ensenada que daba a la parte superior de Hell Gate, y a la punta norte del East River. Justo delante se erguía el gran complejo carcelario de la isla de Rikers, con sus malfamadas torres de cemento en forma de equis bañadas por luces inclementes de sodio, contra un cielo negro.

Cada minuto era vital. Quizá ya llegase demasiado tarde.

Cuando apareció el faro de Sand Point, Pendergast puso rumbo a la playa, cruzó la ancha boca de Glen Cove y fue directamente al otro lado, a tierra firme, sin apartar la vista de las fincas que se sucedían en la costa. Apareció un embarcadero largo, en una playa cubierta de árboles. Puso rumbo a él. Al fondo del embarcadero había un gran césped que subía hasta las torrecillas y los hastiales de madera de una gran mansión de la Costa de Oro.

Llevó la lancha hasta el embarcadero a una velocidad espeluznante, invirtiendo los motores en el último momento, y girando la embarcación para apuntar hacia el estrecho. Antes de que se parase la lancha, encajó una de las defensas entre el borde del timón y el acelerador, saltó al embarcadero desde la proa y corrió hacia la casa, oscura y silenciosa. Sin capitán, con la palanca fija en la velocidad mínima, la lancha se alejó del embarcadero y no tardó mucho en perderse de vista en el estrecho de Long Island, hasta que sus luces rojas y verdes se fundieron con la oscuridad.

73

La capitana Laura Hayward observó consternada la doble puerta rota por la que se entraba a las oscuras fauces de la Ville, a la vez que oía el barullo de dentro. El acto de protesta estaba planeado con mano experta. Se habían confirmado sus temores. No era ninguna reunión cutre hecha a base de parches, sino un grupo bien planeado que sabía muy bien a qué iba. Le habían ganado claramente la partida a Chislett, superado con creces, y a todas luces incapaz de hacer frente a la situación. Durante cinco minutos cruciales, mientras se formaba como por arte de magia una gran multitud, Chislett se había quedado anonadado, sin reaccionar más allá de la sorpresa y la impotencia. Se habían perdido minutos valiosísimos, en que la policía, como mínimo, podría haber frenado un poco el avance, o haber metido una cuña en la vanguardia de la manifestación. Para colmo de males, al recuperarse, Chislett había empezado a dar órdenes contradictorias a diestro y siniestro, agravando la confusión de sus hombres. Hayward ya veía que varios policías de las posiciones de avanzada tomaban decisiones por su cuenta, y corrían con gas lacrimógeno y equipo antidisturbios hacia la puerta principal de la Ville, pero era demasiado tarde; ya estaban dentro los manifestantes, y la situación táctica se presentaba extremadamente difícil y compleja.

De eso, sin embargo, no podía preocuparse. En lo que pensaba era en la llamada de Pendergast. «Podría estar en peligro de muerte», había dicho. Y no era alguien propenso a la exageración.

Se puso muy seria. No era la primera vez que la asociación de Vinnie con Pendergast acababa desastrosamente; para Vinnie, claro, porque parecía que Pendergast siempre saliera indemne (como esta vez, en que le había dejado a su suerte).

Se sacudió la rabia. Ya habría tiempo de cantarle las cuarenta a Pendergast. De momento tenía que actuar.

Se acercó a la Ville con la intención de esquivar la pelea de la iglesia. La puerta principal estaba abierta de par en par, reflejando parpadeos de luz tenue. Al acercarse, vio entrar a los antidisturbios con porras y Tasers en las manos. Les siguió rápidamente, con su pistola a punto. Al otro lado de la puerta reventada había un estrecho y antiguo callejón, bordeado en ambos lados por precarias construcciones de madera. Siguió a los policías de uniforme, pasando junto a varias puertas oscuras y ventanas con los postigos cerrados. Delante se oía un estruendo de miles de voces.

Al otro lado de un recodo, salieron a una plaza de piedra, con la mole de la iglesia al fondo; y ahí la capitana topó con tan extraño espectáculo, que paró en seco. La plaza era un pandemónium, una pesadilla de Fellini: hombres con hábitos marrones huyendo de la iglesia, algunos ensangrentados, otros gritando o llorando… Entretanto, los manifestantes lo dejaban todo patas arriba, rompiendo ventanas y destrozando lo que se encontrasen. Entre los muros de la iglesia reinaba un alboroto indescriptible. Por toda la plaza corrían animales (ovejas, cabras, gallinas), haciendo tropezar a la gente que corría, y añadiendo sus gritos y balidos al estruendo general. Y en medio de todo, más antidisturbios circulando incrédulos, sin órdenes ni plan, perplejos y confusos.

Por ahí no iba bien. Tenía que encontrar algún acceso al sótano, adonde había ido Vinnie en busca de Nora Kelly.

Dando la espalda a aquel manicomio, se fue de la plaza y corrió por otro callejón oscuro de adoquines, probando puertas al pasar. Muchas estaban cerradas con llave; una, en cambio, se abrió a una especie de taller, curtiduría o sastrería primitiva. Echó un vistazo general, pero no encontró ninguna forma de bajar. Volvió al callejón y siguió probando puertas. Algunos edificios más lejos, se le abrió otra puerta de madera maciza. Entró rápidamente y la cerró, mitigando los gritos y chillidos.

En aquel edificio tampoco había nadie. Parecía una carnicería. Al fondo había otra habitación, en la que entró pasando al lado de una hilera de vitrinas. Vio una escalera de bajada al sótano. Bajó, sacándose una linterna pequeña del bolsillo de la chaqueta y encendiéndola. Al final había una sala donde hacía frío, revestida de viejos paneles de zinc: una despensa. Había jamones, costillares, gruesas salchichas y medias carcasas colgando del techo para curarse. Se movió con precaución entre ellos, haciendo oscilar uno o dos, mientras barría el suelo y las paredes con la luz de la linterna. Al fondo de la despensa había una puerta que daba a otra escalera oscura de bajada, con paredes de piedra, que parecía mucho más antigua. Titubeó al recordar lo otro que había dicho Pendergast: «Un ser que fue un hombre y se ha convertido en algo extremadamente peligroso. Repito: Vincent necesita ayuda. Podría estar en peligro de muerte».

«Podría estar en peligro de muerte…»

Enfocó la linterna en la escalera, sin vacilar más, y se internó en la oscuridad con la pistola en la mano.

74

Alexander Esteban salió de Pond Road, cruzó la verja automática y tomó el camino de grava inmaculado que serpenteaba entre los gruesos robles que componían el acceso de su finca. Conducía despacio, disfrutando de la sensación de volver a su casa. En el asiento de al lado había un sencillo documento de vitela de dos páginas, firmado, sellado, certificado y jurídicamente a prueba de bombas.

Un documento que le convertiría en uno de los hombres más ricos del mundo, aunque seguro que antes habría que pelearse un poco.

Era tarde, casi las nueve, pero ya no tenía prisa. Se había acabado lo de planear, dirigir, producir y ejecutar. Le había consumido prácticamente todas sus horas de vigilia durante tantos meses que no quería ni contarlos, pero ya era agua pasada. El espectáculo le había salido bordado, con ovación final. Ahora solo quedaba un pequeño cabo suelto; una última salida a escena, como quien decía: el saludo final.

Justo cuando el coche frenaba delante del granero, sintió vibrar su BlackBerry y lo miró con un siseo de irritación: había saltado la alarma de la puerta trasera de la cocina. Se le tensó la columna vertebral. Seguro que era una falsa alarma, algo corriente en una finca tan grande como la suya; era uno de los inconvenientes de tener un sistema de seguridad tan completo. De todos modos, tenía que asegurarse. Abrió la guantera y sacó su pistola favorita, una Browning Hi-Power Parabellum de nueve milímetros con miras tangentes. Al mirar el cargador, vio que estaba lleno, con las trece balas. Con la pistola en el bolsillo, bajó del coche y se internó en la noche llena de fragancias. Miró la grava del camino, recién rastrillada: sin señales de coches. Al caminar por su ancho césped, echó un vistazo al embarcadero vacío y a las luces que parpadeaban al otro lado del estrecho, y lo encontró todo normal. Pasó al lado del invernadero con la pistola en la mano, entró en un jardín tapiado y se acercó sin hacer ruido a la puerta trasera de la cocina, donde había saltado la alarma. Al llegar a la puerta, movió el tirador. Estaba cerrada con llave. La vieja cerradura de latón no presentaba indicios de haber sido forzada; tampoco había rasguños en el verdín, ni cristales rotos o cualquier otro indicio de intrusión.

Falsa alarma.

Se irguió, mirando su reloj. Casi le apetecía hacer lo que estaba a punto de hacer. Placer perverso, sin duda, pero antiguo. Un placer codificado en los propios genes: el placer de matar. Ya lo había hecho antes, y le había parecido una experiencia curiosamente catártica. De no haber sido director de cine, tal vez hubiese destacado como asesino en serie.

Riéndose de la ocurrencia, sacó la llave, abrió la puerta de la cocina e introdujo el código para apagar el sistema de alarma de la casa. Sin embargo, al cruzar la cocina hacia la puerta del sótano, se sintió vacilar. ¿Por qué una falsa alarma en un momento así? Solían producirse con tormenta o mucho viento. Era una noche serena y despejada, sin nada de viento. ¿Sería un cortocircuito, una descarga fortuita de estática? No las tenía todas consigo, y era una sensación que había aprendido a no soslayar.

En vez de bajar al sótano, cambió de sentido y caminó en silencio por la oscuridad de los pasillos, hasta llegar a su estudio. Despertó el Mac, tecleó la contraseña y entró en la web que controlaba sus cámaras de seguridad. Si había entrado alguien por la puerta de la cocina, habría tenido que cruzar el césped detrás del viejo invernadero, donde le habría grabado una cámara. Era prácticamente imposible entrar en la casa sin ser visto; la cobertura era superior al cien por cien, pero si alguien quería intentarlo, tal vez el punto más débil de todo el sistema fuera el lado de la cocina, con su jardín tapiado y su invernadero en ruinas. Tecleó la segunda contraseña, haciendo aparecer en pantalla la imagen en directo de la cámara. Al consultar el BlackBerry, vio que la alarma estaba registrada a las ocho y cuarenta y uno. Introdujo «8:36» en el contador de tiempo, seleccionó cámara a monitor, y empezó a mirar.

Ya hacía tiempo que se había puesto el sol, y la imagen era oscura; no se había activado la visión nocturna. Manipuló los controles para mejorar lo más posible la calidad, extrañado por su propia paranoia; controlándolo todo, como siempre. Sonrió irónicamente al pensar que era a la vez su principal virtud y su peor defecto. Aun así, seguía sin estar cómodo.

Entonces fue cuando vio algo negro y fugaz en una esquina de la pantalla.

Paró la imagen, retrocedió y la reprodujo en cámara lenta. Allá estaba otra vez: alguien de negro que pasaba disparado por el borde del campo de la cámara. Se le heló la columna vertebral. Muy listo, mucho; si él tuviera que entrar sin ser visto en la casa, haría lo mismo.

Volvió a congelar la imagen, y a rebobinarla fotograma a fotograma. Solo se le veía correr en seis de ellos, menos de una quinta parte de segundo, pero la cámara, de alta definición, no perdía detalle. El fotograma central le dio un claro atisbo de una cara y unas manos blancas.

Se levantó de golpe, tirando la silla. Era el agente del FBI, el que le había visitado una semana antes. Estuvo a punto de sucumbir a una oleada de pánico, mientras sentía un peso asfixiante en el pecho. Con lo bien que había salido todo hasta el momento... ¿Cómo se había enterado? ¿Cómo se había enterado?

Tuvo que recurrir a toda su voluntad para expulsar el pánico de sus pulmones. Pensar bajo presión era uno de sus puntos fuertes, aprendido en el mundo del cine. Cuando había problemas en pleno rodaje, y todos esperaban a mil dólares por minuto que encontrase él la solución, tenía que tomar decisiones correctas en décimas de segundo.

Pendergast. Así se llamaba el agente del FBI. Estaba solo. Se había dejado al ayudante cachas, el del apellido italiano. ¿Por qué? Significaba que seguía una corazonada, y que actuaba por su cuenta y riesgo. De haber tenido pruebas concluyentes, habría llegado con un equipo de asalto armado hasta los dientes. Punto uno.

El punto dos era que Pendergast no era consciente de haber sido visto. Tal vez hubiera presenciado la llegada del coche de Esteban, o se la esperase, pero lo que no sabía era que Esteban estaba al tanto de su presencia. Lo cual le situaba en clara desventaja.

Punto tres: Pendergast desconocía la distribución de la finca, sobre todo del sótano, tan grande como laberíntico. En cambio Esteban podía recorrerlo con los ojos cerrados.

Se quedó frente a la mesa, pensando a gran velocidad. El objetivo de Pendergast era el sótano. De eso estaba seguro. Buscaba a la mujer. Probablemente hubiera bajado por la escalera de la cocina del fondo, muy cerca de la puerta por donde había entrado; y seguro que era donde estaba, debajo de la casa, husmeando por los viejos decorados de cine, y recorriendo la parte sur del sótano. Tardaría como mínimo un cuarto de hora en abrirse camino entre los trastos hasta el túnel que llevaba al granero.

Por suerte la chica estaba en el sótano del granero. Por desgracia había un túnel entre aquel sótano y el de la casa.

Se decidió de golpe. Tras ceñirse la pistola en la cintura, cruzó deprisa la puerta principal y fue hacia el granero por el césped. Al cruzar el camino de entrada, le hizo sonreír un poco el plan que se formaba en su cabeza. Pobre imbécil, no tenía ni idea de dónde se había metido. El pequeño drama tendría un final encantador, realmente encantador; un poco como el de su última película, *Evasión de Sing Sing*. Lástima no poder rodarlo.

75

Rodeado de caos y oscuridad, Rich Plock oía mezclarse los gritos de los fieles y los manifestantes con chillidos de animales, ruido de sonajeros y ritmo de tambores. Tras la irrupción inicial en la iglesia, los fieles se habían recuperado, pero solo un momento; ahora volvían a retroceder, y muchos se escapaban por puertas laterales a los callejones y el laberinto de edificios que componían la Ville.

Para Plock era un giro inesperado, con algo de anticlímax. Aunque hubieran conseguido liberar a los animales, ahora se daba cuenta de que no tenían adónde llevarlos y guardarlos; corrían sueltos, y la mayoría ya había salido al patio por la puerta reventada. Eso no lo tenía previsto. Tampoco sabía qué hacer con los fieles que se le escapaban. Su plan había sido echar de la Ville a sus residentes, sin tener bastante en cuenta lo enorme, extensa y desorientadora que era; tampoco había previsto que los residentes se refugiasen tan pronto, huyendo a las profundidades de la Ville en vez de ofrecer una resistencia más larga que permitiera expulsarles. Eran como los antiguos indios, que rehuían el enfrentamiento directo.

Habría que sacarles de su madriguera.

Y aprovechar para buscar a la mujer secuestrada, porque Plock empezaba a darse cuenta de que si no la salvaban, como excusa para justificar su incursión en la Ville, tal vez (y sin tal vez) se viesen en muy serios aprietos cuando terminase todo. Sí, eso harían: recorrer la Ville, expurgarla, limpiarla, sacar de sus madrigueras a los carniceros, demostrarles que ya no había huida ni escondrijo posibles, y de paso salvarle la vida a la mujer. Si lo lograban, tendrían a la opinión pública claramente de su parte. Y una especie de justificación legal. Si no…

Todavía entraban manifestantes por la puerta reventada de la iglesia, llenando el espacio que dejaba la desaparición de los últimos residentes de la Ville. Solo quedaba el líder, Bossong, inamovible como una estatua, con su herida en la frente y sus ojos torvos, que lo observaban todo.

Mientras los últimos manifestantes afluían a la iglesia, que estaba a rebosar, Plock se subió a la plataforma.

—¡Escuchadme! —exclamó, levantando las manos.

Se hizo el silencio. Intentó no prestar atención a Bossong, que le miraba fijamente desde un rincón, proyectando por toda la nave su malévola presencia.

—¡Es necesario que sigamos juntos! —exclamó—. Los torturadores se han escondido. ¡Tenemos que encontrarles y echarles! ¡Pero sobre todo tenemos que salvar a la mujer!

De repente Bossong habló desde el rincón.

—Esto es nuestra casa.

Plock se giró a mirarle con una mueca de rabia.

—¿Casa? ¿Este nido de torturadores? ¡No os merecéis ninguna casa!

—Esto es nuestra casa —repitió Bossong en voz baja—. Y así es como adoramos a nuestro Dios.

Plock se sintió lleno de rabia.

—¿Como adoráis a vuestro Dios? ¿Cortándoles el cuello a animales indefensos? ¿Secuestrando y matando a la gente?

—Váyanse. Váyanse mientras puedan.

—¡Uuuuh, qué miedo me das! ¿Bueno, qué, dónde está ella? ¿Dónde la tenéis encerrada?

La gente compartía su rabia.

—Honramos a los animales sacrificándolos para alimentar a… nuestro protector. Nuestros dioses nos dan su beneplácito para…

—¡No nos vengas con chorradas! —Plock tembló de indignación al gritarle al hombre del hábito—. Dile a tu gente que no tiene nada que hacer, que más les vale irse. ¡O eso, o les echamos! ¿Me has entendido? ¡Ya os podéis ir a otra parte con vuestra religión de pervertidos!

Bossong levantó un dedo y señaló a Plock.

—Me temo que para ti ya es demasiado tarde —dijo serenamente.

—¡No veas cómo tiemblo! —Plock abrió los brazos, incitante—. ¡Fulminadme, dioses de los torturadores de animales! ¡Venga!

Justo entonces se movió algo en uno de los transeptos oscuros de la iglesia; se oyó cortarse la respiración de los manifestantes, que titubearon un momento, hasta que alguien gritó, y la multitud retrocedió como una ola al retirarse: los de delante empujaban a los de detrás, y estos a los de aún más atrás, mientras una figura grotesca y deforme se tambaleaba por la vacilante media luz. Boquiabierto de horror, Plock contempló a la criatura sin dar crédito a sus ojos; pero no era ninguna criatura, sino un ser humano. Miró fijamente los labios llagados, los dientes podridos y la cara chata; miró la musculatura blanquecina y pegajosa, envuelta en mugrientos andrajos. En una de sus manos había un cuchillo ensangrentado. Su hedor llenaba toda la nave. El ser echó hacia atrás la cabeza, mugiendo como un ternero herido. Un solo ojo lechoso giró en su órbita hasta enfocarse en Plock.

Dio un paso hacia delante, y luego otro, moviendo los muslos lentamente, con una especie de premiosidad. Plock, clavado al suelo, no podía moverse ni apartar la mirada; ni siquiera podía hablar.

De pronto, en el silencio repentino, se oyó el roce de una tela. Bossong se arrodilló, inclinando la cabeza, y tendió las manos en un gesto suplicante.

—*Envoie* —dijo en voz baja, casi triste.

El hombre-cosa corrió inmediatamente hacia la plataforma con un movimiento como de cangrejo, saltó sobre ella, abrió su boca pútrida y cayó sobre Plock.

Finalmente Plock recuperó la voz, e intentó gritar mientras el ser se cebaba en él, pero ya era demasiado tarde para que saliera algún sonido por su tráquea seccionada; expiró en un agónico silencio.

El final fue rápido, rapidísimo.

76

Pendergast movió la linterna de bolsillo por el sótano. El fino haz reveló un caos de objetos extraños, pero los soslayó, centrando su atención en la pared, consistente en bloques planos y bastos de granito, dispuestos en hileras, y bien unidos con mortero.

Se le tensaron las facciones al reconocerla.

Su atención se desplazó a los cachivaches de los que estaba atiborrado el sótano. Ante él se erguía un obelisco egipcio de yeso agrietado, que supuraba humedad, y estaba recubierto de una telaraña de moho. Al lado había una torreta truncada de castillo medieval, hecha de contrachapado podrido, con sus almenas y matacanes, a una escala aproximada de uno a diez, y junto a ella un montón de estatuas de yeso rotas, apiladas como leña, entre las que vio la *Victoria alada* y el *Laoconte*, en un amasijo de brazos, piernas y cabezas, y dedos rotos tirados por el suelo de cemento. Lo siguiente que reveló la luz fue un tiburón de fibra de vidrio, varios esqueletos de plástico, una reliquia tribal primitiva hecha de poliestireno y un cerebro humano de goma, al que le faltaba un trozo.

Había tantos trastos que resultaba difícil circular, y evaluar correctamente las dimensiones de los espacios subterráneos. Al moverse entre los fantasmagóricos montones de decorados de cine en desuso (que no de otra cosa se trataba, evidentemente), Pendergast mantuvo la linterna enfocada en el suelo, y se movió con la mayor rapidez y el máximo sigilo posibles. Aunque todo estuviera desperdigado sin ningún indicio de orden, tanto el atrezo como el suelo de cemento en el que se apoyaba estaban más limpios y con menos polvo de lo normal, señal de un interés excesivo por parte de Esteban.

La luz de la linterna saltó de un punto a otro, mientras Pendergast seguía internándose por el desbarajuste, puro Hollywood. Los espacios claustrofóbicos se extendían sin tregua bajo el suelo, una sala tras otra, rebasando la planta de la casa con toda suerte de extraños recovecos, llenos de decorados viejos en diversas fases de decrepitud y deterioro, y procedentes, por lo general, de las superproducciones históricas por las que se conocía a Esteban. Empezaba a tener la sensación de que era un sótano infinito; debía de corresponder a un edificio anterior, aún más grande que la mansión de Esteban, la cual ocupaba su sitio.

Esteban. Pronto llegaría a casa, si no lo había hecho ya. Pasaba el tiempo, un tiempo valiosísimo que Pendergast no podía permitirse derrochar.

Entró en el siguiente sótano, que parecía un antiguo ahumadero; ahora contenía una silla para la inmersión de brujas, una horca, una canga... y una guillotina de la Revolución francesa de un realismo espectacular, con la cuchilla a punto de caer, y varias cabezas de cera en la carreta: cabezas cortadas, con los ojos abiertos y las bocas fijadas en un grito.

Siguió adelante.

Al llegar al fondo del último sótano se acercó a una puerta de hierro oxidada. Estaba entreabierta. Al estirarla se llevó la sorpresa de que girase en silencio sobre goznes engrasados, a pesar de su peso. Delante había un túnel largo y estrecho, que se perdía en la oscuridad, y que a primera vista parecía excavado directamente en la tierra. Se acercó, tocó una pared... y descubrió que no era tierra, en absoluto, sino yeso pintado para que lo pareciese. Otro decorado de película, encajado en un túnel más antiguo, evidentemente. Dedujo de su orientación que llevaba al granero; los túneles entre la casa y el granero eran algo habitual en las granjas del siglo XIX.

Enfocó la linterna en el oscuro pasadizo. En algunas partes, la falsa pared de yeso se había desconchado, revelando el mismo aparejo de bloques de granito con que se había construido el sótano de la casa, y que aparecía en el vídeo de Nora.

Se internó cautelosamente por el túnel, haciendo pantalla con la mano para atenuar la luz de la linterna. Si Nora estaba prisionera en algún punto de la finca (cosa de la que estaba seguro), tenía que ser en el sótano del granero.

Esteban entró en el granero por la puerta lateral, y caminó sin hacer ruido por el vasto espacio, que olía a heno y yeso viejo. Le rodeaban los decorados que tan asiduamente, y a tan alto precio, había coleccionado y guardado de sus muchas películas. Los conservaba por razones sentimentales que nunca había podido explicar. Estaban hechos deprisa y de cualquier manera, como todos los decorados de película, sin ninguna pretensión de que sobreviviesen al rodaje. Su deterioro estaba siendo rápido. Aun así les tenía un gran cariño, hasta el punto de que no soportaba la idea de prescindir de ellos, y ver cómo los troceaban y se los llevaban. Se había pasado más de una tarde deliciosa paseando entre ellos con un brandy en la mano, tocándolos, admirándolos y recordando con cariño los días de gloria de su carrera.

Ahora estaban desempeñando una función inesperada: entorpecer al agente del FBI, manteniéndole ocupado y distraído a la vez que contribuían a esconder a Esteban y sus movimientos.

Sorteándolos, llegó hasta al fondo del granero, donde abrió la cerradura y los pestillos de una puerta de hierro. En la fresca oscuridad del otro lado, una escalera conducía a las amplias estancias subterráneas del granero, los antiguos almacenes de frutas y tubérculos, curaderos de queso, secaderos de carne y bodegas del hotel de lujo que había existido en aquellos terrenos. Incluso aquellos espacios, los más profundos de toda la finca, rebosaban de decorados viejos; todos excepto el viejo almacén de carne que Esteban había vaciado para encarcelar a la chica.

Como un ciego por su casa, se abrió camino por el amontonamiento de viejos decorados sin molestarse en llevar una linterna, con movimientos seguros y confiados en la oscuridad. No tardó mucho tiempo en llegar a la boca del túnel que comunicaba el granero con la casa. Entonces sí encendió una pequeña linterna LED de bolsillo, cuyo resplandor azulado le permitió distinguir los falsos muros de yeso y el encofrado sobrantes del rodaje de *Evasión de Sing Sing*, película para la que había usado como escenario justamente aquel túnel, con el correspondiente y sustancioso ahorro. A unos seis metros de la boca del túnel, empotrado en la pared, había un panel de contrachapado en una de cuyas esquinas sobresalía una pequeña palanca de hierro en escuadra. Un rápido examen corroboró su buen estado. Era un mecanismo sencillo, que funcionaba sin electricidad, solo por la fuerza de la gravedad; en el mundo del cine los aparatos tenían que ser fiables y fáciles de manipular, pues de sobra era sabido que lo que podía romperse se rompía inevitablemente cuando estaban en marcha las cámaras, y por fin estaba sobria la estrella. No hacía ni un año que había probado por curiosidad el mecanismo (diseñado por él), descubriendo que funcionaba tan bien como el día del rodaje de la inmortal escena de evasión de la película con la que había estado a punto de ganar un Oscar. A punto.

Apagó la linterna, acalorado al pensar en el Oscar perdido, y escuchó. Sí. Oía débilmente los pasos del agente, cada vez más cerca. Estaba a punto de descubrir algo truculento. Y a partir de entonces… Naturalmente, ni toda la inteligencia del mundo podía preparar al pobre agente del FBI para lo que se le venía encima.

77

Harry R. Chislett, subcomisario del distrito norte de Washington Heights, estaba en el puesto central de control de Indian Road, con una radio en cada mano. Había sabido adaptarse a una situación sin precedentes, totalmente inesperada, dando muestras (consideraba él) de una rapidez y economía muy notables. ¿Quién podría haber previsto tal número de manifestantes, moviéndose con tanta rapidez, y con la precisión de un solo hombre? Aun así, Chislett había estado a la altura. De ahí lo trágico, para alguien tan probo como él, de hallarse rodeado de incompetentes e ineptos. Sus órdenes habían sido malinterpretadas, erróneamente ejecutadas, y hasta pasadas por alto. Realmente, el único adjetivo posible era trágico.

Cogió los prismáticos y los enfocó en la entrada de la Ville. Los manifestantes habían conseguido entrar, seguidos por los hombres de Chislett. Los partes eran caóticos, contradictorios; a saber qué estaría pasando de verdad. Él no habría tenido inconveniente en entrar, pero los jefes no debían exponerse al peligro. Podía haber escenas de violencia, y hasta algún asesinato. Todo era culpa de sus hombres, los que estaban en el lugar de los hechos. Así lo recalcaría en su informe.

Levantó la radio de su mano derecha.

—Posición de avanzada alfa —espetó al micrófono—. Posición de avanzada alfa. Suban a posición de defensa.

La radio crepitó y chisporroteó.

—¿Me oyen, posición de avanzada alfa?

—Aquí posición alfa —dijo una voz—. Confirmar la última orden, por favor.

—He dicho que suban a posición de defensa. —Era indignante—. Y en adelante les agradeceré que obedezcan mis órdenes sin pedirme que las repita.

—Solo quería asegurarme bien, señor —respondió la misma voz—, porque hace dos minutos nos ha conminado a que retrocediéramos, y…

—¡Usted haga lo que le digo!

Una figura con traje negro se desgajó del grupo de agentes que se arremolinaban sin orden ni concierto por el campo de béisbol, y corrió hacia Chislett. El inspector Minerva.

—Dígame, inspector —dijo él, esmerándose en que su voz irradiase un tono de mando y dignidad.

—Señor, estamos recibiendo partes de dentro de la Ville.

—Siga.

—Se ha producido un enfrentamiento considerable entre habitantes y manifestantes. Hemos recibido noticias sobre heridos, en algunos casos graves. Están poniendo patas arriba el interior de la iglesia. Las calles de la Ville se están llenando de residentes desplazados.

—No me sorprende.

Minerva titubeó.

—¿Qué ocurre, inspector?

—Señor, yo volvería a aconsejarle que tomase… medidas más firmes.

Chislett le miró.

—¿Medidas más firmes? ¿Pero qué dice, hombre?

—Con todo mi respeto, señor, cuando los manifestantes han empezado a marchar hacia la Ville le he aconsejado que pidiera unidades de refuerzo de manera inmediata. Necesitamos más hombres.

—Los efectivos son suficientes —dijo, irritado.

—También le he aconsejado que se movieran deprisa nuestros

hombres, para tomar posiciones a lo largo del camino de la Ville y cerrar el paso a la manifestación.

—Pues es justo lo que he ordenado.

Minerva carraspeó.

—Señor… ha ordenado que todas las unidades mantuvieran sus posiciones.

—¡Yo eso no lo he ordenado!

—Aún no es demasiado tarde para que nos…

—Ya tiene sus órdenes —dijo Chislett—. Ejecútelas, por favor.

Miró con mala cara a su subordinado, que bajó la vista al suelo mascullando un sí, antes de regresar a paso lento con los demás policías. Incompetencia pura y dura. No se podía llamar de otra manera, francamente. Incompetencia, hasta en los que le habían parecido más dignos de su confianza.

Volvió a levantar los prismáticos. Vaya, qué interesante… Manifestantes saliendo de la Ville; primero pocos, pero cada vez más, corriendo por el camino con caras de miedo. Por fin les sacaban sus hombres. También había algunos con hábito y capucha, residentes de la Ville. Todos se alejaban corriendo de las antiguas construcciones de madera, tropezando de pánico los unos con los otros, ansiosos por alejarse.

Muy bien, muy bien.

Bajó los prismáticos y levantó la radio.

—Llamando a posición de avanzada delta.

La radio tardó un poco en crujir.

—Aquí posición de avanzada delta, al habla Wegman.

—Agente Wegman, los manifestantes empiezan a dispersarse —dijo Chislett con afectación—. Está claro que mi táctica va dando el resultado deseado. Quiero que usted y sus hombres empujen a los manifestantes hacia el campo de béisbol y la calle, a fin de que puedan ser dispersados en orden.

—Pero señor, si estamos en pleno parque, donde nos ha dicho que…

—Obedezca, agente.

Chislett cortó las protestas accionando el botón de transmisión. Sangre de horchata era lo que tenían todos. ¿Habría algún otro jefe en toda la historia de la agresión organizada que se hubiera visto afligido por una ineptitud tan monumental?

Bajó la radio con un suspiro descorazonado, y miró a los que salían de la Ville: primero un río, y después una marea.

78

Pendergast iba por el túnel, sin alejarse del muro de su izquierda ni apartar la mano del fino haz de su linterna de bolsillo. A la vuelta de un recodo entrevió algo en la penumbra: un objeto largo y claro, tirado por el suelo.

Se acercó. Era una bolsa de plástico fuerte, con una cremallera en un lado, y rastros de barro, tierra y hierba, como si la hubieran arrastrado. Tenía impresas en un lado las palabras «depósito de cadáveres de Nueva York», y un número.

Se arrodilló y cogió la cremallera. La deslizó despacio, intentando no hacer ruido. Su olfato fue agredido por un hedor insoportable a formol, alcohol y descomposición. El cadáver fue apareciendo hasta quedar a la vista. Pendergast corrió la cremallera hasta abrir la bolsa a medias. Después cogió los bordes de plástico y los separó, descubriendo la cara.

William Smithback Jr.

Se la quedó mirando mucho tiempo. Después abrió la cremallera hasta el final, casi con reverencia, y dejó a la vista el cadáver completo. Se encontraba en la peor fase de la descomposición. El cuerpo de Smithback había sido sometido a una autopsia, y recompuesto un día antes de su desaparición para ser entregado a la familia: reintroducción de los órganos en su lugar, cosido de la incisión en Y, cierre del cráneo, recolocación y sutura del cuero cabelludo, reparación de la cara... Todo bien metido y bien empaquetado. Era un trabajo tosco (los patólogos no se distinguían por su delicadeza), pero a partir de ahí algo podían hacer los de la funeraria.

Lo que ocurría era que el cadáver no había llegado hasta la funeraria. Lo habían robado. Y ahora estaba ahí.

De repente se fijó en algo. Metió una mano en el bolsillo de la americana y sacó unas pinzas, que usó para extraer unos trocitos de látex blanco pegados al rostro del cadáver, uno en una fosa nasal y el otro en un lóbulo. Los examinó atentamente con la linterna. Después se los guardó en el bolsillo, pensativo.

Movió despacio la linterna… y vio a unos quince metros otro cadáver descompuesto, arreglado y vestido con un traje negro para su entierro. Un desconocido, pero alto, larguirucho y de la misma estatura y complexión que Smithback y Fearing.

Al observar los dos cadáveres, cristalizaron en su mente los últimos detalles del plan de Esteban. Era de una elegancia soberana. Solo quedaba una pregunta en pie: ¿qué contenía el documento saqueado por Esteban en el sepulcro? Algo muy extraordinario tenía que ser, algo de inmenso valor para justificar tantos riesgos. Cerró la cremallera con cuidado, silenciosamente. Estaba atónito, no solo por la complejidad del plan de Esteban, sino por su audacia. Para llevarlo a cabo había que hacer gala de un talento de lo más singular, de una paciencia, una visión estratégica y una entereza personal fuera de lo común. Y Esteban lo había llevado a cabo. De no ser por el hallazgo accidental de la tumba saqueada en el sótano de la Ville, sumado al detalle de la bandeja ensangrentada de costillas de cordero encontrada en la basura, Esteban se habría salido con la suya.

Se concentró, sumido en una pestilente oscuridad. Las prisas por llegar lo antes posible y salvar a Nora le habían impedido reflexionar debidamente en la manera de enfrentarse con Esteban. Ahora se daba cuenta de que le había subestimado. Era un adversario temible. Teniendo en cuenta la distancia en coche desde Inwood a Glen Cove, seguro que ya estaba en casa. Un hombre así sabría que también lo estaba Pendergast. Un hombre así tendría un plan, y le estaría esperando. Era necesario frustrar sus expectativas. Era necesario atacar, literalmente, por donde no se lo espe-rase.

Retrocedió sin hacer ruido, cuidadosamente, por donde había venido.

Esteban esperaba en el túnel, junto a la palanca, con los oídos muy abiertos. Parecía mentira lo sigiloso que era el agente del FBI, aunque en aquel espacio silencioso, subterráneo, hasta los ruidos más pequeños tenían una reverberación eterna. Prestando oídos, pudo reconstruir los acontecimientos. Primero el tenue so-nido de una cremallera; luego un crujir de plástico; varios minu-tos de silencio… y otra vez la cremallera. Finalmente, un vago resplandor dentro del túnel: la linterna de Pendergast. Siguió es-perando.

La verdad, tenía su gracia que el inspector del FBI encontra-se los dos cadáveres. ¡Qué susto se habría pegado! Tuvo curiosi-dad por saber cuánto había averiguado; con los dos cadáveres de-lante, seguro que mucho. Se notaba que el tal Pendergast era inteligente. Hasta era posible que lo supiera todo, menos el pun-to crucial: el contenido del documento tomado de la tumba de su antepasado.

Lo importante era que Pendergast seguía una corazonada, pero no tenía pruebas. Por eso había venido solo, sin refuerzos ni grupo de asalto.

Al pensar en el documento, tuvo un escalofrío de pánico. No lo llevaba encima. ¿Dónde lo había dejado? Dentro del coche sin cerrar, en el camino de entrada. La condenada alarma recibida en el BlackBerry le había distraído justo al llegar a casa. ¿Y si se lo robaban? ¿Y si lo encontraba Pendergast? No, eso eran tonterías; la verja de la finca estaba cerrada con llave, y Pendergast estaba en el túnel. Ya recuperaría el documento en cuanto tuviera ocasión. De momento había algo urgente que resolver.

El silencio del túnel se había vuelto total. Escuchó, casi sin respirar. Esperó.

Siguió esperando. La luz tenue e indirecta de la linterna se mantenía fija, inmóvil. A medida que pasaban lentamente los segundos, Esteban empezó a darse cuenta de que pasaba algo raro.

—¿Señor Esteban? —dijo una voz afable a sus espaldas, en la oscuridad—. ¿Tendría la amabilidad de permanecer completamente inmóvil a la vez que suelta el arma y deja que se caiga al suelo? Le advierto que el menor movimiento, aunque fuera un parpadeo inoportuno, redundaría en su muerte inmediata.

Esteban soltó la pistola, que hizo un ruido sordo al chocar contra el suelo.

—Ahora, por favor, levante despacio las manos, dé dos pasos hacia atrás y apóyese en la pared.

Dio los dos pasos indicados y cumplió las instrucciones. Pendergast se agachó, cogió la Browning y se la metió en el bolsillo de la americana; luego registró los bolsillos de Esteban y le quitó la linterna. Retrocedió y la encendió.

—Oiga... —empezó a decir Esteban.

—No hable si no es en respuesta a mis preguntas, por favor. Ahora me conducirá hasta Nora Kelly. Indique con la cabeza si me ha entendido.

Esteban asintió. No estaba todo perdido. Siempre se podía ser demasiado inteligente. Retrocedió despacio hacia la casa.

—No está en esa dirección —dijo Pendergast—. Por ahí ya he buscado. Se ha quedado usted sin crédito. La próxima vez que intente algún truco, llegaré a la conclusión de que no me sirve de nada, le mataré sin más y encontraré yo mismo a la señora Kelly. Indique con la cabeza si me ha entendido.

Esteban asintió.

—¿Está en el sótano del granero?

Sacudió la cabeza.

—¿Dónde está? Puede hablar.

—Está en una habitación escondida en el túnel, debajo del yeso. Cerca del cadáver de Smithback.

—En el túnel no había yeso fresco.

—La puerta está debajo de un trozo de yeso viejo con alambres que puedo poner y quitar siempre que quiera.

Pendergast pareció reflexionar. Después hizo un gesto con la pistola.

—Usted primero. Tenga en cuenta lo que le pasará si no colabora.

Esteban volvió a meterse por el túnel hacia donde estaba Smithback, sin alejarse de la pared de su derecha. Pendergast le seguía a unos tres metros. Esteban pasó por encima de una linterna diminuta (la del agente, sin la menor duda), que estaba en el suelo. Cuando pasó al lado de la palanca, fingió tropezar y caerse, y la accionó al bajar.

Se oyó un disparo, pero demasiado alto, que solo le rozó el pelo. Un fuerte crujido en el techo del túnel anunció el falso desprendimiento desencadenado por el mecanismo a través de la palanca. No era un auténtico derrumbe, por supuesto, sino una avalancha de rocas de poliestireno, planchas de conglomerado previamente rotas y manchadas y una mezcla de arena, grava y espuma pintada; sin ser tan mortífero como un desprendimiento de verdad, caía con fuerza y rapidez. Pendergast saltó hacia un lado, pero, aun siendo rápido, no logró escaparse de la tonelada de materiales que se desprendían justo sobre su cabeza. Una larga y sonora avalancha de madera, espuma y poliestireno le tiró al suelo y le enterró. Por su parte, Esteban corrió a cuatro patas, y se salvó por los pelos de que lo pillara el borde del alud.

La oscuridad era total. Las luces habían sido sepultadas a la vez que el agente. Oyó llover los últimos restos de grava. Luego se rió en voz alta. Era la avalancha que parecía enterrar a los celadores en la escena cumbre de *Evasión de Sing Sing*, mientras el protagonista salía sano y salvo por la boca del túnel. ¡Y ahora él la recreaba de verdad!

Evidentemente, Pendergast no iba mucho al cine. Si no, podría haber reconocido el túnel, y haber adivinado lo que se avecinaba. Peor para él.

Metió los pies por el desprendimiento simulado, y empezó a apartar la espuma en busca de Pendergast. Después de cinco minutos despejando escombros, reconoció el brillo de su linterna, que aún estaba encendida, y a su lado el cuerpo del agente, lleno de sangre y polvo, noqueado por la súbita cascada. A su lado estaba la Browning que le había quitado. La pistola del agente estaba en su mano, y el teléfono móvil en el suelo, cerca. Había recibido un fuerte golpe durante el derrumbe; incluso era posible que estuviera muerto, pero Esteban tenía que asegurarse. Lo primero que hizo fue coger las dos pistolas. A continuación aplastó el teléfono móvil con el pie. Después levantó la Browning, comprobó el cargador, apuntó al esternón de Pendergast y le disparó dos tiros a bocajarro, un doble disparo en el corazón, seguido por otro, por si acaso; los impactos hicieron saltar el cuerpo, y levantarse el polvo de su pecho y sus hombros.

Debajo, en el suelo, apareció una mancha de sangre que empezó a extenderse.

Esteban se quedó entre el polvo, sonriendo. Lástima que la escenita nunca llegase a la gran pantalla. Había llegado el momento del acto final de su superproducción privada: matar a la chica y desembarazarse de los cadáveres. De los cuatro.

Laura Hayward avanzaba con cuidado por la penumbra de los sótanos que se extendían bajo los callejones y claustros de la Ville. Tras dar señales de un crescendo, los gritos y alaridos de la superficie se habían apagado de manera brusca; o la pelea se había trasladado a Inwood Hill Park, o era ella la que había bajado demasiado para oírla. Los pasadizos subterráneos de la Ville tenían varios niveles, y presentaban estilos arquitectónicos diversos, desde cuevas toscas excavadas a mano a bóvedas de crucería y piedra bien cortada. Era como si las oleadas sucesivas de ocupantes, cada una con sus necesidades y su grado de refinamiento, hubieran ampliado los espacios subterráneos para sus propios fines.

Un vistazo a su reloj la informó de que llevaba un cuarto de hora explorando el sótano, un cuarto de hora de pasillos sin salida y rodeos cada vez más desorientadores y macabros. ¿Hasta dónde podía extenderse aquel laberinto? ¿Y dónde estaba Vincent? Había estado tentada de llamarle en voz alta más de una vez, aunque al final su sexto sentido la había disuadido. La radio, por su parte, no funcionaba.

Se paró en un cruce, del que salían cuatro pasillos cortos terminados en sendas puertas con refuerzos de hierro. Eligió una al azar y la cruzó. Se paró a escuchar en el umbral. Siguió. Al otro lado había un túnel sucio y maloliente, con el suelo blando a causa del moho, y el techo tapizado de telarañas. Las piedras viscosas del techo goteaban de condensación, gotas aceitosas que la capitana se limpió del pelo y de los hombros, asqueada.

A unos veinte metros, el pasillo se bifurcaba. Fue por la derecha, calculando que era por donde se iba a la iglesia central. Olía un poquito mejor. Los muros eran de piedra tallada de manera primitiva. Se fijó en los bloques, examinándolos con la linterna. Se notaba enseguida que no era la pared del vídeo de Nora Kelly.

Se irguió de golpe. ¿Había sido un grito?

Permaneció muy quieta y muy atenta en medio de la oscuridad, pero lo que acababa de oír (suponiendo que hubiera oído algo) no se repitió.

Siguió caminando. El pasadizo de piedra acababa en un gran arco. Al cruzarlo se encontró en un mausoleo de construcción rudimentaria, apoyado en postes de madera podrida, con una docena de nichos excavados en las paredes de arcilla, cada uno de los cuales contenía un ataúd medio deshecho. Todo estaba lleno de amuletos y fetiches: bolsas de cuero y lentejuelas, muñecas grotescas de cabezas demasiado grandes y expresión desorbitada, dibujos de espirales y sombreados (de una complejidad mareante) sobre tablas y pieles tensadas… Parecía un templo subterráneo dedicado a los líderes muertos (o no) de la Ville. Hasta los propios ataúdes eran raros, con bandas de hierro y candados, como si se tratase de evitar que salieran los muertos (que en algunos casos tenían estacas clavadas, que se hundían en la arcilla por debajo de ellos). Se estremeció al recordar algunas de las historias más pintorescas de sus antiguos compañeros de la policía de Nueva Orleans.

… Otra vez el mismo ruido, despejando cualquier duda: débiles sollozos de mujer. Brotaban de la oscuridad, justo delante.

¿Nora Kelly? Cruzó la sala de ambientación vudú haciendo el menor ruido posible, con la pistola preparada y la linterna tapada. La voz se oía en sordina, pero parecía estar cerca, unas dos o tres salas más allá. La habitación llena de nichos acababa en un pasadizo que volvía a bifurcarse. El ruido llegaba de la izquierda. Fue hacia el pasadizo. Si era Nora, probablemente estuviera vigilada; la Ville habría hecho bajar a alguien al menor indicio de problemas.

Justo a la vuelta de un recodo, el pasadizo desembocaba bruscamente en una enorme cripta, con gruesas columnas en las que se apoyaba el peso de las bóvedas. Vio filas y más filas de sarcófagos de madera, que llegaban hasta la pared del fondo. Distinguió a lo lejos tres figuras iluminadas por detrás por un mechero. Dos eran mujeres, una de ellas llorando silenciosamente. El tercero, un hombre, les decía algo en voz baja. Estaba de espaldas a Hayward, pero a juzgar por su tono y sus gestos, su intención era tranquilizarlas.

Hayward sintió que se le aceleraba el pulso. Dio un paso hacia delante, y al siguiente ya no lo dudó: el hombre del fondo era Vincent D'Agosta.

—¡Vinnie!

Él se giró. Al principio puso cara de perplejidad, pero después sonrió de alivio.

—¡Laura! ¿Qué haces tú aquí?

Hayward caminó deprisa, dejando de esconder la linterna. Las dos mujeres la vieron acercarse con el rostro crispado por el miedo.

D'Agosta tenía un cabestrillo improvisado en el brazo derecho, la cara sucia y cubierta de arañazos, y el traje roto y lleno de arrugas, pero Hayward estaba tan contenta de verle que ni siquiera se fijó.

Le dio un abrazo rápido, torpe por el cabestrillo. Después le observó.

—Vinnie, parece que te haya atropellado y arrastrado un coche.

—Es la sensación que tengo. Aquí hay dos personas que necesitan ayuda. Venían con los manifestantes. Las han perseguido unos residentes de la Ville, y se han perdido al intentar huir. —D'Agosta hizo una pausa—. ¿También vienes a buscar a Nora?

—No. Te buscaba a ti.

—¿A mí? ¿Por qué?

Casi parecía ofendido.

—Me dijo Pendergast que estabas aquí abajo, y que podía ser peligroso.

—Estaba buscando a Nora. ¿Has dicho Pendergast?

—Sí, ya se iba. Me ha dicho que quería buscar a Nora, y que no está aquí.

—¿Qué? ¿Pues dónde está?

—Eso no me lo ha dicho, pero me ha contado que os ha atacado algo. Algo raro.

—Sí, es verdad. Laura, si es cierto que Nora no está aquí, tenemos que irnos. Ahora mismo.

Se calló de repente. Poco después también lo oyó Hayward: impactos de algo carnoso en la oscuridad, como unas manos grandes marcando el ritmo contra la piedra fría. Estaba lejos, pero se acercaba. Poco después se superpuso a los golpes una especie de sonido baboso, y unos gemidos similares al resuello de un fuelle agujereado: aaaauuuuuu…

Una de las mujeres ahogó un grito y dio instintivamente un paso atrás.

D'Agosta se sobresaltó.

—Demasiado tarde —dijo—. Ha vuelto.

81

Nora esperó en la mohosa oscuridad. Tenía un dolor de cabeza insoportable. Cada vez que la movía, sentía una punzada que la taladraba de sien a sien. Con el golpe en la cabeza, el carcelero había agravado la conmoción. A pesar del dolor, tenía que luchar contra una gran somnolencia que amenazaba con apoderarse de ella. ¿Cuántas horas habían pasado? ¿Treinta y seis? Era curioso que la oscuridad distorsionase tanto la percepción del tiempo.

Estaba apoyada en la pared, a un lado de la puerta, esperando el regreso de su carcelero con la duda de si, llegado el momento, tendría la energía necesaria para atacarle. Había que reconocer que era inútil; si el truco no había funcionado la primera vez, difícilmente lo haría la segunda, pero ¿qué otra cosa podía hacer? Si se quedaba en otro punto de la celda, podrían pegarle un tiro a través de la ventana. De lo que estaba segura era de que su captor no la soltaría. Si la dejaba seguir viva era porque pretendía algo; cuando hubiera conseguido ese misterioso algo, la mataría.

En el negro silencio, empezó a divagar. Se le apareció la imagen de una limusina negra en el puerto deportivo de la minúscula localidad de Page, Arizona, con los acantilados rojos del lago Powell al fondo, y encima, un cielo que era como un cuenco sin nubes, de un azul perfecto. Sobre el aparcamiento, el aire temblaba de calor. La puerta de la limusina se abría, y bajaba de ella con dificultad un hombre larguirucho, que se quitaba el polvo antes de erguirse. Con sus Ray-Ban, y su pelo castaño ingobernable, presentaba un aspecto algo ridículo. Iba un poco encorvado, como si le diera vergüenza ser tan alto; Nora se acordó de su nariz aguileña, su cara larga, estrecha, y su manera de mirarlo todo, entornando los ojos, perplejo pero seguro de sí mismo. Era la primera vez que había visto a su futuro esposo, incorporado como reportero a la expedición arqueológica que dirigía ella en la zona de cañones de Utah. Entonces le había parecido un tonto. No descubriría hasta más tarde que sus grandes virtudes, sus maravillosas cualidades, las mantenía ocultas en lo más profundo, como si se avergonzase un poco de ellas.

Revivió al azar otros episodios de los primeros días en Utah: Bill llamándola «señora directora», Bill subiendo a su caballo, Huracán, y renegando mientras el animal corcoveaba... A esos recuerdos les siguieron otros de los primeros tiempos de su vida en común en Nueva York: Bill manchándose de salsa al brandy su traje nuevo en el Café des Artistes, Bill disfrazado de vagabundo para entrar de noche en una obra donde se habían descubierto treinta y seis cadáveres, Bill en una cama de hospital, tras ser rescatado de las garras de Leng... Imágenes que aparecían por sí solas, sin ser evocadas, pero que por alguna extraña razón la confortaban. Como ya no tenía fuerzas para resistirse, las dejó transitar por su memoria, mientras se iba sumiendo en un estado a medio camino entre el sueño y la vigilia. Era como si en aquel duro trance, destinada a perecer irremediablemente en cualquier momento, lograse resignarse por fin a su pérdida.

La arrastró hacia el presente un rumor impreciso, una profunda vibración tanto en el aire como en las paredes. Se incorporó, despejándose de golpe, y olvidando un momento el dolor de cabeza. El rumor tardó bastante en apagarse. Al cabo de unos minutos, le sucedió el sonoro ¡bum! ¡bum! de dos disparos muy seguidos; luego una pausa, y finalmente otro disparo.

El impacto de oír algo tan fuerte y brusco después de un silencio tan largo tuvo un efecto electrizante. Algo pasaba. Podía ser la única oportunidad de actuar. Escuchó atentamente, con el cuerpo en tensión. Primero casi no se oía. Después se hizo más nítido: estaban arrastrando algo pesado por el suelo del sótano. Un gruñido, una pausa, y siguieron arrastrando. Silencio. Después, la reja de la puerta chirriando.

Oyó la voz de su carcelero.

—¡Tienes visita!

Nora no se movió.

Por la abertura entró una luz que resaltó las barras negras de la reja en la pared del fondo.

Se mantuvo a la espera. Obligarle a entrar, y atacarle: era su única oportunidad.

Oyó una llave dentro de la cerradura, y vio girar un poco la puerta, pero en vez de entrar, su carcelero tiró algo al suelo (un cuerpo), y retrocedió inmediatamente, dando un portazo. Antes de que la luz se alejara del todo, Nora miró la cara del cuerpo: rasgos finos, pómulos marcados, piel como de mármol y cabello fijo; ojos como hendiduras, por las que solo se veía lo blanco; polvo y sangre coagulada en el pelo, y un traje que había sido negro, pero que ahora era gris polvo, lleno de arrugas y de desgarrones. Una oscura mancha de sangre, que seguía extendiéndose por la camisa.

Pendergast. Muerto.

Gritó de sorpresa y de consternación.

—¿Amigo tuyo? —se burló la voz al otro lado del la reja.

Se oyó girar la cerradura, y el candado, y una vez más reinó la oscuridad.

82

Alexander Esteban volvió deprisa por los sótanos que tan bien conocía, y subió de dos en dos los escalones hasta llegar a la planta baja. Hacía una noche fría y despejada de otoño, con un cielo aterciopelado, salpicado de muchas estrellas. Corrió hacia el coche, abrió la puerta de par en par… ¡Menos mal! ¡Menos mal! Cogió el sobre de papel manila que había en el asiento del copiloto. Lo abrió, sacó las hojas de vitela antigua, les echó un vistazo y las guardó otra vez, ya más despacio.

Se apoyó en el coche, sin aliento. Qué pánico más tonto… Pues claro que estaba sano y salvo el documento. De todos modos, no tenía valor para nadie más que él. Lo entendería poca gente. Aun así, había sentido una angustia indescriptible al imaginárselo en el coche, sin protección. Tanto esmero en planearlo todo, tanto cuidar sus relaciones, tanto gastarse auténticas fortunas… y todo por aquella doble hoja de vitela. Pensar que estuviera en su coche, sin vigilancia, al alcance de cualquier ratero oportunista, o hasta de los caprichos del clima de Long Island, había sido una tortura. En fin, todo acababa bien. Ya estaba a buen recaudo. Ahora que lo tenía en la mano, ya podía reírse de su propia paranoia.

Caminó hacia la casa con una sonrisa un poco avergonzada. Cruzando salas oscuras, llegó hasta su despacho, donde abrió la caja fuerte. Una vez que hubo metido el sobre entre sus paredes de acero, se lo quedó mirando con cariño. Ya había recuperado la tranquilidad mental. Ya podía volver al sótano y zanjar el asunto. Pendergast estaba muerto. Solo quedaba la chica. Sus cadáveres acabarían muy por debajo del suelo del sótano. Ya tenía pensado dónde. Nadie volvería a verles.

Cerró la puerta de acero macizo, e introdujo el código electrónico. Mientras silbaba el mecanismo de cierre, y se oían los clics de las clavijas al alojarse en su lugar, pensó en las semanas, meses y años que se avecinaban… y sonrió. Sería un proceso laborioso, pero le convertiría en un hombre riquísimo.

Salió de la casa y cruzó otra vez el césped, respirando con desahogo mientras ponía una mano en la culata de la pistola que había cogido del cadáver del agente del FBI. Saltaba a la vista que era un arma de fuego de uso policial, perfecta para el trabajo anónimo que tenía pensado. Ya se desharía de ella, por supuesto…, pero antes debía usarla para terminar con la chica.

La chica. Su capacidad resolutiva y su fuerza psíquica lo sorprendieron. No se debe subestimar la ingenuidad humana cuando alguien se enfrenta a la muerte. Aunque la chica estuviese herida, y encerrada, se imponía la prudencia. No tenía sentido meter la pata en el último minuto, cuando ya era dueño de todo lo que deseaba.

Al entrar en el granero, encendió la linterna y bajó al sótano. Tenía curiosidad por saber si la chica se lo pondría difícil, agazapándose detrás de la maldita puerta, como la última vez. Lo dudaba. Estaba claro que se había llevado un susto enorme al ver el cadáver de Pendergast en la celda. Probablemente se pusiera histérica, e intentara convencerle de que la dejara salir. Pues buena suerte, porque él no le iba a dar ni la oportunidad.

Llegó a la puerta de la estancia donde estaba ella. Abrió la ventanilla con barrotes y enfocó la linterna. Volvía a estar en el centro, tirada por la paja, sollozando, sin fuerzas para resistirse, con la cabeza entre las manos. Tenía la espalda ancha, un blanco perfecto. A su derecha se veía el cadáver del agente del FBI, con el traje revuelto, como si le hubieran registrado en busca de su pistola. Quizá ella hubiera perdido sus últimas esperanzas al no encontrarla.

Tuvo una punzada de remordimiento. Era un acto muy frío. No era como matar a Fearing y Kidd, delincuentes de poca monta, chusma capaz de todo por dinero. Matarla, sin embargo, era un mal necesario e inevitable. Entornó los ojos, centró la mira en lo alto de la espalda, justo encima del corazón, y disparó una bala del Colt. La fuerza del impacto la tumbó de lado. Gritó: un grito corto, agudo. El segundo disparo dio más abajo, justo encima de los riñones, y volvió a tumbarla, esta vez sin grito.

Listo.

De todos modos, tenía que asegurarse. Convenía pegarles a los dos un tiro en la cabeza. Luego, un entierro rápido donde estaba previsto. Al mismo tiempo se quitaría de encima los cadáveres de Smithback y el investigador. Juntos marido y mujer: muy indicado, ¿no?

Con la pistola preparada, metió la llave en la cerradura y abrió la puerta.

83

D'Agosta se giró hacia las dos manifestantes: caras tensas de angustia, y jerséis de cachemira y zapatillas náuticas completamente fuera de lugar en aquel sepulcro gótico.

—Pónganse detrás de aquella cripta —dijo, señalando una lápida cercana—. Agáchense para que no se las vea. Deprisa.

Se giró hacia Hayward, con un movimiento brusco que despertó las protestas de su antebrazo roto.

—Dame tu linterna.

Nada más cogerla, puso una mano delante para atenuar un poco el resplandor.

—Laura, yo no llevo arma. No podemos escondernos ni correr más que él. Cuando entre, dispara.

—¿Cuando entre qué?

—Ya lo verás. Parece que no sienta dolor, miedo ni nada. Al principio dirías que es una persona… pero no es del todo humano. Es rápido, y no suelta su presa. Yo te lo iluminaré. Si dudas, podemos darnos por muertos.

Tragando saliva, Hayward asintió y comprobó el buen estado de su pistola.

D'Agosta se metió la linterna en el bolsillo para situarse al otro lado de una gran tumba de mármol. Hizo señas a la capitana de que se colocase detrás de la siguiente. Esperaron. Durante un minuto, lo único que oyó D'Agosta fue la respiración rápida de

Hayward, el llanto quedo de una de las manifestantes, y los golpes de su corazón dentro del pecho. Después, otra vez lo mismo de antes: pies descalzos chocando con piedra húmeda. Ahora parecía que estuviera más lejos. En el enorme espacio de la sala resonó un gruñido gutural, una nota prolongada, pero llena de urgencia y avidez:

—Aaaaaauuuuu…

Oyó aumentar de volumen y teñirse de pánico los sollozos de la manifestante.

—¡Cállese! —susurró.

Ya no se oían las pisadas. Sintió que se le aceleraba el pulso. Al buscar la linterna en el bolsillo, su mano se cerró en el medallón de san Miguel, patrón de los policías. Se lo había dado su madre al ingresar en el cuerpo. Se lo metía cada mañana en el bolsillo, casi sin pensar. Pese a llevar como media docena de años sin rezar, y aún más tiempo sin ir a la iglesia, sorprendió una oración en sus labios:

—Dios mío, tú que sabes los peligros que corremos…

—Aaaaaiiiuuuuuuuuuuuuuuuuuu…

El gruñido se acercaba.

—… Te rogamos, Señor, que alejes el poder mortal del maligno. San Miguel Arcángel, defiéndenos en la batalla…

Algo se movió en la fétida oscuridad del fondo de la sala abovedada. Una silueta baja, agazapada —sombra contra sombra—, se escabulló por la última hilera de tumbas. D'Agosta sacó su linterna del bolsillo.

—¿Lista? —susurró.

Hayward apuntó hacia delante, cogiendo la pistola con las dos manos.

D'Agosta enfocó la linterna en el arco del fondo, y la encendió.

La luz lo pilló de lleno: blanco, encorvado, con una palma en el suelo de piedra, y la otra crispada en su flanco, donde una mancha roja cada vez mayor manchaba sus andrajos. Su único ojo útil giró fuera de quicio hacia la luz; el otro estaba destrozado, negro por la hemorragia, supurando líquido. Su mandíbula inferior pendía fláccida, oscilando con cada movimiento. De su lengua, oscura e hinchada, colgaba un grueso hilo de saliva. Estaba lleno de arañazos, sucio, ensangrentado, pero sus heridas no le hacían ser más lento ni menos horriblemente contumaz. Saltó hacia la luz con otro gruñido ávido.

¡Pam!, hizo la pistola de Hayward. ¡Pam! ¡Pam!

D'Agosta apagó la linterna para reducir las posibilidades de que fuera a por ellos. Le zumbaban los oídos a causa de los disparos, y del grito entrecortado de las manifestantes.

El eco de las detonaciones se alejó por los pasillos subterráneos, dejando una vez más paso al silencio.

—Dios mío… —musitó Hayward—. Dios mío…

—¿Has acertado?

—Creo que sí.

D'Agosta se puso en cuclillas y escuchó atentamente, esperando que pasara el zumbido. Por encima de su hombro, los gritos se fueron reduciendo a sollozos estremecidos, hasta que solo quedaron los jadeos de Hayward.

¿Lo habría matado?

Esperó un minuto. Dos. Encendió la linterna y la enfocó hacia delante. Nada.

Viva o muerta la cosa, ellos estaban en territorio enemigo. Había que ponerse en marcha.

—Vámonos pitando.

Levantó sin ceremonias a las dos manifestantes. Moviéndose deprisa, cruzaron el bosque de tumbas y llegaron al arco de la pared del fondo. D'Agosta enfocó la linterna en el suelo, tapándola con la otra mano. Algunas gotas de sangre fresca. Nada más. Atravesó el arco e hizo señas de que le siguieran al gran almacén del otro lado.

—Cuidado —susurró—. En el centro de la sala hay un pozo muy hondo. Péguense a las paredes.

Justo cuando empezaban a internarse entre las pilas mohosas de libros con encuadernación de piel, y de muebles antiguos y deshechos, se oyó un fuerte siseo al otro lado. En el mismo momento en que D'Agosta se giraba y levantaba la linterna, la cosa salió disparada de la oscuridad y se les echó encima abriendo mucho su roñosa boca y levantando sus negras uñas rotas para cortar y desgarrar. Hayward levantó la pistola, pero la cosa se abalanzó sobre ella en un abrir y cerrar de ojos, tirándola al suelo, mientras el arma salía disparada. Sin hacer caso del dolor de su antebrazo roto, D'Agosta saltó sobre la criatura y le dio varios puñetazos, que pasaron inadvertidos. La cosa, mientras tanto, aumentaba la presión en el cuello de Hayward entre incesantes gritos de placer sanguinario:

—¡Aihu! ¡Aihu! ¡Aihu!

De pronto el almacén se llenó de una fuerte luz naranja. D'Agosta se giró. En la otra puerta estaba Bossong, levantando con una de sus manos una enorme antorcha. Tenía la cara ensangrentada, pero no había perdido nada de su porte imponente, casi regio.

—*Arrêt!* —exclamó su voz profunda, reverberando por la estancia subterránea.

El ser se paró a mirar hacia arriba, y se encogió, girando su ojo amarillento.

D'Agosta reparó en que la pistola de Hayward solo estaba a unos centímetros de los pies del líder de la comunidad. Quiso lanzarse a por ella, pero Bossong la recogió enseguida, y les apuntó.

—¡Bossong! —exclamó D'Agosta—. ¡Ya basta!

El líder de la Ville siguió apuntándoles con la pistola, sin decir nada.

—¿En esto consiste su religión? ¿En este monstruo?

—Este «monstruo» —dijo Bossong, escupiendo la palabra— es nuestro protector.

—¿Y les «protege» así? ¿Intentando matar a un policía de servicio?

La mirada de Bossong saltó de D'Agosta al zombi, y de Hayward a D'Agosta.

—¡Ella no ha hecho nada! ¡Ya basta!

—Ha invadido nuestra comunidad y ha profanado nuestra iglesia.

—Ha venido a rescatarme, y a rescatar a estas otras personas.

—D'Agosta miró con insistencia al líder—. Siempre le he considerado como un fanático sanguinario que disfruta matando animales por alguna perversión retorcida. Vamos, Bossong, demuéstreme que me equivoco. Es su oportunidad. Demuéstreme que es algo más. Que su religión es algo más.

Al principio Bossong no se movió. Después se irguió en toda su estatura y se giro hacia el zombi.

—C'est suffice! —exclamó—. N'est-ce envoi pas!

La cosa profirió un gemido inarticulado y baboso. Al mirar hacia arriba, en dirección al sacerdote, borboteó saliva en su garganta. Aflojó un poco la presión en el cuello de Hayward, que se soltó, tosiendo y recuperando la respiración. D'Agosta la ayudó a levantarse. Se apartaron juntos.

—¡Esto se tiene que acabar! —dijo Bossong—. Tiene que acabarse la violencia.

El hombre-cosa sufría convulsiones, angustiado por la indecisión. Miró a Hayward, luego a Bossong, y otra vez a ella. D'Agosta vio que sucumbía de nuevo a una loca avidez. Se agazapó y saltó hacia Hayward.

Entre las cuatro paredes, la detonación fue ensordecedora. Alcanzado en pleno salto, el ser giró sobre sí mismo y cayó al suelo. Después, con un aullido de dolor y de rabia animal, se puso a cuatro patas, derramando sangre por otra herida en el costado, y empezó a arrastrarse (cada vez más deprisa, con una determinación nueva y horrible) hacia Bossong. La siguiente bala dio en la barriga. Se encogió, emitiendo horribles gárgaras. Lo increíble fue que intentó volver a levantarse, manando sangre por las heridas y la boca muy abierta, pero la tercera bala dio en el pecho. Se cayó otra vez al suelo, rodando, temblando y agitándose de forma incontrolable. D'Agosta intentó cogerlo, pero era demasiado tarde: entre contorsiones y gruñidos espantosos, la cosa se cayó por el borde del pozo, derrumbándose sobre él en un espasmo. Emitió un sonido gutural, entre gárgara y grito, que (tras un segundo angustiosamente largo) acabó en una tenue zambullida.

Bossong bajó lentamente la pistola, que humeaba.

—Y así se acaba, tal como empezó —dijo—. En la oscuridad.

84

Esteban entró en la celda y se paró. ¿Por cuál empezaba? Pero, como no era de los que tardaban mucho en decidirse, pasó por encima del cadáver de la joven y se acercó resueltamente a la forma ensangrentada del agente del FBI. Se merecía especialmente morir. «¡Pero si ya está muerto! —se dijo, con una sonrisa irónica—. O casi.» Lo iba a dejar todo hecho una porquería, y el ruido de la pistola en el espacio cerrado le haría zumbar los tímpanos. Repasó mentalmente los pasos a seguir, mientras volvía a llenar el cargador. Tendría que enterrar su propia ropa junto con los cadáveres y las pistolas. Hasta ahí todo bien. Con medios químicos tan potentes como los que manejaban los expertos en pruebas, la sangre ya no se podía erradicar, pero se podía tapiar toda la estancia, sin que quedase un solo indicio de su existencia. Podía meter ahí todos los cadáveres. En los próximos días tal vez viniera alguien a meter las narices buscando al agente del FBI. Hasta era posible que hubiera dejado dicho adónde iba. Sin embargo, no había ninguna prueba de su llegada: ni coche, ni barca, ni nada.

Cerró el cargador, metió una bala en la recámara y levantó la pistola con una mano, mientras usaba la otra para enfocar cuidadosamente la linterna en el bulto inmóvil.

Recibió el golpe por detrás: un mazazo tremendo en el cogote. Al momento siguiente tenía encima a alguien, como un mono; dos manos como garras, clavadas en la cara, y un dedo hurgando al borde de una órbita hasta hincarse en ella, y en el propio globo ocular. La explosión de dolor le hizo gritar, mientras daba vueltas para quitarse de encima a su atacante; mientras lo estiraba con una mano, usó la otra para disparar a tontas y a locas, provocando una serie tremenda de detonaciones. La linterna se cayó ruidosamente al suelo. Les engulleron las tinieblas.

Su cerebro, anonadado de sorpresa y de dolor, fue un rato a tientas, sin comprender nada. Finalmente lo entendió: era la chica. Chilló, sacudiéndose y dando manotazos sin ver nada, pero la intensa presión con que se hundían los dedos no cejó, hasta que sintió que se salía de la órbita el globo ocular, con un ruido viscoso de succión; fue algo tan atroz y doloroso, que por un momento perdió toda su capacidad de pensamiento racional.

Se cayó gritando al suelo, con un fuerte impacto que (esta vez sí) hizo caerse a la chica, aunque al rodar, e intentar apuntar hacia atrás con la pistola, Esteban se dio cuenta de que había otra persona peleándose con él. El agente del FBI, seguro. Le quitaron el arma mediante una fuerte patada. Dio puñetazos sin mirar adónde. Al soltarse, se levantó y corrió. Primero chocó contra la pared; después la siguió a tientas, desesperadamente, mientras tenía la impresión de oír en todas partes los jadeos de sus atacantes.

¡La puerta! La cruzó dando tumbos y corrió en la oscuridad, aturdido y desorientado, rebotando como una bola de flíper por los decorados, las paredes y las puertas; perdida cualquier orientación por el dolor y el pánico, tropezó por el bosque de cacharros en un esfuerzo por huir. La chica y el agente del FBI. ¿Cómo habían sobrevivido? Supo la respuesta nada más preguntárselo… y echó pestes contra su estupidez, monumental, colosal. Mientras corría, sentía que cada movimiento hacía trazar un doloroso arco a su globo ocular, que estaba suelto, colgando del nervio óptico.

¡La Browning! Se había olvidado de la segunda pistola. Metió una mano en el cinturón, y se giró con el arma en la mano para disparar hacia sus perseguidores. La respuesta tardó poco en llegar: una detonación de un Colt, y el impacto de una bala de gran calibre que le salpicó de astillas al agujerear un decorado cerca de su oreja.

¡De qué poco! Se giró y siguió corriendo como loco por los decorados viejos, intentando recuperar la orientación. Les oía perseguirle, dando traspiés. Disparar otra vez a oscuras solo serviría para ofrecer mejor blanco.

Al chocar con algo, se dio cuenta de que su desesperación por escapar le había hecho dar la vuelta. ¿Dónde demonios estaba? ¿Qué decorado era? Una pared de yeso… El relieve de los sillares… ¿La torre del castillo? ¡Sí, tenía que serlo! Volvió a meterse la pistola en el cinturón y escaló a tientas hacia las almenas. Un poco más, solo un poquito más… Llegó al final de las almenas, saltó al otro lado y aterrizó en lo que parecía una rampa. ¿Qué era? Había previsto encontrarse junto al sarcófago de piedra falsa del faraón egipcio Raneb, pero aquello no tenía nada que ver. ¿Habría ido en dirección contraria? Le daba vueltas la cabeza, por el dolor y el esfuerzo de intentar orientarse entre el sinfín de decorados. Subió a gatas por la rampa, tropezó, se cayó y se quedó jadeando en una plataforma de madera. Si esperaba muy quieto, sin hacer nada de ruido, tal vez no le encontrasen. No, qué tontería; seguro que le encontrarían, y al encontrarle… Tenía que salir. Tenía que llegar a algún sitio donde pudiera enfrentarse con ellos. O correr.

Les oía moverse por la oscuridad, buscándole cerca de las almenas.

El brusco revés de todas sus esperanzas le llenaba de una pena y un dolor apabullantes. Había que resignarse: tal como estaban las cosas, la única opción que le quedaba era huir. Tal vez a México, o a Indonesia, o a Somalia… Pero lo primero era salir de aquella negra cárcel, y que le curasen el ojo. Se incorporó, y al notar el roce de una cuerda en la cara, la cogió y empezó a subir a pulso; pero de pronto la cuerda cedió, y Esteban oyó un extraño silbido sobre su cabeza. Décimas de segundo después, comprendió lo que había hecho, qué cuerda había estirado, pero ya era demasiado tarde, y su mundo acabó de repente con un clac corto y brusco.

Nora oyó un ruido de fricción, seguido por otro sibilante, y por la aparición de una luz amarilla y temblorosa. Pendergast tenía un trozo retorcido de periódico en una mano, con llamas en la punta. En el suelo de cemento había un cartucho abierto, de donde había sacado la cordita para encender fuego.

—Venga a ver esto —dijo el inspector, sin fuerzas.

Tendió la mano. Nora se la cogió. Le dolía todo el cuerpo. Parecía que se le hubieran roto todas las costillas de la espalda por la fuerza de los disparos, y tenía la cabeza como un bombo a causa de la conmoción. No estaba acostumbrada al peso del chaleco antibalas de Pendergast, que le había pasado el agente en la oscuridad de la celda, para que se lo pusiera debajo de la bata de hospital. Al rodear un lienzo viejo de castillo medieval, se encontró una guillotina, con la cuchilla caída, y un cuerpo de bruces en la plataforma; y abajo, en la carreta, una cabeza recién cortada. La cabeza de su carcelero, con un ojo muy abierto de sorpresa, y el otro horriblemente destrozado, colgando de un grueso nervio.

—Dios mío…

Se tapó la boca con una mano.

—Mírelo bien —dijo Pendergast—. Es el culpable del asesinato de su marido y de Caitlyn Kidd; el hombre que mató a Colin Fearing y Martin Wartek, y que ha intentado matarnos a usted y a mí.

Nora se quedó boquiabierta.

—¿Por qué?

—Un drama coreografiado casi a la perfección, aunque quizá fuera más indicado hablar de guión. El motivo final lo sabremos cuando encontremos cierto documento. —Pendergast hablaba tan bajo, susurraba tanto, que casi no se le entendía—. De momento hay que llamar una ambulancia. Cuando… cuando usted haya acabado.

Mirando fijamente aquella horrible escena, Nora se dio cuenta de que sí, de que sentía cierta lúgubre catarsis a través de la cortina de dolor. Dio media vuelta.

—¿Ya ha visto bastante?

Asintió con la cabeza.

—Tenemos que salir —dijo—. Usted está sangrando, y mucho.

—La tercera bala de Esteban no la ha parado el chaleco. Creo que me ha perforado el pulmón izquierdo.

Pendergast tosió, y le salió sangre por la boca.

Lentos y doloridos, iluminándose con la antorcha, cruzaron el sótano, subieron por la escalera y recorrieron el césped en penumbra hasta llegar a la mansión, en cuyo oscuro salón Pendergast ayudó a Nora a sentarse en un sofá, cogió el teléfono y marcó el 911.

Después se derrumbó inconsciente al suelo y ya no se movió, mientras su sangre formaba un charco cada vez mayor.

85

Al llegar la noche, se hizo el silencio en el séptimo piso del hospital universitario de North Shore. Casi ya no se oían chirriar sillas de ruedas y camillas, ni los timbres y anuncios de los altavoces del box de enfermeras. Quedaba lo de siempre, lo que nunca paraba: silbido de pulmones artificiales, vagos ronquidos y murmullos, y pitidos de monitores de constantes vitales.

D'Agosta no oía nada. Llevaba dieciocho horas sentado en el mismo sitio, junto a la única cama de la habitación individual. Miraba el suelo fijamente, abriendo y cerrando su mano ilesa.

Vio moverse algo con el rabillo del ojo. Nora Kelly estaba en la puerta, con la cabeza vendada, y cinta y relleno en las costillas, debajo de la bata de hospital. Se acercó al pie de la cama.

—¿Cómo está? —preguntó.

—Igual. —D'Agosta suspiró—. ¿Y usted?

—Mucho mejor. —Nora titubeó—. ¿Y usted cómo se encuentra?

D'Agosta movió de un lado a otro su cabeza inclinada.

—Teniente, quería darle las gracias. Por haberme apoyado en todo momento. Por haberme creído. Por todo.

D'Agosta sintió que se ponía rojo.

—Yo no he hecho nada.

—Lo ha hecho todo. De verdad.

Sintió en el hombro el peso de la mano de Nora, que después se fue.

Cuando volvió a levantar la cabeza, habían pasado otras dos horas. Esta vez, quien estaba en la puerta era Laura Hayward, que al verle se acercó deprisa, le dio un tímido beso y se sentó en la silla de al lado.

—Tienes que comer algo —dijo—. No te puedes quedar sentado eternamente.

—No tengo hambre —contestó él.

Hayward se inclinó un poco más.

—Vinnie, no me gusta verte así. Cuando me llamó Pendergast y me dijo que estabas en el sótano de la Ville… —Hizo una pausa y le cogió la mano—. Me di cuenta de repente de que no soportaría quedarme sin ti. Escúchame. No puede ser que sigas echándote la culpa.

—Estaba demasiado cabreado. Si hubiera controlado mi rabia, a él no le habrían pegado un tiro. Es la verdad. Ya lo sabes.

—No, no lo sé. ¿Cómo quieres saber qué habría pasado en otras circunstancias? Es la incertidumbre de ser policía. Convivimos todos con ella. Además, ya has oído a los médicos: lo más crítico ha pasado. Pendergast perdió mucha sangre, pero lo superará.

En la cama hubo un ligero movimiento. Tanto D'Agosta como Hayward se giraron. El agente Pendergast les observaba con los ojos entornados. D'Agosta nunca le había visto tan pálido, con una palidez mortal; sus brazos y sus piernas, esbeltos de por sí, se habían demacrado hasta extremos casi fantasmales.

Al principio el agente del FBI se limitó a mirarles con sus ojos plateados, sin pestañear. D'Agosta pasó un momento de angustia, temiendo que estuviera muerto, pero después los labios del agente se movieron, y se inclinaron los dos para escucharle.

—Me alegro de verles a los dos con buen aspecto —dijo.

—Y nosotros a usted —contestó D'Agosta, intentando sonreír—. ¿Cómo se encuentra?

—He reflexionado mucho aquí en la cama, además de disfrutar de sus cuidados. ¿Qué le ha pasado en el brazo, Vincent?

—Me he roto el cúbito. Poquita cosa.

Los ojos de Pendergast se cerraron. Al cabo de un momento se volvieron a abrir.

—¿Qué había dentro? —preguntó.

—¿Dentro de qué? —dijo D'Agosta.

—De la caja fuerte de Esteban.

—Un testamento antiguo, y una escritura de propiedad.

—Ah —susurró Pendergast—. ¿El testamento de Elijah Esteban?

D'Agosta estaba sorprendido.

—¿Cómo lo sabe?

—Encontré la tumba de Elijah Esteban en el sótano de la Ville. La habían saqueado unos minutos antes, para llevarse el testamento, sin la menor duda. Supongo que la escritura era de unas tierras.

—Exacto. Una granja de ocho hectáreas —dijo D'Agosta.

Un gesto lento de aquiescencia.

—Granja que imagino ya no será tal.

—Acierta usted. Ahora son ocho hectáreas de lo más exclusivo de Manhattan, entre Times Square y Madison Avenue, abarcando gran parte de las calles Cuarenta y pico. Tal como estaba redactado el testamento, Esteban habría quedado claramente como el único heredero.

—Naturalmente, no habría intentado recuperar los terrenos. Habría usado el documento como base para una demanda extremadamente lucrativa, que se habría resuelto, no me cabe duda, en un acuerdo por miles de millones. ¿Usted cree que justifica asesinar, Vincent?

—Según para quién.

Pendergast apoyó los brazos en la sábana y los dispuso con esmero, tocando con sus dedos blancos una ropa de cama que llamó la atención de D'Agosta por su calidad, superior a la normal. Seguro que había que agradecérselo a Proctor.

—Donde ahora está la Ville hubo una comunidad religiosa anterior, de características muy diferentes —dijo—. Wren me explicó que, tras el fracaso de la comunidad, su fundador se dedicó a la agricultura en el sur de Manhattan, como terrateniente. Ese personaje no puede ser otro que Elijah Esteban. A su muerte fue enterrado en la cripta del asentamiento que fundó, junto a los infaustos documentos, según parece: la escritura de propiedad y el testamento.

—Tiene lógica —dijo D'Agosta—. ¿Y cómo se enteró Alexander Esteban?

—Por lo visto, después de retirarse del cine se apasionó por el estudio de su árbol genealógico, y contrató a un investigador para que estudiase los archivos. Fue el investigador quien hizo el descubrimiento... y lo pagó con su vida. Se trata del segundo cadáver del túnel, dicho sea de paso, el que no ha sido identificado.

—Sí, lo hemos encontrado —dijo Hayward.

—Cadáver que, por otra parte, le vino muy bien, ya que lo arrojó al río Harlem, y fue identificado erróneamente como Fearing por nuestro ocupadísimo amigo Wayne Heffler, con la ayuda de la supuesta hermana.

—O sea, que al final Colin Fearing sí que estaba vivo —dijo D'Agosta—. Me refiero a cuando mató a Smithback.

Un gesto de asentimiento.

—Parece mentira lo que se puede conseguir con maquillaje de teatro. Esteban era un director de cine *par excellence*.

—Deberíamos dejar descansar al agente Pendergast —dijo Hayward.

Pendergast movió la mano débilmente.

—Nada de eso, capitana. Hablar me ayuda a despejarme.

—Aún no lo entiendo —dijo D'Agosta.

—Es sencillo, una vez que se ha encontrado el hilo. —Pendergast cerró los ojos y juntó las manos blancas sobre la colcha—. Esteban se enteró de la existencia y situación de un documento que le haría fabulosamente rico. Por desgracia, estaba encerrado dentro de una tumba, en el sótano de lo que había pasado a ser la Ville des Zirondelles: una secta caracterizada por el secretismo y el recelo a los desconocidos, hasta el punto de que sus miembros no podían ser más de ciento cuarenta y cuatro. Solo se reclutaba a un nuevo miembro cuando otro se moría. Como no había manera de acceder a aquella secta, Esteban fomentó la animadversión pública hacia la Ville, para que el ayuntamiento expropiase los terrenos y expulsara a sus ocupantes ilegales. Por eso ingresó en Humans for Other Animals e incitó a Smithback a escribir artículos sobre ello para el *Times*.

—Ahora lo entiendo —dijo D'Agosta—. Como no bastaba con eso, Esteban dio el siguiente paso: asesinar a Smithback y echarle la culpa a la Ville, a la vez que se inventaba todo lo del vudú y los zombis.

Pendergast asintió de modo casi imperceptible.

—Con el vudú incurrió en algunas tergiversaciones, como el ataúd en miniatura del nicho vacío de Fearing. Por eso mi amigo Bertin estaba tan desconcertado. Pista que por desgracia se me pasó por alto. Es irónico, porque de todos modos lo que practicaba la Ville no era vudú, sino un culto extraño y peregrino, transformado y desvirtuado a lo largo de décadas de aislamiento. —Hizo una pausa—. Contrató a dos cómplices: Colin Fearing… y Caitlyn Kidd.

—¿Caitlyn Kidd? —repitió D'Agosta con incredulidad—. ¿La periodista?

—Correcto. Formaba parte del plan. Esteban debió de hacer una lista de requisitos muy concretos antes de buscar a quienes los cumpliesen con exactitud. Supongo que ocurrió aproximadamente del siguiente modo: Fearing era un actor en paro, de dudosa trayectoria y con necesidades acuciantes de dinero. Vivía en el mismo edificio que Smithback, y pesaba y medía más o menos lo mismo que él. La elección perfecta para Esteban. Caitlyn Kidd era una periodista con bastantes pocos escrúpulos, y muchas ganas de progresar. —Miró a Hayward—. No la veo muy sorprendida.

Hayward vaciló un segundo antes de contestar.

—Pedí un historial minucioso de todas las personas vinculadas a la investigación, y hace pocas horas que me han dado el de Kidd. Tiene antecedentes penales por estafa; muy bien escondidos, todo sea dicho. Montó un timo para extorsionar a varios ancianos.

D'Agosta se quedó alucinado.

Pendergast se limitó a asentir.

—Me imagino que Esteban la encontraría por los antecedentes. En todo caso, le prometió mucho dinero por ser una de las protagonistas. Esteban escribió un guión para este pequeño drama, en el que Fearing simulaba su propia muerte usando como cadáver el del investigador. Caitlyn Kidd interpretó el papel de la hermana que le identificaba, y el doctor Heffler, agobiado de trabajo, puso la guinda. Cuando ya daban todos por muerto a Fearing, Esteban se limitó potenciar la ilusión con maquillaje, que por algo era productor de cine. E hizo que Fearing (interpretándose a sí mismo, pero resucitado como zombi) matara a Smithback y atacase a Nora Kelly.

D'Agosta sacudió la cabeza, consternado.

—Ahora que lo dice, parece evidente.

—¿Se acuerda de con qué intención miraba Fearing a la cámara de seguridad al salir del edificio de Smithback? ¿Y de que se aseguró de que le vieran bien los vecinos? A mí entonces me pareció extraño, pero ahora encaja a la perfección. Que Fearing fuera visto, e identificado, era un elemento básico (por no decir «el» elemento básico) del plan de Esteban.

Esta vez el silencio fue más largo. Finalmente, Pendergast abrió los ojos.

—Entonces Esteban puso en marcha el siguiente acto de su guión. Caitlyn Kidd se puso en contacto con Nora, que estaba destrozada, y obtuvo su colaboración para endosarle el crimen a la Ville. Su primer encargo era acercarse a Nora y engañarla para que pensara que investigar la Ville era idea suya. Mantuvieron la presión sobre Nora haciendo que Fearing la persiguiese en el museo, y en otras partes. Después Esteban robó el cadáver de Smithback del depósito, para hacer creer que también él había resucitado como zombi, aunque ese cadáver lo necesitaba para otra razón aún más importante: confeccionar una máscara de su rostro, que usaría Fearing. Encontré restos de látex en la cara de Smithback: vestigios del molde. Fearing se puso la máscara (adaptada para que su efecto fuera debidamente terrorífico) a fin de asesinar a

Kidd ante un grupo de gente cuyo conocimiento visual de Smith-back estuviera garantizado.

—Pero ¿y matar a Kidd? ¿Para qué?

—Había interpretado su papel a la perfección. Ya no era útil. Había llegado el momento de quitársela de encima. Era más fácil matarla que pagarla, y siempre es prudente librarse de los cómplices. Lección que Fearing debería haberse tomado muy en serio. ¿Se acuerda de que Kidd gritó el nombre de Smithback antes de ser asesinada? Mi hipótesis es que Esteban le había dicho que Fearing, disfrazado de Smithback muerto, mataría a otra persona durante la ceremonia. El papel de Kidd, su última escena, consistía en gritar el nombre de Smithback con fingido terror, para grabar su identidad en el pensamiento de todos, haciendo más verosímil la ficción. Aunque al final recibió más de lo prometido.

—Luego Esteban hizo que Fearing matara a Wartek en cuanto puso en marcha los trámites de desalojo de la Ville —dijo D'Agosta.

Pendergast asintió con la cabeza.

—Y secuestró a Nora, atribuyendo otra vez el delito a la Ville.

—Sí. Había que aumentar la presión sobre la Ville hasta lo insoportable. Esteban no pensaba esperar hasta que acabasen los interminables trámites de desalojo. Su sentido del ritmo era perfecto, como gran director de cine que era. Cuando hizo público el vídeo de Nora, que todos dieron por supuesto que estaba rodado en el sótano de la Ville, casi se nos echaba encima el tercer acto. Fue cuando se dio cuenta de que era el momento de dar la última estocada.

—¿O sea, que a Fearing le mató el propio Esteban? —preguntó Hayward.

—Yo creo que sí. Seguro que quería eliminar a su segundo cómplice, como ya eliminó al primero. Dejar su cadáver en las inmediaciones de la Ville tenía la ventaja adicional de que aparecerían como los culpables del asesinato.

—Hay una cosa que no entiendo —dijo D'Agosta—. En la primera manifestación, primero Esteban excitó a la multitud, y luego la desinfló. ¿Por qué? ¿Por qué no entró, que era lo más fácil?

Pendergast tardó un poco en contestar.

—Eso al principio me desconcertó, pero luego me di cuenta de que no eran bastantes para conseguir sus objetivos. Aún era prematuro. Entrar en la Ville, y saquear la tumba, tenía que funcionar a la primera. Esteban necesitaba provocar disturbios; no algo anecdótico, sino un gran alboroto que le permitiera entrar sin ser visto, apoderarse del botín y retirarse. La primera manifestación fue un simple ensayo. Por eso no encabezó la segunda, la grande. La alentó, y después fingió desmarcarse de ella. Estaba abajo al mismo tiempo que nosotros, Vincent. Fue pura casualidad que no nos cruzásemos con él. Cuando nos atacó la criatura, él ya se había ido.

Hayward frunció el entrecejo.

—Ahora que lo dice, ¿qué era aquella criatura?

—Un hombre. Como mínimo lo había sido. El ritual lo transformó en otra cosa.

—¿Qué ritual? —preguntó D'Agosta.

—¿Recuerda los extraños adminículos que vimos en el altar de la Ville? ¿Las herramientas con mango de hueso y una larga punta de metal retorcido, con una cuchilla muy pequeña al final? Pues desempeñaban la misma función que un antiguo instrumento médico llamado leucótomo.

—¿Leucótomo? —repitió D'Agosta.

—El utensilio empleado en las lobotomías, en este caso una lobotomía transorbital con penetración en el cerebro a través de la órbita ocular. Hace tiempo que los miembros de la Ville descubrieron que destruir una parte determinada del cerebro, en una región llamada área de Broca, hacía que la infortunada víctima quedara insensible al dolor, prescindiera de limitaciones morales o éticas y se convirtiese en alguien extramadamente violento, a la vez que sumiso con sus cuidadores. Algo menos que humano, pero más que animal.

—¿Está diciendo que la Ville se lo hizo a alguien de manera intencionada?

—Sin la menor duda. La víctima era elegida por la secta como sacrificio a la comunidad, pero también se la veneraba y adoraba por haber hecho el sacrificio. En realidad, el hombre-cosa tenía un papel protagonista en su ritual religioso: su creación, cuidado, formación, alimentación y liberación formaban parte del ciclo ritual. Servía para proteger a la comunidad de un mundo hostil, y ellos, a su vez, le alimentaban, le mantenían y le veneraban. En algunas sociedades se permite que determinados individuos realicen actos que normalmente están calificados como malos. Es posible que la Ville lobotomizase a aquel hombre como una manera de proteger su alma, permitiéndole asesinar, matar y defender a la Ville sin mancharse el alma de pecado.

—Pero ¿cómo se puede convertir a alguien en un monstruo así con una operación? —preguntó Hayward.

—No es una operación difícil. Hace muchos años, un médico, Walter Freeman, tardaba pocos minutos en llevar a cabo unas lobotomías que se hicieron conocidas como «de picahielos». Se mete, se mueve un par de veces en los dos sentidos y queda destruida la parte molesta del cerebro. A la vez que la mitad de la personalidad, el alma y el sentido del yo del paciente. Lo único que hizo la Ville fue ir un paso más lejos.

—¿Y los antiguos asesinatos que descubrió Wren? —dijo D'Agosta—. Puede que los cometiesen unos zombis parecidos.

—Exacto: la creación de un zombi viviente que recurrió al asesinato y el miedo para disuadir a Isidor Straus de la tala de Inwood Hill Park. Parece que el propio cuidador de los Straus se convirtió a la secta de la Ville, y más tarde tuvo el honor de ascender a un estatus sagrado y transformarse en el zombi en cuestión.

Hayward se estremeció.

—Qué horror.

—Ni que lo diga. La ironía es casi palpable: Esteban hizo que Fearing actuase como un zombi para convencer a la opinión pública de que había sido creado por la Ville, pero en cierto modo es verdad que la Ville creaba zombis, aunque sus objetivos fueran muy distintos a los de Esteban. Por cierto, ¿qué ha sido de la Ville?

—Parece que de momento se quedarán donde están. Han prometido no sacrificar más animales.

—Y esperemos que no creen más zombis. No me sorprendería que Bossong, en vez de ser la presencia maléfica que suponíamos, se convirtiera con el tiempo en una especie de influencia rehabilitadora en la Ville. Percibí una tensión entre él y el alto sacerdote.

—Al zombi le mató Bossong —dijo D'Agosta—. Al final, cuando estaba a punto de matarnos.

—¿De verdad? Me reconforta. Digamos que su heroicidad no corresponde exactamente al perfil de un verdadero creyente, el cual jamás mataría al vehículo de sus propios dioses. —Pendergast miró a Hayward—. A propósito, capitana, quería decirle cuánto lamento que se la hayan saltado para el equipo especial del alcalde.

—Pues no lo lamente. —Hayward se apartó el pelo negro—. La verdad, creo que me beneficia haber perdido la oportunidad, porque ahora dicen que el equipo especial sí que será la pesadilla burocrática que juraban todos que nunca sería. Hablando del tema, ¿se acuerda de nuestro amigo Kline, el desarrollador de software? Pues parece que se arrepentirá de haber coaccionado al jefe de policía. Acabo de enterarme de que el FBI tenía pinchado el teléfono de Rocker, y que grabó la llamada de chantaje. Lo pagarán caro los dos. Kline está acabado.

—Lástima. Rocker no era mala persona.

Hayward asintió.

—Lo hizo por buenos motivos: el Fondo Dyson. Resulta un poco trágico, aunque un efecto secundario es que me voy del departamento de jefatura y recupero mi puesto de capitana de homicidios.

Se hizo el silencio dentro de la habitación.

D'Agosta habló atropelladamente.

—Oiga, Pendergast, quería disculparme por lo estúpido que he sido al arrastrarle a la Ville, hacer que le pegaran un tiro y estar a punto de que mataran a Nora. Algunas idioteces ya había hecho yo, pero esta se lleva la palma.

—Querido Vincent —murmuró Pendergast—, si no hubiéramos entrado en la Ville, yo no habría encontrado la tumba saqueada; tampoco habría visto el apellido Esteban, y... ¿qué habría pasado? Pues que Nora estaría muerta, y Esteban sería el nuevo Donald Trump. Conque ya ve que su «idiotez» ha sido decisiva para resolver el caso.

D'Agosta no sabía muy bien qué contestar.

—Ahora, si no le importa, Vincent, descansaré.

Al salir de la habitación del hospital, D'Agosta se giró hacia Hayward.

—¿Qué es eso de los historiales minuciosos de todas las personas vinculadas a la investigación?

Hayward no solía mostrarse tan avergonzada.

—Tampoco podía quedarme cruzada de brazos, mientras te dejabas enredar por Pendergast, así que… empecé a investigarlo por mi cuenta. Solo un poco.

D'Agosta sintió una extraña mezcla de emociones: cierta irritación al pensar que pudieran tener que sacarle las castañas del fuego, y la gran satisfacción de que ella le tuviese en bastante consideración como para dar ese paso.

—Siempre me estás cuidando —dijo.

La respuesta de Hayward fue pasarle un brazo por el suyo.

—¿Tenías planes para comer?

—Sí. Te invito.

—¿Dónde?

—¿Qué te parece Le Cirque?

Le miró con cara de sorpresa.

—¡Uau! Dos veces en un año. ¿Qué se celebra?

—Nada. Que estoy con una señora muy especial.

En ese momento les paró en el pasillo un hombre mayor. D'Agosta se quedó pasmado al verle. Era bajo y rechoncho, vestido como si acabara de salir del Londres de principios de siglo: chaqué negro, clavel blanco en el ojal y bombín inmaculado.

—Disculpen —dijo—, ¿la habitación de la que acaban de salir ustedes es la que ocupa Aloysius Pendergast?

—Sí —dijo D'Agosta—. ¿Por qué?

—Tengo que entregarle una carta.

En efecto, la tenía en la mano: elegante papel crema, de aspecto artesanal. Llevaba escrito el apellido de Pendergast en la parte delantera, en caligrafía ancha.

—Tendrá que volver en otro momento para dársela —dijo D'Agosta—. Pendergast está descansando.

—Le aseguro que esta carta querrá verla de inmediato.

El hombre se dispuso a pasar de largo, siguiendo su camino hacia la habitación.

D'Agosta le retuvo por el hombro.

—¿Se puede saber quién es? —preguntó.

—Me llamo Ogilby. Soy el abogado de la familia Pendergast. ¿Me permite?

Levantando la mano de D'Agosta con la suya (enfundada en un guante de color leonado), hizo una reverencia, saludó a Hayward con el sombrero y entró en la habitación de Pendergast.

Epílogo

La pequeña lancha motora surcaba sin dificultad las aguas cristalinas del lago Powell. Era un día frío y despejado de principios de abril, en que el aire de Arizona tenía la limpidez de la colada recién hecha. El sol de mediodía bañaba con su luz anaranjada las grandes paredes de arenisca del Grand Bench. Al final de una curva apareció detrás de la lancha la proa de la meseta de Kaiparowits, morada bajo el sol, salvaje, lejana, inaccesible.

Nora Kelly estaba al timón, con el pelo corto alborotado por el viento. Los acantilados devolvían suavemente el eco del motor, mientras hervía el agua a ambos lados del casco, navegando por un mundo mágico de piedra. Flotaba en el aire un perfume de cedros y arenisca caliente. Mientras la lancha se movía en el silencio, digno de una catedral, un águila real planeó al borde de los cañones, con un grito lejano.

Nora bajó el acelerador, reduciendo casi al mínimo la velocidad de la lancha. Tras la siguiente curva apareció la boca de un cañón estrecho e inundado: el cañón del Serpentine, dos paredes lisas de arenisca roja con un sendero de agua verde en medio.

Puso rumbo a él. El ruido del motor se hizo más fuerte y enclaustrado. Fiel a su nombre, el cañón daba vueltas y más vueltas, como una carretera rural. Dentro el aire era más fresco, por no decir frío. Nora veía su aliento en el aire gélido. A menos de dos kilómetros de la boca del cañón, la lancha llegó a un lugar especialmente hermoso, con una pequeña catarata que rebotaba sinuosamente por un canal de piedra, creando un microcosmos de helechos y musgos, y pasando junto a un grupo retorcido de pinos en miniatura que crecían lateralmente en una hendidura de la roca. Nora apagó el motor y dejó la embarcación a la deriva, escuchando el ruido de la cascada y aspirando el perfume de los helechos y del agua.

Se acordaba como si fuera ayer de aquel lugar tan mágico. Casi cinco años antes, durante la expedición a Quivira, su barco había pasado junto a la misma catarata. Bill Smithback, a quien había conocido el día antes, le había hecho señas desde la borda.

—¿Ves aquello, Nora? —había dicho, sonriendo, mientras le daba un codazo—. Es donde se lavan las hadas sus alas de tul. Es la ducha de las hadas.

Era la primera vez que la sorprendía con su lirismo, perspicacia, sentido del humor y amor a la belleza, haciendo que Nora se fijase más en él, desconfiando de su primera impresión. También era posible que marcase el inicio de su enamoramiento.

Nora había vuelto a Nuevo México hacía dos semanas, de resultas del ofrecimiento de un puesto de conservadora en el Instituto Arqueológico de Santa Fe. Se había pasado la última semana en casa de su hermano Skip, recabando información sobre el puesto y hablando con el presidente y la dirección del museo. Aceptarlo dependería de obtener financiación para la expedición a Utah que ya tenía planeada para el siguiente verano. Skip la había apoyado muchísimo, encantado como estaba de poder devolverle el favor de hacía unos años, cuando Nora le había ayudado a rehacer su vida.

Pero había otra razón para el viaje, una razón más íntima. A grandes rasgos, Nora estaba digiriendo bien el horror de la muerte de Bill. Nueva York (los restaurantes y parques favoritos de ambos, y hasta el propio piso) había dejado de asustarla. El pasado ya era otro cantar. No sabía cómo la afectarían los cañones del suroeste, sitios como Page, donde se habían conocido, el propio lago

Powell, o el inexplorado interior, donde habían buscado la ciudad mítica de Quivira. Sentía la necesidad de volver a explorar aquella zona, quizá como parte de la reconciliación con sus fantasmas. Mientras la lancha navegaba sin motor cañón arriba, empezaron a salir recuerdos a la superficie, envueltos en un velo melancólico de tiempo que los hacía más agridulces que dolorosos. Bill quejándose a gritos de que le hubiera mordido su caballo, Huracán. Bill protegiéndola con su propio cuerpo de una inundación sorpresa. Bill, recortado en la intensa luz de las estrellas, cogiéndole la mano. Tales eran los recuerdos que le devolvía aquella tierra mágica, y Nora se lo agradecía.

La lancha se paró casi del todo, flotando en el espejo de agua. Nora se agachó para coger una pequeña urna de bronce. Despegó del borde el sello de papel y quitó la tapa. Después volcó la urna por la borda, sacudiéndola para hacer caer al agua unos cuantos puñados de ceniza. Tras entrar en contacto con el agua, se sumergieron despacio en las profundidades de color de jade. Nora los vio disolverse en una columna turbulenta, que se hizo más borrosa al hundirse. Finalmente desaparecieron.

—Adiós, querido amigo —dijo en voz baja.

Nombre: Aloysius X. L. Pendergast

Profesión: agente especial del FBI.

Vehículo: Rolls-Royce Silver Wraith de 1959.

Aficiones: los trajes italianos hechos a medida, los zapatos confeccionados a mano en los talleres londinenses de John Lobb, y la alta cocina elaborada con los ingredientes más selectos.

Residencias: un apartamento en el mítico edificio Dakota, en Manhattan, y una mansión de estilo *Beaux-Arts* en Harlem.

Genealogía: hijo de Linnaeus e Isabella, ambos fallecidos en un incendio, Aloysius tiene un hermano menor llamado Diógenes Dagrepont Bernoulli Pendergast, tan brillante como depravado.

The Relic

Un grupo de científicos descubre en la selva amazónica la talla de un enigmático dios. Poco después, la expedición es masacrada por los indígenas y este extraño ídolo cae en el olvido, oculto en el subterráneo de un antiguo museo. Sin embargo, con ocasión de una importante exposición, las sinuosas galerías de este vetusto edificio se siembran de víctimas de horrendos e inexplicables asesinatos…

El relicario

La policía de Manhattan encuentra dos esqueletos fundidos en un abrazo que presentan señales de violencia y unas grotescas anormalidades. A este misterio se suma una serie de crímenes brutales que llevará a los investigadores a un pavoroso submundo de galerías y túneles situados en los sótanos de un museo donde se esconde una bestia infernal. Alguien ha trastocado el sueño de la ciencia en una pesadilla de la que será imposible despertar.

Los asesinatos de Manhattan

Los restos de treinta y seis personas han sido desenterrados en los trabajos de excavación para construir un nuevo bloque de apartamentos en Manhattan. Treinta y seis cadáveres, torturados y mutilados, víctimas de un terrible asesino que sembró el pánico en la ciudad a finales del siglo XIX. Y todo se complica cuando la ciudad se estremece ante una oleada de asesinatos casi idénticos a los de aquella época. Como hace más de un siglo, el pánico asola Manhattan.

Naturaleza muerta

En medio de un campo de maíz se descubre el cadáver mutilado de una mujer, rodeado por un círculo de flechas indias que tienen, cada una, un cuervo atravesado en su punta. Jamás había sucedido nada parecido en el pacífico pueblo de Medicine Creek y nadie volverá a dormir tranquilo hasta no dar con el perturbado que está aterrorizando a la población. Pendergast llega a la ciudad y, aunque nadie sabe quién le ha avisado, todos están convencidos de que es el único capaz de atrapar al asesino.

La mano del diablo
TRILOGÍA DIÓGENES

La muerte del crítico de arte Jeremy Grove resulta inexplicable: su cuerpo fue encontrado en una habitación cerrada con llave por dentro y con la marca de un crucifijo grabado a fuego en su pecho. Además, una garra había dejado una espeluznante huella en la pared y en la estancia había un hedor insoportable a azufre. Hasta los menos supersticiosos comienzan a hablar de un pacto con el diablo…

La danza de la muerte
TRILOGÍA DIÓGENES

Pendergast ha simulado su propia muerte para poder luchar desde el anonimato contra su malvado hermano Diógenes, quien además ha anunciado que cometerá al cabo de una semana un crimen que nadie olvidará. Al mismo tiempo se suceden en Nueva York una cadena de crímenes cuya única conexión entre las víctimas es que todas eran amigas de Pendergast… y la policía encuentra pruebas contundentes de que él ha sido el culpable.

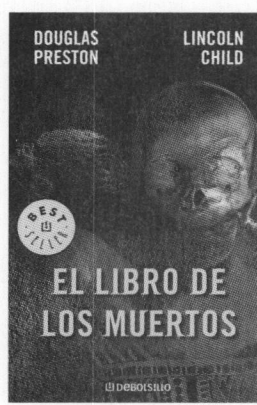

El libro de los muertos
TRILOGÍA DIÓGENES

Pendergast está cumpliendo sentencia en una prisión de alta seguridad por un delito que no cometió y su hermano Diógenes, un psicópata superdotado, se prepara para perpetrar uno de los crímenes más terroríficos jamás imaginados. Por otro lado, en pocos días se inaugurará una fabulosa exposición en un museo de Nueva York cuya pieza estrella es una tumba egipcia… tan espectacular como maldita.

El círculo oscuro
TRILOGÍA DIÓGENES

Pendergast y Constance se encuentran recluidos en un remoto monasterio del Tíbet. Alguien ha robado un misterioso objeto sagrado que encierra la maldad en su esencia, un artefacto tan poderoso que no puede caer en manos de cualquiera. Una pista les conduce hasta uno de los más lujosos trasatlánticos que se han construido nunca, a bordo del cual comenzarán a sucederse una serie de crímenes sobrecogedores…